Un amour à protéger

Le sceau du mensonge

REBECCA YORK

Un amour à protéger

BLACK ROSE

HARLEQUIN

Collection : BLACK ROSE

Titre original : HER BABY'S FATHER

Traduction française de B. DUFY

HARLEQUIN®
est une marque déposée par le Groupe Harlequin

BLACK ROSE®
est une marque déposée par Harlequin

HARLEQUIN
83-85, boulevard Vincent-Auriol, 75646 PARIS CEDEX 13.
Service Lectrices — Tél. : 01 45 82 47 47
www.harlequin.fr
ISBN 978-2-2803-4549-1 — **ISSN** 1950-2753

1

Sara Carter ressentit une violente douleur au ventre et poussa un grognement sourd. Accentuant l'étreinte de ses mains sur le volant, elle tenta tant bien que mal de garder le contrôle de sa voiture.

Les contractions devenaient de plus en plus intenses et rapprochées. Son dos la faisait terriblement souffrir depuis le matin, mais c'est seulement une heure plus tôt, lorsqu'elle avait perdu les eaux, qu'elle avait compris que le travail avait commencé.

L'hôpital lui avait dit de venir immédiatement et, au moment de partir, comme le ciel était clair, elle avait cru avoir largement le temps d'effectuer le trajet… Mais, à présent, elle avait l'impression d'être enfermée dans une boule à neige géante.

Mon Dieu, pria-t-elle, *faites que j'arrive à destination sans encombre ! Parce que, si je suis bloquée sur cette route, personne ne me trouvera.*

Le personnel de l'hôpital devait penser que son mari l'accompagnait. Mais elle n'avait pas de mari, et n'en aurait sans doute jamais… Sauf si elle rencontrait un homme digne de remplacer dans sa vie Jack Morgan, le père de son enfant.

Heureusement, il n'y avait pas beaucoup de circulation. La plupart des automobilistes surpris par la neige avaient sagement rebroussé chemin, ou étaient allés attendre en lieu sûr la fin de la tempête. Sara, elle, n'avait pas le choix : il lui fallait continuer, coûte que coûte.

L'endroit où elle habitait était en effet si isolé que faire demi-tour n'aurait servi à rien : elle ne pouvait compter sur l'aide de personne. La petite maison de location située dans la partie la plus rurale du comté de Howard, dans l'Etat du Maryland, était tout ce que ses maigres économies lui permettaient de s'offrir en ce moment.

Et, pendant quelques semaines au moins après l'accouchement, elle ne pourrait pas travailler. Ensuite, si tout allait bien, elle reprendrait progressivement ses activités de décoratrice de maisons à vendre. L'obligation de refuser des commandes lui ferait toutefois perdre de nombreux clients.

Son existence de mère célibataire s'annonçait difficile.

Les richissimes Morgan auraient pu l'aider financièrement, mais ils lui avaient tourné le dos après la mort de son compagnon.

La pensée de sa dernière conversation avec le père de Jack arracha à Sara une grimace de dégoût. Quand elle était allée lui annoncer sa grossesse, il lui avait dit que, pour obtenir des Morgan une contribution à l'entretien de l'enfant, elle devrait prouver la paternité de Jack au moyen d'un test ADN. Et porter ensuite l'affaire devant les tribunaux.

Un frisson parcourut Sara. Elle avait d'ores et déjà renoncé à demander quoi que ce soit aux Morgan de peur que, une fois la preuve requise fournie, ils n'essaient de lui prendre son enfant.

— Jamais ! chuchota-t-elle à son bébé.

Un garçon. Qui s'appellerait Daniel.

C'était tout ce qui lui restait de l'homme de sa vie, et elle comptait lui donner une éducation qui ferait de lui quelqu'un dont Jack aurait été fier.

Ce serait dur, Sara le savait… Et, plutôt que d'y penser, elle chercha du réconfort dans ses souvenirs.

Jack Morgan était un soldat revenu blessé d'Afghanistan. Soigné dans un hôpital militaire, il en était sorti au bout de longs mois de rééducation intensive, avec pour objectifs immédiats la récupération totale de ses capacités physiques et sa réadaptation à la vie civile.

Sara et lui avaient fait connaissance lors de la visite d'une grande demeure de style colonial mise en vente par Pam Reynolds, agent immobilier et amie de Sara. Jack avait été entraîné là — visiblement à contrecœur — par son frère, acheteur potentiel de ce que Sara avait baptisé « le Tara du Maryland », en référence à la maison familiale de Scarlett O'Hara dans *Autant en emporte le vent.*

Peut-être Sara avait-elle commencé par voir en Jack un simple défi… Pourtant, leur relation avait très vite occupé une place prépondérante dans leur existence à tous les deux.

— Oh ! Jack…, murmura-t-elle en se penchant en avant pour tenter de percer l'aveuglante blancheur qui l'entourait de toutes parts. Les choses auraient dû se passer autrement… Si seulement tu étais encore là…

Mais Jack était mort. Et les regrets ne servaient à rien.

Il fallait se tourner vers l'avenir. Pour le bien de son enfant.

Sara se demandait parfois comment une famille aussi froide et obsédée par l'argent que les Morgan pouvait avoir engendré l'homme attentionné et généreux qu'avait été Jack… En cet instant précis, cependant, ce n'était pas sa préoccupation première.

Une nouvelle contraction lui fit pousser un cri étouffé. Elle se rangea sur le bas-côté et attendit que la douleur passe mais, dès que le spasme eut suffisamment perdu en intensité pour lui permettre de se concentrer, elle se remit en route.

Plus qu'un quart d'heure, maintenant, et elle serait à l'hôpital du comté de Howard.

Non, dans des conditions météorologiques aussi mauvaises, il lui faudrait forcément plus de temps…

Alors ne valait-il pas mieux carrément s'arrêter et appeler une ambulance ?

Mais, si les secours tardaient à venir, elle risquait de devoir accoucher seule dans sa voiture…

Tu vas y arriver ! se dit-elle.

Et elle le crut vraiment jusqu'à ce que, à la sortie d'un virage, lui apparaisse un pick-up immobilisé au bas de la pente raide qui s'annonçait. Pendant qu'elle s'engageait dans la descente, elle tourna frénétiquement le volant pour tenter d'éviter la collision, mais la neige qui recouvrait la chaussée n'offrait aucune prise à ses roues… Elle sentit sa voiture prendre de la vitesse, vit le pick-up se rapprocher inexorablement…

Le choc entre les deux véhicules la projeta brutalement en avant…

L'airbag… Où était l'airbag ? Pourquoi ne s'était-il pas déployé ?

Un quart de seconde avant que son front heurte le pare-brise, Sara comprit que ni elle ni son bébé ne survivraient à cet accident.

L'instant d'après, toute sensation avait quitté son corps. Son esprit, lui, flottait quelque part dans l'obscurité… Et puis une belle lumière dorée surgit soudain devant elle, extraordinairement attirante. Pourtant, quelque chose la retint d'aller la rejoindre.

Une présence se manifesta alors à son côté… Non, deux… Deux êtres invisibles venus guider Sara vers la lumière, là où elle serait en sécurité, où tous ses problèmes auraient disparu.

Il se passait cependant quelque chose d'étrange : elle entendait ces êtres parler. Se disputer.

— Ce n'est pas son heure.

— Bien sûr que si ! Regarde-la !

— Oui, mais ce n'est pas ainsi que sa vie était censée se dérouler.

— Elle n'aurait pas dû être sur la route en pleine tempête de neige.

— Etant seule, elle n'avait pas le choix. Ce ne serait pas arrivé s'il avait été là.

— Non, et il est mort sans même savoir qu'il allait avoir un fils.

— Il est peut-être encore possible d'arranger les choses.

— Qu'est-ce que tu racontes ? Nous ne sommes pas autorisés à modifier l'histoire.

— Mais nous pouvons corriger les injustices… Cette jeune femme est forte et déterminée… Elle ne mérite pas de mourir de cette façon, alors, si nous lui permettions de changer de destin ?

Un long silence, puis le dialogue reprit :

— Ce serait peut-être une énorme erreur, qui nous vaudrait une punition…

— Personne ne remarquera rien.

— Tu es prêt à courir ce risque ?

— Oui. Il est possible que les choses se passent de la même façon, en fin de compte, mais au moins on lui aura offert une chance d'influer sur les événements.

2

Alors qu'elle se trouvait dans un état intermédiaire entre le sommeil et la veille, Sara se souvint d'avoir entendu des voix. Deux voix. Qui parlaient d'elle.

Elle essaya de reconstituer la conversation. Ces personnes étaient venues pour l'emmener dans un endroit sûr, où tous ses problèmes disparaîtraient comme neige au soleil.

Et puis l'une d'elles avait changé d'avis. L'autre avait objecté — mais s'était finalement ralliée au point de vue de la première.

Qui était-ce ?

Mystère… Le mélange de douceur et d'autorité qui s'exprimait dans leurs voix ne permettait même pas de dire avec certitude s'il s'agissait d'hommes ou de femmes.

Sara se réveilla brusquement. Elle était dans sa voiture. En route pour l'hôpital ?

Etait-ce possible ?

De vagues souvenirs flottaient dans son esprit, et elle s'efforça de les faire remonter à la surface.

La dernière chose qu'elle se rappelait, c'était la collision de sa voiture avec un pick-up après une glissade le long d'une pente enneigée.

Les arbres qui l'entouraient en ce moment étaient pourtant couverts de jeunes feuilles, et le soleil brillait sur des parterres de fleurs multicolores — azalées, impatiens et bégonias…

Cette végétation ne parlait pas d'hiver, mais de printemps. Même si la tempête de neige avait semblé réelle, il s'agissait donc d'un simple rêve.

Malgré tout désorientée, Sara tenta de se souvenir de ce qui l'avait amenée là aujourd'hui. La grande demeure de style colonial devant laquelle elle était garée lui rafraîchit la mémoire : elle l'avait baptisée « le Tara du Maryland », et elle venait de passer presque une journée entière à l'intérieur.

Idéalement située entre Washington et Baltimore, cette maison comptait six chambres, autant de salles de bains, un immense séjour, une salle de billard et une cuisine d'une superficie presque équivalente à celle du modeste pavillon où Sara avait grandi. Elle trouvait cependant l'ensemble trop vaste pour loger une seule famille : c'était le genre de bien que les gens achetaient par ostentation, pour afficher leur réussite.

Même si son prix de vente n'avait pas dépassé de très loin les capacités financières de Sara, l'idée de l'acquérir ne lui serait jamais venue. Si elle était là aujourd'hui, ce n'était donc pas pour la visiter, mais dans le cadre de sa profession : son amie Pam Reynolds lui avait demandé de meubler et de décorer plusieurs pièces en prévision du rendez-vous qu'elle avait pris avec un client important.

Cette commande en urgence — mais très bien payée — avait occupé Sara des toutes premières heures de la journée jusqu'en fin d'après-midi. Le travail était maintenant terminé et, après le départ de Peter et de Brad, deux des étudiants qu'elle avait l'habitude d'employer pour transporter les meubles lourds, elle était allée s'asseoir dans sa voiture.

Un petit somme avant l'arrivée de Pam lui ferait du bien, avait-elle pensé.

Mais bizarrement, alors qu'elle était à présent bien réveillée, elle éprouvait un sentiment d'irréalité. Les images et les émotions de son rêve refusaient de s'effacer... Peut-être à cause de la charge affective de la situation : si elle était sur la route en pleine tempête de neige, c'était pour se rendre à l'hôpital, parce qu'elle allait accoucher…

Preuve qu'il s'agissait bien d'un rêve : il n'y avait en ce moment aucun homme dans sa vie, et les aventures d'un soir ne l'avaient jamais intéressée. Son inconscient avait dû échafauder ce scénario à partir d'un vieux film ou d'une série télévisée, mais il fallait maintenant revenir à la réalité…

Sara baissa le pare-soleil et se regarda dans le miroir. Elle fit bouffer ses cheveux mi-longs, se passa un peu de gloss sur les lèvres, et elle venait de remettre le tube dans son sac quand un cabriolet Mercedes gris métallisé s'arrêta à sa hauteur.

Pam Reynolds en descendit. Elle était grande et mince, avec une épaisse chevelure blond cendré, et portait aujourd'hui un élégant tailleur-pantalon bleu marine.

— Tout est prêt ? demanda-t-elle à Sara qui avait baissé sa vitre.

— Oui.

— Merci d'avoir accepté de travailler ainsi dans l'urgence ! Je te revaudrai ça !

Sara mit pied à terre, referma sa portière et fut surprise, en regardant son corps, de constater qu'elle n'avait ni les seins lourds ni le gros ventre typiques d'un neuvième mois de grossesse. Vêtue de sa tenue de travail — jean, T-shirt et baskets —, elle avait la taille aussi fine et se sentait aussi légère qu'avant.

Avant quoi ? Elle n'aurait su le dire mais, alors que normalement elle n'aurait sans doute pas attendu l'arrivée du riche client de son amie pour partir, il lui parut soudain impossible de ne pas rester.

Parce que c'était aujourd'hui que…

Cette pensée demeura incomplète, et Sara tenta désespérément de se rappeler ce qui devait se passer de si important…

— Allons à l'intérieur, pour que je puisse admirer ton travail ! dit Pam. Tu t'es servie de l'armoire ancienne que j'aime tant ?

— Euh… oui…, souffla Sara.

Son amie la considéra avec attention.

— Je te trouve pâlichonne… Ça ne va pas ?

— Si. Je manque juste un peu de sommeil.

— C'est ma faute… Désolée !

— Ce n'est pas grave.

Signe d'une nervosité qui ne lui ressemblait pas, Pam essuya les paumes de ses mains sur les jambes de son pantalon.

— Je suis contente que tu sois là, déclara-t-elle. Depuis le meurtre de la semaine dernière, être seule dans une maison inoccupée me fait peur.

De quel meurtre son amie parlait-elle ? Sara fouilla dans sa mémoire et finit par se rappeler qu'une consœur de Pam avait été assassinée dans un pavillon vide où elle était en train d'attendre un client. La police n'avait pas la moindre piste, et cette agression donnait des cauchemars à toutes les femmes de la région qui travaillaient dans l'immobilier.

Sara se souvint ensuite y avoir elle aussi pensé en entrant le matin même dans cette maison construite au milieu d'un immense parc. Brad et Peter l'y avaient cependant rejointe peu de temps après. Ils n'étaient repartis qu'une demi-heure plus tôt, leur dernière tâche consistant à ramener la camionnette de Sara à l'entrepôt où elle stockait les meubles et objets de décoration nécessaires à l'exercice de sa profession.

Pam gravit rapidement les marches du perron, et Sara la suivit, mais plus lentement, pour mieux savourer sa souplesse retrouvée. Elle avait oublié à quel point il était facile et agréable de marcher sans être lestée par les kilos pris pendant la grossesse…

Une minute ! Avait-elle vraiment été enceinte ? Ne l'avait-elle pas juste rêvé ?

Non, ce n'était pas un rêve, elle en était presque sûre à présent. Plutôt une autre réalité dans laquelle il lui semblait avoir vécu pendant un certain temps.

Arrivée en haut de l'escalier, Pam s'arrêta et se retourna. Sara se dépêcha de la rejoindre et, une fois à l'intérieur, elle promena son regard sur le travail de décoration effectué dans le vestibule.

Une console ancienne occupait à présent le centre de l'un des murs, avec en guise d'ornement une lampe en forme d'éléphant et l'une des orchidées que Sara faisait pousser dans la serre attenante au garage d'un ami. Ces fleurs étaient faciles à cultiver, leur floraison durait des mois, et elles apportaient une touche d'élégance suffisamment discrète pour convenir à tous les types d'environnement.

Au-dessus de la console, Sara avait accroché un miroir dont elle avait elle-même réparé et redoré le cadre. La découverte et la remise en état d'objets décoratifs constituaient les deux aspects de son métier qu'elle aimait peut-être le plus.

— J'adore la lampe ! s'écria Pam. Tu l'as achetée dans un vide-greniers ou dans une vente aux enchères ?

— Un vide-greniers. Le socle commençait à se détacher, mais j'ai réussi à le recoller.

Pam se dirigea ensuite vers la cuisine. Sara l'avait décorée avec des ustensiles en émail de différentes couleurs, des bocaux remplis de plantes séchées, et des torchons à carreaux rouges et blancs. Sur la table ronde placée au milieu, le couvert était mis pour quatre personnes ; les verres et les assiettes provenaient eux aussi d'un vide-greniers, et une coupe contenant un mélange d'oranges et de citrons remplaçait, au milieu, le bouquet de fleurs traditionnel.

— Très joli ! dit Pam.

— Merci.

Elles se rendirent ensuite dans la seule chambre que Sara avait meublée — mais en y apportant un soin particulier, en jouant du contraste entre tons doux et touches de couleurs vives. Visiblement satisfaite du résultat, Pam déclara :

— Si Ted Morgan n'est pas emballé, je change de métier !

Ted Morgan ? Ce n'était pas le bon !

— Désolée, mais... mais j'ai oublié qui c'était, bredouilla Sara.

— Tu plaisantes ? Morgan Enterprises est l'une des sociétés les plus dynamiques de la région ! Ses activités vont de la promotion immobilière à la prospection pétrolière.

— Ah oui...

— Tu restes avec moi pour lui faire visiter les lieux, n'est-ce pas ?

Le cœur de Sara se mit à battre à grands coups dans sa poitrine, car elle se rappelait cette partie de la conversation.

— Tu es nerveuse ? parvint-elle malgré tout à demander d'une voix posée.

— Un peu. Ted est quelqu'un d'important, par ici. Il est fiancé et cherche une maison où s'installer une fois marié.

— Celle-ci a un avantage : parents et enfants peuvent y passer des semaines entières sans se croiser.

— C'est peut-être ce qu'il veut ! s'exclama Pam en riant. Je l'espère, en tout cas, car ce n'est pas tous les jours que j'ai la possibilité de toucher une commission de six pour cent sur deux millions de dollars !

Sara savait que son amie gagnait très bien sa vie, mais avait des goûts dispendieux. Ce n'était pas son cas à elle : l'argent l'avait toujours moins intéressée que l'exercice d'une profession qu'elle aimait.

Il lui avait pourtant fallu penser à sa situation financière, une fois enceinte et confrontée à la perspective de subvenir seule aux besoins futurs de son enfant, puisque les Morgan ne voulaient pas entendre parler d'elle.

Mais, là, elle anticipait. Il n'y avait pas encore de bébé. Elle ne connaissait encore aucun Morgan.

Le croisement incessant de deux réalités dans sa perception des choses semait la confusion dans son esprit : elle avait du mal à faire la distinction entre ces deux niveaux temporels…

Et puis, soudain, elle comprit la raison de son retour à cette journée en particulier : c'était celle où elle avait rencontré Jack Morgan, le père de son enfant.

Pour cacher à Pam le trouble dans lequel la plongeait cette découverte, elle pivota sur ses talons, regagna la cuisine et rangea son sac dans l'un des placards vides, comme si l'idée lui en était brusquement venue. Elle s'adossa ensuite au plan de travail de peur que ses jambes flageolantes ne finissent par ne plus la porter.

Un bruit de moteur, dehors… Un mélange d'excitation et d'appréhension accéléra son pouls tandis que Pam se précipitait vers la fenêtre et s'écriait :

— Le voilà !

Sara attendit la suite en retenant son souffle. Et si ce n'était pas le bon jour ? Et si, autre possibilité, elle avait complètement perdu la tête ?

Son amie trancha la question en reprenant un instant plus tard :

— Soit mon client ne se fie pas à son propre jugement, soit il a besoin de se sentir soutenu… Quoi qu'il en soit, quelqu'un l'accompagne… Je crois que c'est son frère aîné, Jack Morgan.

Jack Morgan !

En entendant Pam prononcer ce nom, Sara eut l'impression de recevoir un coup de poing au creux de l'estomac. Ce jour était bien celui où tout avait commencé…

Par chance, Pam courait déjà vers la porte. Par chance,

elle ne jeta pas un regard en arrière, sinon elle aurait vu se refléter sur le visage de son amie le maelström d'émotions qui l'agitait.

De l'impatience. De l'incompréhension. Du soulagement. De la peur.

Tout cela à la fois.

— Jack…, chuchota Sara. Vais-je vraiment te retrouver ?

Elle n'osait y croire. Il avait été assassiné dix mois plus tôt… Ou alors il le serait dans dix mois — à condition d'admettre l'idée selon laquelle Sara avait été projetée dans son propre passé par de mystérieuses forces surnaturelles.

Et ce devait bien être le cas car, dans la réalité présente, Jack était vivant : Sara s'était forcée à quitter la cuisine et, par la porte d'entrée restée ouverte, elle voyait son amie descendre les marches du perron pour se porter à la rencontre des frères Morgan.

— Vous êtes pile à l'heure ! lança Pam au plus jeune des deux — celui qui voulait une demeure d'une taille et d'un luxe susceptibles d'impressionner ses amis et connaissances.

Ce besoin de susciter l'envie ou l'admiration chez les autres était à l'opposé de la conception qu'avait Jack de la vie. Sara savait qu'il se moquait, lui, des apparences. Il n'avait jamais cherché à se faire valoir, et son temps de service dans l'armée lui avait permis de mieux distinguer encore ce qui était important de ce qui ne l'était pas.

Il suivait en ce moment son frère avec un manque d'enthousiasme évident, comme si cette propriété était le dernier endroit où il avait envie d'être.

En proie à un léger vertige, Sara posa une main sur la console pour garder son équilibre et se donner le temps d'essayer au moins de comprendre ce qui se passait.

Quelques minutes plus tôt, elle était seule dans sa voiture, en pleine tempête de neige, en route pour l'hôpital où elle devait mettre au monde l'enfant de Jack. Un enfant qui ne connaîtrait jamais son père… Et maintenant elle était revenue au jour où Jack et elle s'étaient rencontrés.

Ce ne pouvait pas être une simple coïncidence ! Cela devait avoir un sens !

A moins qu'il ne s'agisse d'une farce cruelle, d'un simple rappel de ce qu'elle avait perdu ? Ou alors il y avait une autre explication à la double réalité qu'elle avait l'impression de vivre : peut-être l'accident de voiture dont elle se souvenait l'avait-il plongée dans le coma, et était-elle en train de rêver tout cela, suspendue entre la vie et la mort ?

Sara accentua la pression de sa main sur la console. Le bois, sous ses doigts, n'avait rien de virtuel. Les choses comme les gens étaient aussi réels que la première fois où elle avait vécu cette journée… La différence, c'était la connaissance qu'elle avait maintenant de l'avenir.

L'un des deux… êtres qu'elle avait entendus se disputer, après la collision, avait parlé de lui donner une chance de changer de destin. Cette chance lui avait donc été accordée, mais comment allait-elle faire pour que l'histoire ne se répète pas ?

La première fois, Jack et elle n'avaient rien pu contrôler. Là, elle savait comment les choses s'étaient terminées, mais ce n'était pas suffisant. Pour sauver Jack, elle devait découvrir qui voulait sa mort et pourquoi, puis empêcher cette personne de passer à l'acte.

Etait-ce possible ? Il fallait essayer, en tout cas, utiliser au mieux l'avantage que lui procurait sa capacité d'anticiper les événements…

Le cœur de Sara battait la chamade tandis qu'elle regardait les frères Morgan gravir les marches du perron. Pam était en grande conversation avec Ted, et Jack marchait derrière eux, du pas encore un peu incertain d'un homme qui avait failli perdre une jambe, puis avait passé des mois en rééducation intensive.

Cette blessure avait été causée par une bombe artisanale

dissimulée au bord d'une route afghane. L'explosion avait en outre projeté Jack si violemment contre le tableau de bord de son véhicule qu'il s'était déboîté l'épaule. Des éclats de métal lui avaient également criblé le torse, et quelques-uns l'avaient atteint au visage.

Dans l'ensemble, cependant, il avait eu de la chance, et il s'était astreint à une discipline de fer pour recouvrer l'usage de sa jambe. Ses blessures avaient néanmoins altéré l'image qu'il avait de lui-même, le rendant un peu sauvage… Ce qui n'avait pas empêché Sara et lui de se sentir immédiatement attirés l'un par l'autre.

Comme Jack était censé la rencontrer pour la première fois, Sara s'interdit de le fixer trop intensément. Il risquerait sinon de penser que c'était à cause des cicatrices encore visibles sur son visage. Et elle ne devait surtout pas afficher le sourire extatique d'une femme retrouvant l'homme de sa vie après des mois de séparation. Après l'avoir cru mort.

Le rôle qu'elle devait jouer était si difficile qu'elle envisagea de tirer Jack à l'écart pour tenter de lui expliquer la situation. Mais il la prendrait pour une folle… Tout le monde la prendrait pour une folle, si elle se mettait à parler d'événements qui n'avaient pas encore eu lieu !

Mieux valait pour l'instant savourer en silence le bonheur de voir Jack vivant et en bonne santé.

Elle le regarda donc s'approcher et reconnut avec une émotion grandissante sa haute silhouette, ses cheveux de jais, ses yeux noirs, sa mâchoire énergique et une bouche qui semblait dure, mais pouvait se faire merveilleusement douce contre la sienne.

Il portait un polo vert foncé, un jean, et les chaussures de sport conseillées par son médecin parce qu'elles lui assuraient une bonne stabilité.

Deux minutes plus tard, Pam faisait les présentations :

— Ted Morgan… Jack Morgan… Sara Carter.

— Vous êtes une collègue de Pam, mademoiselle Carter ? s'enquit Ted.

— Non, répondit Sara. Je travaille à mon compte.

— Dans quel secteur ?

— Je prépare la visite de maisons à vendre.

Sara n'en dit pas plus. Elle se rappelait la façon dont les choses s'étaient passées la première fois : elle avait voulu rentrer se reposer chez elle mais, à la demande de son amie, elle était restée... et s'en était félicitée, car quelques instants passés en compagnie du frère de Ted Morgan avaient suffi pour lui donner envie de mieux le connaître.

Avant l'arrivée de son client, Pam avait parlé de la fortune des Morgan, mais Sara ne savait alors pas grand-chose sur cette famille. Elle en savait aujourd'hui assez pour s'inquiéter de l'image qu'elle projetait.

Les parents de Jack surveillaient de près les fréquentations de leurs fils... Et si elle essayait de se rendre plus « acceptable » à leurs yeux ?

Non ! se dit-elle. *Si Jack sent de l'affectation dans ton comportement, il ne s'intéressera pas à toi.*

Mais si le fait de rester elle-même ne suffisait pas à retenir l'attention de Jack ? S'il n'éprouvait, cette fois, aucune attirance pour elle ?

Cette crainte, qui venait s'ajouter aux nombreuses interrogations suscitées par l'étrangeté de la situation, lui donna la chair de poule.

— On commence la visite ? suggéra Pam. Vous noterez, Ted, la taille imposante du vestibule... C'est important, car c'est la première chose que voient les invités en arrivant, et la bonne impression qu'ils en retirent a ensuite tendance à s'étendre à l'ensemble de la maison.

Elle ouvrit une porte encastrée dans le mur de gauche, et poursuivit :

— Vous avez là un placard très spacieux pour ranger manteaux, chapeaux, chaussures d'extérieur, sacs de golf...

Ted hocha la tête en silence, et Pam l'emmena ensuite dans la cuisine.

— Regardez ces équipements ! reprit-elle. Ils sont tous haut de gamme ! Le réfrigérateur est l'un des plus gros du marché, et la gazinière a six feux… Quant à la mosaïque mexicaine du sol, elle fait son petit effet, non ?

Sara se rappelait que Jack n'aimait pas les cuisines carrelées à cause du risque accru de glisser et de tomber. Cela rendit presque complice le regard qu'elle lui adressa et, bien qu'il ne puisse pas en connaître exactement la raison, cette entente secrète eut l'air de l'enchanter.

La visite du rez-de-chaussée se poursuivit. Après avoir inspecté le séjour, la salle de billard et une pièce plus petite pouvant faire office de bureau, Ted demanda à voir l'étage. Pam l'y conduisit, tandis que Sara et Jack restaient dans le vestibule.

— C'est vous qui avez décoré cette demeure ? demanda Jack.

— Oui.

— C'est très joli.

— Merci.

— Vous êtes antiquaire ?

— Non. J'achète bien des meubles anciens, des bibelots et toutes sortes d'objets décoratifs, mais je n'en fais pas commerce. Ils me servent à mettre en valeur des maisons à vendre. Et, si elles sont encore meublées, je donne aux propriétaires des conseils sur ce qu'ils ont intérêt à laisser ou doivent au contraire enlever ou remplacer. Quelque chose d'aussi bête que des griffures de chat sur le cuir d'un canapé suffit à diminuer l'attrait global d'un bien.

Sara s'efforçait d'avoir l'air naturel, alors qu'elle brûlait de se jeter dans les bras de Jack, de sentir sa force et sa chaleur l'envelopper…

— Vous avez visiblement un grand sens artistique, déclara-t-il.

— J'exerce ce métier par passion autant que pour gagner ma vie.

Un silence, pendant lequel Jack soumit Sara à un examen attentif, puis il demanda :

— Ça va ?

— Pourquoi cette question ?

— Parce que vous avez une expression étrange.

Feignant la désinvolture alors que l'émotion menaçait de lui couper la respiration, Sara dit en riant :

— C'est sans doute dû au fait que je viens de travailler presque dix heures de suite pour donner à votre frère envie d'acheter cette maison !

— Vous étiez seule ? demanda Jack. J'ai entendu dire qu'une personne travaillant dans une agence immobilière avait été assassinée dans un pavillon vide pendant qu'elle attendait un acquéreur potentiel, récemment…

— C'est vrai mais, non, je n'étais pas seule : j'emploie des étudiants pour m'aider à transporter les meubles lourds, et il y en avait deux aujourd'hui avec moi.

— Ils vous ont donc servi en même temps de gardes du corps…

— Oui, dit Sara. La crise économique a mis mon affaire en péril, mais le marché immobilier est en train de se redresser, et j'espère avoir bientôt les moyens d'engager du personnel à plein temps.

— En attendant, vous vous tuez au travail…

— J'ai l'air aussi pitoyable que ça ? demanda Sara en riant.

— Désolé ! Ce n'est pas ce que je voulais dire.

Jack étouffa un soupir. Il avait besoin de réapprendre à parler aux femmes. Il croyait ne plus se soucier de l'impression qu'il leur faisait… S'agissant de Sara Carter, en tout cas, rien n'était moins vrai.

— Je regrette d'autant plus ma maladresse que j'ai un service à vous demander, reprit-t-il.

— Lequel ?

— Mon frère m'a traîné ici sous prétexte d'avoir mon avis sur cette maison. Je la trouve prétentieuse et beaucoup trop grande pour un jeune couple, mais il est manifestement prêt à l'acheter, avec ou sans mon approbation. Je n'ai donc pas besoin, et pas envie non plus, de rester jusqu'à la fin de la visite mais, étant venu dans sa voiture, je ne suis pas autonome.

— Je vois…

— Si vous me tirez de ce mauvais pas, je vous invite à dîner, déclara Jack, jouant le tout pour le tout.

— Voilà une offre difficile à refuser ! dit Sara en souriant.

— C'est parfait ! s'exclama Jack.

Il alla se planter au pied de l'escalier et cria :

— Ted ? On part, Sara et moi ! A plus !

Puis il rejoignit Sara et la prit par le bras.

— Venez vite ! Il ne faut pas laisser à mon frère le temps de discutailler.

— Il ne vous en voudra pas trop ?

— Non.

C'était faux : Ted serait furieux. Il aimait que les choses se passent comme il l'avait prévu, mais Jack, qui avait accepté de l'accompagner dans un effort pour se montrer fraternel, venait de trouver une occupation beaucoup plus plaisante pour cette fin de journée.

— Je dois aller récupérer mon sac dans la cuisine, annonça Sara en se dégageant doucement.

Jack la suivit des yeux et nota le séduisant balancement de ses hanches. Cette jolie blonde aux yeux bleus et au corps svelte était tout à fait son type… L'était, tout du moins, à l'époque où il se sentait mieux dans sa peau.

Le regard de Sara ne s'était pas attardé sur les cicatrices

qu'il avait au visage, mais comment réagirait-elle devant sa jambe blessée ?

Arrête de t'apitoyer sur ton sort ! s'ordonna-t-il. *Tu as toujours tes deux jambes, et ce n'est pas le cas de tous les soldats qui ont combattu en Afghanistan.*

Sans compter qu'il s'avançait beaucoup en ce qui concernait Sara : ils se connaissaient depuis à peine une heure !

Il ne pouvait pourtant s'empêcher de l'imaginer nue dans son lit… Ce qui l'obligea à faire un effort quasi surhumain pour avoir l'air dégagé lorsqu'elle ressortit de la cuisine, un grand fourre-tout en cuir suspendu à l'épaule.

Il y avait deux voitures garées devant la maison quand Jack et Ted étaient arrivés : une Mercedes et une Honda. Ce fut près de la seconde que Jack s'arrêta, et Sara lui demanda avec un froncement de sourcils :

— Comment avez-vous deviné que c'était la mienne ?

— Je me suis dit que vous étiez du genre à préférer un véhicule peu gourmand en essence à une voiture de luxe.

— Bien vu ! J'ai aussi une camionnette, que mes étudiants ont ramenée à l'entrepôt qui me sert de garde-meubles et où je loge aussi en ce moment. Ça me permet d'économiser un loyer.

— C'est légal, ça ?

— Je n'en sais rien, mais le propriétaire ne m'a pas posé de questions, et le bail ne contient aucune clause qui l'interdise. Cet entrepôt comporte une salle de bains et une kitchenette, si bien que j'y ai tout ce qu'il me faut.

— Je comprends, dit Jack en tendant la main. Vous me laissez conduire ?

Etait-ce lui ou elle qui avait pris le volant, la première fois ?

Sara n'arrivait pas à s'en souvenir. A l'époque, le désir

de mieux connaître Jack monopolisait son attention. Aujourd'hui, le moindre détail avait de l'importance... Il lui fallait notamment veiller à ne pas dire quelque chose qui dissuaderait Jack d'approfondir leur relation : pour avoir une chance de le sauver, elle devait passer le plus de temps possible avec lui.

— D'accord, déclara-t-elle avant de sortir les clés de son sac et de les lui tendre.

— Où voulez-vous aller dîner ? demanda-t-il lorsqu'ils se furent installés.

Sara prit le temps de réfléchir. Jack lui avait posé cette question, la première fois, et elle avait suggéré un italien de Lisbon, le Pasta Station.

Le fait de choisir un autre endroit aujourd'hui pouvait-il changer le cours des événements ? Cela valait la peine d'essayer, en tout cas...

— Je connais à Ellicott City un petit restaurant français, Chez Geneviève, où l'on mange bien, et pour un prix raisonnable.

Située à des kilomètres de Lisbon, Ellicott City était une ancienne ville industrielle, construite au fond d'une vallée étroite et qui, faute de place pour se développer, n'avait pas changé depuis deux siècles. Transformant ce handicap en atout, la municipalité avait joué la carte du pittoresque et promu la création au centre-ville de commerces et d'établissements qui attiraient désormais de nombreux touristes.

— Je suis souvent passé devant ce restaurant, déclara Jack, et je me suis dit chaque fois que je devrais venir y dîner un jour, mais je ne l'ai jamais fait.

— Je suis sûre que vous ne serez pas déçu.

Sara se cala sur son siège et respira profondément pour tenter de se détendre pendant que Jack démarrait.

Chaque seconde qu'il leur était donné de vivre de nouveau ensemble lui apparaissait comme un cadeau du ciel. Elle l'observa à la dérobée et parvint, mais de justesse, à s'empêcher de poser une main sur son genou, comme elle en avait pris l'habitude lorsqu'il conduisait. Elle aurait voulu le toucher, l'embrasser, faire tout ce qu'elle croyait ne plus jamais pouvoir faire…

Se retrouver assise assez près de lui pour en avoir la possibilité constituait à la fois un immense bonheur et un véritable supplice.

Jack ignorait évidemment tout des émotions qui l'assaillaient : pour lui, ils venaient juste de faire connaissance.

Le « Tara du Maryland » était situé à la limite extrême du comté de Howard, et Sara ne prêta d'abord pas attention au chemin que Jack prenait pour se rendre à Ellicott City. Mais, quand il s'engagea sur la nationale 108, elle reconnut le paysage, et un frisson la parcourut.

— Désolé, je roule trop vite…, s'excusa Jack, interprétant mal sa réaction.

— Non, ça va…, fit-elle péniblement.

Une boule d'angoisse lui nouait la gorge. Ce tronçon de route était celui où sa voiture avait glissé le long d'une pente enneigée, percuté un pick-up et… quoi ?

Que s'était-il vraiment produit ? Et l'histoire allait-elle se répéter ?

Etait-ce cela que le destin lui réservait ? Serait-il assez cruel pour lui avoir accordé quelques minutes avec l'homme qu'elle aimait, avant de leur enlever la vie à tous les deux ?

— Non…, souffla-t-elle.

Sans doute alarmé par l'anxiété qui perçait dans sa voix, Jack tourna la tête vers elle. Mais, à ce moment, une voiture qui en doublait une autre dans le virage dont ils s'approchaient fonça droit sur eux.

3

— Attention ! cria Sara en attrapant la poignée fixée au-dessus de sa portière.

Jack reporta son attention sur la route, jura entre ses dents et donna un coup de volant à droite qui lui fit mordre le bas-côté. Comme la voiture qui venait dans l'autre sens ne se rabattait pas, il klaxonna et marmonna :

— Mais qu'est-ce qu'il fabrique, cet imbécile ?

L'accotement n'était pas très large, et un ravin le bordait. Jack ralentit et continua de serrer à droite autant qu'il le pouvait, mais le gravier qui recouvrait le bas-côté rendait la Honda difficile à contrôler.

Le cœur de Sara tambourinait dans sa poitrine. Soit l'autre véhicule allait les percuter de plein fouet, soit ils allaient tomber dans le ravin. Dans les deux cas, cet accident serait différent de celui dont elle avait été victime la première fois, mais il serait tout aussi mortel…

Juste avant de les croiser, l'automobiliste imprudent regagna brusquement sa partie de la chaussée. Il était temps : les roues droites de la Honda étaient tout près de se retrouver suspendues dans le vide !

Au prix d'une manœuvre délicate, Jack réussit à se replacer au centre de l'accotement, et il s'y arrêta avec un soupir de soulagement.

— Où avez-vous appris à conduire comme ça ? demanda Sara d'une voix un peu tremblante.

— C'est une critique ou un compliment ?

— Un compliment, bien sûr !

Si c'était elle qui avait été au volant, la Honda serait en ce moment au fond du ravin, elle en avait la certitude. Elle était seule dans la voiture, la première fois, et, si l'accident avait aujourd'hui été évité, c'était à Jack qu'elle le devait.

L'une des nombreuses questions qui se pressaient dans sa tête venait cependant de trouver sa réponse : il ne fallait pas s'attendre à une répétition exacte des événements, puisqu'il ne s'était rien passé de spécial sur la route du restaurant, lors de leur première rencontre.

Etait-ce bon signe ou mauvais signe ? Impossible à dire ! Sara aurait tellement voulu pouvoir en déduire que Jack ne courait plus maintenant aucun danger…

Mais, si tentante que soit la perspective de baisser sa garde et de savourer pleinement la présence retrouvée de l'homme de sa vie, ce n'était pas une bonne idée : le mystérieux ennemi qui souhaitait sa mort devait encore rôder dans l'ombre.

— Je suis désolée…, chuchota Sara tandis que Jack redémarrait.

— Pourquoi ? Vous n'êtes pour rien dans ce qui vient de se produire !

— Si, je vous ai distrait en poussant un cri de frayeur.

— Oui, mais c'était avant que cette voiture en double une autre en plein virage… Vous ne pouviez pas encore la voir !

Pourquoi fallait-il qu'il soit aussi perspicace ? songea Sara.

Elle chercha désespérément une explication plausible, et en trouva une qui, sans être très convaincante, avait au moins le mérite d'être proche de la vérité.

— Une femme que je connaissais a eu un accident mortel exactement au même endroit. Je m'en suis souvenue quand j'ai aperçu ce virage, et ça m'a bouleversée.

— Quand était-ce ? demanda Jack.

— L'hiver dernier.

— C'était une de vos amies ?

Désireuse de mettre un terme à cette conversation, Sara répondit brièvement :

— Excusez-moi, mais je n'ai pas envie d'en parler.

— Je comprends.

— Parce que vous avez perdu des compagnons d'armes en Afghanistan ? demanda-t-elle imprudemment.

— Comment savez-vous que j'ai combattu là-bas ?

— Vous êtes un héros militaire !

— Je n'ai rien d'un héros, protesta Jack.

Sara aurait aimé pouvoir lui rappeler qu'avant d'être blessé il avait sauvé la vie à deux de ses camarades lors d'un combat avec un groupe ennemi. Cela lui avait valu une médaille, mais comment lui révéler qu'elle était au courant de cet acte de bravoure sans exciter de nouveau sa curiosité ?

Elle garda donc le silence et réfléchit à la situation. Ni l'accident qu'ils avaient évité de justesse, ni la conversation qu'ils venaient d'avoir n'avaient eu lieu la première fois. Et, à cette époque, ils n'avaient pas non plus emprunté la route sur laquelle elle était morte…

Ou le serait bientôt, à moins de réussir à changer son destin et celui de Jack… Elle avait encore du mal à s'y retrouver entre le passé et l'avenir.

— Vous avez l'air bien sombre, reprit Jack. Ça va ?

— Oui, mais cet endroit me rend nerveuse, je l'avoue, et je n'avais pas pensé, en proposant d'aller dîner à Ellicott City, que nous y passerions.

— Moi, c'est l'orage qui me rend nerveux. Le bruit du tonnerre ressemble à celui des tirs d'artillerie.

Il parut alors naturel à Sara de poser sa main sur le genou de Jack dans un geste de compassion. Elle aurait voulu pouvoir l'y laisser, mais Jack s'en serait forcément étonné et, bien qu'à regret, elle la retira donc.

— Vous exercez un métier original…, déclara-t-il, changeant de sujet. Comment l'idée vous en est-elle venue ?

— Ma mère tenait un magasin d'antiquités.

— Ah bon. Où donc ?

— A Ellicott City.

— Ce magasin n'existe plus ?

— Non. Il a fermé après la mort de ma mère, il y a deux ans.

— Je suis désolé…, dit Jack.

— Moi aussi, murmura Sara. Elle me manque beaucoup.

— Vous avez des frères et sœurs ?

— Non.

— Votre père est encore vivant, lui ?

Sara hésita avant de répondre. Fallait-il raconter à Jack l'histoire de son père ?

Oui, mais aujourd'hui elle ne s'en sentait pas le courage… Elle le ferait un autre jour.

— Il a quitté le domicile conjugal quand j'étais toute petite, se borna-t-elle à dire.

— Ça n'a pas dû être facile pour votre mère et pour vous !

— On ne roulait pas sur l'or, en effet, mais ça m'a au moins appris à être économe et à me servir de mes mains : lorsque je suis entrée au collège, je confectionnais déjà moi-même la plupart de mes vêtements.

Alors que Jack et elle avaient grandi dans le même comté du Maryland, leurs vies n'auraient pu être plus différentes. Sans un miraculeux hasard, leurs routes ne se seraient même certainement jamais croisées.

— Comment se fait-il que vous n'ayez pas repris le magasin de votre mère ? demanda Jack.

— Je trouvais les horaires de travail trop contraignants, et je n'avais pas envie de perdre ma liberté de mouvement.

— Oui, ça peut se comprendre.

— Quand ma mère était encore en vie, en revanche,

j'aimais bien m'occuper de la présentation des articles de son magasin et dénicher des objets insolites dans les vide-greniers et les salles des ventes.

— Des objets comme la lampe en forme d'éléphant que j'ai vue dans le vestibule, tout à l'heure ?

— Exactement ! Et puis, un jour de vacances universitaires, une amie agent immobilier m'a demandé si je pouvais meubler et décorer une maison avec des articles du magasin de ma mère, en prévision de la visite d'un acheteur potentiel. J'ai accepté, le résultat lui a beaucoup plu, et elle en a parlé à d'autres agents immobiliers. Moi, j'avais découvert ma vocation, et le bouche-à-oreille a ensuite tellement bien fonctionné que je n'ai jamais eu besoin de faire de la publicité pour avoir des clients.

— Preuve que vous êtes une excellente professionnelle.

— Je l'espère, en tout cas !

Jack connaissait naturellement assez bien Ellicott City pour atteindre leur destination sans avoir à consulter Sara. Bien que les places de stationnement soient chères, dans cette ville touristique, il parvint à se garer non loin de Chez Geneviève.

La nuit commençait à tomber. En descendant de voiture, Sara s'exhorta au calme, mais elle se rappelait que les choses avaient mal tourné quand ils étaient sortis du restaurant, la première fois…

Mais il s'agissait d'un autre établissement, et même d'une autre ville… Sara n'en demeura pas moins sur le qui-vive pendant le court trajet qui les amena devant le restaurant français, et elle poussa un soupir de soulagement lorsqu'ils en eurent franchi le seuil.

Il était tenu par un couple, Patrick et Laura Walsh, tous les deux âgés d'une quarantaine d'années. Laura officiait en cuisine, Patrick, dans la salle. Fatigués de la vie trépidante de New York, ils avaient vendu le restaurant qu'ils y possédaient pour venir s'installer dans le Maryland.

— Bonsoir, Patrick ! dit Sara au restaurateur, qui s'était précipité pour les accueillir.

— Bonsoir ! Quel plaisir de vous voir ! Ça faisait longtemps qu'on ne vous avait pas vue !

— Oui, j'ai été très occupée, ces derniers mois… Qu'avez-vous de bon à nous proposer, ce soir ?

— Je vous recommande le velouté d'asperges et les côtelettes d'agneau grillées aux herbes de Provence, mais vous devriez quand même prendre le temps de consulter la carte.

Patrick les conduisit à une table tranquille, au fond de la salle. En s'asseyant, Jack esquissa une grimace de douleur, et Sara lui demanda :

— Qu'y a-t-il ?

Cette question n'eut pas l'air de l'enchanter, mais il y répondit malgré tout.

— J'ai été blessé à la jambe gauche, en Afghanistan, et j'ai encore des difficultés à effectuer certains mouvements.

Il n'apprenait évidemment rien à Sara, mais elle avait besoin de le faire parler de lui, pour prévenir le risque de se trahir en lâchant par mégarde une information le concernant qu'elle était censée ignorer.

Tout au long du dîner, elle s'employa donc à orienter la conversation sur les goûts de Jack en matière de musique, de littérature, de cinéma… Ils avaient suivi les recommandations de Patrick, et opté pour un délicieux velouté d'asperges et des côtelettes d'agneau.

Une tarte au citron meringuée compléta cet excellent repas, mais une tension grandissante s'empara alors de Sara. Car deux choses pouvaient maintenant se produire — l'une, qu'elle souhaitait ardemment ; l'autre, qu'elle redoutait.

— Il est plus de 22 heures, dit Jack après avoir consulté sa montre. Vous êtes sûrement épuisée…

— Ce dîner m'a redonné un peu d'énergie. Et j'ai pris

beaucoup de plaisir à discuter de choses et d'autres avec vous. Je n'ai pas vu le temps passer !

— Moi non plus, mais ça va vous faire coucher tard, dit Jack, avant d'ajouter d'un ton complice : d'autant plus que vous devez me déposer avant de rentrer chez vous.

— C'est vrai, j'avais oublié…, prétendit Sara.

— Je peux appeler Ted et lui demander de venir me chercher…

— Inutile de le déranger, protesta Sara. A moins que vous n'habitiez à l'autre bout du comté.

— Non, seulement à quelques kilomètres d'ici.

Encore une chose que Sara savait, mais qu'elle avait fait semblant d'ignorer.

Jack paya l'addition et elle éprouva une vive déception. La première fois…

Pourtant, au lieu de se lever, il se pencha vers elle et lui déclara :

— Je suis en train de penser à votre métier.

Le pouls de Sara s'accéléra.

— Vous êtes une sorte de décoratrice d'intérieur…, poursuivit Jack.

— On peut dire ça comme ça, en effet.

— Morgan Enterprises est en train d'aménager de nouveaux locaux, est-ce que vous accepteriez d'effectuer une partie des travaux de décoration ?

— J'en serais ravie, mais vous êtes sûr que les dirigeants de la société seront d'accord ?

— Ma famille veut que je m'implique plus dans les affaires de l'entreprise… En prenant la décision de vous engager, je lui prouverai que je m'y intéresse, et j'expliquerai mon choix par la forte impression que votre travail m'a faite aujourd'hui.

— Alors c'est entendu.

— Vous ne voulez pas savoir ce que cette commande vous rapportera ?

Sara se reprocha son étourderie : si elle n'avait pas posé la question de la rémunération, c'est parce qu'elle se souvenait du montant offert par Jack la première fois.

— Si, bien sûr ! s'exclama-t-elle en riant. Je vous écoute…

La somme que Jack indiqua l'aurait ébahie si elle ne l'avait connue à l'avance.

— Ça vous va ? demanda-t-il ensuite.

— Très bien !

— Si vous avez du temps demain, je peux vous emmener là-bas et vous montrer les parties du bâtiment dont je compte vous confier la décoration.

— Je suis libre demain toute la journée.

Sara cacha son soulagement sous un sourire. Elle avait eu peur que Jack ne lui propose pas, cette fois, une tâche qui lui permettrait de beaucoup le voir — et donc de pouvoir le protéger.

Ils se levèrent et retraversèrent la salle, maintenant vide. Patrick les salua chaleureusement et, une fois dehors, Sara scruta la rue.

Le deuxième événement majeur de la soirée, celui qu'elle redoutait, allait-il se produire ?

Apparemment pas : ils atteignirent la Honda sans encombre. Quand Jack lui ouvrit la portière du conducteur, Sara vit sur son visage une expression qu'elle reconnut : il avait envie de l'embrasser.

Et, comme elle y pensait, elle aussi, depuis des heures, peut-être en aurait-elle pris l'initiative si un homme n'avait alors surgi de derrière une voiture garée un peu plus loin dans la rue.

Un homme qui brandissait un pistolet.

4

Jack ne se souvenait pas d'avoir passé une aussi bonne soirée depuis des lustres, et il avait le sentiment que ce n'était qu'un début.

Mais, par un de ces caprices du hasard qui pouvaient faire basculer une vie tout entière, un homme armé d'un pistolet se dirigea soudain vers lui.

Pris au dépourvu, Jack demeura un instant cloué sur place. Sara, elle, réagit immédiatement : elle bondit en balançant son sac au moyen de la bandoulière et, quand elle fut assez près du malfaiteur, elle envoya le lourd fourre-tout en cuir le frapper en plein visage.

L'homme poussa un cri de surprise, suivi d'une bordée de jurons, mais ne lâcha pas son pistolet. La bouche en sang, les traits déformés par la colère, il braqua son arme sur Sara.

Pendant ce temps, Jack s'était ressaisi. Il se jeta sur l'inconnu et le plaqua contre le mur de la maison voisine du restaurant. Son adversaire voulut alors lui donner un coup de tête, mais Jack s'écarta à temps. L'homme perdit l'équilibre et, dans sa chute, laissa échapper le pistolet, que Jack se dépêcha d'expédier d'un violent coup de pied sous la voiture la plus proche.

Désarmé, leur agresseur ne songea plus qu'à s'enfuir : il sauta sur ses pieds, se mit à courir et disparut au coin de la rue. Jack s'élança à sa poursuite mais, au bout de quelques mètres à peine, sa mauvaise jambe l'obligea à s'arrêter. Quand il voulut repartir, Sara le retint par le bras.

— Laissez tomber ! dit-elle. Vous n'arriverez pas à le rattraper.

Elle avait malheureusement raison, se dit Jack. Même s'il était aiguillonné par un désir farouche d'empêcher leur agresseur de s'échapper, sa jambe blessée constituait un handicap trop important. Sans compter que l'homme avait dû préparer sa fuite en garant une voiture dans une rue voisine.

La porte du restaurant s'ouvrit alors, et Patrick sortit sur le trottoir.

— J'ai entendu un bruit de bagarre, déclara-t-il. Que s'est-il passé ?

— On a été victimes d'une tentative de vol, répondit Jack.

— Je ne suis pas sûre qu'il s'agisse de ça, objecta Sara.

— Pourquoi ?

— Cet homme ne nous a rien demandé : ni notre argent liquide, ni nos cartes bancaires, ni nos téléphones portables.

— Il n'en a pas eu le temps ! souligna Jack en riant. Vous lui avez balancé votre sac en pleine figure avant qu'il ait pu ouvrir la bouche !

— C'est vrai…

— Vous avez fait preuve d'une présence d'esprit remarquable ! s'exclama-t-il d'un ton admiratif.

— J'ai pris des cours d'autodéfense, dit modestement Sara.

— Et on ne vous a pas conseillé de remettre son portefeuille à un agresseur armé plutôt que de risquer de se prendre une balle ? demanda Jack.

— Si, mais là je n'ai pas réfléchi.

— J'appelle la police, annonça le restaurateur en sortant son portable.

Sara avait l'air secouée et, quand Jack l'attira dans

ses bras pour la réconforter, il la sentit trembler. C'était normal, mais il fut surpris en revanche de l'entendre murmurer son nom avec une sorte de ferveur, comme si un lien profond les unissait déjà.

— Ça va ? demanda-t-il.

— Mieux, maintenant, mais j'ai eu tellement peur !

— Ça ne vous a pas empêchée de garder votre sang-froid, lui rappela Jack.

Elle hocha la tête contre son épaule et se serra plus fort contre lui.

Jack trouvait merveilleux de la tenir ainsi dans ses bras, et il avait l'étrange impression que ce n'était pas la première fois : il lui semblait reconnaître le sentiment d'intense bien-être que cela lui procurait.

C'était évidemment le fruit de son imagination, mais une chose était sûre : il désirait cette femme, même s'il savait que s'engager avec elle dans une relation intime était dangereux, car il risquait de la décevoir.

Il décida de ne pas y penser et de se contenter de savourer cet instant dont il avait rêvé toute la soirée : celui où il sentirait le corps gracile de Sara contre le sien. Il n'aurait pas cru voir ce vœu s'accomplir si vite, même s'il regrettait de le devoir à un événement aussi déplaisant qu'une agression.

Il laissa ses mains couvrir le dos de Sara de lentes caresses. Il aurait voulu pouvoir aller plus loin avec elle. L'embrasser. Et plus encore : lui faire l'amour… Ce désir le surprenait, car elle verrait alors les cicatrices cachées sous ses vêtements.

Des cicatrices qui lui rappelaient la pire journée de sa vie et avaient fait se détourner de lui une autre femme.

Embrasser celle-ci maintenant était cependant inenvisageable, avec le propriétaire du restaurant à proximité et l'arrivée imminente de la police.

Et sans doute Sara, qui n'aurait sûrement pas refusé

son baiser, le comprit-elle aussi, car elle finit par s'écarter de lui.

— Je suis contente que vous soyez indemne, murmura-t-elle.

— Et moi que *vous* le soyez !

— C'était sur vous que cet homme pointait son arme, reprit-elle.

— Mais votre intervention vous a mise en danger.

— J'ai agi sous l'effet de la décharge d'adrénaline causée par la peur.

Patrick toussota pour attirer leur attention.

— Vous avez tous les deux vécu une expérience traumatisante… Venez vous asseoir à l'intérieur !

— Bonne idée, dit Sara.

Ils rentrèrent dans l'établissement, où les chaises étaient à présent retournées sur les tables. Patrick en reposait quatre sur le sol lorsqu'une femme brune sortit de la cuisine.

— Que s'est-il passé ? s'écria-t-elle, l'air inquiet.

— Tentative de vol, expliqua le restaurateur.

— Oh ! Mon Dieu ! Au fait, je suis Laura Walsh, la femme de Patrick…

Cette précision s'adressait à Jack, qui se présenta à son tour avant de demander :

— Les agressions sont fréquentes, dans ce quartier ?

— Non, indiqua Patrick, mais ça arrive de temps en temps… Je suis vraiment désolé que vous vous soyez fait braquer pratiquement devant notre restaurant !

— Vous n'y êtes pour rien !

— Je vous sers un cognac, pour vous aider à vous remettre de vos émotions ?

— Volontiers !

— A vous aussi, Sara ?

— Oui, merci, dit cette dernière.

Jack et elle étaient en train de boire à petites gorgées un excellent cognac lorsque la porte s'ouvrit et qu'un policier franchit le seuil. Jeune et vigoureux, il affichait la belle assurance que procure un uniforme tant qu'aucun danger ne rôde.

Cette attitude, Jack la connaissait bien. Il était parti en Afghanistan avec la conviction que la puissante armée américaine viendrait facilement à bout des talibans… Sur place, il s'était rendu compte que les choses étaient loin d'être aussi simples, qu'une supériorité en moyens humains et matériels ne garantissait pas forcément la victoire.

— Sergent Robards…, déclara le policier. Vous avez signalé une tentative de vol ?

— Oui, répondit Patrick.

— Cette jeune femme et moi avons été agressés, précisa Jack en désignant Sara.

— Où ?

— Dans la rue. Nous venions de sortir de ce restaurant où nous avions dîné.

Après avoir noté leurs noms, numéros de téléphone, domiciles et adresses électroniques, Robards leur demanda de faire le récit de ce qui s'était passé. Jack s'en chargea et, quand il eut terminé, le policier lâcha :

— Vous avez pris un gros risque en attaquant cet homme, mademoiselle Carter ! Il aurait pu vous tirer dessus.

— Je sais, admit Sara, mais sur le coup je n'ai pas réfléchi : en voyant le pistolet braqué sur Jack, j'ai eu une pulsion qui m'a fait agir de façon purement instinctive.

Elle avait dit à peu près la même chose à Jack, tout à l'heure dans la rue. Mais, à présent qu'ils étaient à l'intérieur, il distinguait mieux les traits de son visage et il lui trouva une expression bizarre, comme si elle cachait quelque chose.

— Vous pouvez décrire votre agresseur, monsieur Morgan ? demanda le sergent.

— Il n'avait rien de particulier : taille et corpulence

moyennes, cheveux noirs, début de calvitie… C'est surtout son arme que je regardais…

— De quel genre d'armes s'agissait-il ?

— D'un pistolet automatique.

— Il est parti avec ?

— Non. Quand il l'a lâché, j'ai donné dedans un coup de pied qui l'a projeté sous une voiture. Il doit encore y être.

— Allons voir ! s'exclama le policier, visiblement satisfait de tenir peut-être le début d'une piste.

Jack et Sara l'accompagnèrent dehors. L'arme n'avait pas bougé, et Robards, après l'avoir récupérée, la mit dans un sachet en plastique.

— Vous avez quelque chose à ajouter au signalement qu'a donné M. Morgan ? demanda-t-il ensuite à Sara.

— Oui. Cet homme avait un front haut, une grande bouche, et une dent de devant un peu de travers…

— Vous avez remarqué ça ? s'écria Jack.

— Oui. J'ai pensé qu'il devrait consulter un orthodontiste.

— Autre chose ? s'enquit le sergent.

— Il avait le visage couvert de cicatrices d'acné.

— C'est vrai, intervint de nouveau Jack. J'avais oublié de le mentionner.

— Il était entièrement vêtu de noir : pantalon, polo à manches longues et chaussures. Il espérait sans doute passer inaperçu ainsi.

— Vous avez vu de quelle couleur étaient ses yeux ?

— Non. Ils étaient clairs, c'est tout ce dont je suis sûre. Et il avait le teint pâle d'une personne qui ne sort pas beaucoup. Pour finir, je pense qu'il n'est pas d'ici, mais de New York. A cause de son accent.

— Il a juste proféré quelques jurons ! s'exclama Jack, surpris par le nombre d'informations précises fournies par Sara.

— Je sais, mais c'est vraiment l'impression que j'ai eue.

— Est-ce que l'un de vous deux l'avait déjà vu ? s'enquit Robards.

— Moi, non, dit Jack.

— Moi non plus, indiqua Sara — mais avec un temps de retard.

— Vous accepteriez de venir au commissariat d'Ellicott City pour regarder les photos de quelques individus recherchés pas la police ? demanda Robards.

— Oui, répondirent Sara et Jack — en chœur, cette fois.

— Demain matin, c'est possible ?

Ils acquiescèrent tous les deux, et le policier s'en alla en leur souhaitant une bonne nuit.

Quand ils retournèrent à la voiture, Sara semblait tellement épuisée que Jack proposa de conduire. Elle se laissa tomber sur le siège passager, appuya sa tête contre le dossier et ferma les yeux, mais il nota la crispation de ses mains, croisées sur ses genoux.

— Si vous n'aviez pas été aussi réactive, les choses auraient pu très mal finir, déclara-t-il après avoir démarré et pris la direction de son domicile.

— Vous exagérez un peu. C'est vous, en neutralisant cet homme, qui l'avez fait fuir.

— Peut-être, mais votre initiative l'a désarçonné et m'a donné le temps de contre-attaquer. Je crois qu'il m'aurait tiré dessus, sinon.

— C'est possible.

— Et vous l'avez décrit de façon beaucoup plus complète que moi.

Cette remarque fit réagir Sara. Elle ouvrit les yeux et se redressa.

— Mon métier m'a appris à être attentive aux détails, expliqua-t-elle.

— Quand le sergent nous a demandé si nous avions déjà vu cet homme, vous avez hésité avant de répondre.

— J'essayais de me rappeler si c'était le cas ou non.

— Moi, je ne me suis même pas posé la question : il m'a semblé tout de suite évident que je ne le connaissais pas, dit Jack.

— Nous ne fonctionnons pas de la même façon, c'est tout, se justifia Sara.

— Sans doute…

Mais Jack n'était pas convaincu et, lorsque Sara ferma de nouveau les yeux, il se demanda si c'était parce qu'elle voulait dormir ou couper court à la conversation.

Le trajet jusque chez lui prit à peine un quart d'heure. Il habitait un peu à l'écart de la nationale 144, dans une ancienne ferme entourée d'environ un hectare de terrain. Cette propriété l'avait séduit parce qu'elle était aux antipodes des zones pavillonnaires qui se multipliaient depuis quelques années dans le comté de Howard, et où les gens vivaient pratiquement les uns sur les autres.

Quand il s'arrêta devant sa porte, Sara rouvrit les paupières. Une lampe extérieure s'était automatiquement allumée, et Jack vit que le regard de Sara se fixait sur la maison. Ce bâtiment bas et de forme rectangulaire ne ressemblait en rien à la luxueuse demeure convoitée par son frère.

— Ça n'en impose pas beaucoup, n'est-ce pas ? lança-t-il.

— Non, mais je doute que vous ayez acheté cette maison pour impressionner qui que ce soit.

— Ça, c'est sûr ! s'écria Jack en riant. Je voulais juste être tranquille.

Inutile d'expliquer que ses parents l'avaient invité à revenir habiter avec eux, et qu'il avait refusé. Il ne supportait pas l'idée d'être obligé de parler quand il n'en avait pas envie, et de subir questions et commentaires sur sa rééducation.

Ses parents s'inquiétaient pour lui, il le savait. Sa décision de s'engager dans l'armée les avait contrariés, et ils avaient vécu dans l'angoisse pendant tout le temps qu'il avait passé en Afghanistan. Aujourd'hui encore, son état physique et mental les préoccupait.

C'était compréhensible, mais Jack avait l'impression d'avoir bien progressé ce soir — sur le plan mental, tout du moins.

Il avait l'intention de dire au revoir à Sara. Pourtant, contre toute attente, il s'entendit déclarer :

— Vous voulez entrer ?

— J'en ai envie, mais je ne devrais pas.

— Pourquoi ?

— Parce que, si je le fais, je serai tentée de rester toute la nuit, et vous penserez que je suis une femme de mœurs légères.

— Bien sûr que non ! Il est évident qu'il se passe quelque chose de spécial entre nous depuis la minute même où nous nous sommes rencontrés, et la suite de la soirée n'a fait que le confirmer.

— Vous l'avez donc senti, vous aussi ?

— Oui.

— Oh ! Jack…, murmura Sara en posant la tête sur son épaule.

Ils étaient seuls, à présent. Rien n'empêchait plus Jack d'embrasser Sara…

Rien, sauf le temps qui s'était écoulé depuis le dernier baiser qu'il avait donné à une femme. Et, dans ce domaine comme dans d'autres, peut-être l'absence de pratique régulière faisait-elle perdre peu à peu le savoir acquis ?

Pourtant, quand Sara se recula assez pour pouvoir plonger son regard dans le sien, Jack ne put résister… Se penchant vers elle, il unit leurs lèvres.

Dès qu'elles se touchèrent, il comprit que ses craintes étaient infondées : l'art d'embrasser une femme ardemment désirée ne s'oubliait pas.

Il y avait néanmoins une chose sur laquelle il ne s'était pas trompé : loin de le repousser, Sara s'offrit à son baiser, entrouvrant d'elle-même les lèvres pour lui permettre d'explorer de la langue la douceur de sa bouche. Il trouva agréable le léger goût de cognac qui y subsistait, et magique la façon dont elle semblait deviner ce qui lui donnait du plaisir, comme si elle lisait dans ses pensées. C'était impossible, mais le caractère immédiat de leur entente tenait presque du prodige.

Et puis Jack cessa d'essayer d'analyser la situation : il se laissa griser par la passion et la sensualité grandissantes que Sara mettait dans son baiser. S'il la soulevait maintenant dans ses bras et la portait dans la maison — dans son lit —, elle ne résisterait pas : elle le lui avait fait comprendre…

Non ! Elle avait juste dit qu'elle serait *tentée,* une fois chez lui, d'y rester toute la nuit…

Ils ne se connaissaient que depuis quelques heures, s'obligea-t-il à se rappeler, et la peur de tout gâcher en brûlant les étapes finit par le convaincre de rompre leur étreinte.

Haletants, ils échangèrent un long regard, puis Sara reposa sa tête sur l'épaule de Jack. Il l'enlaça, crut pouvoir savourer tranquillement ce moment de douce intimité, mais sa libido ne tarda pas à reprendre le dessus, et il murmura :

— Vous devriez partir, pendant que je suis encore capable d'empêcher les choses d'aller trop loin.

— Oui, vous avez raison, admit-elle d'une voix un peu étranglée.

Mais elle ne bougea pas. Il attendit, et elle ajouta dans un souffle :

— Jack… Jamais je n'aurais pensé que ça arriverait de nouveau.

Ces deux derniers mots le firent sursauter.

— Comment ça, « de nouveau » ? s'écria-t-il.

5

Sara s'écarta de Jack et baissa les yeux, de peur, si elle le regardait, de révéler ce qu'elle savait de leur passé.

— Ça m'a échappé. La fatigue, sans doute…

— Vous n'avez pas de comptes à me rendre, déclara Jack d'un ton bourru.

Il devait malgré tout se demander ce qu'elle avait voulu dire… Il fallait trouver une explication cohérente, et ce fut encore une fois une histoire contenant au moins une part de vérité qui parut convenir le mieux à Sara.

— J'ai eu une liaison avec un homme dont j'étais très amoureuse. Nous étions fiancés, mais il est mort quelques semaines avant la date prévue pour notre mariage.

— Je suis désolé.

— Ça a été très dur.

— Je comprends, dit doucement Jack.

— Je me suis renfermée sur moi-même, depuis, poursuivit Sara. J'ai cherché l'oubli dans le travail.

— Je comprends, répéta Jack.

— Et, quand ce malfaiteur a pointé son arme sur vous, je n'ai pensé qu'à vous protéger, conclut Sara.

Jack l'attira dans ses bras, et une envie impérieuse de lui dire toute la vérité la saisit.

Ce serait cependant peine perdue : il ne la croirait pas. N'avait-elle pas douté elle-même en se réveillant indemne après un accident mortel et en se retrouvant dans une situation déjà vécue dix mois plus tôt ?

— Il faut que je parte, déclara-t-elle à regret, mais nous nous reverrons demain, puisque vous devez me faire visiter les nouveaux locaux de Morgan Enterprises… Et nous avons également accepté d'aller le matin au commissariat pour regarder des photos.

— C'est vrai… J'avais complètement oublié.

— Sans doute parce que ce ne sera pas vraiment une partie de plaisir.

— En effet, approuva Jack, mais je peux passer vous prendre pour vous emmener aussi à Ellicott City, au lieu de nous donner rendez-vous là-bas.

— Entendu.

Sara sortit une de ses cartes professionnelles de son sac et la tendit à Jack avant qu'ils ne descendent tous les deux de la voiture. Jack se dirigea vers sa porte, mais il s'arrêta devant et se retourna tandis que Sara s'installait au volant. Elle effectua une marche arrière, fit à Jack un signe de la main, puis s'éloigna en réfléchissant aux conséquences de ce qui venait de se passer.

Depuis l'agression, elle s'efforçait de peser chaque mot avant de parler, et c'était peut-être une erreur, car cela risquait de révéler qu'elle cachait quelque chose.

Par chance, Jack ne lui avait pas demandé comment s'appelait le « fiancé » qu'elle avait perdu. Que répondrait-elle s'il lui posait un jour la question ? Elle dirait que parler de cet homme lui était trop douloureux — en espérant que Jack n'insisterait pas, parce qu'il lui faudrait alors inventer un nom.

Alors qu'elle détestait mentir, elle n'avait pas arrêté de le faire ce soir… Par nécessité, bien sûr, comme pour expliquer la peur qu'elle avait eue, sur la nationale 108, en reconnaissant ce virage. Sa réaction avait distrait Jack, et une voiture avait failli les percuter de plein fouet.

« Failli » seulement, mais le reste de la soirée prouvait

que certaines choses ne changeraient pas par rapport à la première fois.

L'homme armé d'aujourd'hui et celui qui avait tenté d'assassiner Jack à Lisbon, dans une autre réalité, ne faisaient qu'un, par exemple. Seuls la ville et le restaurant étaient différents.

Pour avoir attendu Jack au bon endroit, il avait dû suivre la Honda depuis le « Tara du Maryland », et cela signifiait qu'il savait où Jack serait ce jour-là.

L'agression ne s'était cependant pas passée exactement de la même manière à Lisbon. Là-bas, Sara n'avait pas frappé le malfaiteur avec son sac : une personne était sortie du restaurant et avait crié. L'homme avait tourné la tête vers elle, et Jack en avait profité pour lui sauter dessus.

Ensuite, tout s'était déroulé de la même façon. Ce qui avait permis à Sara de réagir aussi vite, ce soir, c'était la prescience d'un danger possible, et elle s'était préparée à se servir de son sac comme d'une arme à cause de l'heure, plus tardive, qui avait vidé le restaurant de tous les autres clients.

Elle irait le lendemain matin au commissariat avec Jack, mais ils ne verraient pas la photo de leur agresseur… Si les choses se passaient comme la première fois, tout du moins, et elle ne pouvait pas en être sûre.

Les pensées de Sara revinrent à l'histoire du fiancé disparu qu'elle avait racontée à Jack. C'était une sorte de bombe à retardement ! Elle s'était sentie obligée d'expliquer sa bévue, mais peut-être aurait-elle pu trouver mieux…

Les regrets ne servaient cependant à rien, et la situation était si compliquée que, la règle la plus importante à respecter, c'était de se comporter de façon aussi normale que possible. A savoir comme une femme qui venait de rencontrer un homme qui lui plaisait. Et non comme une femme qui retrouvait le père de son enfant. Un homme qu'elle croyait mort…

Sauf qu'il n'y avait pas de bébé. Pas encore. Cet enfant n'existait que dans une autre réalité.

Pouvait-elle éviter de tomber enceinte ? se demanda Sara. *Voulait*-elle éviter de tomber enceinte ?

Non, si Jack devait mourir, un enfant de lui serait la seule chose qui lui donnerait envie de se lever le matin.

Arrête ! se dit-elle. *Jack ne va pas mourir. C'est pour ça que tu es là, pour empêcher qu'il se fasse tuer.*

Si seulement elle pouvait être certaine d'y arriver ! Mais le problème n'était pas l'homme en noir de ce soir, mais son mystérieux commanditaire.

Une chose semblait sûre, en tout cas : la prochaine attaque serait d'un tout autre genre. Il fallait qu'on puisse maquiller la mort de Jack en accident, ou la mettre sur le compte d'un acte de violence, commis juste parce qu'il se trouvait au mauvais endroit, au mauvais moment. Une nouvelle agression dans la rue était donc improbable.

Mais pas impossible non plus…

Les mains de Sara se crispèrent sur le volant. La façon dont son esprit tournait en rond, comme un hamster dans sa roue, l'exaspérait.

La zone industrielle où elle habitait apparut sur sa droite. Elle s'y engagea et se dirigea vers l'ensemble d'entrepôts qui en occupait une partie.

La plupart de ces entrepôts étaient loués par des commerçants qui n'avaient pas les moyens d'ouvrir un vrai magasin ou n'en éprouvaient pas le besoin. Il y avait là notamment un vendeur de flippers et autres jeux d'occasion, un grossiste en tapis et un marchand de meubles de jardin.

De jour, cet endroit était assez animé, mais Sara était l'unique personne à y avoir élu domicile, et la nuit elle y était seule.

Une rangée d'arbres bordait l'arrière de la zone industrielle. D'habitude, Sara appréciait de voir un peu de verdure dans cet océan de ciment et de béton mais, ce soir, l'obscurité qui régnait sous ces arbres la fit frissonner.

Et si quelqu'un s'y était caché pour l'épier ?

L'agression d'Ellicott City visait Jack, mais cela ne voulait pas forcément dire qu'elle-même ne risquait rien.

Le malfaiteur avait-il dit à son commanditaire qu'elle était en partie responsable de l'échec de sa mission ? Peut-être avait-il eu honte d'avouer s'être laissé surprendre par une femme armée d'un sac à main, mais peut-être aussi avait-il trouvé une autre explication à sa lèvre fendue…

Le rôle actif qu'elle avait joué dans cette affaire pouvait attirer sur elle l'attention de l'ennemi de Jack et la mettre ainsi en danger.

Pour plus de sûreté, il allait sans doute lui falloir se procurer une arme à feu.

Elle se gara à côté de sa camionnette, descendit rapidement de voiture et gravit les quelques marches qui menaient à la petite porte située à droite de l'aire de chargement.

La lampe à détecteur de mouvement fixée au-dessus ne s'alluma pas. Sara se souvint que l'ampoule était grillée, et elle se promit de la changer dans les plus brefs délais.

Une fois à l'intérieur, elle eut plus que jamais conscience d'être remontée dans le temps. Elle habitait là quand elle avait rencontré Jack mais, après sa mort, en se découvrant enceinte, elle avait cherché un autre logement, parce qu'il n'était pas possible d'élever un enfant dans un entrepôt.

Ce soir, elle retrouvait cet endroit tel qu'il était avant son déménagement, et Jack allait passer l'y prendre le lendemain matin… Elle alluma la lumière et tenta de porter sur les lieux un regard extérieur.

Presque tout l'espace, devant elle, était occupé par les meubles qui lui servaient dans le cadre de sa profession.

Les tables, bureaux, armoires, commodes et buffets étaient en majorité des pièces anciennes, qu'elle avait achetées en mauvais état dans des brocantes, des vide-greniers ou des ventes aux enchères, avant de les réparer. Les chaises, en revanche, étaient pour la plupart modernes, parce qu'elle les voulait confortables.

Les étagères qui recouvraient deux des murs contenaient des bibelots et autres petits objets qui lui permettaient de créer dans les maisons à valoriser des atmosphères chaleureuses, mais chaque fois différentes.

Un souvenir lui revint soudain en mémoire, interrompant son inspection. Si elle avait dit à Jack qu'elle pouvait aller voir les nouveaux locaux de Morgan Enterprises avec lui, c'est parce que les choses s'étaient passées ainsi la première fois. Elle avait alors eu la journée du lendemain entièrement libre, mais était-ce encore le cas ?

Il fallait vérifier.

Elle se dirigea vers le fond de l'entrepôt et franchit la porte qui séparait le lieu de stockage des meubles de son logement proprement dit — un studio douillet, à condition de ne pas prêter attention aux murs en parpaings et aux conduites qui couraient le long du plafond.

Avec sa couverture indienne et ses coussins disposés un peu partout, son lit placé le long du mur faisait office de sofa. Les sièges — deux chaises assorties et un fauteuil rembourré — provenaient de son stock de meubles, ainsi que l'armoire et la commode où elle rangeait ses vêtements. Son ordinateur trônait sur une ancienne table de bibliothèque, et il y avait au bout du lit des étagères pleines de livres d'art et de décoration.

La kitchenette était équipée d'un évier, d'un réfrigérateur encastré, d'une cuisinière à deux feux et d'un four à micro-ondes. La minuscule salle de bains attenante comportait un lavabo et une douche.

Après avoir allumé son ordinateur, Sara consulta son agenda et constata avec soulagement que sa journée du lendemain était entièrement libre.

Elle était en train de lire son courrier électronique quand

son téléphone portable sonna. Il n'était pas possible d'avoir une ligne fixe dans l'entrepôt, mais cela ne la gênait pas, car la majeure partie de ses contacts avec ses clients se faisait par mail.

A cause de l'heure tardive, une bouffée d'angoisse l'envahit, mais un regard au numéro qui s'affichait sur l'écran la rassura : c'était celui de Jack. Comment avait-elle pu oublier qu'il l'appellerait ce soir pour savoir si elle était bien rentrée ?

Et ce fut en effet la question qu'il lui posa lorsqu'elle eut décroché.

— Oui, tout va bien, répondit-elle.

— Tant mieux ! Je me suis reproché, après coup, de ne pas vous avoir donné mon numéro, au cas où vous auriez eu un problème sur la route.

— Et moi, je n'ai pas pensé à vous le demander. J'étais un peu déboussolée.

— C'est compréhensible.

Jack lui dicta ses numéros de fixe et de portable, qu'elle nota consciencieusement bien qu'elle les connaisse déjà par cœur.

— A quelle heure dois-je venir vous chercher demain ? demanda-t-il ensuite.

— Qu'est-ce qui vous arrange ?

— Vers 10 heures ? On passera au commissariat, puis on ira visiter les nouveaux locaux de Morgan Enterprises, et on pourra clore la matinée en déjeunant ensemble.

— Parfait !

Il n'y avait pas grand-chose à ajouter. Tout ce que Sara aurait voulu dire à Jack lui aurait semblé bizarre à ce stade de leur relation.

— Vous possédez une arme à feu ? demanda-t-il brusquement.

— Non, répondit-elle.

— Vous devriez vous en procurer une.

— J'y ai pensé moi aussi. Ma mère en avait une, au magasin, et j'ai pris des leçons de tir, quand j'étais adolescente, mais c'est loin.

— Ça ne s'oublie pas, dit Jack en riant. Vous voulez que je vous accompagne dans une armurerie ?

— Volontiers !

— Désolé, ajouta-t-il, il y a plus romantique, comme proposition de sortie à deux !

— Oui, mais celle-ci a un intérêt pratique indéniable, répliqua Sara en souriant pour elle-même.

— Je vais vous laisser, maintenant. Vous avez besoin de vous reposer.

— Vous aussi.

— A demain !

— A demain.

Sara raccrocha et resta ensuite un long moment son téléphone à la main, les yeux dans le vague et le sourire aux lèvres.

Combien d'hommes offriraient à une femme rencontrée le jour même de l'emmener acheter une arme à feu ? Comme la première fois, une relation intime s'était instaurée avec une incroyable rapidité entre Jack et elle.

C'était rassurant — à condition de ne pas penser à l'échec possible de la tâche qui l'attendait : celle de sauver la vie de Jack.

Et peut-être la sienne aussi.

Jack reposa le combiné et se laissa aller contre le dossier du fauteuil de sa chambre. Il se sentait à la fois exalté et soucieux.

Cela faisait des années qu'il n'avait pas éprouvé une telle attirance pour une femme, mais il percevait chez Sara quelque chose d'étrange. Elle semblait ouverte, et en même temps sur ses gardes. Et il avait par moments l'impression qu'elle savait à l'avance ce qu'il allait dire.

Il aurait pourtant tellement aimé pouvoir profiter de leurs affinités évidentes en toute insouciance !

Et peut-être était-ce cela qu'il fallait faire : poursuivre leur relation sans se poser de questions.

Mais jusqu'où pouvait-il s'autoriser à la laisser évoluer ?

Il avait une petite amie, avant de partir en Afghanistan. Bonnie Worthington, rencontrée dans une soirée. Ils s'étaient plu, et ses parents l'avaient encouragé à revoir Bonnie, parce qu'elle appartenait à la « bonne » classe sociale.

Pourtant, Jack n'était pas sûr d'avoir envie de passer le reste de sa vie avec elle, et c'était l'une des raisons qui l'avaient poussé à s'engager dans l'armée. Ils avaient correspondu pendant sa formation d'officier et le temps qu'il avait passé en Afghanistan. Bonnie était aussi venue le voir à l'hôpital, après son rapatriement, mais il s'était tout de suite rendu compte que ses blessures la gênaient.

Alors, sachant qu'elle ne s'habituerait jamais à se promener au bras d'un homme défiguré, il avait rompu avec elle.

Même s'il n'était pas vraiment amoureux de Bonnie, ce qu'il avait ressenti comme un rejet avait profondément marqué Jack. Depuis, les femmes lui inspiraient une extrême méfiance. Il n'en avait d'ailleurs rencontré aucune avec laquelle il aurait eu envie de passer du temps. Jusqu'à Sara.

Mais comment réagirait-elle en découvrant son corps abîmé ?

Non sans se reprocher de trop se soucier de son physique, Jack se déshabilla et alla se regarder dans le miroir en pied fixé sur la porte de sa salle de bains. Sa jambe gauche était couverte de cicatrices. Les médecins l'avaient sauvée, mais elle ne retrouverait jamais un aspect normal.

Il avait également des cicatrices sur le torse, le ventre et, bien sûr, sur le visage.

Ces dernières n'avaient apparemment pas rebuté Sara, mais que dirait-elle des autres, si elle le voyait nu ?

La seule idée de faire l'amour avec elle lui donna une érection, et il se détourna de la glace avec un petit rire désabusé. Côté mécanique, tout fonctionnait parfaitement !

Alors qu'il venait d'enfiler un short et un T-shirt en prévision de la seconde de ses séances biquotidiennes de musculation, le téléphone sonna.

Son cœur bondit dans sa poitrine : et si c'était Sara ?

Mais un coup d'œil à l'écran de l'appareil lui apprit qu'il s'agissait de son frère et, après avoir hésité à prendre la communication, il finit par décrocher.

— Tu vas bien ? lui demanda Ted sans préambule.

— Oui. Pourquoi ?

— Parce que tu t'es fait agresser ce soir dans la rue.

— Comment le sais-tu ? demanda Jack d'un ton étonné.

— J'ai mes sources, dit Ted.

— C'est un de tes amis policiers qui t'a prévenu, j'imagine ?

— Oui, reprit son frère, avant d'ajouter sur un ton où Jack crut discerner une nuance de reproche : tu étais avec cette Sara Machin Chose, n'est-ce pas ?

— Sara Carter.

— C'est ça… Vous êtes partis ensemble alors que la visite de la maison était encore loin d'être terminée !

— Tu n'as pas besoin de moi pour savoir si tu veux ou non t'en porter acquéreur ! s'exclama Jack.

— Je l'achèterai si j'arrive à obtenir un rabais de cent mille dollars sur le prix demandé, conclut Ted.

— Bonne chance !

— La responsable de l'agence pense que le vendeur acceptera.

— Très bien !

Jack songea un instant à informer Ted qu'il avait engagé Sara pour décorer une partie des nouveaux locaux de Morgan Enterprises, mais il y renonça finalement. Cela aurait pu provoquer une dispute et, ce soir, il ne se sentait pas le courage de polémiquer avec son frère.

— Sois prudent, à l'avenir ! déclara ce dernier.

— D'accord, dit Jack, désireux de mettre fin à la conversation.

— Je n'aime pas l'idée que tu te fasses tirer dessus, insista Ted.

— Tout s'est heureusement bien terminé, aujourd'hui.

— Il paraît que Sara a frappé votre agresseur avec son sac à main ?

— En effet.

— Elle a du cran, cette fille ! lança Ted en riant.

— Oui. Excuse-moi, maintenant, mais je suis éreinté… Je te rappelle demain.

— Entendu. Je voulais juste m'assurer que tu allais bien.

Agacé, Jack remercia son frère du bout des lèvres avant de raccrocher. Sa famille avait tendance à le surprotéger, depuis son retour d'Afghanistan. Il le comprenait, mais cela lui déplaisait.

S'agissant de son frère, d'ailleurs, cette sollicitude le surprenait. Pourquoi l'avait-il appelé ce soir, par exemple ? Pour pouvoir ensuite le dire à leurs parents et se faire ainsi valoir à leurs yeux ?

Jack avait parfois l'impression que son intégration dans l'entreprise familiale ennuyait Ted. Jusqu'à ce qu'il démissionne de l'armée, son cadet pouvait en effet espérer assumer un jour seul la direction de la compagnie…

Après avoir remis ses chaussures de sport, Jack descendit à la salle qu'il avait aménagée au sous-sol. Sa séance de musculation commençait toujours par des exercices avec des poids attachés aux chevilles. C'était dur, mais il sentait sa jambe blessée recouvrer peu à peu force et souplesse.

Ses pensées continuaient de tourner autour son frère. Ils ne s'étaient jamais bien entendus. Une différence d'âge de dix-huit mois seulement avait créé entre eux une rivalité qui n'avait jamais disparu, son statut d'aîné donnant à Jack un léger avantage. Ils avaient tous les deux fait partie de l'équipe de football américain de leur lycée, par exemple, mais c'était Jack qui en avait été le capitaine. Ils avaient cependant l'un et l'autre intégré de grandes universités : Harvard pour Jack, et Yale pour Ted.

La perspective de prendre un jour les rênes de Morgan Enterprises enchantait Ted… Jack, lui, avait voulu tracer sa propre route, et c'était l'une des raisons qui l'avaient fait s'engager dans l'armée. Il avait été un excellent officier, qui aurait sans doute gravi les échelons jusqu'au grade de général si une bombe artisanale n'avait brutalement mis fin à sa carrière.

Il aurait pu rester dans l'armée : d'autres soldats blessés au combat l'avaient fait — mais sans grandes chances d'avancement et d'affectation à des postes autres qu'administratifs.

Une fois sorti de l'hôpital militaire, Jack était donc revenu vivre dans le Maryland et avait cédé à la pression de ses parents, qui voulaient le voir s'investir dans l'entreprise familiale.

Etait-ce par faiblesse qu'il avait accepté ? Par facilité ? Pour ne pas avoir à prendre de décision risquée concernant son avenir ?

Sa séance de musculation se poursuivit avec un exercice qui consistait à marcher en crabe avec les chevilles reliées par un élastique qu'il fallait tour à tour tendre au maximum et relâcher presque complètement.

C'était celui que Jack détestait le plus, mais il s'obligea à faire ainsi trois fois le tour du sous-sol.

Il s'installa ensuite sur le siège d'une des machines, et

ses pensées se tournèrent vers Sara. Il voyait en elle une promesse de bonheur…

A condition de ne pas lui découvrir un double visage.

Et d'avoir le courage de lui montrer toute l'étendue des séquelles physiques que lui avaient laissées ses blessures.

6

Némésis — l'adversaire de Jack voulait qu'on l'appelle ainsi — faisait les cent pas. Sa colère était toujours aussi vive bien que trois heures se soient écoulées depuis l'annonce de l'échec de son plan.

Jack Morgan, ce glorieux héros, aurait dû mourir de façon pitoyable lors d'une agression commise dans une rue d'Ellicott City… Au lieu de ça, il était sans doute en train de dormir tranquillement !

Ou de transpirer dans son sous-sol transformé en salle de musculation, pour tenter de redonner à son apparence un semblant de normalité et d'évacuer ses frustrations.

Et il en avait sûrement beaucoup ! Aucune femme n'avait partagé son lit depuis son retour d'Afghanistan, et même depuis bien plus longtemps, sans doute, car cette sainte-nitouche de Bonnie Worthington était du genre à « se réserver » pour son époux.

Mais il y avait du nouveau de ce côté-là : une petite blonde nommée Sara Carter, que Jack avait rencontrée par hasard quelques heures plus tôt. Comme ils étaient ensemble à Ellicott City, il avait dû l'inviter à dîner, rompant ainsi avec ses habitudes solitaires.

Qui était cette Sara Carter ? se demanda Némésis. Si Jack continuait de la fréquenter, il faudrait enquêter sur elle.

L'idée que cette femme avait eue de se servir de son sac à main comme d'une arme avait sauvé la vie à Jack.

Cette présence d'esprit prouvait qu'elle était dangereuse, et l'éliminer en premier était une idée à envisager.

Quoi qu'il en soit, l'élaboration d'un nouveau plan pour se débarrasser de Jack s'imposait : le temps pressait.

Sara se réveilla en sursaut, puis resta un moment immobile, à regarder autour d'elle.

La veille au soir, la crainte de retourner dans l'autre réalité si elle s'endormait l'avait longtemps tenue éveillée. Ses yeux avaient cependant fini par se fermer d'eux-mêmes, et elle s'était vue en rêve au volant d'une voiture qui glissait interminablement le long d'une pente enneigée.

Mais elle était réveillée, à présent, et c'était bien dans son studio, à l'arrière de l'entrepôt, qu'elle se trouvait.

Le souvenir de son rendez-vous avec Jack la fit sauter à bas de son lit. Désireuse de paraître à son avantage, elle choisit, après une douche rapide, de mettre une robe à motif cachemire et des chaussures noires à talons.

Qu'allait-il se passer maintenant ? Jack allait-il vraiment venir ? Et, dans l'affirmative, la complimenterait-il sur son studio ? Il l'avait trouvé joli, la première fois… Serait-ce encore le cas ?

Quand la sonnette de l'entrée retentit, Sara vérifia son apparence dans la glace posée contre le mur, près de la porte de la salle de bains. Elle était plus élégamment vêtue que la première fois où elle avait vécu cette journée : sa tenue se composait alors d'un jean et d'un sweat-shirt. Mais Jack ne serait pas le seul Morgan qu'elle verrait aujourd'hui — du moins le supposait-elle.

Ce fut le cœur battant que Sara alla ouvrir la porte et, en se retrouvant face à Jack, l'étrangeté de la situation la frappa avec la même intensité que la veille. Elle avait encore du mal à concevoir qu'ils pouvaient de nouveau être ensemble, comme s'il avait ressuscité d'entre les morts.

— Entrez ! dit-elle.

— C'est une porte blindée que vous avez là ? demanda-t-il après avoir refermé derrière lui.

— Non, malheureusement. Le propriétaire refuse d'en faire poser une, et moi je n'ai pas les moyens.

Jack regarda autour de lui avec intérêt, puis il s'approcha d'un bureau à cylindre et en testa le mécanisme.

— Vous avez de belles pièces, approuva-t-il. L'ensemble représente un investissement important !

— Pas autant qu'on pourrait le croire, car aucun des gros meubles que vous voyez ici ne m'a coûté cher. Je les ai achetés dans des brocantes ou des ventes aux enchères. Ils étaient en mauvais état pour la plupart, mais je les ai réparés, nettoyés et cirés. Ce bureau à cylindre, par exemple, vient d'une ancienne fabrique de balais de Baltimore.

— Une fabrique de balais ? répéta Jack en riant. J'ignorais qu'il y en avait eu une à Baltimore !

— Eh si ! Elle était située dans Camden Street. Les ateliers ont été transformés en bureaux, et des commerces se sont installés au niveau de la rue.

— Vous vous approvisionnez uniquement dans les brocantes et les ventes aux enchères ?

— Non. Les petits meubles, les bibelots et les objets usuels, je les trouve surtout dans des vide-greniers. Les gens y vendent des choses dont ils ne veulent plus, et ils sont généralement prêts à les laisser partir pour un prix dérisoire. J'ai eu un jour tout un service de porcelaine pour dix-neuf dollars seulement !

Jack se dirigea vers le fond de l'entrepôt et demanda en s'arrêtant devant la porte du studio :

— C'est là que vous logez ?

— Oui.

— Je peux jeter un coup d'œil à l'intérieur ?

— Bien sûr !

Le pouls de Sara s'accéléra tandis que Jack pénétrait dans son espace privé et le parcourait des yeux.

— Vous êtes visiblement douée pour rendre accueillants les endroits les plus impersonnels ! déclara-t-il.

— Merci, dit Sara en rougissant de plaisir.

Ils se tenaient si près l'un de l'autre qu'il lui aurait suffi de tendre la main pour prendre Jack par le bras et l'entraîner vers le lit. Elle l'embrasserait alors, comme la veille, mais elle n'en resterait pas là…

La tentation de faire l'amour avec lui devenait plus forte à chaque seconde qui passait. Lui la connaissait à peine, mais elle avait retrouvé, elle, l'homme de sa vie. Il n'avait pas changé…

En se montrant trop pressée de donner à leur relation une dimension sexuelle, cependant, elle commettrait une erreur : cela pourrait choquer Jack et le faire fuir.

— Il y a une sortie de secours, à l'arrière ? s'enquit-il.

— Oui.

— Tant mieux ! Ainsi, en cas de problème, vous ne serez pas piégée… Montrez-la-moi !

Sara lui fit signe de la suivre dans l'entrepôt lui-même et le conduisit vers la porte en question.

— Sur quoi donne-t-elle ? demanda-t-il.

— Une ruelle. Il y a une autre rangée d'entrepôts derrière celle-ci… La sécurité est un sujet qui semble beaucoup vous préoccuper !

— Mieux vaut prévenir que guérir.

Ce qui était arrivé à Jack dans une autre réalité prouvait qu'il n'avait pas observé cette règle. Par excès de confiance, sans doute.

— Parlez-moi des travaux auxquels je dois participer, déclara-t-elle, changeant volontairement de sujet.

— Mon père a acheté un immeuble de bureaux à rénover. Une partie sera louée, et l'autre accueillera l'un des services de Morgan Enterprises.

— Cette société est assez grosse pour qu'un seul de ses services occupe la moitié d'un immeuble ?

— Oui. A cause de leur taille, ces services ont d'ailleurs tendance à fonctionner de façon autonome, sans tenir compte des autres.

— Ce n'est pas bon.

— Non, et il y a même en ce moment des problèmes de rivalité entre services... Je trouve le monde des affaires extrêmement dur.

Sara haussa les sourcils, comme si cette dernière remarque la surprenait. C'était quelque chose que Jack lui avait souvent dit, mais elle était censée l'entendre pour la première fois.

— On y va ? suggéra-t-elle.

— On y va !

Lorsqu'elle prit le portfolio posé sur une table, près de la porte, Jack demanda :

— Qu'est-ce que c'est ?

— Des échantillons de mon travail.

— Vous n'avez pas besoin de me convaincre, vous savez !

— Vous, non, mais vous êtes la seule personne à avoir vu une de mes réalisations.

— Vous oubliez Ted !

— C'est vrai...

Après avoir refermé la porte à clé, Sara suivit Jack jusqu'à la Lexus flambant neuve garée à côté de sa Honda.

— Belle voiture ! s'écria-t-elle.

— Oui, je me suis fait un petit plaisir, dit Jack en souriant.

Les frères Morgan touchaient une participation aux bénéfices de l'entreprise familiale, Sara s'en souvenait. C'était cela, et non la maigre pension d'invalidité accordée par l'armée, qui avait permis à Jack de s'offrir ce luxueux véhicule.

— Je crains que notre visite au commissariat ne soit une perte de temps, lança Sara pendant que la Lexus se dirigeait vers la sortie de la zone industrielle.

— On ne sait jamais, répliqua Jack, et, même si la suite vous donne raison, nous aurons la satisfaction d'avoir accompli notre devoir.

La police d'Ellicott City était logée dans un bâtiment moderne en brique rouge. Le palais de justice se trouvait à côté, car cette ville était le chef-lieu du comté.

Jack se gara sur le parking réservé au public. A l'intérieur, ils fournirent à l'agent chargé de l'accueil la raison de leur présence. Le sergent Robards fut appelé, et il les emmena s'asseoir dans ce qui devait être une salle d'interrogatoire. Sur la table était posée une pile de classeurs, et le policier expliqua :

— Je vous ai préparé des « packs de six », ainsi baptisés parce que chaque page regroupe six photos sous pochette plastique. Il s'agit pour la plupart d'hommes arrêtés pour vol à main armée, les autres ayant eux aussi commis des vols, mais sans arme — il y a cependant un début à tout… Je vais vous laisser pour aller travailler dans la pièce voisine. Venez me chercher si, par chance, vous reconnaissez votre agresseur d'hier soir !

Bien que certaine de l'échec de leur examen, Sara feuilleta consciencieusement avec Jack le premier, puis le deuxième classeur. Arrivée au troisième, elle commençait à sentir son esprit s'évader lorsqu'une photo retint son attention.

Calvitie naissante, front haut, grande bouche, dent de devant de travers et cicatrices d'acné…

— C'est lui ! s'exclama-t-elle.

— Oui, vous avez raison, dit Jack après avoir considéré avec attention la photo qu'elle lui indiquait. Je cours prévenir Robards.

Le cœur de Sara battait à grands coups dans sa poitrine.

Une nouvelle différence venait d'apparaître entre l'autre réalité et celle d'aujourd'hui… Que fallait-il en conclure ?

Quand les deux hommes revinrent, Jack fixa sur Sara un regard interrogateur avant de lui demander :

— Ça va ?

— Oui. Pourquoi cette question ?

— Vous avez l'air secouée.

— Je le suis un peu, effectivement…, admit-elle. Revoir le visage de cet homme m'a rappelé la peur que j'ai eue hier soir.

Elle montra la photo au sergent et reprit :

— Qui est-ce ?

Robards sortit le cliché de la pochette plastique et le retourna.

— Tucker Swinton, indiqua-t-il.

— Jamais entendu parler, fit Jack.

— Il est sorti de prison il y a quelques mois.

— Le vol doit être le seul moyen qu'il connaisse de gagner sa vie… Vous savez où le trouver ?

— Non mais, maintenant que votre agresseur a un nom, nous avons de bonnes chances de l'appréhender.

— Vous nous préviendrez, quand vous l'aurez arrêté ?

— Bien sûr ! Et vous devrez ensuite témoigner à son procès.

— Ce sera avec plaisir ! s'écria Jack. N'est-ce pas, Sara ?

— Euh… oui, murmura-t-elle.

Le sergent les remercia d'être venus et les raccompagna jusqu'à la porte du commissariat. Une fois dans la voiture, Jack déclara :

— Il s'agissait donc bien d'une simple tentative de vol, hier soir, et elle n'avait rien de personnel : nous nous sommes juste trouvés au mauvais endroit au mauvais moment.

Sara, elle, continuait de penser que ce n'était pas le cas. L'ennemi de Jack avait dû rechercher un malfaiteur déjà condamné pour vol à main armée, découvrir en Tucker Swinton la personne idéale et prendre contact avec lui.

Mais elle ne pouvait pas le dire à Jack. Elle devait s'efforcer de prévenir une nouvelle agression tout en lui cachant qu'elle en savait plus que lui.

7

Deux personnes avaient convenu de se retrouver en milieu de matinée dans une ferme inoccupée située dans la partie la plus rurale du comté de Howard. L'une était Némésis, l'autre Tucker Swinton, le petit truand engagé pour accomplir une tâche très simple : dévaliser Jack dans la rue et le tuer dans la foulée.

Mais les choses ne s'étaient pas du tout passées comme prévu.

Némésis arriva bien avant l'heure du rendez-vous et alla se garer derrière une grange qui tombait en ruine. Tucker Swinton apparut vingt minutes plus tard, au volant d'une vieille Ford achetée avec l'avance reçue sur la rémunération de ses services. Il mit pied à terre, scruta les alentours, puis cria :

— Il y a quelqu'un ?

— Je suis là ! dit Némésis en lui faisant signe d'approcher, depuis l'angle de la grange.

Swinton obéit. Il devait penser que la transaction serait vite effectuée… Elle le serait.

— Vous avez le reste de mon argent ? demanda-t-il.

— Jack Morgan est toujours vivant, non ?

— Oui, mais comment je pouvais deviner que cette gonzesse allait me balancer son sac à la figure ?

— Vous auriez dû vous préparer à rencontrer une certaine résistance.

— Je m'y attendais, mais pas de sa part à elle !

— Je veux que vous quittiez définitivement le comté, et même l'Etat.

— Quoi ? Et pour aller où ? J'ai grandi ici, j'y ai toute ma famille…

Le temps de discuter, Swinton était arrivé à portée de tir de Némésis, et une balle en plein cœur mit fin à ses jérémiades. Il s'écroula comme une masse, une expression de stupeur sur le visage. Il avait sans doute cru qu'une personne appartenant à la bonne société serait plus indulgente avec lui qu'un de ses confrères de la pègre…

Grossière erreur !

Restait à savoir quoi faire de son corps. Le mieux serait de le jeter dans un lac ou une rivière, où il ne serait jamais retrouvé. Mais le transport posait des problèmes. Un cadavre était lourd, pour commencer, et il pouvait laisser des traces dans le coffre d'une voiture.

Et pourquoi ne pas l'abandonner là, après tout ? Il finirait par être découvert, mais la police n'aurait pas le moindre suspect : Swinton aurait pu avoir rendez-vous à cet endroit avec n'importe qui.

Une inspection minutieuse de la Ford, pour s'assurer qu'il n'y avait dedans aucun élément susceptible de mettre les enquêteurs sur sa piste, puis l'assassin se dépêcha de remonter dans sa voiture.

Mieux valait ne pas s'attarder dans les parages.

— Où se trouve l'immeuble que votre père a acheté ? demanda Sara pour détourner la conversation de l'agression de la veille.

— A Columbia.

Cette ville, située au sud-est de Baltimore, était toute proche d'Ellicott City, mais en était totalement différente : loin du charme ancien de cette dernière, Columbia représentait ce que l'urbanisme de la fin du XXe siècle avait eu de plus nouveau à proposer.

Certains concepts, comme les grands espaces verts et les quartiers reliés par des pistes cyclables, étaient une réussite. D'autres l'étaient moins, et la volonté de ne pas « enlaidir » les rues principales avec des enseignes et des panneaux trop voyants avait eu pour résultat de rendre les commerces difficiles à trouver. Des boutiques, un cinéma et des restaurants s'étaient récemment installés en dehors de la zone piétonne du centre-ville, créant ainsi un nouveau pôle d'activités.

Au moment où la Lexus atteignait la sortie du parking du commissariat, Sara remarqua une berline garée contre le trottoir. Elle la repéra ensuite dans le rétroviseur extérieur et la vit démarrer et se mettre à rouler derrière eux. Comme elle ne la quittait pas des yeux, Jack finit par demander :

— Qu'est-ce que vous regardez ?

— La voiture qui est juste derrière nous. Je crois qu'elle nous a pris en filature.

Jack jeta un coup d'œil dans son rétroviseur et accéléra… La berline aussi. Un panneau indiqua la direction d'un lotissement, sur la droite. Jack s'engagea dans la rue qui y menait… La berline suivit.

— Vous avez peut-être bien raison, grommela-t-il.

Au bout d'une centaine de mètres, il tourna dans la contre-allée d'une maison à vendre. L'autre voiture continua tout droit, mais Sara eut le temps de voir que l'automobiliste était un homme. La casquette de base-ball profondément enfoncée sur sa tête l'empêcha malheureusement de distinguer ses traits.

Etait-ce l'ennemi de Jack ? Ou la personne qu'il avait engagée pour le tuer ?

— Il est parti, dit Jack.

— Il veut sans doute éviter de nous révéler qu'il s'intéresse à nous.

— Pourquoi s'intéresserait-il à nous ?

— Je l'ignore, mais c'est peut-être un ami de Tucker Swinton…

— Un autre voleur ? s'exclama Jack.

— Qui sait ?

— Je vous trouve bien anxieuse !

— A qui la faute ? demanda Sara. Ce n'est pas vous qui m'avez conseillé d'acheter une arme à feu, hier soir ? Et qui m'avez demandé si l'entrepôt avait une porte blindée et une sortie de secours, tout à l'heure ?

— Si, convint Jack en riant, mais il ne faut pas non plus tomber dans la paranoïa !

La première fois, Sara avait mis plus de temps à remarquer que quelqu'un les suivait. Aujourd'hui, elle l'avait anticipé, mais cela compliquait ses relations avec Jack, car il avait du mal à comprendre ses réactions. Elle éprouvait même une peur grandissante à l'idée de perdre toute chance de le sauver en l'amenant à penser qu'elle était folle.

Essaie de te détendre ! songea-t-elle. *Comporte-toi normalement !*

La normalité était cependant un concept un peu flou pour une personne qui se retrouvait projetée dix mois en arrière !

Jack redémarra et, une quinzaine de minutes plus tard, ils atteignirent leur destination — un immeuble en brique rouge de trois étages. Par les grandes fenêtres de la façade, Sara vit un peintre et un électricien s'activer.

Elle prit son portfolio avant de sortir de la Lexus pour suivre Jack à l'intérieur du bâtiment.

L'immense salle, qui était sans doute destinée à devenir à la fois le hall d'entrée et la réception, était encore vide à l'exception d'un bureau installé à quelques mètres de la porte.

— Le déménagement du service a déjà commencé ? s'enquit Sara.

— Sur une très petite échelle seulement, répondit Jack.

Une jeune femme aux cheveux châtain clair et aux yeux bruns entra alors dans le bâtiment.

— Je ne m'attendais pas à vous trouver ici, Jack ! s'exclama-t-elle.

— Ni moi à vous y voir ! répliqua-t-il tandis qu'elle s'installait derrière le bureau, ouvrait un tiroir et en sortait un ordinateur portable.

— Je suis là pour superviser le travail des ouvriers. Je me suis juste absentée quelques minutes : je devais aller à la banque.

Sara s'efforça de rester impassible. Cette femme — une secrétaire de direction de Morgan Enterprises — ne l'avait jamais aimée. Par jalousie, peut-être, parce qu'elle avait des vues sur Jack et la considérait comme une rivale potentielle.

— Je vous présente Sara Carter, Barbara, déclara Jack. Sara, voici Barbara Bateman, l'une de nos meilleures collaboratrices.

A ce compliment, l'intéressée rougit de plaisir.

— Enchantée, dit Sara, contrainte de faire bonne figure devant Barbara.

Elle savait que la suite de leurs relations n'aurait rien d'agréable. Barbara dépendait de la direction générale de Morgan Enterprises. Sa mission de supervision des ouvriers n'était que temporaire, mais elle allait sans cesse faire venir des responsables de la compagnie pour leur montrer le travail de Sara et le critiquer. Des changements seraient constamment exigés, sans que Sara ne sache si son style déplaisait vraiment à tous ces gens ou s'ils s'étaient entendus pour lui rendre la vie impossible.

— Mlle Carter va décorer le hall d'entrée et une partie des bureaux, annonça Jack.

— Votre père et votre frère ont été consultés ? demanda Barbara.

— Non, c'est une décision que j'ai prise seul, dit Jack.

— Et Mlle Carter a les compétences requises ? demanda Barbara d'un ton dubitatif.

Sara tendit son portfolio à la secrétaire, qui le feuilleta, puis le lui rendit en lâchant d'un ton sec :

— Vous n'avez jamais décoré que des maisons particulières, apparemment !

— C'est vrai, intervint Jack, mais elle sait créer une atmosphère chaleureuse. Ce qui, appliqué à des bureaux, donnera aux clients une image positive de la société. Et, à bien y réfléchir, je crois que la cantine pourrait devenir grâce à elle un endroit convivial.

— Hum…

— Venez, Sara ! Je vais vous faire visiter les lieux.

Pendant qu'elle suivait Jack, Sara fit une chose à laquelle elle n'avait pas pensé la première fois : elle se retourna et, ce faisant, vit Barbara composer un numéro de téléphone sur son portable. Il n'était pas difficile de deviner qui elle appelait…

Au-delà du vaste hall d'entrée, des bureaux de tailles diverses étaient en cours de réfection. Le coup de téléphone passé par la secrétaire occupa encore Sara l'espace de quelques instants, puis la raison de sa présence dans l'immeuble reprit le dessus. Elle utilisa son portable pour photographier les pièces qu'elle devrait décorer, et les mesura avec un mètre à ruban.

— Vous n'avez pas fait ça dans le hall, fit Jack.

— Je ne voulais pas déranger Barbara.

— Vous ne risquez pas de la déranger plus que les ouvriers ! dit Jack. Et, de toute façon, elle est habituée à travailler dans le bruit et l'agitation… Allons voir la cantine, à présent !

Située à l'arrière du bâtiment, cette pièce ressemblait à un réfectoire de prison.

— Sinistre, murmura Sara.

— Que suggérez-vous pour rendre cet endroit plus accueillant ?

— En alliant charme et simplicité, on pourrait faire en sorte qu'il ressemble à un restaurant, avec des tables de bois clair, des sièges confortables, des jolies affiches sur les murs, des plantes vertes…

— J'aime bien cette idée, dit Jack.

— Un décor agréable permet aux gens de se détendre, et je pense que ça améliore leurs performances.

Lorsqu'ils regagnèrent le hall d'entrée, un homme aux cheveux poivre et sel se tenait près du bureau de Barbara Bateman. Vêtu d'un blazer bleu marine à boutons dorés, d'un pantalon gris et d'une chemise blanche, il ne paraissait pas les soixante-dix ans qu'il avait réellement. Le sommet de sa tête commençait de se dégarnir mais, grâce à une coupe étudiée, cela se remarquait à peine.

C'était Bill Morgan, le père de Jack.

— Je ne savais pas que tu devais venir ici aujourd'hui, papa ! s'écria ce dernier.

— Je suis juste passé voir où en étaient les travaux, expliqua Bill.

Sara était sûre qu'il mentait. C'était lui que la secrétaire avait appelé tout à l'heure, elle en avait la certitude.

— Je te présente Sara Carter, papa, déclara Jack. Sara, voici mon père, Bill Morgan. C'est lui l'âme de Morgan Enterprises.

— Plus pour longtemps, répliqua Bill. Bientôt, je n'en présiderai même plus le conseil d'administration. Il est temps que mes fils prennent la relève.

Après la mort de Jack, il avait été très dur avec Sara, mais aujourd'hui, comme il n'avait pas encore de raison d'être désobligeant avec elle, il la gratifia d'un sourire avant d'ajouter :

— Barbara vient de me dire que tu avais engagé Mlle Carter pour décorer une partie de nos nouveaux locaux, Jack ?

— Oui, en effet. Sara est très douée.

— Vous avez fait une école d'arts décoratifs ? demanda Bill à Sara.

— Non, je suis autodidacte.

— Et vous avez déjà mené à bien un projet de cette ampleur ?

— Non plus.

— Alors mon fils a peut-être pris une décision hâtive, affirma Bill.

— Vous voulez voir des photos de quelques-unes de mes réalisations ? demanda Sara d'un ton hésitant.

— Si vous y tenez…

Le vieil homme feuilleta le portfolio que Sara lui remit, et Jack déclara ensuite à son père :

— Tu comprends, maintenant, pourquoi je n'ai pas hésité à l'engager ?

— Hum…

Sara était prête à parier que, d'une manière ou d'une autre, elle ne terminerait jamais ce travail. Soit ses relations avec la famille Morgan connaîtraient la même fin que la première fois, soit Bill trouverait un prétexte pour la congédier. Elle jugea donc préférable de prendre les devants.

— Je pourrais commencer par vous montrer quelques avant-projets, pour voir s'ils vous plaisent, monsieur Morgan…

Cette proposition lui valut un regard mécontent de Jack, mais Bill, lui, sourit de l'air d'un homme qui venait de remporter une victoire personnelle.

— Excellente idée ! s'exclama-t-il.

Lorsqu'ils furent sortis de l'immeuble, Jack se tourna vers Sara.

— Pourquoi avez-vous accepté de soumettre l'exécution de cette commande à l'approbation de mon père ?

— Parce que votre initiative l'inquiétait au point de le faire accourir ici.

— Non, c'est pour voir où en étaient les travaux qu'il est venu.

— Juste au moment où vous me faites visiter les lieux, comme par hasard ? insista Sara. Je pense plutôt que Barbara lui a téléphoné, et qu'il a décidé séance tenante de venir nous rejoindre.

Qu'il la croie ou non, l'ingérence de son père avait visiblement atteint Jack dans sa fierté. Il garda le silence, et Sara se reprocha sa brusquerie.

— Je veux éviter que mes rapports avec Morgan Enterprises soient source de tension, reprit-elle.

— Pourquoi le seraient-ils ? Le fait que j'aime votre travail ne vous paraît pas suffisant ?

— Si, il l'est pour moi mais, de toute évidence, votre père attache beaucoup d'importance à l'image de la société qu'il a créée. Il n'a pas envie qu'on puisse le soupçonner d'avoir fait décorer ses nouveaux locaux à l'économie, par avarice ou par manque de moyens.

— Vous êtes très perspicace !

— J'essaie d'envisager les choses de son point de vue à lui. C'est ce que je fais avec tous mes clients.

— D'accord…, concéda Jack. Mais l'intervention de mon père ne changera rien, parce que vos avant-projets l'emballeront sûrement.

— On verra…, dit Sara d'un ton sceptique.

— Revenons au présent, maintenant ! Où voulez-vous déjeuner ?

— C'est moi qui ai choisi le restaurant, hier soir, et ça ne nous a pas vraiment porté chance !

Jack éclata de rire, réfléchit un instant, puis il demanda :

— Vous connaissez Les Trois Perdrix ?

— Oui, j'y suis déjà allée, répondit Sara, et je serais ravie d'y retourner.

Cet établissement installé dans une ancienne maison d'habitation n'était qu'à dix minutes de voiture de l'endroit où ils se trouvaient. Et c'est là que Jack l'avait emmenée déjeuner, la première fois.

La berline que Sara avait repérée plus tôt dans la matinée reparut au bout d'un moment, juste derrière eux. Le conducteur les suivit de loin, puis les dépassa comme s'ils ne l'intéressaient pas le moins du monde. Et Jack, de son côté, ne lui prêta aucune attention.

Le désaveu infligé par son père devait continuer de le tracasser, songea Sara. A moins que ce ne soient ses commentaires à elle… Elle aurait mieux fait de se taire !

Aux Trois Perdrix, ils obtinrent une table en terrasse, à l'ombre de grands chênes. Jack commanda des lasagnes, et Sara, du poulet à l'ananas. Pendant qu'ils attendaient l'arrivée de leurs plats, Jack déclara :

— Mon père prétend qu'il est prêt à assumer de moins en moins de responsabilités dans l'entreprise… Il ne l'est pas vraiment, en réalité : il a du mal à déléguer son pouvoir — à Ted, mais surtout à moi.

— C'est sans doute parce que votre frère est resté à ses côtés pour se préparer à lui succéder un jour, tandis que, vous, vous êtes entré dans l'armée.

— Oui, dit Jack. Aux yeux de mon père, j'ai commis là une sorte de trahison.

— Mais tout le monde a le droit de choisir sa propre voie ! s'exclama Sara.

— C'est aussi mon avis, reprit Jack. Mais, maintenant que ma carrière militaire a pris fin, je me sens obligé d'essayer au moins de m'intéresser au monde des affaires.

— Quelle activité professionnelle aimeriez-vous le plus exercer ?

Le visage de Jack s'illumina.

— Je voudrais créer un centre pour enfants souffrant de handicaps physiques.

— Vous n'avez pas eu à réfléchir longtemps avant de me répondre !

— C'est parce que j'y pense depuis déjà un bon moment.

— Qu'est-ce qui vous motive là-dedans ?

— Le sentiment que j'aurais de faire quelque chose de vraiment utile. Et mes blessures m'ont donné une certaine idée de ce que ces enfants endurent.

— Si ce projet vous tient tellement à cœur, pourquoi ne pas le réaliser ?

Jack eut un haussement d'épaules résigné.

— Comme je vous l'ai dit, il faut que j'essaye de m'investir un peu dans l'entreprise familiale. D'autre part, je ne suis pas assez riche pour financer la construction du centre dont je rêve et payer les salaires du personnel. Il faudrait que j'aie recours à une collecte de fonds.

— Je suis sûre que vous obtiendriez beaucoup d'argent.

— Non, je ne crois pas : je déteste parler en public, et c'est un exercice auquel on est contraint de se plier pour recruter des donateurs.

— Vous pourriez parler devant des petits groupes de gens, ou en tête à tête avec des personnes susceptibles d'être intéressées.

— Qui, par exemple ?

— D'anciens sportifs de haut niveau désireux de rendre à la collectivité un peu de ce qu'ils ont reçu — ou juste de voir leur nom associé à un projet généreux… Des gens qui ont souffert, enfants, de handicaps physiques, et qui les ont surmontés…

— Vous avez de bonnes idées ! J'en prends note.

Les yeux de Jack se perdirent dans le lointain. Il demeura un instant plongé dans ses pensées avant de reprendre :

— Morgan Enterprises possède une propriété qui ferait parfaitement l'affaire.

— Où ?

— Pas loin d'ici, dans Willow Lane. Elle comporte une maison, depuis longtemps inhabitée et qu'il faudrait raser, mais le terrain a une superficie de plusieurs hectares.

« Willow Lane… »

Sara avait oublié que Jack en avait parlé, la première fois. Ce nom ne lui avait alors rien dit de spécial, mais aujourd'hui il lui arracha un frisson.

« Ne t'approche pas de Willow Lane ! » eut-elle envie de crier à Jack.

Car c'était là que quelqu'un l'avait attiré pour le tuer.

8

— Vous avez parlé de votre projet à votre famille ? s'enquit péniblement Sara.

— Je lui ai manifesté mon intérêt pour cette propriété, mais en prétextant que je voulais m'y faire construire une maison.

L'arrivée de leur commande créa une heureuse diversion : elle donna à Sara le temps de recouvrer son sang-froid.

— C'est étrange…, déclara Jack avant d'attaquer ses lasagnes. Je trouve plus facile de me confier à vous qu'à des gens que je connais depuis toujours.

— Je suis flattée, dit Sara.

C'était vrai, mais elle aurait voulu pouvoir dire à Jack que prendre ses distances par rapport à Morgan Enterprises lui sauverait peut-être la vie. Une suggestion à laquelle il n'aurait cependant rien compris.

— Je suis invité à une soirée demain, annonça-t-il. Vous accepteriez d'y aller avec moi ?

— Où se tiendra-t-elle ? demanda Sara.

— Chez mes parents. Ils organisent deux raouts de ce genre par an : l'un au printemps, l'autre à l'automne.

— Ils ne verront pas ma présence d'un mauvais œil ?

— Non, j'ai le droit d'amener qui je veux.

Sara savait que Jack n'irait peut-être pas à cette réception s'il n'avait personne pour l'y accompagner. Elle savait aussi qu'accepter son invitation la transporterait dans un monde où elle ne se sentirait pas à l'aise.

Mais elle savait également que le cadre somptueux et l'appartenance des invités à la haute société l'intimideraient moins que la première fois, et cela lui permettrait d'étudier les relations entre Jack et les gens de son entourage.

— Je serai ravie de vous servir de cavalière, déclara-t-elle. C'est une soirée très habillée ?

— Non, plutôt informelle. Ne vous sentez pas obligée de mettre une robe longue !

— Ça tombe bien : je n'en ai pas.

Ils éclatèrent tous les deux de rire, puis Jack proposa :

— Je passe vous prendre demain à 19 heures ?

— D'accord. J'ai un rendez-vous professionnel dans l'après-midi, mais je serai rentrée à temps pour me préparer.

— Parfait !

Quand ils quittèrent le restaurant, Sara guetta dans le rétroviseur extérieur l'apparition de la berline qui les avait suivis deux fois le matin, mais elle ne la vit à aucun moment sur le trajet de retour à l'entrepôt.

Quel avait été le but de cette surveillance ? Et qui l'avait ordonnée ?

— Merci pour le déjeuner, dit-elle à Jack lorsqu'il se gara devant sa porte. La matinée s'est terminée de façon beaucoup plus agréable qu'elle n'avait commencé !

— J'aime bien être avec vous… Même si c'est pour regarder des photos d'identité judiciaire !

— Ce plaisir est partagé, avoua-t-elle.

Jack l'attira dans ses bras, et ils s'embrassèrent avec encore plus de passion que la veille.

— Je ne suis pas habituée à aller aussi vite, murmura Sara quand ils s'écartèrent l'un de l'autre.

— Moi non plus. Il se passe décidément quelque chose de très spécial entre nous…

Du bout du doigt, Jack caressa les lèvres de Sara et la courbe de sa mâchoire. Il descendit ensuite le long de son cou, pour s'arrêter juste au-dessus de seins dont les pointes s'étaient durcies.

— Seriez-vous en train d'essayer de me convaincre de vous inviter à entrer ? demanda Sara d'une voix mal assurée.

— Peut-être... Ou bien c'est juste que je ne peux pas m'empêcher de vous toucher.

— Ne me tentez pas trop !

— Alors mieux vaut nous séparer maintenant.

Sara descendit de voiture à regret et nota que Jack attendait qu'elle ait franchi sa porte pour redémarrer.

L'ardeur du baiser qu'ils venaient d'échanger lui disait qu'ils allaient très vite devenir — redevenir, en fait — amants. Cette perspective la transportait, mais elle s'exhorta au calme et s'obligea à réfléchir à la soirée du lendemain chez les Morgan.

Y avait-il moyen de leur faire meilleure impression que la première fois ?

En prenant une mesure préventive, peut-être...

La première fois, Bill Morgan s'était renseigné sur elle et avait découvert une information qu'il avait présentée à son fils comme quelque chose qu'elle lui avait volontairement caché.

Si Sara en parlait la première à Jack, cela pourrait désamorcer le problème...

L'impossibilité où elle se trouvait de laisser leur relation évoluer naturellement lui déplaisait profondément. Elle aurait voulu ne pas avoir à tout calculer à l'avance... L'importance de l'enjeu la forçait cependant à agir en fonction de ce qu'elle savait, pour limiter au maximum le risque que l'histoire ne se répète.

Cherchant comme souvent dans le travail un dérivatif à ses préoccupations, Sara passa le reste de la journée à inventorier son stock d'objets disponibles et à dresser la liste de ceux qu'elle avait laissés en dépôt dans différentes maisons.

Némésis eut un sourire satisfait. Jack irait à la réception donnée par ses parents, mais les mondanités le fatiguaient vite, et il y avait dans la propriété familiale des endroits où il aimait retourner.

Des endroits potentiellement dangereux…

Le plan élaboré par Némésis ne fonctionnerait pas forcément mais, s'il marchait, il n'y aurait plus de problème. Jack Morgan serait mort, et tout rentrerait dans l'ordre.

Les choses auraient été si simples, s'il avait été tué en Afghanistan ! Mais non, il avait fallu qu'il soit juste blessé et qu'il rentre ensuite au bercail pour y jouer les gêneurs !

Ne pas profiter de l'occasion qui se présenterait le lendemain aurait été la pire des bêtises. Car Némésis tenait là l'occasion idéale de supprimer Jack en faisant passer sa mort pour un accident !

Le lendemain après-midi, Sara se rendit dans une maison que ses propriétaires lui avaient demandé de mettre en valeur avant de la présenter sur le marché. Comme ils y avaient habité pendant trente ans et y logeaient encore, elle savait à l'avance qu'elle aurait du mal à les convaincre d'envoyer au garde-meubles une bonne partie de leurs biens.

Des pièces encombrées paraissaient pourtant toujours plus petites qu'elles ne l'étaient en réalité, et cela pénalisait bêtement les vendeurs.

Les discussions entre elle et des gens réticents à changer la décoration de leur univers familier durèrent plusieurs heures, mais elles aboutirent finalement à un compromis satisfaisant.

Sara fut de retour chez elle à temps pour pouvoir

s'allonger vingt minutes avant de commencer à se préparer pour la réception.

La première fois, l'une des raisons pour lesquelles elle s'était sentie mal à l'aise chez les Morgan était sa tenue, trop informelle : ce mot n'ayant pas le même sens pour Jack et pour elle, un simple tailleur-pantalon et des souliers plats lui avaient paru convenir.

Mais elle avait retenu la leçon et porterait donc ce soir une robe bain de soleil noir et blanc, et des escarpins à talons. Elle serait ainsi aussi élégante que les autres invitées.

Après s'être douchée et avoir lavé ses cheveux, Sara se maquilla un peu plus que d'habitude, mais pas trop non plus, pour ne pas donner aux Morgan le sentiment qu'elle cherchait à les impressionner.

Jack arriva pile à l'heure. Vêtu d'une chemise blanche et d'un pantalon noir, il était beau comme un dieu.

— Vous êtes superbe ! s'écria-t-il.

— Vous n'êtes pas mal non plus…

— Merci !

Trois minutes plus tard, ils quittaient la zone industrielle, et Jack demanda :

— Comment s'est passé votre rendez-vous professionnel d'aujourd'hui ?

— Bien. J'ai même eu le temps de me reposer un peu, après… Où habitent vos parents ?

— A Glenwood.

— La commune la plus chère du comté de Howard…

— Evidemment ! dit Jack sur un ton sarcastique.

Les différences qui existaient entre eux n'en frappèrent pas moins de nouveau Sara. Elle n'avait fréquenté que l'école publique ; Jack avait fait toutes ses études primaires et secondaires dans des établissements privés. Elle avait obtenu une bourse de l'université du Maryland ; Jack était allé à Harvard — ce dont il ne lui avait pas encore parlé…

Sur ce sujet comme sur beaucoup d'autres, elle devait

veiller à ne pas mentionner quelque chose qu'elle était censée ignorer.

Après avoir franchi un portail majestueux et suivi une allée bordée de grands arbres, ils arrivèrent en vue de la somptueuse demeure des Morgan. Des employés guidaient les invités vers les places de stationnement aménagées sur la pelouse, mais Jack, lui, alla se garer derrière la maison, près d'un camion de traiteur. Il coupa le moteur et se tourna vers Sara.

— Vous avez l'air nerveuse ! dit-il d'un ton étonné.

— Non, ça va, prétendit Sara.

C'était faux, car elle était en train de se dire que l'une des personnes présentes à cette réception avait l'intention de tuer Jack. Elle pouvait se tromper, bien sûr, mais il y avait de grandes chances pour que les gens les plus susceptibles de vouloir sa mort soient là ce soir.

— Dites-moi qui je vais rencontrer, suggéra-t-elle.

— Ne vous inquiétez pas pour ça !

— S'il vous plaît…

— Bon, d'accord ! Vous connaissez déjà mon père. Et mon frère. Janet, sa fiancée, l'aura bien sûr accompagné, et je vous la présenterai, ainsi que ma mère… Barbara Bateman aura sûrement été invitée, et il y aura sans doute quelques autres employés de Morgan Enterprises… Sans oublier Gary Lambert, l'avocat de la famille, Dick MacDonald, le courtier et conseiller financier de mon père… Désolé, mais il y aura trop de gens pour que je puisse tous les citer.

— Vous avez raison, et ça ne servirait de toute façon à rien : je serais incapable de retenir le nom de chacun d'eux.

Quand Sara mit pied à terre, Jack contourna la Lexus et vint à sa rencontre. Il prit sa main, et la chaleur et la vigueur de la sienne rassurèrent un peu Sara pendant qu'ils se dirigeaient vers le devant de la maison.

Un brouhaha de conversations et de rires, des tintements de verres et une musique classique en fond sonore les accueillirent à l'intérieur.

L'immense salon que découvrit Sara était décoré dans un style assez recherché, mais sans faute de goût. Sûrement l'œuvre d'un professionnel..., se dit-elle.

Son œil exercé reconnut également beaucoup de meubles d'époque et, aux murs, plusieurs tableaux qui auraient eu leur place dans un musée.

Jack prit deux flûtes de champagne sur le plateau d'un serveur qui passait et en tendit une à Sara. Elle resta près de lui tandis qu'ils traversaient le salon pour gagner une véranda qui s'étendait d'un bout à l'autre de l'arrière du bâtiment. Des sièges en rotin, des petits sofas disposés çà et là et une profusion de plantes vertes en faisaient sans doute la pièce la plus conviviale de la maison.

Ted s'y trouvait et, quand il aperçut Sara, une expression de surprise se peignit sur ses traits. Il se ressaisit pourtant rapidement et arbora un sourire aimable pour venir la saluer.

— Bonsoir, mademoiselle Carter ! Je ne m'attendais pas à vous voir ici !

— C'est moi qui l'ai invitée, indiqua Jack.

— Oui, je m'en doute.

Une grande jeune femme blonde en fourreau noir et talons aiguilles, maquillée et coiffée à la perfection, s'approcha d'eux.

— Je vous présente Janet Harrison, la fiancée de Ted, dit Jack à Sara. Janet, voici Sara Carter...

— C'est la décoratrice dont je t'ai parlé, précisa Ted à sa fiancée. Celle qui s'est occupée de la maison que je t'ai emmenée visiter hier.

— J'ai adoré ce que vous y avez fait, mademoiselle Carter ! déclara Janet avec un grand sourire.

— Tu vas l'acheter, Ted ? demanda Jack.

— Je pense, mais je suis encore en train de négocier le prix. Je le trouve trop élevé, compte tenu de l'état actuel du marché immobilier… Mais, à propos de décoration, il paraît que tu as demandé à Mlle Carter de faire celle d'une partie de nos nouveaux locaux ?

— C'est papa qui t'a dit ça ?

— Oui, et j'aimerais qu'on en discute, tous les deux.

— Maintenant ?

— Non. Nous sommes là pour nous détendre, pas pour parler boutique… Enchanté de vous avoir revue, mademoiselle Carter ! Amusez-vous bien !

Sara remercia Ted d'un signe de tête, mais elle se savait incapable de vraiment s'amuser tant que la vie de Jack serait en danger.

Tandis que les fiancés s'éloignaient, ce dernier reprit sa main.

— Désolé pour l'indélicatesse de mon frère !

— Ce n'est pas grave.

Comme Sara l'avait prévu, elle se sentait moins mal à l'aise ce soir que la première fois. Et, connaissant déjà les personnes qui l'intéressaient, elle pouvait porter sur eux un jugement plus clairvoyant.

Sur Carolyn Morgan, par exemple…

En grande conversation avec un groupe d'invités, à l'autre bout de la pièce, c'était une femme d'une petite soixantaine d'années, mais qui en paraissait dix de moins grâce à des cheveux teints en blond… et quelques opérations de chirurgie esthétique, vraisemblablement. Elle avait deux passions, le bridge et le shopping, et c'était en apparence un modèle d'amabilité et de prévenance, mais Sara savait qu'elle se souciait avant tout d'elle-même et de sa famille.

Bill, à son côté, jouait son rôle de maître de maison de façon aussi parfaite qu'elle celui d'hôtesse. Il avait parlé à son épouse de leur rencontre à Columbia, Sara en était sûre, et ils devaient soupçonner Jack de l'avoir engagée comme décoratrice juste pour pouvoir continuer de la voir — première étape avant de lui proposer de sortir avec elle. Sans doute s'inquiétaient-ils même déjà de la liaison possible de leur fils aîné avec une femme d'un milieu social très inférieur au leur, et donc hautement susceptible à leurs yeux d'être une intrigante.

Quand Carolyn vit Jack, elle adressa un signe à son mari, et ils quittèrent le groupe d'invités pour venir le rejoindre. Jack fit les présentations et une conversation légère s'engagea entre ses parents, Sara et lui. Dick MacDonald, le courtier et conseiller financier de Bill Morgan, se joignit à eux au bout d'un moment.

C'était un homme d'environ cinquante-cinq ans, qui avait dû perdre ses cheveux de façon précoce et avait eu recours à des implants capillaires. Il avait le teint couperosé d'une personne portée sur la boisson, ce que Sara trouva un peu inquiétant pour quelqu'un qui effectuait des transactions financières avec l'argent des autres.

— Vous travaillez à votre compte ? lui demanda-t-il après l'avoir questionnée sur son métier.

— Oui, dit Sara.

— Vous avez pensé à préparer votre retraite ?

— Pour l'instant, je ne fais pas assez de bénéfices pour en consacrer une partie à quelque chose d'aussi lointain : je les réinvestis en totalité dans mon affaire.

— J'ai pourtant des placements extrêmement rentables à vous conseiller…, reprit MacDonald d'un ton professionnel.

— Je croyais qu'il fallait se méfier des promesses de taux de rendement élevés ? s'étonna Sara.

— Seulement celles des courtiers indélicats ! s'écria MacDonald d'un air de dignité offensée.

— Alors je viendrai peut-être vous consulter un de ces jours.

Cet homme faisait partie des proches des Morgan que Sara avait du mal à cerner. Ses manières de représentant de commerce toujours à l'affût d'un nouveau client lui déplaisaient, mais ça ne voulait pas dire qu'il en voulait à la vie de Jack.

Considérant visiblement — et à juste titre — que le « peut-être » de son interlocutrice était une façon polie de refuser ses services, il se mit à parcourir l'assistance des yeux à la recherche d'une rencontre plus prometteuse pour lui. Son regard se fixa sur un homme âgé en costume trois pièces, et il quitta Sara pour fondre sur lui. Celle-ci entendit alors quelqu'un la héler et se retourna… C'était Pam Reynolds.

— Je ne m'attendais pas à te voir ici ! s'écria Pam.

— Jack et moi avons sympathisé pendant la visite de la maison qui intéressait son frère, l'autre jour.

— Oui, vous vous êtes enfuis comme des voleurs, tous les deux !

— Ted n'avait visiblement pas besoin de moi pour se décider, intervint Jack.

— J'ai quand même regretté que vous nous fassiez faux bond.

A en juger par la façon dont Pam regardait Jack, Sara comprit que ce qu'elle regrettait, en fait, c'était de ne pas avoir été celle qui avait pris la clé des champs avec lui.

— Il faut que j'aille parler de cette maison à votre frère, poursuivit-elle. Excusez-moi…

Les Morgan étaient allés s'entretenir avec d'autres invités depuis un moment déjà, mais Jack et Sara ne restèrent pas seuls longtemps : Gary Lambert, l'avocat de la famille, s'approcha d'eux juste après le départ de Pam Reynolds. Il était à peu près du même âge que Bill Morgan, et Sara savait que les deux hommes avaient fait leurs études ensemble à l'université de Virginie.

— Content de te voir, Jack ! déclara-t-il d'une voix chaleureuse. Tu as l'air en forme.

— Merci.

— Et qui est cette ravissante jeune femme ? demanda-t-il en se tournant vers Sara.

Jack la lui présenta, et Sara se força à lui sourire en se remémorant la façon beaucoup moins cordiale dont il l'avait traitée lorsqu'elle avait annoncé aux Morgan qu'elle était enceinte de leur fils. Lambert l'avait menacée de poursuites si elle insistait, et elle savait que son affabilité cachait une absence totale d'empathie.

Ils bavardèrent tous les trois pendant quelques instants, puis Jack proposa à Sara d'aller se restaurer.

Le buffet se trouvait dans la salle à manger. Plusieurs serveurs officiaient derrière une immense table où était disposée une variété de plats aussi appétissants les uns que les autres.

Jack et Sara firent leur choix, puis emportèrent leurs assiettes sur la terrasse, où des tables recouvertes de nappes blanches étaient décorées chacune d'un bouquet de roses et d'une bougie parfumée.

— Tout est vraiment parfait, dans cette réception ! déclara Sara une fois assise.

— Oui, dit Jack avec un sourire narquois. Mes parents tiennent à ce que personne ne puisse se vanter de donner de plus belles soirées qu'eux.

Jack se félicitait d'avoir invité Sara à cette réception : elle était si différente de la plupart des gens qui les entouraient !

Et lui aussi était différent. Il les connaissait tous, appartenait comme eux à un milieu social où les grandes demeures, la cuisine raffinée, les domestiques et les études dans les meilleurs établissements allaient de soi, mais il ne s'y était jamais senti vraiment à sa place.

C'est pour cela qu'il avait choisi la carrière militaire : pour tracer son chemin dans un univers qui défendait d'autres valeurs, et où les chances étaient les mêmes pour tous.

En Afghanistan, il avait mangé surtout des rations de combat, dormi dans des baraques en planches avec d'autres soldats, affronté mille dangers… A cause de sa blessure, il avait réintégré un monde de confort et de sécurité mais, en même temps, il avait retrouvé tout ce qui lui déplaisait.

Sa rencontre avec Sara apportait une bouffée d'air frais dans sa vie… et lui donnait un coup de fouet salutaire, en l'obligeant à se remettre en question.

Sachant à l'avance qu'il n'avait aucune envie de passer les prochaines décennies à travailler dans l'entreprise familiale, pourquoi ne pas commencer dès maintenant à développer son projet de centre pour enfants handicapés ?

Sara applaudirait sûrement. Ses parents seraient déçus, et Ted, sans doute soulagé de ne pas avoir à partager avec lui la future direction de Morgan Enterprises.

Et s'il proposait à son frère de racheter tout de suite ses parts ?

Pourtant il avait le sentiment que Ted lui cachait quelque chose au sujet de la société, alors mieux valait découvrir de quoi il s'agissait avant de se lancer dans ce genre de transactions.

En jetant un coup d'œil à Sara, Jack la surprit en train de le fixer.

— A quoi pensez-vous ? demanda-t-elle.

— Je me livre à de profondes réflexions sur mon avenir, répondit-il en souriant.

— Vous voulez bien me les confier ?

Il secoua la tête.

— Désolé, mais ce n'est ni le moment ni le lieu.

Sara n'insista pas, car Jack avait raison : une réception comme celle-ci ne se prêtait pas aux confidences.

Pendant qu'ils dînaient, des amis des Morgan et des cadres de l'entreprise familiale vinrent leur parler. Sara n'essaya pas, cette fois, de mémoriser leurs noms et leurs visages et se contenta de les étudier sans en avoir l'air. Mais elle se rendit vite compte que tous ces gens et leurs propos futiles ennuyaient Jack.

— Je vous fais faire le tour du parc ? lui proposa-t-il à la fin du repas.

— Volontiers !

Ils quittèrent la terrasse et s'engagèrent sur la pelouse impeccablement entretenue qui s'étendait devant. La nuit n'était pas encore tout à fait tombée, mais plus ils s'éloignaient de la maison, plus l'ombre s'épaississait.

Cette promenade constituait un élément nouveau. Elle n'avait pas eu lieu, la première fois, et Sara se réjouissait de pouvoir aujourd'hui découvrir une composante de l'existence de Jack qu'elle ne connaissait pas encore.

— Vous aimiez vivre ici, lorsque vous étiez enfant ? lui demanda-t-elle.

— Oui.

— Qu'est-ce qui vous plaisait le plus ?

— L'espace : ce parc est immense. Il est bordé par un ruisseau, et on peut y rencontrer toutes sortes d'animaux : des écureuils, bien sûr, mais aussi des ratons laveurs, des renards… Si je reste assis sans bouger pendant assez longtemps, je les vois passer à quelques mètres seulement de moi… J'avais construit une cabane dans les arbres, avec Ted… On jouait dedans pendant des journées entières, et on y dormait même, quelquefois.

— Votre mère vous le permettait ?

— Ça ne l'enchantait pas. Elle craignait pour notre sécurité, mais mon père parvenait toujours à la convaincre que nous ne courions là-bas aucun danger. Je me demande si cette cabane existe encore…

Jack continua de marcher, et Sara le suivit. Ils atteignirent une zone boisée où il faisait si sombre qu'elle trébucha plusieurs fois.

— On devrait peut-être rentrer, dit Jack.

— Non, ça ira ! J'ai envie de voir l'endroit où vous jouiez, autrefois.

— C'est par ici, mais tous ces arbres se ressemblent…

Ils avançaient maintenant tous les deux le nez en l'air, pour essayer de localiser la fameuse cabane, mais Sara, elle, n'avait pas que cela en tête : elle voulait profiter de ce moment où ils étaient seuls pour raconter à Jack l'histoire de son père, et couper ainsi l'herbe sous le pied à Bill Morgan.

— Je l'ai trouvée ! s'exclama soudain Jack à quelques mètres devant elle.

Les yeux levés, l'esprit concentré sur la façon d'aborder le sujet de son père, Sara pressa le pas pour rejoindre Jack, mais son pied buta soudain contre une racine. Emportée par son élan, elle perdit l'équilibre et tomba dans un trou creusé à même le sol.

Un de ses escarpins se détacha et heurta au bout de plusieurs secondes ce qui, d'après le bruit qu'il fit, ne pouvait être que de l'eau.

Ce trou était un puits, et Sara se dit que, cette fois, c'était elle qui allait mourir.

9

Des racines d'arbres ralentirent la chute de Sara. Elle chercha désespérément à en attraper une pour s'y accrocher, et finit par refermer la main sur quelque chose d'assez résistant pour la soutenir.

Le souffle court, le sac à main suspendu à son épaule oscillant d'avant en arrière, elle tenta de raffermir sa prise, mais un morceau de la racine se brisa alors et tomba dans l'eau, loin sous ses pieds.

Elle entendit soudain la voix terrifiée de Jack.

— Sara ? Où avez-vous disparu ? Je vous en prie, répondez-moi !

Impossible : elle n'avait pas assez d'air dans les poumons pour parler.

Il lui restait en revanche suffisamment de lucidité pour se dire qu'aucun accident ne s'était produit la première fois où elle avait vécu cette soirée.

Jack continuait de l'appeler, et elle arriva finalement à crier :

— Par ici !

— Sara ?

— Oui !

— Où êtes-vous ?

— Je suis tombée dans un puits !

L'instant d'après, la voix de Jack lui parvint de façon beaucoup plus distincte. Il devait s'être penché au-dessus de la margelle.

— Ce puits est désaffecté, et une plaque de protection le bouche habituellement… J'aimerais bien savoir pourquoi et par qui elle a été enlevée !

Par quelqu'un qui s'était douté que Jack viendrait là au cours de la soirée, peut-être ? songea Sara.

— Vous pensez être à quelle distance du bord ? reprit-il.

— Aucune idée ! Des racines ont heureusement ralenti ma chute, et j'ai pu en agripper une grosse, mais je ne sais pas combien de temps elle va tenir.

— Voyons si je peux vous atteindre…

Aux bruits qu'elle entendait, Sara devina que Jack s'allongeait sur le sol et tendait un bras vers elle, mais il poussa ensuite un juron.

— Vous êtes trop loin… Il faut que j'aille chercher de l'aide.

Sentant la racine fléchir sous son poids, Sara s'écria :

— Non ! Je risque de tomber avant votre retour ! Si seulement vous aviez une corde !

— Mais je n'en… Si, je vais peut-être pouvoir en trouver une… Ne bougez pas !

Comme si elle avait le choix !

De nouveau seule, Sara serra les dents et pria pour que Jack réussisse à la sortir du puits.

Mais il n'y arriverait peut-être pas… Peut-être le sursis dont elle bénéficiait depuis son accident de voiture était-il destiné à prendre fin ici et maintenant…

Elle tenta de se rappeler ce qui s'était passé pendant cette réception, la première fois, et un souvenir resurgit : Jack avait proposé de l'emmener visiter le parc, comme ce soir, mais une femme était alors venue lui parler. Elle avait un frère en Afghanistan et, inquiète pour lui, elle avait longuement interrogé Jack sur ce qu'il avait vécu là-bas.

Le temps que leur conversation se termine, la nuit était complètement tombée, et Jack avait jugé plus prudent de ne pas s'aventurer dans un parc plongé dans l'obscurité.

Pendant que ces pensées lui traversaient l'esprit, Sara enleva avec précaution sa deuxième chaussure et appuya ses pieds contre la paroi du puits pour réduire la charge supportée par la racine.

Cela eut également le mérite de soulager les muscles de ses bras, mais Jack tardait à revenir, et elle commença de craindre qu'il ne lui soit arrivé quelque chose. Peut-être était-il tombé dans une embuscade tendue par la personne qui avait enlevé la plaque du puits ?

Elle se mordit la lèvre pour s'empêcher d'appeler à l'aide. Si l'ennemi de Jack était dans les parages, il ne fallait pas lui signaler sa présence. D'un autre côté, elle doutait de pouvoir sortir de ce puits par ses propres moyens…

Enfin, la voix de Jack lui parvint :

— Sara ?

— Oui, je suis toujours là.

— Désolé d'avoir mis si longtemps… Je me suis souvenu qu'il y avait une corde suspendue à la cabane, mais elle m'a résisté.

Le soulagement de Sara céda la place à un regain d'angoisse.

— Vous n'avez pas pu récupérer cette corde ?

— Si, je suis finalement arrivé à la détacher… Excusez-moi ! La peur me brouille les idées. Je vais vous l'envoyer… Dites-moi quand elle sera à votre hauteur.

Un instant plus tard, Sara sentit la corde glisser le long de sa joue.

— C'est bon ! indiqua-t-elle.

— Elle fait dans les quatre mètres. Vous pouvez vous l'attacher autour de la taille ?

En tâtonnant, Sara trouva le bout de la corde, mais il arrivait au niveau de son épaule.

— Il n'y a pas assez de longueur ! cria-t-elle à Jack. Je suis trop bas.

— Alors accrochez-vous à l'extrémité ! Je vais vous hisser jusqu'à la surface.

Très doucement, Sara transféra une main après l'autre de la racine à la corde — laquelle se mit aussitôt après à se balancer. Jack parvint cependant à la stabiliser.

— Ça va ? demanda-t-il.

— Oui, mais pour plus de sûreté je vais garder les pieds appuyés contre un côté de la paroi et m'adosser à l'autre.

— D'accord !

La lente remontée commença, Jack tirant et Sara l'aidant du mieux qu'elle pouvait, sans se préoccuper de la douleur que le frottement avec les pierres de la paroi lui causait aux pieds et au dos.

Alors que le bord ne devait plus être qu'à environ un mètre, la corde redescendit brusquement d'une trentaine de centimètres, comme si Jack l'avait lâchée. Terrifiée, Sara se vit tomber au fond du puits mais, heureusement, sa chute s'arrêta là.

— Désolé ! dit Jack. Quelque chose de pointu m'a égratigné la main, et j'ai desserré un instant ma prise.

Il se remit à tirer, et Sara sentit bientôt l'air, autour d'elle, devenir plus chaud et plus sec. La surface approchait, lentement mais sûrement.

Quand Sara fut suffisamment sûre d'être sortie d'affaire pour oser lever la tête, la margelle lui apparut, et enfin, dans un ultime effort, Jack finit de la remonter. Elle s'écroula sur le sol, le vit s'agenouiller à son côté, et ce fut d'un même mouvement qu'ils s'enlacèrent.

— Quelle peur j'ai eue ! s'exclama Jack. Vous n'êtes pas blessée ?

— Non, j'ai juste quelques écorchures aux mains et aux pieds.

— Je suis désolé…

— Pourquoi ?

— Je n'aurais pas dû vous amener ici.

— Vous ne pouviez pas savoir que le puits n'était plus bouché.

— Non, mais…

— Vous m'avez sauvé la vie !

Sara posa ses lèvres sur celles de Jack. Pour le rassurer, peut-être, ou pour le remercier, mais, à peine esquissé, ce baiser se fit brûlant. Elle aurait pu mourir, ils en avaient tous les deux conscience, et leur étreinte n'en était que plus libératrice.

Sans la lâcher, Jack coucha Sara dans l'herbe et s'allongea sur elle. Le fait d'avoir frôlé la mort exacerbait le besoin qu'elle éprouvait de se sentir en vie, de remplacer la terrible frayeur qu'elle avait eue par un bonheur d'égale intensité…

Et, cela, seul l'assouvissement plein et immédiat de son désir pour Jack pouvait le lui apporter.

Un désir partagé : il l'embrassait et la caressait avec fébrilité et, quand, glissant une main entre eux, il fit rouler sous ses doigts la pointe dressée d'un sein, elle poussa un gémissement de plaisir.

C'était si bon !

Combien de temps s'était écoulé depuis la dernière fois où ils avaient fait l'amour ?

Trop longtemps.

Une éternité.

Et, dans son impatience de revivre cette merveilleuse expérience, Sara s'apprêtait à dégrafer le pantalon de Jack lorsqu'un torrent de musique en provenance de la maison les figea tous les deux sur place. Quelqu'un avait dû par inadvertance régler au maximum le volume de la sono. Il fut très vite baissé, mais cette irruption, même brève, du monde extérieur dans l'univers clos de leur passion suffit à les ramener à la réalité.

— Pardonnez-moi, murmura Jack en se redressant.

— Vous n'avez rien à vous reprocher !

— Si. Je suis allé trop loin.

— Vous avez eu l'impression que ça me déplaisait ?

— Non, admit-il avec l'ombre d'un sourire, mais ce n'est pas vraiment le bon endroit pour…

Il ne termina pas sa phrase. Sara se passa la main dans les cheveux et en retira une brindille.

— Je ne dois plus être présentable, dit-elle. Je ne peux pas regagner la réception dans cet état.

Après l'avoir aidée à s'asseoir, Jack se leva, et elle le vit grimacer.

— Vous vous êtes fait mal !

— Non ! répliqua-t-il.

Son ton brusque la dissuada d'insister. Il ne voulait visiblement pas lui révéler que sa jambe blessée avait souffert de ses efforts pour la hisser hors du puits.

— Vous avez certainement hâte de rentrer chez vous, reprit-il d'une voix radoucie, mais vous me permettez d'explorer un peu les alentours avant de vous ramener ?

— Bien sûr !

— J'aimerais comprendre ce qui s'est passé ici avant notre arrivée.

— Quelqu'un aura enlevé la plaque du puits et oublié ensuite de la remettre.

— Difficile à croire ! s'écria Jack. J'ai besoin d'une lampe électrique… Il y en a une dans le garage, et on devrait pouvoir y aller sans être vus.

Sara en était moins sûre que lui, mais elle ne dit rien. Il avait l'air de penser que le puits avait été laissé délibérément ouvert. Il commençait donc à flairer un danger, et cela l'inciterait à la prudence.

— Mes chaussures…, dit-elle une fois debout.

— Oui ?

— Elles sont tombées dans le puits.

— Je vous en achèterai une autre paire.

— Ce n'est pas la peine.

— Si, c'est le moins que je puisse faire, après la frayeur que vous avez eue par ma faute.

Si Jack voulait réellement se racheter, Sara avait une autre méthode à lui suggérer, mais elle attendrait pour cela d'être de retour à l'entrepôt.

Ce fut donc en silence qu'elle reprit avec lui le chemin de la maison. Ils évitèrent les zones très éclairées et arrivèrent ainsi sans encombre devant la porte du garage.

Elle n'était pas fermée à clé. Une fois à l'intérieur, Jack la referma avant d'allumer la lumière, puis il se dirigea vers les étagères qui recouvraient l'un des murs. Des outils et autres objets utilitaires y étaient impeccablement rangés.

— Votre père est bricoleur ? demanda Sara.

— Vous le croyez vraiment du genre à réparer quoi que ce soit lui-même ? s'exclama Jack en riant.

— Et pourquoi pas ? Certains hommes chargés de lourdes responsabilités trouvent dans le travail manuel un excellent moyen de se détendre.

— Pas mon père.

— Qui se sert de ces outils, alors ?

— Bruce, l'homme à tout faire.

— Il aurait pu enlever la plaque du puits ?

— Pour quelle raison ?

— Je ne sais pas.

Jack prit une torche électrique sur une étagère, et ils retraversèrent le garage. Mais, au moment où ils en sortaient, Sara constata qu'elle avait eu raison de douter qu'ils pourraient venir là sans être vus, car une silhouette surgit devant eux.

Et, pour comble de malchance, il s'agissait de Carolyn Morgan.

10

Jack s'éclaircit la voix avant de demander :

— Qu'est-ce que tu fais là, maman ?

— Je suis venue voir si le traiteur avait des réserves de petits-fours dans son camion. Il n'y en a presque plus, dans la cuisine.

Tout en parlant, Mme Morgan promenait sur son fils et sur Sara un regard scrutateur. Celle-ci résista à la tentation de se recoiffer avec les doigts et de lisser sa robe mais, même si elle évitait tout geste susceptible d'attirer l'attention sur le désordre de sa toilette, il ne pouvait échapper à leur interlocutrice.

Et Jack dut le comprendre, parce qu'il n'attendit pas les questions de sa mère pour expliquer :

— J'étais en train de faire visiter le parc à Sara, et elle est tombée.

— Ah ! Mais qu'est-il arrivé à ses chaussures ?

— Elle les a perdues dans sa chute.

— Vraiment ? C'est bizarre…

— On va essayer de les retrouver, et c'est pour ça que je suis venu chercher une torche électrique dans le garage.

Mme Morgan ne semblait pas du tout convaincue. Pour elle, c'était manifestement en batifolant dans l'herbe avec son fils que Sara avait perdu ses chaussures.

Celle-ci eut envie de lui dire : « Ce n'est pas ce que vous croyez », mais elle se retint. Cela n'aurait fait qu'aggraver les choses.

— On te laisse t'occuper de cette histoire de petits-fours, maman ! ajouta Jack.

Puis il prit Sara par la main et l'entraîna vers le parc, tandis que Mme Morgan gardait les yeux rivés sur eux.

— Vous savez ce que pense votre mère, n'est-ce pas ? déclara-t-elle.

— Oui, mais je m'en moque.

— Pas moi. Ça me fait apparaître sous un mauvais jour, et je veux plaire à vos parents.

— Ne vous inquiétez pas pour ça : c'est sans importance.

Sara n'était pas de cet avis, mais elle n'insista pas. Jack occupait dans sa famille une place que rien ni personne ne pouvait lui enlever et jamais il ne comprendrait son point de vue à elle.

De retour sous les arbres, il promena le faisceau de sa torche sur l'herbe.

— Il y a des empreintes de pas, dit-il.

— Ce sont peut-être les vôtres.

— Peut-être… On va les suivre, pour voir…

Cette piste les conduisit en fait à un fourré où ils découvrirent, à demi cachée par les broussailles, la plaque de bois censée boucher le puits et prévenir ainsi les accidents.

— Il est impossible qu'un animal l'ait transportée ici, dit Jack.

— Oui, c'est forcément quelqu'un qui l'a fait, mais qui, et pourquoi ?

— Aucune idée ! Personne ne pouvait prévoir que nous irions nous promener dans le parc, puisque je vous l'ai proposé au pied levé.

Par précaution, ils allèrent reboucher le puits. Ils retournèrent ensuite dans le garage pour remettre la torche à sa place et, au grand soulagement de Sara, ils en ressortirent et remontèrent dans la Lexus sans avoir croisé personne.

Ce répit fut cependant de courte durée : une nervosité

grandissante gagna Sara à mesure que la zone industrielle se rapprochait.

Même s'il ne le montrait pas, peut-être Jack était-il tendu, lui aussi… Peut-être songeait-il, comme elle, à finir ce qu'ils avaient commencé dans le parc.

Quoi qu'il en soit, il ne se fit pas prier quand, une fois à destination, elle l'invita à entrer.

Par chance, le sac à main de Sara n'avait pas suivi le même chemin que ses chaussures. Il n'y avait pas grand-chose dedans — ce n'était guère plus qu'une simple pochette munie d'une bandoulière —, mais il contenait un objet indispensable : la clé de la porte de l'entrepôt.

Sara guida Jack vers son studio. Elle y avait mis de l'ordre avant de partir, et avait allumé une lampe qui baignait maintenant la pièce d'une douce lumière.

Jack s'arrêta sur le seuil. Il avait sûrement compris, à présent, ce que Sara avait en tête. Et, pour l'avoir suivie jusque-là, il devait être d'accord… Il avait pourtant l'air un peu hésitant, soudain… Et, si Sara ne prenait pas l'initiative, ses craintes risquaient de le rattraper : elle savait qu'il avait peur de lui montrer les cicatrices laissées par ses blessures.

Alors elle l'attira tout de suite dans ses bras. Puis, comme il ne réagissait pas, elle murmura :

— Laissez-vous aller… Ce qui se passe entre nous est trop fort pour être ignoré.

— On se connaît à peine…

C'était vrai pour Jack, mais pas pour elle. Impossible, pourtant de le lui dire !

— Ça rend d'autant plus extraordinaire l'attirance que nous éprouvons déjà l'un pour l'autre, non ? déclara-t-elle à la place.

— Si…, admit Jack d'une voix émue.

Sa résistance céda ensuite d'un coup : un grognement

sourd s'échappa de sa gorge, puis il s'empara avec avidité des lèvres de Sara.

Cet élan de passion la fit frissonner de bonheur.

Enfin, après tout ce temps, elle allait retrouver l'amant qui lui avait tant manqué. Cela se produisait plus tôt que la première fois dans l'histoire de leur relation, mais Sara jugea vain de se demander si c'était une bonne ou une mauvaise chose, car elle n'aurait de toute façon pas pu, maintenant, en rester là.

Alors, les paupières closes, elle répondit au baiser de son compagnon, et leurs corps pressés l'un contre l'autre se mirent à osciller : la force de leur désir rendait leur équilibre incertain.

De plus en plus fébrile, Sara tira sur la chemise de Jack pour la dégager de la ceinture de son pantalon, glissa les mains dessous et lui couvrit le dos de tendres caresses.

C'était ainsi que les choses s'étaient passées la première fois : sentant Jack sur la réserve, elle s'était montrée plus entreprenante qu'elle ne l'avait encore jamais été avec un homme.

Et, même si elle connaissait maintenant la raison de ses appréhensions, elle n'avait pas l'intention de les laisser la priver de ce qu'elle désirait si ardemment.

Pour amener Jack à un degré d'excitation qui ne lui permettrait plus, ensuite, de battre en retraite, elle se frotta contre lui. C'était superflu : à en juger par la puissante érection que cette initiative lui fit sentir, il avait déjà presque atteint le point de non-retour.

— Je veux aller jusqu'au bout…, murmura-t-il.

— Moi aussi.

— Mais je dois vous prévenir : j'ai de vilaines cicatrices.

— Quelle importance ?

— Vous ne les avez pas vues…

Egarée par la fièvre de ses sens, Sara faillit laisser échapper que c'était en fait le cas.

Un reste de lucidité l'en empêcha heureusement. Sans rien dire, elle déboutonna la chemise de Jack, en écarta les pans et suivit du doigt, puis des lèvres, la ligne d'une des cicatrices qui lui barraient le torse.

— Ces marques témoignent de votre héroïsme, déclara-t-elle ensuite. Et vous avez fait preuve d'une autre forme de courage en effectuant la rééducation, sûrement très dure, qui vous a permis de retrouver une vie normale.

— Je n'ai rien d'un héros !

Jack cessa cependant de protester lorsque Sara se mit à lécher, puis à mordiller un de ses mamelons. Elle passa ensuite à l'autre, et les frissons de plaisir qui parcouraient son compagnon achevèrent de la galvaniser.

Sans plus attendre, elle l'entraîna vers le lit, jeta les coussins par terre et lui demanda d'une voix tremblante d'impatience :

— Vous pouvez défaire la fermeture Eclair de ma robe ?

— Bien sûr.

Elle se retourna et, comme cette robe se portait sans soutien-gorge, il lui suffit, une fois la fermeture Eclair descendue, de l'enlever pour se retrouver vêtue de sa seule culotte.

La respiration de Jack, derrière elle, s'accéléra. Il l'enlaça et posa les mains sur ses seins, en titilla les pointes avec ses pouces…

— C'est bon, chuchota-t-elle.

L'une des mains de Jack s'aventura ensuite plus bas, écarta l'élastique de sa culotte et se glissa dans les replis humides de son intimité la plus secrète pour lui donner un plaisir d'une incroyable intensité.

Voulait-il de cette façon l'amener à l'orgasme et, revenant sur ce qu'il avait dit juste avant d'évoquer ses cicatrices, avoir ainsi une excuse pour s'arrêter là ?

Peut-être…

Alors, pendant qu'elle en avait encore la force, Sara

se tourna vers lui. Elle défit la ceinture de son pantalon, descendit sa braguette et referma la main sur son érection.

Elle le caressa ensuite jusqu'à le sentir si près de perdre pied que peu lui importerait, désormais, qu'elle le voie nu.

Mais ce fut encore elle qui lui enleva ses vêtements et acheva de se déshabiller. Elle le reprit alors dans ses bras, et ils restèrent un moment étroitement enlacés avant de s'allonger sur le lit.

Là, Sara écarta les jambes, guida Jack en elle, et ils poussèrent un même cri de jouissance quand leurs corps se fondirent complètement l'un dans l'autre.

Comme Jack semblait avoir du mal à croire ce qui lui arrivait, Sara souleva les hanches pour le ramener à la réalité. Il répondit aussitôt à cette sollicitation, et alors seulement elle s'abandonna à un plaisir qui culmina dans un feu d'artifice de sensations.

Le spasme d'un puissant orgasme le fit trembler juste après, puis il se laissa aller contre elle, le corps parcouru de légers frissons, comme autant de répliques du séisme qui venait de le secouer.

Le cœur en fête, Sara caressa ses larges épaules, dont la peau était recouverte d'un film de sueur. Au bout d'un moment, il désunit leurs corps, se coucha sur le dos et tourna la tête vers elle.

Le bonheur de l'avoir de nouveau comme amant fit monter des larmes aux yeux de Sara. Elle se blottit contre lui et murmura :

— Je suis contente que tu aies eu assez confiance en moi pour me laisser te forcer un peu la main.

— Il y avait longtemps que je n'avais pas fait l'amour, mais je ne voudrais pas que tu croies que c'était mon but en t'invitant à la réception de mes parents.

— Bien sûr que non ! Tu n'as rien d'un calculateur ! s'exclama-t-elle.

— Comment le sais-tu ? demanda-t-il en souriant.

— Je te connais mieux que tu ne le penses, dit-elle doucement.

— Je serais donc transparent ?

— Tu es généreux, intègre et courageux, affirma-t-elle.

— C'est comme ça que tu me vois ?

— Oui. Et toi, comment te vois-tu ?

Un instant d'hésitation, puis Jack déclara :

— Comme un homme abîmé.

— C'est faux ! s'écria Sara. Tu as beaucoup d'atouts, à la fois physiques et moraux !

Sara prit la main de Jack et la serra fort dans la sienne. Il répondit à cette pression et, encouragée par la profondeur évidente de leur entente, elle se risqua à lui demander :

— Tu crois à la réincarnation ?

— Je ne sais pas trop… Pourquoi ?

— J'ai parfois l'étrange impression que nous nous sommes connus dans une autre vie… Pas toi ?

— Non, mais il me semble — et c'est tout aussi étrange, en fait — que nous étions destinés à nous rencontrer. J'aurais très bien pu ne pas aller visiter cette maison avec mon frère, l'autre jour… Je n'avais même aucune envie de l'accompagner, mais quelque chose m'a dit que je *devais* me rendre là-bas… Et tu y étais…

Sara se souleva sur un coude et suivit du doigt l'une des cicatrices qui couraient sur la jambe gauche de Jack.

— Je te fais mal ? demanda-t-elle en le sentant tressaillir.

— Non.

— Alors ça t'ennuie que je te regarde ?

— Je n'aime pas ce qu'est devenu mon corps, et j'ai peur qu'il ne te répugne.

— Pas le moins du monde ! Voir ta jambe blessée me rend au contraire admirative : ça me permet de mesurer le travail de rééducation énorme, et sûrement douloureux, que tu as dû effectuer pour arriver à remarcher normalement.

Un sourire reconnaissant illumina les traits de Jack. Jugeant le moment propice aux confidences, Sara reprit :

— Je ne sais pas si c'est le destin qui nous a réunis, mais tes parents, eux, vont vouloir nous séparer.

— Non, tu te trompes.

— Je suis sûre que non. Je ne suis pas du tout le genre de femmes qu'ils seraient contents de voir un de leurs fils fréquenter. Et je suis sûre, aussi, que ton père a déjà commencé, en accord avec ta mère, à se renseigner sur moi.

— Ça m'étonnerait ! dit Jack, visiblement choqué.

— Qu'est-ce qu'on parie ? Et il va découvrir sur ma famille quelque chose de grave, ajouta Sara d'un ton hésitant.

— Mais encore ?

— Mon père est mort en prison, murmura-t-elle.

— Quel crime avait-il commis ? demanda Jack avec étonnement.

— Vol qualifié.

— Je vois…

— Je suis désolée, Jack ! M'entendre dire que tes parents jugent utile de se renseigner sur moi te déplaît évidemment, mais je préfère t'informer avant eux du résultat de cette enquête.

— Je déteste les accusations gratuites ! lança Jack d'une voix pleine de reproche.

Sara se reprocha alors sa maladresse. Elle avait juste voulu le mettre au courant de son histoire familiale, mais sa façon de présenter les choses lui avait fait interpréter ses propos comme une attaque contre les Morgan.

— Il faut que j'y aille, déclara-t-il brusquement.

Parmi les qualités qu'elle avait citées tout à l'heure, Sara avait oublié la loyauté.

Etait-il possible que tout soit déjà fini entre eux ? se demanda-t-elle en le regardant, la peur au ventre, sortir du lit et se rhabiller.

Peut-être, car ce fut sans ajouter un mot qu'il se dirigea vers la porte et quitta l'appartement.

11

Les jambes molles, Sara se leva et alla prendre dans l'armoire le T-shirt et les leggings qu'elle avait rangés avant de se préparer pour la réception chez les Morgan.

Sa lutte pour contenir les larmes qui l'étouffaient s'acheva par une défaite : elles se mirent à couler sur le chemin de la porte de l'entrepôt, et redoublèrent de violence quand elle constata que la Lexus de Jack n'était plus garée devant le bâtiment.

Mais qu'avait-elle espéré ? Qu'il avait changé d'avis et s'apprêtait à revenir la voir ?

Elle referma la porte d'une main tremblante, s'y adossa et s'efforça de se ressaisir.

Arrêter de pleurer, d'abord… Elle s'essuya les yeux et ravala les larmes qui lui nouaient encore la gorge.

Réfléchir, ensuite…

Rien de tout cela ne s'était produit la première fois. Ce qui l'obligeait à reconsidérer le scénario qu'elle avait échafaudé.

Peut-être était-elle folle et n'était-elle jamais tombée enceinte de Jack ? Se pouvait-il qu'elle ait rêvé d'avoir eu un accident en se rendant à l'hôpital pour accoucher ?

Non, ça ne pouvait pas être un simple rêve… Elle savait trop de choses sur les Morgan, compte tenu du fait qu'elle ne connaissait même pas Jack avant de le rencontrer dans la maison que Pam espérait vendre à Ted.

Sara repassa dans son esprit les vingt dernières minutes

pour essayer de comprendre ce qui avait causé ce changement majeur par rapport à l'histoire originelle.

C'était à cause de l'accusation qu'elle avait portée contre les Morgan, bien sûr : si elle n'avait pas parlé de l'enquête lancée sur elle, Jack serait toujours couché à son côté…

Mais qu'allait-il se passer maintenant qu'il était parti ? Comment faire pour le protéger ? Elle ne pouvait même pas l'appeler pour le supplier de revenir : cette insistance l'irriterait et renforcerait ses parents dans l'opinion qu'elle était une intrigante.

Accablée, Sara regagna son appartement et se recoucha. L'oreiller sur lequel Jack avait posé sa tête avait gardé son odeur. Elle enfouit son visage dedans et n'essaya même pas, cette fois, de contenir ses larmes.

C'était le fait d'en savoir trop qui l'avait perdue. En voulant couper l'herbe sous le pied de Bill Morgan, elle avait généré un problème beaucoup plus grave : elle avait dressé Jack contre elle.

Tout était donc différent de la première fois — sauf sur un point : elle était toujours éperdument amoureuse de Jack.

Ce fut le cœur lourd que Jack sortit de l'entrepôt et remonta dans sa voiture.

Depuis qu'il avait fait la connaissance de Sara, il se sentait revivre. Sans pouvoir définir ce qui se passait entre eux, il en constatait les effets bénéfiques : Sara ne lui avait-elle pas permis, ce soir, de vaincre ses inhibitions ?

A moins qu'il n'y ait une autre explication… Peut-être était-ce juste une trop longue abstinence qui avait finalement eu raison de ses peurs…

Quoi qu'il en soit, faire l'amour avec Sara avait été une expérience merveilleuse. Et puis elle s'était mise à parler de ses parents comme si elle les connaissait mieux que lui. Cela l'avait pétrifié et, ne sachant trop quoi dire, il s'était presque enfui.

La reverrait-il jamais ? Il lui avait demandé de décorer une partie des nouveaux locaux de Morgan Enterprises, mais aucun contrat n'avait encore été signé. Le seul projet dont ils aient discuté de façon un peu détaillée concernait la cantine…

Pour annuler son offre, cependant, Jack avait besoin d'une raison solide. La piètre opinion que Sara avait de ses parents en était-elle une ?

Peut-être… Mais se servir de cet argument lui donnerait malgré tout mauvaise conscience.

Némésis ne décolérait pas. Le piège préparé en enlevant la plaque du puits n'avait pas fonctionné : Jack était toujours vivant.

La petite décoratrice l'avait accompagné dans sa promenade. Quand ils en étaient revenus, leurs vêtements étaient en désordre… Jack était-il tombé dans le puits, et cette Sara Carter l'en avait-elle sorti ? Ou l'inverse ?

C'était agaçant de ne pas savoir ce qui s'était passé dans le parc, mais les choses semblaient devoir s'arranger sur un autre plan : alors que Jack s'était montré très intéressé par Sara pendant la réception, il était parti assez vite de chez elle après l'y avoir ramenée.

Leur petite aventure était donc peut-être déjà terminée, auquel cas Sara ne serait plus un problème. La prochaine fois, Jack ne pourrait compter sur personne pour se tirer d'affaire. Et, comme il ignorait tout de la menace qui pesait sur lui, il ne verrait rien venir.

Dommage — pour lui — qu'il ait été blessé en Afghanistan ! Il aurait sinon poursuivi sa carrière dans l'armée, où ses talents étaient appréciés.

Alors qu'il n'avait aucun sens des affaires.

Il n'était pas à sa place dans l'entreprise familiale et devait être éliminé, d'une manière ou d'une autre.

Après une nuit agitée, Sara se réfugia dans le travail. En cherchant des croquis réalisés en vue d'un prochain contrat, elle tomba sur un dossier intitulé « Morgan Enterprises ».

Comme elle n'avait pas eu le temps de travailler sur ce projet depuis l'avant-veille, ce dossier datait de la première fois où Jack l'avait emmenée visiter les nouveaux locaux de la compagnie. Elle l'ouvrit d'une main tremblante et eut un pincement au cœur en voyant les dessins qu'il contenait, et en se rappelant son excitation d'alors à l'idée des contacts que cette commande lui permettrait d'avoir avec Jack.

Pour le hall de l'immeuble, elle avait choisi comme thème la dimension maritime du Maryland, avec une peinture murale représentant des filets de pêche, des crabes, un phare, des barques et des paysages marins.

Jack avait adoré ; son père, détesté et demandé à Sara de proposer autre chose.

Le souvenir des espoirs que ce projet avait fait naître la bouleversa : ils s'étaient brisés de façon si totale, et si dramatique !

Une larme tomba sur l'une des feuilles. Sara l'essuya, puis referma le dossier. Elle songea un instant à le brûler, mais y renonça finalement, le remit à sa place et poursuivit ses recherches.

Pendant les deux jours suivants, Jack tenta de se convaincre qu'il avait eu raison de s'indigner des accusations de Sara contre ses parents, au point de cesser toutes relations avec elle.

Le doute commença cependant de s'insinuer dans son esprit lorsque son père l'appela et lui dit sur un ton faussement dégagé :

— Je suis content de te trouver… Tu peux venir ?

— Tout de suite ? s'étonna Jack.

— Oui, tout de suite.

— Pourquoi ?

— On voudrait te parler de quelque chose, ta mère et moi, insista son père.

— Ça ne peut pas se faire au téléphone ?

— On préfère que ce soit de vive voix.

— Bon, d'accord…

L'idée de céder à l'injonction de ses parents déplaisait à Jack, mais il était curieux de savoir de quoi il retournait. Cela pouvait bien concerner Sara…

A peine avait-il franchi le seuil de la demeure familiale que son père se porta à sa rencontre, venant de l'arrière de la maison.

— Que se passe-t-il ? lui demanda Jack.

— Allons nous asseoir !

Il suivit son père jusqu'à la véranda. Il pensait y trouver sa mère, mais elle n'y arriva qu'un instant plus tard, accompagnée de Janet Harrison. La fiancée de Ted était la dernière personne que Jack s'attendait à rencontrer, et elle, de son côté, ne semblait pas particulièrement ravie de le voir.

— Tu as quelque chose à voir avec cette mystérieuse convocation ? lui demanda-t-il.

— Pardon ? s'étonna Janet.

— Tu es là pour parler avec mes parents et moi ? reprit Jack.

— Non, je suis là à cause des préparatifs du mariage, répondit Janet.

Disait-elle la vérité ? Etait-ce vraiment un hasard, s'ils se retrouvaient tous les deux ici ce matin ?

— Je vais étudier ces menus, et nous en rediscuterons ensuite, indiqua Janet à sa future belle-mère avant de l'embrasser sur la joue et de quitter la pièce.

N'était-ce pas plutôt de lui qu'elles venaient de parler ? songea Jack. Pourtant, même si c'était le cas, personne ne l'admettrait, évidemment !

Pour se rassurer, il se dit que sa méfiance ressemblait à de la paranoïa, et cette façon de tout ramener à lui à du narcissisme. Depuis quand se prenait-il pour le nombril du monde ?

Une fois seul avec ses parents, il s'assit dans un fauteuil en rotin et attendit la suite.

— Tu as l'air en forme, fit sa mère. Comment va ta jambe ?

— C'est pour me parler de ma santé que vous m'avez fait venir ?

— Non, répondit son père. C'est pour te parler de Sara Carter.

— Je vous écoute, dit Jack aussi posément que le lui permettait l'accès de nervosité dont il se sentait soudain victime.

— D'après ce que j'ai compris, elle n'a jamais travaillé que dans des maisons individuelles, déclara sa mère, et elle n'est donc pas qualifiée pour décorer les nouveaux locaux de Morgan Enterprises.

— Tu serais d'un autre avis si tu avais vu ses réalisations ! s'exclama Jack.

— Je n'en suis pas sûre, dit Carolyn Morgan d'un ton méprisant, et de toute façon tu n'aurais pas dû l'engager sans consulter ton père.

Jack se tourna vers ce dernier.

— Tu voulais que je m'investisse plus dans les affaires de l'entreprise, non ?

— Oui mais, après ta longue absence, tu ne peux pas te permettre de prendre seul de grandes décisions.

— Engager une décoratrice est une grande décision ?

— Absolument, dit son père d'un ton ferme. Les clients sont sensibles au cadre dans lequel ils sont accueillis. Pourquoi crois-tu que j'ai accouru, quand Barbara m'a téléphoné pour me mettre au courant de ton initiative ?

Sara avait donc raison, l'autre jour ! comprit Jack. En prétendant être « juste passé voir où en étaient les travaux », son père avait menti, et il venait de se trahir sans s'en rendre compte.

— Qu'attends-tu de moi ? lui demanda Jack. Que je congédie Sara ?

— Il y a quelque chose que tu dois savoir à son sujet, reprit Bill Morgan.

Les mains de Jack se crispèrent sur les accoudoirs du fauteuil. C'était la minute de vérité.

— Son histoire familiale pose problème, indiqua sa mère.

— Mais encore ?

— Son père est mort en prison.

— Tu as enquêté sur elle, papa ? s'enquit Jack bien qu'il connaisse déjà la réponse.

— Oui.

— Tu as fait la même chose pour Janet, quand Ted a commencé à sortir avec elle ?

— Bien sûr que non !

— Pourquoi ?

— C'est évident ! s'exclama Bill Morgan. Les Harrison fréquentent la même paroisse que nous, nous connaissons Janet depuis qu'elle est toute petite… Nous avons toujours su qu'elle serait une épouse parfaite pour ton frère !

— Vous l'avez dit à Ted ? demanda Jack.

— Il le savait déjà ! dit sa mère. Comme il sait, contrairement à ce que tu sembles croire, que votre bonheur à tous les deux est notre seule préoccupation.

— Naturellement…, susurra Jack.

— Inutile d'être sarcastique ! s'écria son père.

Sa mère, elle, se montra plus conciliante.

— Ce que nous venons de t'apprendre sur Sara t'a causé un choc, c'est compréhensible…

— Non, vous ne m'avez rien appris : j'étais déjà au courant, pour son père.

— Et qui t'a fourni cette information ?

— Sara elle-même.

Un silence stupéfait accueillit la réponse de Jack, puis son père demanda :

— Pourquoi a-t-elle fait ça ?

— Parce qu'elle se doutait que tu enquêterais sur elle, et qu'elle voulait m'en parler la première… Tu as découvert autre chose ?

— Sa mère était commerçante, dit Carolyn Morgan du bout des lèvres .

— Ça aussi, je le savais, indiqua Jack, et quel mal y a-t-il à ça ? Il fallait bien que cette femme trouve un moyen de subsistance, après l'incarcération de son mari… Quoi d'autre ?

— Sara n'est pas du même milieu que nous, répondit sa mère.

— Et alors ? Tu crois vraiment que ça compte pour moi ?

— Ça devrait. D'autant plus qu'elle t'a entraîné dans le parc pour flirter avec toi, ou pire, le soir de la réception !

— C'est moi qui lui ai proposé de sortir ! s'exclama Jack.

Ulcéré, il se leva et annonça :

— Cette conversation est terminée !

— C'est pour ton bien que je me suis renseigné sur cette jeune femme, dit son père en se levant lui aussi. Elle te plaît, n'est-ce pas ? Mais es-tu certain de son parfait désintéressement ?

— Oui, elle me plaît, affirma Jack, et, oui, je sais qu'elle est honnête !

Sur ces mots, Jack se dirigea vers la porte. Sa mère le rappela, mais il l'ignora et quitta la pièce.

Il avait toujours trouvé ses parents trop matérialistes, trop attachés aux convenances et fiers d'appartenir à la « bonne société », mais jamais il ne les aurait crus capables de dissimulation.

Sara, elle, avait vu juste. Il lui devait donc des excuses, mais accepterait-elle de l'écouter ?

Préférant lui parler de vive voix plutôt qu'au téléphone, Jack alla directement de Glenwood à l'entrepôt. Il se gara devant, gravit l'escalier et, le cœur battant, appuya sur la sonnette.

Pas de réponse.

Une sourde angoisse l'envahit. Et s'il était arrivé quelque chose à Sara ?

Non, elle avait sans doute vu que c'était lui qui se trouvait devant sa porte, et elle ne voulait pas lui ouvrir…

Ce qui était compréhensible.

Jack l'appela malgré tout, sans plus de résultats. Mais une enveloppe suspendue par un fil à un crochet, près de la porte, attira alors son regard. Il l'ouvrit et trouva dedans un mot de Sara disant qu'elle était partie travailler à Ellicott City, dans une maison située dans Old Montgomery Road.

Après avoir noté l'adresse exacte, Jack remonta dans la Lexus et s'y rendit.

La camionnette et la Honda de Sara étaient garées l'une derrière l'autre dans la contre-allée de ce qui se révéla être un pavillon sans grand intérêt. Jack se rangea contre le trottoir, descendit de voiture et inspira à fond avant de se diriger vers la maison.

La porte d'entrée était grande ouverte — sans doute pour faciliter le transport d'objets à l'intérieur. Le temps de la franchir, le cœur de Jack s'était remis à tambouriner dans sa poitrine.

Entendant du bruit, il se dirigea vers le séjour et s'immobilisa sur le seuil en voyant Sara. Elle portait un jean et un T-shirt, ses cheveux étaient ébouriffés, et son visage dépourvu de maquillage, mais jamais aucune femme ne lui avait paru aussi belle.

Et puis il se rendit compte qu'elle n'était pas seule : deux grands gaillards étaient en train d'installer, sur ses indications, un canapé entre les fenêtres de la pièce.

Elle leva les yeux vers lui et lui lança un regard peu aimable.

12

En voyant Jack, Sara eut un coup au cœur. Elle scruta son visage et constata que son expression était méfiante.

Lors de leur dernière conversation, il lui avait reproché de lancer des accusations gratuites contre ses parents et, tout en reconnaissant sa propre maladresse, elle lui en voulait d'être parti aussi brusquement.

— Qu'est-ce que tu fais là ? lança-t-elle.

— Il faut que je te parle.

— A quel sujet ?

Les deux hommes semblaient écouter leur conversation avec intérêt. Aussi, visiblement contrarié par leur présence, Jack demanda :

— On peut discuter en privé ?

— Je reviens tout de suite, dit Sara à Peter et Brad. Quand le canapé sera calé, vous irez chercher les deux tables basses et la commode à dessus de marbre.

Elle conduisit ensuite Jack sur la terrasse située à l'arrière du pavillon, se tourna vers lui et vit alors qu'il avait l'air nerveux.

— J'ai été injuste, déclara-t-il. Pardonne-moi !

Cela suffit à la faire fondre. Elle se jeta dans ses bras en murmurant :

— Jack… Oh ! Jack…

L'instant d'après, ils échangeaient un baiser chargé d'émotion, de soulagement, de gratitude, de regret… Tout cela à la fois.

S'ils avaient été à l'entrepôt, sans doute les choses seraient-elles allées beaucoup plus loin, mais là ils étaient dehors, avec deux étudiants qui pouvaient venir les rejoindre à tout moment — et avec peut-être aussi des voisins postés à leurs fenêtres.

— Tu avais raison, dit Jack quand ils se furent écartés l'un de l'autre. Mon père s'est renseigné sur toi, et ma mère et lui viennent d'essayer de me dissuader de te fréquenter.

— Tu leur en veux ? demanda Sara doucement.

— Oui, je suis en colère contre eux, affirma Jack. Et contre moi-même, pour ne pas t'avoir crue.

— J'aurais pu me tromper.

— Mais tu avais vu juste... Qu'est-ce qui a éveillé tes soupçons ?

— Je suis encline à la méfiance, depuis que nous nous connaissons.

— Oui, j'avais remarqué ! s'exclama Jack.

— Ne te méprends pas, reprit Sara. Notre rencontre est la plus belle chose qui me soit jamais arrivée, mais elle est aussi pour moi source d'inquiétude.

— Pourquoi ?

— Ça va te paraître bizarre...

— Dis toujours !

N'ayant rien préparé, Sara devait rapidement trouver une explication plausible à sa nervosité. Et, de nouveau, elle eut recours à un mensonge qui avait au moins le mérite de se rapprocher de la vérité.

— Je suis allée à Washington pour une exposition, l'an dernier. Sur le chemin du musée où elle se tenait, je suis tombée sur une fête foraine et, sur un coup de tête, j'ai décidé d'entrer dans la baraque d'une diseuse de bonne aventure.

Sara marqua une pause. Elle craignait que Jack ne se moque d'elle mais, d'un signe de tête, il l'encouragea à continuer.

— Cette femme — une gitane — a commencé à me parler de mon avenir, et j'ai d'abord pensé que c'étaient des balivernes. J'ai levé les yeux au ciel en l'entendant me dire que j'allais bientôt rencontrer un homme très important pour moi : c'est le genre de prédictions classiques, non ? Et je m'attendais à d'autres prophéties du même genre, mais pas du tout ! Elle m'a ensuite annoncé que cet homme serait en danger, qu'une personne essaierait de le tuer, et que je devrais la démasquer pour l'en empêcher.

Jack ouvrit de grands yeux.

— Elle t'a vraiment dit tout ça ?

— Oui, et ça m'a frappée parce que les voyantes évitent d'habitude de parler de choses anxiogènes à leurs clients.

— Tu en avais déjà consulté une ?

— Non. Quand j'ai vu cette baraque, j'y suis entrée sous l'effet d'une impulsion subite, ce qui ne me ressemble pas du tout.

Obligée de répondre aux questions de Jack, Sara s'enfonçait de plus en plus dans le mensonge. La vérité lui brûlait les lèvres, mais la dire la ferait passer pour une folle…

— Tu as compris, bien sûr, que l'homme dont parlait cette gitane, c'était toi ? déclara-t-elle pour ramener la conversation à l'explication de son comportement.

— Oui, mais elle a parlé de mes parents, aussi ? demanda Jack.

— Un peu, dit Sara d'un ton hésitant. Elle prétendait qu'ils ne me trouveraient pas assez bien pour toi, et je m'en suis souvenue en les rencontrant.

Sara laissa à Jack un moment pour assimiler ses surprenantes révélations avant de poursuivre :

— Je ne suis pas, a priori, du genre à croire aux prédictions d'une diseuse de bonne aventure, mais celle-ci m'a vraiment impressionnée. Quand j'ai fait ta connaissance, ses propos me sont revenus — en particulier le fait que tu courais un danger. Et en effet, le soir même, un homme armé d'un pistolet t'attendait à la sortie du restaurant.

— C'était juste un voleur. Il avait déjà été arrêté pour des faits semblables.

— Tu penses qu'il était là par hasard ? demanda Sara.

— Oui.

— Et si quelqu'un l'y avait envoyé, au contraire ? insista-t-elle.

— Pour quelle raison ? dit Jack d'un ton surpris.

— J'aimerais bien le savoir ! Mais ce n'est pas tout : ensuite, il y a eu ma chute dans le puits, chez tes parents.

— C'était un accident.

— Comment la plaque qui le bouchait s'est-elle retrouvée dans un buisson, à ton avis ?

Comme Jack ne répondait pas, Sara reprit :

— Et si c'était pour toi que ce piège avait été tendu ?

— Ça fait beaucoup de suppositions ! s'exclama Jack.

— En effet, dit Sara, et c'est pour ça que je n'ai rien dit, sur le moment.

L'apparition de Brad sur le seuil de la cuisine la fit sursauter.

— Désolé de vous déranger, déclara-t-il, mais on a fini d'installer les meubles dans le séjour. On s'occupe de quoi, maintenant ?

— Il faut monter le lit dans la chambre principale.

Brad disparut, et Jack déclara :

— Je ne veux pas t'empêcher de travailler… Quand auras-tu terminé ?

— Vers 17 heures, répondit Sara après avoir regardé sa montre.

— Je reviendrai ici.

— Non, je préfère que tu me rejoignes à l'entrepôt. Je nous ferai à dîner.

— Dans cette minuscule cuisine ? s'étonna Jack.

— Oui. Tu verras, tu seras surpris… 19 h 30, ça te va ? demanda Sara.

— Très bien, dit Jack. J'apporterai le vin. Tu préfères du blanc ou du rouge ?

Sara réfléchit quelques instants.

— Tu aimes le poulet ?

— Beaucoup.

— Blanc, alors, répondit-elle.

Une fois seule, Sara poussa un soupir de soulagement. Jack n'avait pas rejeté d'emblée son histoire, mais elle devait veiller à ne pas donner l'impression d'être complètement paranoïaque lorsqu'elle lui parlait de la menace qui pesait sur lui.

Tous ces mensonges et ces calculs la désolaient, mais elle n'avait pas le choix.

Jack s'éloigna lentement du pavillon. Cette histoire de diseuse de bonne aventure était bien la dernière chose qu'il s'attendait à entendre de la part de Sara !

Prise au sérieux, elle expliquait son étrange comportement. Le problème étant qu'il n'avait jamais cru à la voyance. Sara non plus, de son propre aveu — sauf dans ce cas précis, justement… Mais se pouvait-il qu'elle mente pour le manipuler ? Et qu'elle ait des intentions cachées en ce qui le concernait ?

Voilà qu'il raisonnait comme ses parents ! se reprocha-t-il soudain.

Même si Sara lui donnait parfois l'impression de cacher quelque chose, il sentait que son attachement pour lui était réel et qu'elle éprouvait même quelque chose de plus fort. Son inquiétude semblait sincère, et peut-être était-elle d'ailleurs justifiée, car l'agression à la sortie du restaurant et la disparition de la plaque du puits s'étaient produites à quelques jours d'intervalle seulement.

La proximité dans le temps de deux événements susceptibles de se terminer de façon tragique était-elle vraiment due au hasard ?

Ce n'était pas totalement impossible, songea Jack. Et, de toute façon, qui aurait voulu sa mort ?

« Personne », fut la réponse qui lui vint spontanément.

Il devrait malgré tout prendre le temps d'y réfléchir.

Le caviste le plus proche se trouvait à quelques kilomètres de là. Jack ne s'y connaissait pas particulièrement en vins, et il comptait sur ce spécialiste pour lui conseiller celui qui se marierait le mieux avec un plat à base de poulet.

Un regard machinal dans son rétroviseur lui montra qu'une voiture le suivait de près. Se rappelant la filature dont il avait peut-être fait l'objet quelques jours plus tôt, il surveilla cette voiture du coin de l'œil. Elle resta juste derrière lui tout le long de Old Montgomery Road.

Le feu, au bout de la rue, était au vert. Jack ralentit jusqu'à ce qu'il passe à l'orange, puis il accéléra, tourna à droite après le carrefour et circula pendant une dizaine de minutes à travers un quartier résidentiel avant de reprendre son itinéraire normal.

Certain de ne plus être suivi, il alla acheter sa bouteille de vin blanc, puis décida de rentrer chez lui.

Mais, en arrivant sur la nationale 14, il constata que la même voiture venait de réapparaître dans son rétroviseur. Cela signifiait que le conducteur savait où il habitait… Ce qui n'était guère rassurant.

Quand Jack s'engagea dans le chemin qui menait à sa maison, la voiture continua tout droit. Une fois à l'intérieur, il verrouilla pourtant sa porte et alla sortir son pistolet automatique du tiroir où il le rangeait. Il le chargea, l'emporta dans la salle de bains et le posa sur la tablette du lavabo avant de se déshabiller et de se doucher.

Ce luxe de précautions le faisait se sentir un peu bête

mais, entre les propos alarmistes de Sara et cette troublante filature, il préférait jouer la carte de la sécurité.

Sara n'était sûre que d'une chose : Jack allait aimer son poulet chasseur. C'était le plat qu'elle lui avait servi la première fois où il était venu dîner chez elle, et il l'avait adoré. Ils avaient prévu d'aller ensuite au cinéma, alors, mais c'était finalement dans son lit que la soirée s'était terminée — de façon mémorable.

Ce soir, cependant, les choses ne se passeraient pas de la même manière, car elle devait avoir avec Jack une conversation de la plus haute importance. Une conversation qui n'avait rien de romantique.

Après avoir acheté les ingrédients qui lui manquaient — poulet, échalotes et champignons —, Sara rentra chez elle. Cuisiner la détendait et, tout en préparant le repas, elle pensa à ce qu'elle dirait à Jack. Et au résultat qu'elle espérait obtenir.

A 19 h 30, tout était prêt. Cinq minutes s'écoulèrent, puis dix… Jack n'arrivait pas. Avait-il changé d'avis ?

Ou, pire…

Non, inutile de s'affoler ! Le tueur n'avait pas encore frappé. Jack avait été tué des semaines après leur première rencontre. Ils avaient du temps devant eux…

A condition que les choses se passent comme la première fois et, jusqu'ici, des différences étaient apparues entre les deux réalités.

Sara était au bord de la panique quand, enfin, la sonnette de l'entrée retentit. Elle courut ouvrir la porte et s'exclama sans parvenir à maîtriser le tremblement de sa voix :

— Je commençais à m'inquiéter !

— Désolé. Un accident, sur la nationale 144, a causé un gros bouchon… Ça sent bon !

— J'ai fait du poulet chasseur… Viens !

Sara emmena Jack s'asseoir à la table qu'elle avait installée entre la chambre et la kitchenette. Des *penne rigate* accompagnaient le plat principal et, pendant que Jack ouvrait la bouteille de vin blanc, Sara remplit leurs assiettes.

— Délicieux ! s'écria-t-il à peine la première bouchée avalée.

— J'aime beaucoup cuisiner.

— Qui t'a appris ?

— Je tiens un certain nombre de recettes de ma mère et, les autres, je les ai trouvées dans des livres, des magazines ou sur Internet.

Ils échangèrent ce genre de propos anodins jusqu'à la fin du repas, puis Sara attaqua un sujet plus grave.

— Qui, dans ton entourage, a des raisons de souhaiter ta mort ?

— C'est plutôt brutal, comme question ! s'exclama Jack.

— Je sais, mais je n'ai vraiment pas le choix.

— Si c'est ce que tu penses, alors, à toi de commencer : fais quelques suggestions !

Il y avait une pointe d'hostilité dans la voix de Jack. De toute évidence, cet exercice ne lui plaisait pas, mais il lui déplaisait à elle aussi. Elle aurait pu faire les suggestions qu'il lui demandait, car elle avait analysé les relations de Jack avec ses proches et trouvé un mobile à certains d'entre eux.

Ses soupçons se fondaient cependant pour la plupart sur des informations qu'elle n'était pas encore censée détenir, et elle se rappelait la réaction de Jack quand elle avait dit du mal des Morgan…

— Tu connais tous ces gens, déclara-t-elle. Pas moi.

— Si ! répliqua-t-il. Tu les as rencontrés l'autre jour chez mes parents.

Sara avait envie de crier à Jack que son but n'était pas

de le mettre mal à l'aise, ou de le faire se sentir déloyal, mais de lui sauver la vie.

— Excuse ma brusquerie, reprit-il. C'est juste que j'ai du mal à concevoir que quelqu'un veuille me tuer.

— Je comprends, mais je crois vraiment que tu dois te demander à qui ta disparition profiterait.

— Bon, d'accord… Personne ne s'attendait à ce que je démissionne de l'armée pour intégrer l'entreprise familiale. Il y a énormément de gens que ça peut déranger, et pour toutes sortes de raisons différentes. Il faudrait donc commencer par faire le tri entre ceux qui manqueraient de sens moral au point d'attenter à ma vie, et les autres.

Plusieurs noms vinrent à l'esprit de Sara.

Ted, d'abord… La mort de son frère lui permettrait d'hériter de la totalité de la fortune des Morgan. Un mobile qui valait aussi pour sa fiancée : elle semblait être du genre à considérer que plus elle en avait à dépenser, mieux c'était.

Bill et Carolyn Morgan, ensuite… Même s'il était difficile d'imaginer des parents commanditant la mort d'un de leurs fils, la préférence des époux Morgan allait de toute évidence au plus jeune. Le choix de carrière que Jack avait fait pouvait donc les avoir soulagés, à cause de l'éloignement que cela supposait. Avec son retour, toute la dynamique de la famille et de l'entreprise s'était trouvée bouleversée…

L'idée que les Morgan puissent vouloir la mort de Jack fit frissonner Sara. Il s'agissait heureusement d'une simple hypothèse, et il était hors de question d'en parler tout de suite à Jack.

— Des éléments concrets nous aideraient à sérier les problèmes, déclara-t-elle. Si on cherchait un peu dans le système informatique de Morgan Enterprises, tu penses qu'on trouverait quelque chose ?

— Peut-être… Je ne sais pas…

— Tu accepterais de le faire ?

— Oui, mais allons-y maintenant alors, avant que je change d'avis !

Quand ils se furent levés, Sara contourna la table et prit Jack dans ses bras. Elle le sentait sur la défensive depuis qu'elle lui avait demandé qui, dans son entourage, avait des raisons de souhaiter sa mort. Sans doute se posait-il des questions sur ses motivations à elle, et aurait-il résisté si, au lieu de lui proposer de jouer les détectives, elle l'avait entraîné vers le lit.

Cette méfiance était d'ailleurs compréhensible : il ne la connaissait que depuis quelques jours… Il fallait donc espérer que leur petite expédition fournirait une ou plusieurs pistes sérieuses.

Pour tenter de convaincre Jack de sa sincérité, Sara demeura encore un moment étroitement serrée contre lui. Une étreinte était parfois plus éloquente que des mots…

— Avant de partir, il faut que je mette les restes du dîner au réfrigérateur, dit-elle après s'être reculée.

— Je vais faire la vaisselle, pendant ce temps.

Tandis qu'ils s'activaient chacun de leur côté, Sara demanda :

— Tu as une arme que tu pourrais emporter ?

— Il y a un pistolet dans le tiroir de ma table de nuit, mais je ne compte pas aller le chercher. Si un employé de la société nous surprend là-bas, je ne veux pas qu'il me voie armé.

— L'immeuble est équipé d'une alarme ? demanda-t-elle encore.

— Oui, mais je peux la désactiver, dit Jack.

— Il est gardé la nuit par des vigiles ?

— Non. Mon père trouve ça trop coûteux. Il a installé à la place des caméras de surveillance.

— Donc, si tu laisses ce soir tes empreintes digitales dans le bâtiment, ce ne sera pas grave, parce que tu y vas fréquemment, conclut Sara. Mais c'est différent en ce qui me concerne.

Avant de partir, Sara alla donc prendre une paire de gants en cuir dans sa commode, et elle emporta aussi une petite torche LED.

Les bureaux historiques de Morgan Enterprises se trouvaient à Ellicott City. Assise sur le siège passager de la Lexus, Sara ne quittait pas le rétroviseur extérieur des yeux.

— Tu penses qu'on est suivis ? demanda Jack.

— J'espère bien que non ! s'exclama Sara. Mais il serait peut-être plus prudent de ne pas se garer juste devant la porte.

— Qui t'a formée au métier d'espionne ? demanda Jack en riant.

— Je crois que c'est parce que je regarde beaucoup la télévision. J'aimerais quand même en savoir plus sur les opérations clandestines.

— Tu connais le jargon de la profession, c'est déjà ça ! dit Jack.

Cette petite moquerie ne l'empêcha pas d'appliquer le conseil de Sara : il alla se garer au fond du parking d'un autre bâtiment. Au moment où ils mettaient pied à terre, une voiture passa dans la rue. Le pouls de Sara s'emballa, mais le véhicule poursuivit son chemin sans même ralentir. Si elle avait eu si peur, c'était parce qu'il était tard et qu'il n'y avait que des immeubles de bureaux dans ce quartier.

Pour gagner celui de Morgan Enterprises, ils traversèrent une bande de terrain plantée d'arbres. S'ils étaient obligés de partir précipitamment, ces arbres leur offriraient-ils une protection suffisante ? se demanda Sara avec inquiétude.

Les rayons d'une lune presque pleine leur permettaient d'y voir assez pour se passer de la torche. Sara trébucha pourtant sur une pierre, et Jack la saisit par le bras.

— Ça va ?

— Oui, répondit-elle.

Ce n'était pas le moment de se tordre la cheville : elle devait pouvoir courir vite, en cas de besoin. Elle s'efforça donc de mieux assurer ses appuis, et fut soulagée lorsqu'ils atteignirent une surface goudronnée.

Ils firent le tour du bâtiment, Jack utilisa sa clé pour y entrer. Puis il désactiva l'alarme. Il coupa également les caméras de surveillance et effaça les dix dernières minutes d'enregistrement.

— Voilà, murmura-t-il. La voie est libre.

— L'absence d'images pendant un long moment ne va pas éveiller les soupçons ? demanda Sara en enfilant ses gants.

— S'il n'y a pas d'autre raison de penser à un acte volontaire, on pensera à une panne. Ce matériel est assez vieux. Tout le monde sait qu'il aurait besoin d'être remplacé, mais la décision est sans cesse reportée.

— Tant mieux pour nous ! Mais on va devoir quand même se contenter de la torche pour se déplacer. Ce sera plus prudent.

— Oui. Donne-la-moi ! Comme je connais bien les lieux, je vais marcher devant.

Sara suivit Jack. N'étant jamais venue là, elle regarda autour d'elle avec intérêt, et ce que la lumière de la torche lui permit de voir la frappa par sa sophistication et sa modernité.

— Le style de décor de cet immeuble est très différent du mien, déclara-t-elle.

— Je le trouve froid et prétentieux. Je préfère de loin le tien.

— Merci… Il y a un ordinateur, sur le bureau de la réception… On peut s'en servir ?

— Je crois qu'il n'a qu'un accès limité au système

informatique. Il faut aller au premier étage. On va prendre l'escalier de secours.

Jack emmena Sara tout au fond du hall d'entrée, ouvrit une porte, et la précéda jusqu'à un escalier enserré entre des murs en parpaings, et dont les marches en béton reposaient sur une ossature métallique. Ils le gravirent en essayant de faire le moins de bruit possible. Jack étant un Morgan, il pouvait légitimement se promener dans cet immeuble à toute heure du jour et de la nuit, mais apparemment il craignait autant que Sara d'y être surpris.

Le sol de la salle où ils pénétrèrent ensuite était malheureusement recouvert d'un carrelage sur lequel leurs pas résonnèrent malgré leurs efforts pour les étouffer. Une rangée de bureaux équipés d'ordinateurs délimitait l'espace réservé au secrétariat et, derrière, s'alignaient des box à demi cloisonnés.

Les grandes fenêtres aménagées tout autour de la pièce laissaient passer assez de lumière pour que Jack puisse éteindre la torche. Jack alla s'asseoir à l'un des bureaux, et Sara, debout près de lui, le regarda allumer l'ordinateur.

La fenêtre demandant la saisie du mot de passe s'afficha sur l'écran. Jack tapa une suite de lettres et de chiffres…

« Mot de passe incorrect. »

Il fronça les sourcils et réessaya.

« Mot de passe incorrect. Attention ! A la saisie d'un troisième mot de passe incorrect, Beltland Security sera prévenu. »

— Et zut ! marmonna Jack.

— Que se passe-t-il ? demanda Sara, inquiète.

— Je croyais pouvoir accéder au système, mais on dirait que quelqu'un a changé le mot de passe.

— Qui, à ton avis ?

— Mon père, peut-être…

— Pourquoi aurait-il fait ça ?

— Ce n'est pas forcément intentionnel. Comme je ne viens pas ici tous les jours, il a pu oublier de m'en parler.

Ces mots avaient été prononcés avec un manque de conviction évident, et Sara nourrissait elle aussi quelques doutes. Bill Morgan commençait-il à perdre la mémoire ? Il n'en avait pas l'air ! Alors, soit son « oubli » était volontaire, soit ce n'était pas lui qui avait changé le mot de passe.

— Tu connais la société Beltland Security ? demanda-t-elle.

— Non.

— Tu peux contourner la difficulté ?

— Je n'ai rien d'un hacker, et j'ai peur de déclencher une alarme si je fais une fausse manœuvre.

Un bruit en provenance du rez-de-chaussée alerta soudain Sara.

— Tu as entendu ? chuchota-t-elle.

— Oui.

— Je crois que quelqu'un est entré dans le bâtiment.

— Qui peut bien y venir à cette heure ?

— Un employé de Beltland Security ?

— Pourquoi ? Je n'ai pas fait de troisième tentative pour le mot de passe, et aucune société de sécurité n'a un temps de réaction aussi court, de toute façon.

Le regard que Jack tourna vers Sara exprimait de la colère.

— Je trouve humiliant d'avoir peur d'être surpris ici alors que j'ai parfaitement le droit d'y être !

— Je comprends, mais comment expliquer que tu sois en train de tenter de te connecter au système informatique de la compagnie au milieu de la nuit ?

— Je suis incapable d'inventer un mensonge plausible, je le reconnais.

— Alors qu'est-ce qu'on fait ?

— On s'en va !

Jack venait d'éteindre l'ordinateur quand ils entendirent s'ouvrir la porte donnant sur l'escalier de secours.

Le cœur de Sara s'arrêta de battre. Jack la saisit par le bras et l'emmena s'accroupir derrière des meubles de rangement.

Des pas, dans l'escalier, puis sur le carrelage de la pièce… Ils s'approchèrent d'eux, et Sara sentit Jack se crisper.

Que ferait-il, s'ils étaient découverts ?

L'intrus passa heureusement devant eux sans soupçonner leur présence. Puis ses pas s'éloignèrent et, comme il leur tournait maintenant le dos, Sara se risqua à lui jeter un coup d'œil. Elle ne perçut d'abord qu'une forme indistincte, apparemment faite d'un seul bloc.

Et puis elle comprit que l'intrus portait une cagoule — de couleur noire, comme le reste de ses vêtements, ce qui ne permettait même pas de dire s'il s'agissait d'un homme ou d'une femme.

L'objet, dans sa main, était en revanche parfaitement identifiable.

C'était un pistolet.

13

Sara s'obligea à rester parfaitement silencieuse le temps que l'intrus disparaisse dans un des couloirs qui partaient de la salle.

— Tu l'as vu ? murmura-t-elle à l'oreille de Jack.

— Oui. J'aurais dû t'écouter et venir armé.

— Tu es capable de tirer sur quelqu'un sans savoir qui c'est ?

— Non.

— Etre armé ne t'aurait donc servi à rien, en fait.

— C'est vrai. La cagoule et le pistolet disent pourtant que cette personne est venue ici animée de mauvaises intentions.

Il se passait quelque chose de louche dans l'entreprise des Morgan, songea Sara. A moins qu'un cambrioleur n'ait choisi par hasard de s'y introduire la nuit où Jack et elle s'y trouvaient…

Non, cela ressemblait aussi peu à une coïncidence que l'agression commise contre Jack à la sortie du restaurant, quelques jours plus tôt.

— On ferait mieux de partir, chuchota Jack.

Sara hocha affirmativement la tête. Elle regrettait d'avoir proposé cette expédition, mais les événements venaient au moins de prouver à Jack qu'elle avait raison de craindre pour sa vie. C'était un motif de satisfaction, car il avait eu l'air de prendre pour de la paranoïa le fait qu'elle soupçonne quelqu'un de vouloir le tuer.

Ils allaient maintenant pouvoir en parler plus franchement… A condition de sortir indemnes de cette aventure.

Pliés en deux, ils quittèrent leur cachette et s'engouffrèrent dans le couloir le plus proche. Jack avait visiblement du mal à courir ; sa jambe blessée le faisait sûrement souffrir.

Arrivés, après un tournant, au niveau de ce qui devait être les bureaux des cadres de la société, ils s'arrêtèrent et tendirent l'oreille. L'intrus était encore là, quelque part. Il se cogna sans doute à une corbeille à papier, car le bruit d'un objet métallique tombant sur le sol retentit soudain, suivi d'un juron étouffé.

— Reste là ! dit Jack à Sara.

— Pourquoi ?

— Il m'a donné une idée : je vais lui faire croire que nous sommes partis dans la direction opposée.

Sara eut envie de le retenir par le bras pour le garder près d'elle, mais ce n'était sûrement pas le meilleur moyen de se tirer d'affaire… Elle le laissa donc partir, s'assit par terre et attendit, tous ses sens en alerte.

De longues secondes s'écoulèrent sans qu'il ne se passe rien, puis il y eut un grand fracas, et plusieurs détonations résonnèrent juste après.

Le cœur de Sara bondit dans sa poitrine. Etait-ce Jack que ces coups de feu avaient visé ?

Il revint un instant plus tard, le visage sombre.

— Tu n'as rien ? lui demanda Sara en se relevant.

— Non.

— Qu'as-tu fait ?

— J'ai lancé une poubelle dans l'escalier de devant.

— Et il a tiré dessus ?

— Oui. Il doit être nerveux. Filons, avant qu'il se rende compte que nous sommes toujours là.

Jack guida Sara vers une autre sortie, située au bout du couloir, mais, quand il poussa la porte, elle résista, et il jura entre ses dents.

— Cette porte n'est pas censée être verrouillée ? demanda Sara.

— Non… Ecoute !

Elle tendit l'oreille et perçut des pas. Ils semblaient se diriger vers eux. Jack fit signe à Sara de le suivre dans l'un des bureaux.

— On ne sera pas pris au piège, si on se cache là ? chuchota-t-elle.

— Non. Viens, dépêche-toi !

La pièce était grande, avec un sol recouvert d'une épaisse moquette, une table de travail de bois massif, plusieurs fauteuils, un canapé… L'occupant de ce bureau était de toute évidence haut placé dans la hiérarchie de l'entreprise. Il s'agissait peut-être même de Bill Morgan.

Jack alla écarter le bord d'un des doubles rideaux de la baie vitrée, laquelle occupait presque tout un côté de la pièce. Il tâtonna derrière et, comprenant qu'il cherchait le système d'ouverture. Sara le rejoignit et lui tint le rideau. Dix secondes plus tard, Jack faisait coulisser la porte. Elle donnait sur un balcon.

Ils se glissèrent dehors, et Sara referma la porte derrière eux.

— Je ne me doutais pas qu'il y avait un balcon ici, murmura-t-elle.

— C'est le bureau de mon père, et la seule pièce qui en ait un. Maintenant, est ce que notre adversaire le sait et, si c'est le cas, est-ce qu'il va y penser ?

Le balcon était étroit, si bien que Jack passa un bras autour des épaules de Sara et l'obligea doucement à s'adosser au mur pendant qu'il réfléchissait à la suite des opérations.

S'il arrivait quelque chose à Sara, jamais il ne se le pardonnerait…

Mais le problème ne se poserait pas, en fait, car il ne serait plus de ce monde, lui non plus.

En venant ici, il n'était qu'à moitié convaincu d'être en danger de mort… Il savait maintenant que c'était vrai.

A en juger par les bruits en provenance de l'intérieur de l'immeuble, l'intrus était en train de remonter le couloir qui menait au bureau directorial. Le coup de la poubelle ne l'avait donc pas trompé longtemps.

Sans lâcher Sara, Jack se pencha pour regarder entre les doubles rideaux et vit la silhouette vêtue de noir entrer dans la pièce.

L'homme — si c'en était un — tenait toujours son pistolet en position de tir.

Qui était-ce ? se demanda Jack. Et comment avait-il su que Sara et lui seraient là ce soir ?

Sans doute les avait-il suivis… Sara avait été vigilante pendant le trajet mais, si un véhicule les avait pris en filature tous feux éteints, elle pouvait ne pas s'en être aperçue.

Jack retint son souffle. Si la porte coulissante s'ouvrait, aurait-il le temps de se saisir du pistolet de l'inconnu avant qu'il ne commence à tirer ?

Rien n'était moins sûr !

Et, s'il mourait, comment son père réagirait-il ? Jack n'en avait pas la moindre idée.

Son engagement dans l'armée avait déplu à ses parents, et ils avaient accueilli son retour au pays avec joie mais, dans leur attitude, était aussi apparu en filigrane un « on te l'avait bien dit » qui l'avait irrité.

De longs mois d'hospitalisation et de rééducation intensive l'avaient de nouveau séparé d'eux. Quand il était revenu vivre dans le Maryland, ils lui avaient ouvert les portes de l'entreprise familiale, mais sans qu'il ne sache s'ils le désiraient vraiment ou s'ils s'y sentaient juste obligés.

Quoi qu'il en soit, pour apporter une contribution utile au fonctionnement de Morgan Enterprises, Jack devrait passer un master de management… C'était envisageable, mais en avait-il envie ?

Pourquoi ces pensées lui traversaient-elles l'esprit en ce moment ? se demanda-t-il soudain.

Parce qu'elles le projetaient dans l'avenir et lui permettaient d'occulter l'idée de la mort ?

Après avoir fouillé la pièce — allant jusqu'à regarder sous le bureau et le canapé —, le tueur regagna le couloir. Jack entendit Sara pousser un soupir de soulagement. Il la serra plus fort contre lui, et elle posa la tête sur son épaule. Il aurait voulu prolonger leur étreinte, mais ils devaient se dépêcher de partir, au cas où l'intrus reviendrait.

— Il est sans doute encore dans l'immeuble, chuchota Sara.

— Il n'est pas certain que ce soit un homme.

— Non, mais c'est plus facile d'en parler ainsi.

— C'est vrai… J'espère qu'on a un peu de temps devant nous…

— Pour quoi faire ?

— Pour trouver un moyen de nous enfuir discrètement.

Jack s'approcha du bord du balcon. Ils étaient au premier étage d'un bâtiment assez ancien pour avoir des plafonds très hauts…

Impossible de sauter sans risquer de se casser quelque chose. Pour quitter les lieux par ce chemin, ils avaient besoin d'une corde.

Et n'en avaient évidemment pas.

Jack se rappela soudain les fêtes d'entreprise auxquelles il avait assisté. La nourriture et les boissons étaient fournies par un traiteur, mais son père gardait d'une année sur l'autre tout ce qui pouvait l'être. Les nappes en tissu, notamment, et elles étaient stockées dans un placard du couloir.

— Reste là ! ordonna-t-il à Sara.

— Et toi ?

— Je vais aller chercher une nappe qui pourra nous servir de corde. Si tu entends un coup de feu, tente ta chance et saute !

— Pas question !

Jack ignora cette protestation.

— Tu devras d'abord te suspendre par les bras aux barreaux de la balustrade, pour réduire la hauteur, expliqua-t-il. Tu te laisseras ensuite tomber, et tu essaieras d'effectuer un roulé-boulé au moment d'atterrir, pour amortir le choc.

Cette fois, Sara ne dit rien. Il y avait de la peur dans son regard, mais de la détermination, aussi… Combien de femmes seraient capables, comme elle, de garder leur sang-froid dans une situation pareille ?

— Ne t'en fais pas : il ne m'arrivera rien, dit Jack.

Mais il ne pouvait que l'espérer et, avant de changer d'avis, il rouvrit la baie vitrée et se glissa à l'intérieur du bureau. La moquette étouffa heureusement ses pas tandis qu'il allait jeter un coup d'œil dans le couloir.

Personne… Il courut vers le placard et attrapa l'une des grandes nappes qui servaient à recouvrir les tables de banquet. Des bruits sourds lui apprirent que le tueur n'avait pas abandonné ses recherches, mais il était maintenant assez loin.

Jack se hâta malgré tout de regagner le bureau. Sara ne lui avait pas obéi : elle se tenait près de la porte du couloir, l'air à la fois anxieux et résolu, comme tout à l'heure.

A la moindre alerte, sans doute se serait-elle portée à son secours au lieu de fuir le danger, pensa Jack. Ce courage l'honorait, mais il avait des inconvénients…

— Qu'est-ce que tu fais là ? murmura-t-il.

— J'étais trop inquiète pour rester dehors.

— Si cet homme m'avait abattu, pourtant, il aurait fallu que tu puisses informer mes parents de ce qui s'était passé.

— Tu es sûr qu'ils m'auraient crue ?

— Pourquoi auraient-ils douté de ta parole ?

— Désolée, je fais preuve d'un horrible cynisme, en effet : mais pourquoi auraient-ils cru l'histoire rocambolesque que je serais venue leur raconter ?

— Parce qu'elle serait vraie !

— Ce n'est pas toujours suffisant.

Quelques heures plus tôt, Jack aurait protesté, mais plus maintenant. Car, si quelqu'un lui avait dit, ce matin, qu'il serait poursuivi le soir même dans les locaux de Morgan Enterprises par une personne armée et cagoulée, il lui aurait ri au nez.

— Partons d'ici ! se borna-t-il à déclarer.

Ils ressortirent sur le balcon. Jack attacha une extrémité de la nappe à la base d'un barreau de la balustrade et testa la solidité du nœud en tirant plusieurs fois dessus avant de lancer la nappe vers le sol. Sans être assez longue pour l'atteindre, elle leur permettrait, une fois au bout, de sauter sans risquer de se casser une jambe.

Jack hésita ensuite sur l'ordre à respecter. S'il descendait le premier, il pourrait rattraper Sara si jamais elle perdait l'équilibre. Mais l'idée de la laisser seule sur le balcon ne serait-ce qu'une minute lui répugnait.

— A toi l'honneur ! dit-il.

Puis, comme elle considérait avec appréhension la distance qui les séparait du sol, il ajouta :

— Vite, avant que ce type nous trouve !

Une crainte chassant l'autre, Sara enjamba la balustrade, s'accroupit en se tenant aux barreaux, puis attrapa le haut de la nappe et entama sa descente en s'aidant des pieds et des mains.

Les yeux rivés sur elle, Jack pria le ciel pour qu'elle arrive en bas sans encombre et avant un éventuel retour du tueur.

Cette prière allait être exaucée quand il entendit la porte du bureau s'ouvrir.

14

Soit le tueur revenait pour effectuer une fouille plus poussée de la pièce, soit il connaissait l'existence du balcon et s'en était brusquement souvenu.

Sara n'était pas encore tout à fait arrivée en bas, mais Jack n'avait pas le choix : il enjamba la balustrade et commença de se laisser glisser le long de leur corde improvisée. Mais il ne tarda pas à sentir qu'avec le poids de deux personnes à supporter le nœud se desserrait peu à peu. Il n'avait pourtant pas d'autre solution que de poursuivre sa descente.

Un instant plus tard, Sara sautait et atterrissait souplement sur la bande de gazon aménagée au pied de l'immeuble. Ce fut ce moment que le nœud choisit pour lâcher alors que Jack se trouvait encore à deux mètres du sol…

Sa formation militaire lui avait heureusement appris à tomber d'une certaine hauteur sans se faire mal : il effectua le roulé-boulé dont il avait parlé à Sara, et se redressa rapidement.

— Ça va ? lui demanda Sara d'une voix inquiète.

— Oui, répondit-il machinalement.

Quand il se mit debout, cependant, sa jambe gauche protesta. Il chancela, et Sara le saisit par le bras pour le soutenir.

C'est alors qu'ils entendirent la porte de la baie vitrée s'ouvrir au-dessus d'eux.

Résistant à la tentation d'attraper Sara par la main et

de s'enfuir en courant, Jack la poussa sous le balcon. Le fait que la nappe soit tombée était une bonne chose finalement. Mais elle gisait sur le sol, et sa blancheur la rendait bien visible.

Jack prit le risque de quitter sa cachette pour aller la ramasser. Les quelques secondes qu'il passa ainsi à découvert auraient pu lui être fatales, car à peine avait-il rejoint Sara que des pas se firent entendre sur le balcon. Ils se plaquèrent contre le mur et retinrent leur souffle.

Un temps qui leur parut durer une éternité s'écoula avant qu'enfin la porte de la baie vitrée se referme.

— On y va ! murmura Jack en roulant la nappe en boule. Passe devant !

Sara s'élança. Il la suivit, mais il n'était qu'à mi-chemin de la bande de terrain plantée d'arbres quand sa mauvaise jambe se déroba sous lui.

Le cri de surprise qu'il poussa dans sa chute alerta Sara. Elle s'immobilisa, se retourna et rebroussa chemin.

— Ne t'occupe pas de moi ! lui déclara Jack.

Elle ignora son ordre. Arrivée à sa hauteur, elle se pencha pour l'aider à se relever.

Comme sa jambe blessée allait forcément le ralentir, il marmonna :

— Merci… Pars, maintenant !

— Non. Pas sans toi.

Après avoir ramassé la nappe, Sara passa son bras libre autour de la taille de Jack, qui se remit en marche en s'appuyant lourdement sur elle. Il savait qu'il était inutile de lui dire de le laisser se débrouiller tout seul : elle ne l'aurait pas écouté.

Ils avaient presque atteint les arbres quand une balle fendit l'air, au-dessus de leurs têtes. Instinctivement, Jack plaqua Sara au sol, puis il se jeta lui aussi à terre.

Ce mouvement brusque déclencha dans sa jambe gauche des élancements si douloureux que la seule idée de reprendre sa progression le terrifia. Il le fallait pourtant, car jamais Sara ne l'abandonnerait : s'il ne faisait pas l'effort de bouger, elle resterait près de lui, au péril de sa vie.

Alors il se mit à ramper, et elle l'imita. Un autre coup de feu retentit derrière eux, juste au moment où ils atteignaient l'abri des arbres.

La question était maintenant de savoir si le tireur allait sortir du bâtiment par le chemin le plus long — l'escalier de secours — ou s'il allait sauter du balcon.

Le choix de cette deuxième solution était risqué, sauf pour un sportif accompli…

En attendant, le tueur ne devait plus les voir, car les tirs cessèrent.

Némésis jura entre ses dents. Suivre ce soir encore Jack et cette petite peste de Sara Carter lui avait semblé judicieux, et, en s'introduisant dans les locaux de Morgan Enterprises, ils lui avaient effectivement offert une occasion en or de se débarrasser d'eux : leur mort, dont la découverte n'aurait lieu que le lendemain matin, pourrait être attribuée à un cambrioleur qu'ils auraient surpris en pleine action.

Mais, encore une fois, rien ne s'était passé comme prévu. Ils avaient réussi à se cacher, puis à s'échapper par le balcon du bureau.

Seul, Jack n'aurait sans doute pas pu s'enfuir par là, à cause de sa patte folle. Et il n'aurait sûrement pas eu de lui-même l'idée de venir fouiner la nuit dans l'immeuble. C'était Sara qui avait dû y penser.

Pourquoi diable fourrait-elle son nez dans les affaires de Jack ? Savait-elle quelque chose, ou bien avait-elle seulement flairé un danger ?

Dans un cas comme dans l'autre, elle commençait à devenir franchement gênante !

Il valait donc mieux se débarrasser d'elle en premier.

Oui, cette fois, c'était décidé ! Elle morte, Jack serait plus seul et vulnérable que jamais.

Et, comme il allait à présent la ramener à l'entrepôt où elle vivait, inutile de se lancer à leur poursuite : le plus simple consistait à les y devancer, puis à attendre que Jack soit reparti pour agir.

Cette zone industrielle déserte la nuit était l'endroit rêvé pour commettre un crime parfait.

Protégés par les arbres, Jack et Sara finirent par atteindre sans encombre le parking où la Lexus était garée. Jack aurait voulu prendre le temps de serrer Sara dans ses bras, mais ils n'étaient pas encore complètement sortis d'affaire : le tueur n'était peut-être pas loin derrière eux.

Quand Jack s'approcha de la portière gauche de sa voiture, Sara s'interposa :

— Tu n'es pas en état de conduire.

Venant de n'importe qui d'autre, cette remarque l'aurait hérissé : il détestait que les gens mettent ses capacités physiques en doute.

Mais avec Sara c'était différent : il savait qu'elle l'acceptait tel qu'il était. Et elle lui aurait laissé le volant si elle ne s'était pas rendu compte que sa jambe blessée le faisait atrocement souffrir.

Il lui tendit donc la clé de la Lexus et, dès que les portières furent déverrouillées, il s'assit lourdement sur le siège passager.

Sara démarra et quitta le parking. Jack la vit scruter les alentours, et il l'imita, mais sans apercevoir aucune voiture stationnée à proximité. La personne entrée derrière eux dans l'immeuble de Morgan Enterprises n'avait sans doute pas voulu courir le risque que son véhicule soit repéré.

— Je pense qu'il vaut mieux se débarrasser de la nappe, indiqua Jack au moment où ils longeaient l'arrière d'une supérette. Et dans un endroit éloigné de ton domicile et du mien.

— Oui, ce serait plus prudent.

Aussitôt dit, aussitôt fait : Sara tendit le bras vers la banquette arrière, prit la nappe et alla la jeter par la vitre de sa portière dans la benne à ordures de la supérette.

Le reste du trajet jusqu'à l'entrepôt fut silencieux mais, lorsque Sara s'arrêta devant sa porte, Jack posa la main sur la sienne et déclara :

— Je vais t'accompagner à l'intérieur, et tu rassembleras quelques affaires. Tu passes la nuit chez moi.

— Quoi ?

— Je refuse de te laisser seule. C'est trop dangereux, parce que le tueur sait où tu habites. S'il nous avait trouvés, tout à l'heure, tu aurais subi le même sort que moi, et il peut décider de venir t'agresser ici.

— Il ne sait pas où tu habites, toi ?

— Si, mais tu n'as pas acheté d'arme à feu, et moi j'en ai une. De plus, ma maison est peut-être l'un des endroits où nous serons le plus en sécurité.

— Pourquoi ?

— Parce qu'il y a une caractéristique commune aux tentatives de meurtre dont j'ai été victime jusqu'ici : elles ont été planifiées de façon à faire croire à un malheureux hasard. Si nous avions été abattus dans l'immeuble de Morgan Enterprises, par exemple, cela aurait pu passer pour l'œuvre d'un cambrioleur surpris en pleine action.

— Tu parles de tentatives de meurtre commises contre toi… Tu ne me prends donc plus pour une paranoïaque ?

— Pas après ce que nous venons de vivre, dit Jack. Et

je te dois des excuses pour avoir encore une fois douté de ta parole.

— Tu es tout excusé ! s'exclama Sara en se penchant pour l'attirer dans ses bras.

Jack serait bien resté blotti contre elle pendant des heures, mais il ne pouvait s'empêcher de penser que, assis sans bouger dans la voiture, ils constituaient des cibles faciles.

— Il faut y aller ! se força-t-il à déclarer. Ce n'est pas le moment de relâcher notre vigilance.

Sara fit oui de la tête. Ils rompirent leur étreinte et sortirent de la voiture. La jambe gauche de Jack se rappela à son bon souvenir dès qu'il mit le pied par terre, mais il s'obligea à marcher normalement.

Alors que Sara s'apprêtait à franchir le seuil de l'entrepôt, il la retint par le bras.

— Attends ! Je préfère inspecter les lieux avant de te laisser entrer.

Un endroit regorgeant de cachettes potentielles comme celui-ci lui semblait en effet idéal pour tendre une embuscade.

Sara s'effaça pour le laisser passer, mais le suivit ensuite à l'intérieur de plus près qu'il ne l'aurait souhaité. Les lumières qu'elle alluma aussitôt permirent cependant à Jack de constater que le local était désert.

— Je n'en ai pas pour longtemps, indiqua Sara en se dirigeant vers son appartement.

Jack lui emboîta le pas et la vit sortir un sac de voyage de sous le lit. Elle y mit quelques vêtements, disparut ensuite dans la salle de bains et en ressortit deux minutes plus tard avec une trousse de toilette.

— Tu voyages léger ! lança Jack.

— C'est parce que je n'ai pas beaucoup d'affaires, expliqua-t-elle en riant.

Un quart d'heure à peine s'était écoulé lorsqu'ils quittèrent l'entrepôt.

— Comment va ta jambe ? demanda Sara.

— Ça pourrait aller mieux.

— Alors je reprends le volant ?

— Oui, c'est préférable.

A l'affût derrière la rangée d'arbres qui bordait l'arrière de la zone industrielle, Némésis esquissa une moue de contrariété. Sara Carter n'allait pas dormir chez elle cette nuit.

C'était avisé de sa part, sinon il ne lui serait resté que une ou deux heures à vivre. Elle ne perdait cependant rien pour attendre, et Jack mourrait peu de temps après elle.

Toute cette affaire devait être rapidement réglée, avant que quelqu'un d'autre commence à nourrir des soupçons.

Suivre les tourtereaux devenait franchement pénible, mais mieux valait s'assurer qu'ils se rendaient maintenant tous les deux chez Jack.

Le moment serait ensuite venu d'activer le plan B.

Sara avait les nerfs à vif quand elle arrêta la Lexus devant la maison de Jack. Avant de descendre de voiture, il fouilla les alentours du regard et la poussa pratiquement à l'intérieur.

Même s'il considérait son domicile comme un endroit sûr, il voulait visiblement prendre le minimum de risques, et Sara, elle, avait un motif d'inquiétude supplémentaire : la peur de se trahir. Alors qu'elle était censée découvrir cette maison, elle la connaissait en effet parfaitement.

Elle savait par exemple où se trouvait le produit pour le lave-vaisselle… Elle savait que le mitigeur de la douche était réglé sur une température trop élevée à son goût, et qu'elle devait la baisser avant de se mettre sous le jet d'eau… Elle savait de quel côté du lit Jack préférait dormir, et dans quel placard il lui dirait de ranger ses vêtements le jour où elle emménagerait ici…

A peine entrée, d'ailleurs, elle faillit commettre sa première bévue, en allumant elle-même la lumière — et en révélant ainsi qu'elle connaissait l'emplacement du bouton électrique.

Au dernier moment, elle eut heureusement la présence d'esprit de laisser Jack la contourner pour actionner l'interrupteur. Lorsqu'il se retourna, elle le vit grimacer.

— Ta jambe te fait mal ?

— Je n'arrive pas très bien à le cacher, on dirait !

— Pourquoi essaies-tu de le cacher ?

— Par habitude.

Et par orgueil, songea Sara.

— Je peux te masser, si tu veux.

— Avec plaisir, répondit Jack, mais où as-tu acquis cette compétence ?

Cette fois, Sara n'avait pas seulement « failli » commettre une bévue : elle s'était vraiment coupée, car c'était pour soulager Jack qu'elle avait appris — sur Internet — les gestes susceptibles de lui faire du bien.

Il fallait improviser…

— J'ai pris des cours, répondit-elle.

— Je ne pensais pas que le domaine de la santé t'intéressait !

— C'est l'une des voies que j'ai explorées à l'université. Je savais que je devrais gagner ma vie un jour, et je voulais exercer un métier qui me plairait vraiment.

— Et tu n'as pas eu envie de devenir kinésithérapeute…

— Non. J'ai bien aimé certaines parties de cet enseignement, mais les autres étaient trop techniques à mon goût.

— Je comprends mais, avant de te confier ma jambe, j'ai quelque chose d'important à faire.

— Quoi ?

Jack se pencha vers Sara et lui murmura à l'oreille :

— Rechercher d'éventuels micros cachés.

— Tu crois qu'il y en a ici ?

— Chut ! Allons dans la cuisine…

Là, il sortit d'un tiroir un crayon à bille, un bloc-notes, et un dialogue par écrit s'engagea entre eux :

On dirait que quelqu'un est informé de mes décisions au moment où je les prends.

Mais à quoi serviraient des micros ? Tu ne soliloques pas.

Non, mais je parle au téléphone.

Où ?

Un peu partout, mais surtout ici, et dans la salle de sport, dans ma chambre et dans le séjour.

Tu as une salle de sport ?

Oui. Effectuer ma rééducation chez moi me fait gagner du temps.

Je vais t'aider à chercher les micros. Qu'est-ce qui doit m'alerter ?

Tout ce qui te paraîtra bizarre. Un petit trou dans un mur qui ne semble correspondre à rien, par exemple.

Sara retourna avec Jack dans le séjour, qu'il entreprit d'inspecter minutieusement. Lorsqu'elle le vit commencer à déplacer les objets et les livres sur les étagères, elle l'imita, et il lui abandonna cette tâche pour passer la main sur les murs et derrière les tableaux.

La fouille du séjour ne révéla la présence d'aucun micro. Dans la chambre, en revanche, Jack découvrit un petit trou dans le mur, juste au-dessus de la plinthe, et près de la prise du téléphone fixe. Il quitta la pièce, revint avec un tournevis et l'utilisa pour extraire du mur un petit objet noir, qu'il brandit d'un air de triomphe et de colère mêlés.

Sara ouvrit la bouche pour poser une question, mais il

lui fit signe de se taire et de le suivre. Il se rendit dans la salle de bains attenante, examina l'objet à la lumière de la lampe installée au-dessus du lavabo, puis il le tendit à Sara. C'était un tube métallique à peu près de la taille des gommes fixées aux crayons de papier, mais avec des perforations au bout.

Quand Sara l'eut remis à Jack, il le laissa tomber par terre et l'écrasa sous son talon.

— C'était quoi, exactement ? demanda-t-elle.

— Un micro sans fil miniaturisé. On n'arrête pas le progrès !

— Jamais je n'aurais cru que quelqu'un irait aussi loin.

— Moi non plus, et il a fallu s'introduire dans la maison, pour installer cet appareil !

— Tu penses qu'il y en a d'autres ?

— Continuons à chercher !

Ils ne trouvèrent rien dans la cuisine, mais un deuxième micro se cachait dans le faux plafond de la salle de sport, juste au-dessus du vélo d'appartement. Jack lui infligea le même traitement qu'au premier et, cette fois, son visage n'exprimait plus que de la colère.

— La personne qui a posé ces micros ne va pas tarder à s'apercevoir qu'ils sont hors service, déclara Sara. Elle comprendra alors que tu les as découverts, et sans doute pas par hasard, mais parce que tu soupçonnais leur présence. Elle saura donc que tu as conscience d'être menacé.

— Elle le savait déjà de toute façon, car cette personne et celle qui nous a tiré dessus depuis l'immeuble de Morgan Enterprises ne font qu'une, c'est certain ! Et cela veut dire que je dois l'identifier rapidement.

La douleur remplaça la colère sur le visage de Jack. Douleur morale, parce qu'il avait forcément du mal à supporter l'idée qu'un membre de son entourage veuille le tuer. Douleur physique, parce que l'expédition de ce soir avait mis sa jambe blessée à rude épreuve.

— Si je te massais, maintenant ? proposa Sara.

Jack eut l'air d'hésiter.

— Tu préfères prendre des antalgiques ? poursuivit-elle, sachant qu'il détestait recourir aux médicaments.

— Non. Attends-moi là, je vais me changer.

Il disparut dans la salle de bains attenante et en ressortit quelques minutes plus tard vêtu d'un short et d'un T-shirt. Une table de la taille d'un lit à deux places occupait un angle de la pièce. Jack installa un traversin au bout avant de s'allonger et de poser ses jambes dessus, mais il était tendu, Sara le sentait.

L'armoire à pharmacie de la salle de bains contenait un flacon d'huile de massage. Sara alla le chercher et, quand elle regagna la salle avec, Jack la considéra d'un air intrigué.

— Comment savais-tu où je rangeais ça ?

— Ce n'était pas difficile à deviner ! répondit-elle sur un ton faussement dégagé.

Pourquoi n'avait-elle pas pensé à lui demander s'il avait ce produit et où il le mettait ? Le stress l'amenait à multiplier les étourderies… Il était dû non seulement au tueur qui les avait pourchassés, Jack et elle, dans les locaux de Morgan Enterprises, mais aussi au fait que rien de tout cela ne s'était produit la première fois, et qu'elle ne pouvait plus rien anticiper.

D'un autre côté, l'histoire s'était mal terminée, la première fois, alors peut-être ces changements étaient-ils une bonne chose, finalement ? Peut-être même augmentaient-ils ses chances de modifier le destin de Jack ?

Ce dernier plaça un oreiller sous sa tête et ferma les yeux. Sara versa un peu d'huile sur ses paumes, puis commença de les faire courir sur les cicatrices de la jambe blessée.

Tout en opérant, elle veilla à garder les yeux baissés. Elle ne voulait pas que Jack, si jamais il ouvrait les paupières, puisse lire dans son regard le bonheur que lui apportait la possibilité de le toucher de nouveau.

Lorsqu'elle entreprit de pétrir les muscles meurtris de sa cuisse, elle sentit sous ses doigts les tissus cicatriciels et les contractures causées par la tension.

Jack poussa soudain un grognement sourd.

— Je te fais mal ? demanda Sara.

— Un peu, mais je sais que, sinon, ça ne sert à rien.

C'était vrai, mais la voix rauque de Jack lui disait aussi qu'il ne réagissait pas au contact de ses mains à elle de la même façon que s'il était massé par un kinésithérapeute.

Parler des événements de la soirée les distrairait peut-être tous les deux de la nature intime des soins qu'elle lui dispensait.

— Qui a tenté de nous tuer tout à l'heure, à ton avis ? demanda-t-elle.

— J'aimerais bien le savoir ! s'exclama Jack.

— Tu penses que quelqu'un t'a volontairement interdit l'accès au système informatique, ou que l'information sur le changement du mot de passe ne t'a pas été communiquée à cause d'un simple oubli ?

— Aucune idée ! Mais je vais poser la question demain, tu peux en être sûre !

— A qui ? s'enquit Sara.

— A mon père.

— Seulement à lui ?

— Non, à mon frère, aussi, dit Jack. J'ai eu le temps de m'apercevoir, depuis mon retour, qu'il prenait seul de plus en plus de décisions concernant l'entreprise.

Après s'être éclairci la voix, il poursuivit :

— Je suis désolé de t'avoir mise en danger ce soir.

— C'est moi qui ai suggéré cette petite expédition, tu te rappelles ? dit Sara.

— Si j'ai accepté, c'est parce que je ne m'attendais pas

du tout à ce que nous nous retrouvions dans une situation aussi périlleuse… Et toi ?

— Je ne t'aurais pas parlé de jouer les détectives si je m'étais doutée de la façon dont les choses tourneraient, répondit prudemment Sara.

— Et, quand tu m'as proposé de me masser, tu te doutais de… ça ?

Sara s'aperçut alors que Jack avait ouvert les paupières. Elle suivit son regard et vit qu'il avait une érection.

15

Sara leva les yeux vers Jack. Le petit sourire qui flottait maintenant sur ses lèvres ressemblait à une invitation…

Alors elle attrapa le traversin et le posa par terre. Jack se redressa assez pour la prendre par les épaules, et elle se retrouva allongée sur lui.

Un sentiment de profond soulagement l'envahit. Elle avait cru qu'il essayait de créer une distance entre eux… Soit elle s'était trompée, soit il avait changé d'avis.

Elle rapprocha son visage du sien jusqu'à ce que leurs lèvres se touchent.

— Sara…, chuchota-t-il.

Un baiser fougueux le réduisit au silence. Des menaces planaient toujours sur eux, mais elle voulait les oublier momentanément et se concentrer sur le bonheur d'être de nouveau dans les bras de Jack. Il lui était si cher, si indispensable… Elle avait dû vivre sans lui pendant de longs mois… Le retour d'une telle souffrance pourrait bien la tuer.

Ils cessèrent de s'embrasser juste le temps d'enlever leurs vêtements, et ensuite, peau contre peau, ils donnèrent libre cours à leur passion.

Ce que Sara ressentait pour Jack allait naturellement bien au-delà de la simple attirance physique. C'était l'homme de sa vie mais, lui, qu'éprouvait-il pour elle, alors qu'il la connaissait depuis quelques jours seulement ?

Impossible de le lui demander, mais peut-être les puissantes émotions qui l'habitaient se lisaient-elles sur son visage, car il y avait quelque chose comme de la tendresse dans les prunelles de Jack quand il la pénétra.

Lentement, puis avec une fièvre grandissante, il se mit à bouger en elle. C'était lui, cette fois, qui imposait son rythme, mais elle ne fut que trop heureuse de le laisser prendre l'initiative : cela signifiait que sa confiance en lui revenait.

Et ce fut tout de même ensemble qu'ils atteignirent le paroxysme du plaisir.

Ils restèrent ensuite un long moment enlacés, puis Jack se redressa sur les coudes et posa sur Sara un regard si doux qu'elle ne put s'empêcher de déclarer :

— Je t'aime, Jack.

Une expression de surprise se peignit sur les traits de Jack, et elle se hâta d'ajouter :

— Ne te sens surtout pas obligé de me dire la même chose ! J'aurais dû me taire, mais ça m'a échappé.

— On ne se connaît pas depuis très longtemps !

— Non, admit Sara, mais depuis assez longtemps pour que j'aie l'impression de très bien te connaître.

Jack s'allongea près d'elle, l'attira dans ses bras et lui caressa le dos et les épaules. Au bout d'un moment, la fraîcheur qui régnait dans le sous-sol la fit frissonner, et Jack suggéra :

— On devrait monter se coucher.

— Je n'ai pas envie de bouger.

— Flemmarde ! s'écria-t-il en riant. Allez, courage !

Ils gravirent l'escalier main dans la main et, grâce à la recherche de micros cachés, Sara n'eut pas à feindre d'ignorer où se trouvait la chambre de Jack.

— Il y a dans le couloir une salle de bains que tu peux utiliser, indiqua-t-il. Et je vais te prêter un T-shirt pour dormir.

— Merci.

Un quart d'heure plus tard, vêtue du T-shirt que Jack avait suspendu à la poignée de la porte, Sara entra dans la chambre. Jack était encore dans la salle de bains attenante, et elle se glissa sous la couette pour l'attendre.

Lorsqu'il la rejoignit, ils refirent l'amour, et la nuit était bien avancée quand, épuisés mais comblés, ils succombèrent au sommeil.

Jack se réveilla tôt, et il lui fallut plusieurs secondes pour se rendre compte qu'il n'était pas en train de rêver, qu'il y avait bien une femme dans son lit.

Et pas n'importe quelle femme : Sara.

Les événements de la veille lui revinrent ensuite. Sa discussion avec ses parents. La réaction de Sara quand il lui en avait parlé. Le dîner chez elle. Leur expédition dans les locaux de Morgan Enterprises, où ils avaient failli être tués. Les micros découverts chez lui…

Et puis les moments d'une extraordinaire intensité qu'il avait passés dans les bras de Sara.

Elle lui avait dit, ensuite, qu'elle l'aimait… Cela pouvait-il être vrai ? Il lui avait rappelé qu'ils se connaissaient à peine, mais le coup de foudre n'était peut-être pas une invention des romanciers, après tout !

Qu'était son existence à lui avant Sara ? Il allait à la dérive, et elle lui avait permis de retrouver ce qu'il croyait avoir définitivement perdu : l'appétit de vivre.

Mais, d'un autre côté, il n'arrivait pas à lui faire entièrement confiance. Trop de choses étranges s'étaient produites depuis leur rencontre — à commencer par cette agression à la sortie du restaurant d'Ellicott City.

Elle n'en était évidemment pas responsable. Pas plus que de l'enlèvement de la plaque du puits, des filatures, des micros et de la présence d'un tueur dans l'immeuble de Morgan Enterprises…

Cette série noire avait néanmoins débuté juste après leur rencontre… Enfin, non, ce n'était peut-être pas vrai pour les micros. Et, pour les filatures non plus, il ne pouvait rien affirmer. Mais c'était Sara qui avait attiré son attention dessus.

Depuis le début, elle était constamment sur ses gardes. A cause des prédictions d'une diseuse de bonne aventure ? Ou parce qu'elle savait quelque chose, mais ne pouvait pas l'avouer ?

Même si Jack n'avait pas envie de croire à cette dernière hypothèse, il était contraint de l'envisager.

Quand Sara se réveilla, elle n'ouvrit pas tout de suite les yeux, afin de savourer encore un peu l'immense bonheur de sentir le corps tiède de Jack contre le sien. Il dut cependant se rendre compte qu'elle ne dormait plus, car il déclara presque aussitôt en sortant du lit :

— J'irai au bureau dès que je me serai préparé, mais je vais d'abord faire du café.

— Entendu. Je me doucherai, pendant ce temps.

Jack parti, Sara se leva et alla chercher son sac de voyage dans le séjour. Elle descendit ensuite au sous-sol pour récupérer ses vêtements, puis remonta et prit sa douche dans la salle de bains du couloir.

Le temps qu'elle en ressorte, une bonne odeur de café s'échappait de la cuisine. Vêtu d'un pantalon gris et d'une chemise bleue, Jack se tenait debout près du plan de travail, un mug fumant à la main. Sara se souvint alors qu'il ne se sentait pas d'attaque le matin avant d'avoir absorbé une bonne dose de caféine.

— Comment dois-je me comporter quand j'arriverai dans les locaux de l'entreprise, à ton avis ? demanda-t-il.

— Joue l'ignorance ! Tu n'étais pas là-bas la nuit dernière. *Nous* n'y étions pas.

— D'accord. Et j'observerai la réaction des gens.

En dépit de ce qui s'était passé, Sara savait que Jack avait encore du mal à se faire à l'idée qu'une personne de son entourage voulait le tuer. Et c'était normal : qui aurait envie de croire une chose aussi monstrueuse ?

Sara s'approcha de lui, bras tendus. Il posa son mug, la rejoignit et l'enlaça. Paupières closes, elle se serra fort contre lui. Chaque fois qu'ils s'étreignaient, désormais, elle ne pouvait s'empêcher de craindre que ce ne soit la dernière.

— J'aimerais t'accompagner, déclara-t-elle.

— Non, il ne vaut mieux pas. Ça paraîtrait louche.

Sa venue aurait pu se justifier par le désir d'étudier la décoration des locaux historiques de Morgan Enterprises, songea Sara, mais cela ressemblait un peu trop à un prétexte. Sa présence aurait en outre gêné Jack : il serait plus à l'aise pour poser certaines questions si elle n'était pas là.

— Entendu, dit-elle, mais sois prudent : contente-toi d'écouter et d'observer.

Jack s'écarta d'elle et lui adressa un sourire confiant avant de partir, la laissant seule avec des craintes qui faisaient battre son cœur anormalement vite.

Et ce rythme s'accéléra encore lorsque le téléphone sonna. Elle s'en approcha et vit sur l'écran que l'appel venait de Ted Morgan. Peut-être voulait-il informer son frère de l'intrusion de la veille dans l'immeuble de l'entreprise familiale ?

Mais, comme Jack était déjà en route et que personne ne devait savoir qu'elle était chez lui, Sara ne décrocha pas. Et, après que la sonnerie se fut arrêtée, le voyant du répondeur ne s'alluma pas. Ted n'avait pas laissé de message.

*
* *

Jack était à mi-chemin de sa destination quand son portable sonna. Le nom de son frère s'étant affiché sur l'écran, il prit la communication, mais en transféra le son sur les haut-parleurs de l'autoradio.

— Ted ?

— Oui. Je viens d'appeler chez toi, mais personne n'a répondu.

Sara avait donc eu la sagesse de ne pas décrocher, pensa Jack.

— Je suis dans ma voiture, dit-il, je viens au bureau.

— Tant mieux, parce qu'on a besoin de toi ici. Figure-toi que quelqu'un s'est introduit dans l'immeuble, la nuit dernière.

Jack feignit la surprise et son frère reprit :

— La police est là, et je voulais te prévenir. Tu as une idée de l'identité du coupable ?

— Non. Et toi ?

— Non plus.

— Papa s'est fait des ennemis, récemment ? demanda Jack. A moins qu'il ne s'agisse d'une personne qui a une dent contre Morgan Enterprises ?

— Espérons que les enquêteurs trouveront une piste.

— Oui. A tout de suite !

Après avoir coupé la communication, Jack se demanda pourquoi son frère l'avait appelé.

Etait-ce vraiment pour le prévenir ? Ou pour tester sa réaction ?

Le coup de téléphone de Ted avait stressé Sara. Elle venait de se convaincre de ne pas appeler Jack pour lui en parler lorsque son portable sonna.

« Numéro inconnu », lui dit l'affichage.

Qui cela pouvait-il bien être ?

Elle faillit ne pas décrocher, mais la possibilité qu'il s'agisse d'un client potentiel la persuada finalement de le faire.

— Allô !

— Mademoiselle Carter ?

— Oui.

— Sergent Robards, à l'appareil.

C'était le policier d'Ellicott City venu prendre leur déposition, à Jack et à elle, après leur agression dans la rue… Que lui voulait-il ?

— Je suis devant votre entrepôt, reprit-il. Votre voiture et votre camionnette sont là mais, quand j'ai sonné, personne ne m'a répondu.

— Je ne suis pas chez moi.

— Ah ! C'est regrettable, dit le policier d'un ton déçu, car j'aimerais vous parler de vive voix.

— A quel sujet ?

— Désolé, mais je ne peux rien vous dire au téléphone, précisa Robarts.

— Je suis chez Jack Morgan, expliqua Sara.

— Je peux vous y rejoindre ?

— D'accord.

Sara avait jugé qu'elle n'avait pas trop le choix, mais le sergent avait au moins eu la délicatesse de ne pas lui demander pourquoi elle avait découché.

Le cœur battant, elle coupa la communication, puis regarda autour d'elle. Y avait-il quelque chose dont la vue révélerait ce que Jack et elle avaient fait la nuit précédente — avant d'aller chez lui, bien sûr ?

Non, apparemment pas.

Robards mit si peu de temps à effectuer le trajet qu'il avait dû dépasser largement la limitation de vitesse.

— Je suis content de vous avoir trouvée, dit-il quand Sara lui eut ouvert la porte.

— Entrez !

— Je dois vous emmener à Ellicott City, dans les locaux de Morgan Enterprises.

Sara ne put s'empêcher de tressaillir et, voyant son air interrogateur, le policier précisa :

— Je préfère attendre que nous soyons là-bas pour vous expliquer ce dont il s'agit.

Inquiète malgré elle, Sara s'interrogea. Se pouvait-il que, la nuit précédente, Jack et elle aient laissé derrière eux des indices que la police aurait découverts ?

Impossible, évidemment, de poser la question !

— D'accord. Donnez-moi juste le temps d'aller chercher mon sac.

Cela fait, Sara hésita, et Robards demanda :

— Qu'y a-t-il ?

— Je n'ai pas la clé de la maison. Je ne peux pas laisser la porte ouverte et, si je la claque derrière moi, je ne pourrai plus rentrer.

— On va retrouver M. Morgan là-bas. Vous reviendrez ici avec lui quand nous en aurons terminé.

— Oui, vous avez raison.

Elle aurait dû y penser toute seule ! songea Sara. Le stress lui brouillait les idées !

L'estomac noué, elle s'installa sur le siège passager de la voiture de police et attacha sa ceinture.

— Vous êtes déjà allée là-bas ? demanda le sergent après avoir démarré.

— J'ai eu l'occasion de me rendre dans l'immeuble que possède l'entreprise à Columbia, mais pas dans celui d'Ellicott City.

— Je peux vous demander depuis combien de temps vous connaissez M. Morgan ? reprit le policier.

— Depuis le jour de l'agression. Je croyais que vous le saviez.

— Je l'ai peut-être su, mais dans ce cas je l'avais oublié, déclara Robards.

Que pensait-il d'elle, maintenant ? se demanda Sara. Du mal, sûrement ! Une femme capable de passer la nuit avec un homme qu'elle connaissait depuis moins de une semaine ne devait pas valoir grand-chose à ses yeux.

Il ne lui posa pas d'autres questions, ce dont elle fut soulagée, mais elle aurait tout donné pour pouvoir parler à Jack.

La police l'avait-elle déjà interrogé et, si oui, qu'avait-il dit ? Allaient-ils se contredire l'un l'autre ? Ils s'étaient mis d'accord pour nier être allés dans l'immeuble la nuit précédente, mais si les enquêteurs pouvaient prouver qu'ils mentaient ?

Quand Jack arriva sur le parking, deux véhicules de police y étaient garés. Après avoir coupé le moteur, il inspira à fond, mit pied à terre et, feignant d'être sous le coup d'une vive émotion, il se dirigea à grands pas vers la porte du bâtiment.

Dans le hall, il trouva son père en train de discuter avec Barbara Bateman.

— Bonjour, papa ! Ted m'a dit qu'une personne s'était introduite ici la nuit dernière…

— Oui. Cette personne a tenté de se connecter au système informatique, et il semblerait qu'elle n'était pas seule. Apparemment, des coups de feu ont été tirés.

— Des coups de feu ? Et personne n'a rien entendu ?

— Le parking est désert, la nuit.

— Quelque chose a été volé ? demanda Jack.

— On est en train d'essayer de l'établir, dit son père. Une nappe, peut-être, ce qui paraît absurde… Il faudra vérifier.

— Qui s'est aperçu de l'intrusion ?

— Moi, répondit Barbara. Quand je suis entrée dans le bureau de votre père, ce matin, j'ai remarqué que la baie vitrée était ouverte.

— C'est étrange, en effet.

— Le ou les intrus ont dû s'enfuir par le balcon.

Un homme et une femme que Jack ne connaissait pas passèrent près de lui.

— Qui est-ce ? demanda-t-il à son père.

— Des techniciens de scène de crime, indiqua ce dernier. Ils sont à la recherche d'indices.

Dick MacDonald, son conseiller financier, franchit alors le seuil de l'immeuble.

— J'ai sauté dans ma voiture dès que j'ai eu ton message, Bill ! s'exclama-t-il, l'air agité.

Jack fronça les sourcils. Pourquoi son père avait-il appelé MacDonald alors que, de toute évidence, il s'agissait d'un simple cambriolage ? Etait-ce juste pour lui demander un soutien moral, parce qu'ils étaient amis, ou pour une autre raison ?

Quoi qu'il en soit, les deux hommes s'éloignèrent de quelques mètres et se mirent à parler à voix basse. Quand ils revinrent, ils semblaient tous les deux plus calmes.

Un homme vêtu d'une veste en tweed toute froissée s'approcha alors du groupe.

— Jack, Dick, je vous présente le lieutenant Montgomery, déclara Bill. C'est lui qui dirige l'enquête.

— Vous me permettez d'utiliser la salle de réunion du premier étage pour rassembler les personnes directement concernées par cette affaire ? lui dit le policier.

— Bien sûr !

— Merci. Si vous voulez bien me suivre, tous les quatre…

— Je suis juste passé voir si Bill allait bien ! protesta aussitôt Dick MacDonald, l'air de regretter d'avoir choisi ce moment pour le faire. Vous avez vraiment besoin de moi, lieutenant ?

— Vous travaillez ici ?

— Non.

— Alors vous pouvez partir.

Pendant qu'ils se dirigeaient vers l'ascenseur, Jack murmura à son père :

— De quoi parliez-vous à l'instant, MacDonald et toi ?

— Si j'avais voulu que tu le saches, on ne se serait pas éloignés pour discuter, répliqua son père d'un ton contrarié.

— Tu ne veux donc pas que je sois informé des affaires de la société ? insista Jack.

— Il s'agissait d'une conversation financière privée, précisa son père.

— Je n'en suis pas convaincu, dit Jack, et il y a autre chose : je me suis aperçu que le mot de passe du système informatique avait été changé. Le nouveau ne m'a pas été communiqué... Je fais partie de l'entreprise, oui ou non ?

— Evidemment ! s'écria son père. Il doit s'agir d'un simple oubli !

Puis, voyant Montgomery tourner la tête vers eux, il ajouta à voix basse :

— Nous verrons ça plus tard, le moment est mal choisi pour nous disputer.

Jack acquiesça de la tête tout en se demandant ce que son père voulait lui cacher.

Ils suivirent le policier et la secrétaire dans l'ascenseur, et ils montèrent au premier étage. Là, Jack annonça à la cantonade :

— Je vais aller jeter un coup d'œil à la baie vitrée.

— Pourquoi ? s'exclama son père en lui lançant un regard agacé.

— Simple curiosité. Je vous rejoins dans une minute.

— Je t'accompagne.

Un ruban jaune de scène de crime interdisait l'accès au bureau directorial, mais la porte était grande ouverte.

Jack remarqua tout de suite que la moquette portait des traces de pas. Il devait y avoir de la poussière sur le balcon, et il en avait rapporté sous ses semelles. Le tireur était sorti sur le balcon, lui aussi, et avait ensuite regagné la pièce. Et Sara avait à un moment quitté le balcon pour venir se poster près de la porte du couloir. Les empreintes n'étaient cependant pas assez nettes pour permettre de déterminer à qui elles appartenaient.

Jack baissa les yeux pour regarder ses pieds et constata avec soulagement qu'il ne portait pas les mêmes chaussures que la nuit précédente.

— Tu vois quelque chose d'intéressant ? lui demanda son père.

— Non, rien.

— Alors arrête de nous faire perdre notre temps ! s'exclama le vieil homme en pivotant sur ses talons pour se diriger vers la salle de réunion.

Son père était de très mauvaise humeur, songea Jack en remontant le couloir à sa suite, mais il avait des excuses : quelqu'un s'était introduit dans les locaux de son entreprise, et l'enquête de police perturbait maintenant gravement le travail des employés.

Lorsque Jack et son père arrivèrent dans la salle, ils y trouvèrent Barbara Bateman déjà installée, et Ted, debout derrière une chaise. Les deux frères se saluèrent d'un signe de tête avant de s'asseoir. Leur père les imita, tandis que Montgomery allait se placer au bout de la table.

— Vous avez un système de vidéosurveillance, déclara-t-il, mais il ne fonctionnait pas la nuit dernière.

— Apparemment pas, dit Bill.

— Quand les caméras se sont-elles arrêtées de filmer ?

— A 23 h 40, indiqua Ted. Et l'alarme a été coupée dix minutes plus tard.

— Le ou les intrus ont donc réussi à entrer sans la déclencher, et ils connaissaient le code permettant de la désactiver.

— Oui, ça paraît logique, dit Ted.

Faute de pouvoir fournir une explication qui l'exclurait de la liste des suspects, Jack se tut.

Mais la stupeur l'aurait de toute façon rendu muet un instant plus tard — quand Sara s'encadra dans l'embrasure de la porte, le sergent Robards à son côté.

En entrant dans la salle, Sara eut la surprise d'y découvrir Jack, Ted, leur père, Barbara Bateman et un homme qu'elle ne connaissait pas.

— Que se passe-il ? demanda-t-elle.

— Merci, sergent, vous pouvez disposer ! déclara l'inconnu. Bonjour, mademoiselle Carter ! Je me présente : lieutenant Jordan Montgomery, police du comté de Howard.

— Bonjour, marmonna Sara, avant de répéter : que se passe-t-il ?

L'avait-on amenée ici à cause des événements de la nuit précédente ou pour tout autre chose ? Le visage sombre du lieutenant laissait présager une mauvaise nouvelle, mais laquelle ?

— Quelqu'un s'est introduit dans cet immeuble la nuit dernière, dit-il.

— Pourquoi Mlle Carter est-elle là ? demanda Bill Morgan en considérant Sara d'un air soupçonneux.

— Je vais y venir, répondit Montgomery. Asseyez-vous, mademoiselle !

Sara s'installa à côté de Jack et posa les mains sur ses genoux pour s'empêcher de le toucher.

— Nous avons déjà établi que le ou les intrus avaient désactivé l'alarme et le système de vidéosurveillance, poursuivit le policier. Vous avez récemment été victimes d'une agression, Jack Morgan et vous, n'est-ce pas, mademoiselle Carter ?

— Oui.

— Et, la nuit dernière, l'immeuble de Morgan Enterprises a été « visité » par quelqu'un qui connaît le code de l'alarme… La survenue de ces deux événements à quelques jours d'intervalle seulement est-elle une coïncidence, ou bien ces deux événements sont-ils liés ?

— Je n'en ai pas la moindre idée, répondit Sara.

— Vous avez identifié votre agresseur comme étant un petit escroc du nom de Tucker Swinton…

— Oui, dit Sara en se demandant où Montgomery voulait en venir.

Le lieutenant marqua une pause pour ménager ses effets, puis il annonça :

— Le cadavre de Tucker Swinton a été découvert ce matin.

16

Sara écarquilla les yeux.

— Tucker Swinton, l'homme qui nous a agressés est mort ? s'écria-t-elle.

— Oui, répondit le lieutenant. Il a été assassiné.

— Et où son corps a-t-il été découvert ? demanda Sara.

— Dans une vieille ferme située à la périphérie ouest du comté. C'est un agent immobilier qui faisait visiter les lieux à un client qui l'a trouvé.

Sara avait bien d'autres questions à poser mais, estimant que moins elle en dirait, mieux ce serait, elle en resta là.

— Alors quel est le lien entre ces trois événements ? demanda le policier, s'adressant cette fois à tout le groupe.

Sara connaissait la réponse. Tucker Swinton avait été payé pour tuer Jack. Et, comme il n'avait pas rempli son contrat, celui ou celle qui l'avait engagé l'avait supprimé, pour le punir et le réduire au silence par la même occasion. La même personne avait ensuite enlevé la plaque du puits et, cette tentative de meurtre-là ayant également échoué, elle en avait effectué une troisième, la nuit précédente, dans l'immeuble de Morgan Enterprises.

L'espace d'un instant, Sara envisagea d'essayer d'expliquer tout cela au lieutenant, mais il prendrait sans doute ses dires pour des divagations. De plus, elle informerait ainsi tous les membres de l'assistance du fait qu'elle était au courant de la menace qui pesait sur Jack. Et c'était une très mauvaise idée, dans la mesure où c'était peut-être de l'un d'eux que provenait cette menace.

Il n'était même pas exclu que le tireur de la veille soit une femme. Si Barbara Bateman avait été petite et menue, des vêtements sombres et une cagoule n'auraient pas suffi à la faire passer pour un homme, mais elle était grande et bien charpentée.

Sara garda donc le silence et attendit la suite. Le policier se tourna vers Jack et lui demanda :

— Vous étiez dans cet immeuble la nuit dernière ?

— Bien sûr que non !

— Et vous, mademoiselle Carter ?

— Non plus.

— Et vous ignoriez l'un et l'autre que Tucker Swinton était mort ?

D'une seule voix, Sara et Jack acquiescèrent.

— Bien…, dit Montgomery, l'air pensif. L'enquête sur cet assassinat et sur l'intrusion de la nuit dernière va se poursuivre.

— On peut partir ? s'enquit Ted.

— Non. Je veux maintenant parler en tête en tête avec chacun de vous.

Montgomery fit signe à Bill Morgan de le suivre. Les deux hommes quittèrent la pièce, et Jack déclara alors à son frère :

— Le système de vidéosurveillance a été remis en service, j'imagine ? Mais c'est un peu tard, non ?

— Si, malheureusement…, dit Ted avant de demander à Jack : tu ne saurais pas quelque chose que tu n'aurais pas dit au lieutenant, par hasard ?

— Non.

— Et à propos de ce Tucker Swinton ?

— Non plus.

Les deux frères se défièrent du regard, puis Ted se tourna vers Sara.

— Et vous ?

— Quoi, moi ?

— Vous en savez plus que vous ne voulez bien le dire, n'est-ce pas ?

— Je ne vois pas de quoi vous voulez parler.

— Où étiez-vous hier soir ? insista Ted.

— Elle était avec moi, intervint Jack.

— Et vous ne vous êtes pas quittés de la nuit ?

— Ça ne te regarde pas ! s'exclama Jack.

— Dans des circonstances normales, peut-être, mais…

— Laisse tomber !

Sara jeta un coup d'œil à Barbara Bateman, qui observait la scène d'un air satisfait. Pourquoi ce désaccord entre les frères Morgan semblait-il la réjouir autant ? Qu'avait-elle à y gagner ?

— Tu n'avais pas à mêler Sara à tout ça ! s'écria Ted sans tenir compte de l'ordre de Jack.

— Qu'entends-tu par « tout ça », exactement ?

— Elle ne fait pas partie de l'entreprise ! Elle ne devrait même pas être ici !

— Elle ne l'est pas à ma demande, mais à celle de la police, et elle n'a jamais joué qu'un rôle de spectatrice dans une affaire… déplaisante.

Ces mots s'adressaient à Ted, mais Sara y perçut aussi un message à son intention : « Continue à prétendre ne rien savoir. »

— Elle s'est juste trouvée au mauvais endroit au mauvais moment, comme moi, quand ce Tucker Swinton a voulu nous dévaliser, poursuivit Jack. Elle ignore tout des circonstances de sa mort, et elle n'était pas ici la nuit dernière.

La tension entre les deux frères devenait presque palpable. Si elle augmentait encore, que se passerait-il ?

— Restons calmes, déclara Sara à voix basse en posant la main sur le bras de Jack.

Il se tourna vivement vers elle, la considéra un instant en silence, puis il hocha la tête. Elle aurait voulu pouvoir lui envoyer un message télépathique, ou lui parler seule à seul, mais, pour avoir une conversation privée, ils allaient devoir attendre d'avoir quitté l'immeuble.

Faute de mieux, elle lui fit comprendre qu'ils étaient sur la même longueur d'onde en reprenant :

— Il suffit de dire la vérité à Montgomery, et tout ira bien. Il nous posera les mêmes questions que tout à l'heure, et il aura les mêmes réponses : nous n'étions pas ici la nuit dernière, et nous n'étions pas au courant de la mort de Tucker Swinton.

Le sergent Robards ouvrit alors la porte et lui annonça :

— Le lieutenant vous attend, mademoiselle Carter.

Plus morte que vive, Sara se leva et le suivit dans un bureau où Montgomery l'invita à s'asseoir. Elle obéit et se cala sur son siège en s'efforçant d'avoir l'air de quelqu'un qui n'avait rien à cacher.

— Dites-moi ce que vous avez fait hier soir, déclara-t-il.

— Jack Morgan est venu dîner chez moi — j'avais cuisiné du poulet chasseur. A la fin du repas, il m'a aidée à ranger, et nous sommes ensuite allés chez lui.

— Pourquoi avez-vous changé d'endroit ?

Sara avait heureusement préparé une explication satisfaisante.

— Je loue un entrepôt pour stocker le matériel nécessaire à l'exercice de ma profession…

— Qui est… ?

— Je meuble et je décore des maisons à vendre pour les rendre plus attirantes aux yeux des acheteurs potentiels. Par souci d'économie, je loge dans le studio aménagé au fond de cet entrepôt, mais il n'est pas très confortable. C'est la raison pour laquelle nous somme allés dans la maison de Jack après le dîner.

— Qui a eu cette idée ?

— Je ne sais pas trop.
— Vous ne vous rappelez pas qui a fait cette suggestion ?
— Non. Ça a un rapport avec votre enquête ?
— Peut-être.

Le policier marqua une pause, puis, sans quitter Sara des yeux, il demanda :

— Vous avez passé la nuit ensemble ?
— Ça ne vous regarde pas.
— Je reformule la question : vous êtes restée chez lui toute la nuit ?
— Oui.
— Si bien que vous vous fournissez mutuellement un alibi…
— C'est une façon de voir les choses.
— Vous en voyez une autre ?
— Oui : nous avions envie d'être ensemble, Jack et moi, et nous ne pouvions pas nous douter que nous aurions cette situation à affronter le lendemain matin.
— Quelle situation ?
— Eh bien, l'annonce de l'intrusion dans cet immeuble et du meurtre de Tucker Swinton.
— C'est vraiment moi qui vous ai appris sa mort ?
— Bien sûr.
— Et, selon vous, il n'y a aucun rapport entre ces deux événements ?
— Non.
— Je vais vous donner ma carte, au cas où une information utile vous reviendrait, conclut Montgomery. Et je vais également vous demander de ne pas quitter la région.
— Mais pourquoi ? s'étonna Sara.
— J'aurai peut-être d'autres questions à vous poser.
— J'ai besoin de prendre un avocat ?
— A vous de voir !
— L'interrogatoire est terminé ?

— Oui. Vous voulez bien dire à M. Jack Morgan que c'est son tour, maintenant ?

Après avoir pris la carte que le policier lui tendait, Sara se leva, réussit par miracle à atteindre la porte du bureau sans vaciller sur ses jambes et regagna la salle de réunion. Là, elle transmit à Jack le message du policier.

— Ça s'est bien passé ? dit-il.

Sara acquiesça avant de demander.

— J'attends ici ?

— Oui. Je ne devrais pas en avoir pour longtemps.

Le portable de Ted sonna juste après le départ de son frère. Il regarda l'écran et annonça en se dirigeant vers la porte :

— Je vais prendre cet appel dehors.

— Vous êtes sûr que le lieutenant Montgomery vous le permettrait ? intervint Barbara Bateman.

— Je ne serai pas loin, répondit-il avant de quitter la pièce.

Sara resta seule dans la salle de réunion avec la secrétaire. La première fois, elle s'était forcée à être polie avec tout le monde, mais elle avait maintenant le sentiment de n'avoir plus rien à perdre.

— Pourquoi vous ne m'aimez pas ? dit-elle à Barbara de but en blanc.

— Où êtes-vous allée chercher ça ? demanda celle-ci d'un ton étonné.

— Inutile de nier : je ne vous croirais pas, reprit Sara. Je voudrais juste savoir pourquoi vous avez l'air de me percevoir comme une menace.

— Ce n'est pas le cas, je vous assure, protesta Barbara.

— Vous savez quelque chose à propos de l'intrusion de la nuit dernière ? insista Sara.

— Bien sûr que non ! s'exclama la secrétaire. Comment osez-vous me demander ça ? Vous collaborez avec la police ?

— Non. Je devrais ?

— Je refuse de parler de quoi que ce soit avec vous !

— Vous voyez bien que vous me traitez en ennemie !

— Non, c'est vous qui m'agressez !

— Dites-moi ce que vous me reprochez, et j'essaierai de me montrer plus aimable, fit Sara d'un ton radouci. Non, dites-moi plutôt pourquoi vous avez appelé Bill Morgan, quand Jack m'a fait visiter les nouveaux locaux de l'entreprise.

— Je n'ai appelé personne.

— Vous mentez ! s'exclama Sara.

Barbara tourna la tête vers la fenêtre et s'enferma dans un mutisme hostile. Au grand soulagement de Sara, Jack revint deux minutes plus tard seulement. Montgomery l'avait gardé moins longtemps qu'elle… Etait-ce parce qu'il la soupçonnait de quelque chose ? Ou parce qu'il avait obtenu de Jack les mêmes réponses ?

— On y va ? dit ce dernier.

Sans plus se préoccuper de la secrétaire, Sara le suivit dans le couloir, puis dans l'ascenseur. Elle brûlait d'envie de le questionner, mais mieux valait attendre pour se parler d'avoir quitté l'immeuble.

Jack devait être du même avis, car il garda lui aussi le silence. Ce fut seulement une fois dans la voiture et les portières refermées que Sara demanda :

— Qu'as-tu dit à Montgomery ?

— La même chose que toi, j'espère, dit Jack.

— Que nous avons dîné chez moi hier soir et passé ensuite la nuit chez toi ?

— Oui.

— Il a voulu savoir qui avait eu l'idée de changer d'endroit, reprit Sara.

— Et qu'as-tu répondu ? demanda Jack.

— Que je ne m'en souvenais pas.

— Ouf ! J'ai dit que c'était moi. Et, s'agissant de Tucker

Swinton, je lui ai assuré que nous n'étions absolument pas au courant de sa mort.

— Moi aussi, et ça, au moins, c'est vrai !

Jack démarra, mais son comportement trahissait une certaine nervosité : il ne conduisait pas avec la même fluidité de gestes que d'habitude.

— Où va-t-on ? s'enquit Sara.

— Chez toi, pour que tu puisses prendre ta voiture.

— Tu n'as pas eu le temps de demander à ton père pourquoi le nouveau mot de passe du système informatique ne t'avait pas été communiqué, j'imagine ?

— Si. Il s'agit d'un simple oubli, d'après lui.

— Tu penses que c'est vrai ?

— Je ne sais pas. Et il y a autre chose qui m'intrigue : après la découverte de l'intrusion, il a appelé MacDonald, son conseiller financier, qui est venu ventre à terre. Ils ont discuté en aparté, et mon père a ensuite refusé de me dire de quoi ils avaient parlé.

Un silence suivit, que Sara rompit en voyant Jack mettre son clignotant pour tourner dans une rue transversale.

— Ce n'est pas le chemin de l'entrepôt !

Ignorant cette remarque, Jack s'engagea dans la rue, se gara contre le trottoir, puis attira Sara dans ses bras. Elle s'y blottit et murmura :

— Je suis désolée.

— Pourquoi ?

— C'est moi qui ai eu l'idée d'aller fouiner dans l'immeuble de Morgan Enterprises, hier soir. Je n'ai pas réfléchi aux conséquences.

— Tu ne pouvais pas deviner qu'un tueur nous suivrait à l'intérieur, ni que la police découvrirait ce matin le cadavre de Tucker Swinton !

Sara leva la tête, Jack baissa la sienne, et leurs lèvres se joignirent pour un baiser où s'exprimait un mélange de soulagement et de passion.

— Montgomery pense que nous étions dans l'immeuble la nuit dernière, dit Sara lorsqu'ils se furent écartés l'un de l'autre.

— Mais il ne peut pas le prouver. Tu as été bien inspirée d'emporter une paire de gants !

— Il se demande aussi si nous n'avons pas tué Tucker Swinton, reprit Sara.

— Pourquoi l'aurions-nous fait ?

— Si nous l'avions payé pour effectuer un simulacre d'agression contre nous, nous aurions eu intérêt à le supprimer, pour l'empêcher de parler si jamais la police l'arrêtait.

— Mais ce serait d'un cynisme sans nom ! s'exclama Jack.

— C'est pourtant sûrement ce que son commanditaire a fait — sauf que cette personne, elle, l'avait payé pour te tuer *en vrai !* Nous n'en savons malheureusement pas plus sur elle aujourd'hui qu'hier… Nous ignorons même s'il s'agit d'un homme ou d'une femme.

Repensant alors à la secrétaire, Sara poursuivit :

— Il y a une question que je me pose : Barbara Bateman a-t-elle une raison de me détester ?

— Non, je ne crois pas.

— Alors pourquoi me traite-t-elle avec une telle froideur ?

Jack fronça les sourcils, l'air de réfléchir, puis il déclara :

— Elle m'a témoigné une extrême gentillesse, quand je suis sorti de l'hôpital. Elle espérait sans doute nouer une relation intime avec moi, mais ce n'est pas du tout mon type de femmes.

— La voilà, la raison de son hostilité envers moi ! s'écria Sara. Elle avait des vues sur toi, tu as brisé ses espoirs, et je prends maintenant la place qu'elle aurait voulu occuper.

— Alors peut-être le rejet, même tacite, que je lui ai

infligé l'a-t-il mortifiée au point de constituer un mobile de meurtre…

— Oui. Qu'allons-nous faire, à présent ?

— Nous comporter de façon normale et tenter de découvrir qui nous a tiré dessus la nuit dernière.

— Ce serait plus facile si je savais encore ce que « normal » veut dire ! s'exclama Sara en riant.

Jack la serra plus fort dans ses bras et l'y garda encore un moment avant de lâcher :

— On ne peut pas rester ici.

Il redémarra et, quand ils arrivèrent à l'entrepôt, Sara fut presque surprise de le retrouver debout : il s'était passé tellement de choses depuis qu'elle en était partie !

— Je voudrais que tu ailles prendre des vêtements de rechange et que tu viennes t'installer vraiment chez moi, déclara Jack.

Une immense joie gonfla le cœur de Sara. Jack ne lui avait certes pas dit qu'il l'aimait, mais il tenait à elle et désirait la protéger.

— D'accord mais, puisque je dois me comporter normalement, laisse-moi le temps d'écouter ma messagerie vocale et de consulter mon courrier électronique.

— Tu peux le faire de chez moi.

— Oui mais, si je trouve un message d'un client me demandant de lui apporter d'urgence un meuble ou un bibelot, je n'ai pas envie d'être obligée de revenir ici le chercher.

Si seulement elle arrivait à comprendre ce qui se passait ! songea Sara en détachant sa ceinture de sécurité. A cause de la tournure qu'avaient prise les événements, elle ne contrôlait plus rien…

Son objectif, à l'origine, était de sauver Jack… Et elle n'était même plus sûre, maintenant, de pouvoir se sauver elle-même.

*
* *

Une fois les interrogatoires terminés, Jordan Montgomery rassembla ses notes et quitta l'immeuble de Morgan Enterprises avec le sergent Robards.

— Allons jeter un coup d'œil à l'arrière, déclara-t-il.

Les deux hommes contournèrent le bâtiment et s'arrêtèrent sous le balcon du bureau de Bill Morgan. En découvrant les traces de pas, dans la bande de gazon aménagée le long du mur, Montgomery déclara :

— Il est évident que quelqu'un est descendu ou a sauté de ce balcon pour s'enfuir.

— Qui, à votre avis ? demanda Robards.

— Sara Carter et Jack Morgan. Ils nous cachent quelque chose. Ils jouent les innocents, mais ce ne sont pas de très bons comédiens.

— Pourquoi Jack Morgan se serait-il introduit subrepticement dans les locaux de l'entreprise de sa propre famille ? Pour chercher quoi ?

— Mystère ! Je me contente pour l'instant d'essayer de reconstituer les faits. Pour moi, Sara Carter et lui sont venus ici la nuit dernière, quelqu'un les y a rejoints et leur a tiré dessus.

Montgomery s'interrompit et leva les yeux vers le balcon.

— La seule chose qui ait disparu, reprit-il, c'est une nappe. Elle a dû leur servir de corde pour échapper à leur agresseur.

— Vous croyez vraiment que Jack Morgan a pu descendre de cette façon, avec sa jambe blessée ? s'étonna Robards.

— Un homme est capable de tous les exploits, quand il est poursuivi par une personne armée… Qu'avez-vous pensé des interrogatoires ?

— Je suis de votre avis : Sara Carter et Jack Morgan nous cachent quelque chose. Mais Ted et Bill Morgan aussi !

— Oui. Les deux premiers agissent de concert. Ted, pour son propre compte. Et le père ?

Un haussement d'épaules, puis Montgomery reprit :

— Peut-être Bill Morgan craint-il juste que quelque chose d'important n'ait été volé cette nuit… Il va falloir tenir les trois jeunes à l'œil, en tout cas… L'agression d'Ellicott City n'était pas simulée, par hasard ?

— Non, dit Robards. Jack et Sara étaient vraiment secoués. Pour le reste, je ne sais pas… Dommage que nous n'ayons pas les effectifs nécessaires pour organiser leur filature et celle de Ted Morgan.

— Si vous deviez choisir un des trois, lequel ce serait ?

— Sara.

— Pourquoi ?

— C'est elle qui me semble cacher le plus de choses.

— Je le pense aussi. Je la ferais bien suivre, mais j'ai besoin pour ça d'une autorisation.

Lorsque Sara descendit de voiture et se dirigea vers la porte de l'entrepôt, Jack exigea comme la veille d'inspecter les lieux avant de la laisser entrer. Elle lui tendit la clé mais, comme la veille, refusa de le voir prendre seul le moindre risque et franchit donc le seuil sur ses talons.

Elle huma aussitôt l'air et, visiblement intrigué, il lui demanda :

— Qu'est-ce que tu fais ?

— L'odeur est la bonne.

— Comment ça ? s'écria-t-il en riant.

— Quelqu'un s'est introduit ici un jour en mon absence et, quand je suis revenue, je l'ai tout de suite senti — au sens propre du terme.

— Qu'est-ce qui était différent de d'habitude ?

— Je ne saurais pas le dire précisément. Il y avait juste quelque chose d'anormal dans l'air.

Ce fut Jack, cette fois, qui actionna les boutons électriques installés près de la porte, puis il effectua une fouille du local plus poussée que celle de la veille. L'entrepôt étant resté vide plus longtemps, une personne mal intentionnée aurait en effet eu le temps de mieux s'y cacher.

Sara participa aux recherches — qui ne révélèrent aucune présence indésirable. Elle sortit ensuite son téléphone portable de son sac pour écouter sa messagerie vocale, mais la batterie de l'appareil était à plat.

Son ordinateur ne connaissait pas, lui, ce genre de pannes et, en consultant son courrier électronique, elle trouva un message de Pam Reynolds :

> Bonjour, Sara,
> Je dois faire visiter la maison qui intéresse Ted Morgan à un autre client, mais la lampe en forme d'éléphant du vestibule est cassée. Il faut la remplacer. N'importe quelle autre lampe fera l'affaire, mais j'en ai besoin tout de suite.

— Il y a un problème ? demanda Jack, qui était venu rejoindre Sara.

— Une des lampes que j'avais installées dans la maison où nous nous sommes rencontrés est cassée. Pam Reynolds veut que j'en apporte une autre immédiatement. Elle a un deuxième acheteur potentiel en vue.

— Je pensais que Ted s'était porté acquéreur.

— Il n'a sans doute pas encore fait d'offre.

— Je vais t'y conduire.

— Ce n'est pas la peine. Cet échange de lampes ne me prendra que quelques minutes. Tu devrais retourner à Morgan Enterprises, pendant ce temps, et tenter de reparler à ton père de cette histoire de mot de passe.

— Ça m'ennuie de te laisser aller là-bas toute seule.

— Tu n'as pas à t'inquiéter : Pam y est sans doute déjà… On se retrouve ensuite chez toi, d'accord ?

Sara éteignit son ordinateur, entassa rapidement quelques habits et sous-vêtements dans une valise, mais elle se rappela soudain quelque chose…

— J'ai claqué la porte de ta maison derrière moi, ce matin. Si j'y arrive avant toi, tout à l'heure, je serai donc enfermée dehors.

— Il y a un double de la clé sous le pot de fleurs, à droite de l'entrée, dit Jack.

— Je l'utiliserai en cas de besoin, mais il ne faudra pas le remettre là après, dit Sara. C'est peut-être comme ça que le poseur de micros s'est introduit chez toi.

— Tu as raison. Je n'y avais pas pensé… Mais te laisser aller là-bas toute seule m'ennuie toujours, et surtout avec un portable inutilisable, reprit Jack d'un ton soucieux.

— J'ai un chargeur dans ma voiture, indiqua Sara d'un ton rassurant. Et je peux me servir du téléphone pendant qu'il est branché dessus.

— Bon, d'accord…, marmonna Jack visiblement peu convaincu.

Dans son stock d'objets décoratifs, Sara trouva une lampe en forme de lion. Jack prit la valise et alla la mettre sur la banquette arrière de la Honda.

— A tout à l'heure, lui dit Sara d'un ton faussement joyeux. Sois prudent.

— Toi aussi.

Un dernier sourire, puis elle se força à monter dans la voiture.

Sur la route, elle repensa aux jours précédents. Au départ, elle avait cru pouvoir contrôler les événements, mais plus le temps passait, et moins c'était vrai : quelques heures avaient suffi pour que les choses commencent à différer de la première fois.

Peut-être était-ce en partie sa faute, parce qu'elle n'avait pas choisi le même restaurant, le soir de sa rencontre avec Jack ?

Sa seule certitude, c'était la menace qui pesait sur lui. Et, pour qu'il y survive, elle devait changer son destin.

Ses réflexions l'occupaient au point qu'elle rata l'endroit où il fallait tourner pour se rendre au « Tara du Maryland ». Par chance, elle s'en aperçut vite, effectua un demi-tour et repartit dans l'autre sens.

Une fois à destination, elle pensait trouver le cabriolet Mercedes de Pam Reynolds devant la maison, mais il n'y était pas. Elle appela son amie depuis sa voiture, mais tomba sur le répondeur.

— Pam ? dit-elle après le bip. C'est Sara… Je suis arrivée. Tu seras là dans combien de temps ?

Puis elle attendit que Pam la rejoigne ou la rappelle, mais au bout de cinq minutes, comme rien ne se passait, elle décida d'aller voir si la porte était fermée à clé ou non. Dans le deuxième cas, elle pourrait faire tout de suite l'échange des lampes et repartir. Elle avait hâte de retrouver Jack.

La nouvelle lampe à la main, Sara gravit les marches du perron, tourna la poignée et constata qu'il suffisait de pousser la porte pour l'ouvrir.

— Il y a quelqu'un ? lança-t-elle. Pam, tu es là ?

Pas de réponse. Un vague malaise envahit Sara, mais il aurait été stupide de rebrousser chemin maintenant…

Un coup d'œil dans le vestibule lui suffit à découvrir les débris de la lampe en forme d'éléphant éparpillés sur le sol. Etonnée, elle songea que Pam n'aurait jamais laissé les morceaux traîner par terre…

Le malaise qui l'avait envahie céda alors la place à la terrifiante certitude d'être en danger. Cette fois, pas d'hésitation : elle devait partir pendant qu'il en était encore temps.

Mais, quand elle pivota sur ses talons, ce fut pour voir

un homme armé et cagoulé surgir à l'angle de la maison et se diriger vers le perron.

Trop tard pour s'enfuir : il l'abattrait. Elle ne pouvait que se précipiter à l'intérieur, claquer la porte et la verrouiller.

17

La porte de derrière était-elle fermée à clé ? se demanda Sara.

Sûrement, sinon l'homme serait entré par là pour la surprendre. Impossible, donc, de s'enfuir par le jardin…

Avec juste une fraction de seconde pour prendre une décision dont sa vie dépendait, Sara se rua vers l'escalier, le monta quatre à quatre et s'engouffra dans le couloir qui menait à la chambre à coucher.

La veille, Jack et elle avaient réussi à s'échapper en passant par un balcon… Il fallait essayer de faire le même genre de choses — grimper sur le toit de la véranda, par exemple, et sauter.

Un bruit de verre brisé venant du rez-de-chaussée… L'homme avait dû casser l'une des vitres latérales de la porte. Dans une minute, il serait à l'intérieur de la maison et, s'il la surprenait sur le toit de la véranda elle constituerait une cible facile…

Elle était prise au piège.

Son seul espoir était d'aller se cacher dans le grenier.

Jack était en route pour Morgan Enterprises lorsque son portable sonna. Il jeta un coup d'œil à l'écran et, voyant que le nom de Pam Reynolds s'y était affiché, il prit la communication.

— Pam ?

— Oui. Il faut que je parle à Sara d'une nouvelle commande, et je n'arrive pas à la joindre.

— Elle a eu votre mail lui disant qu'une lampe avait été cassée dans la maison que vous avez fait visiter à mon frère l'autre jour. Elle est allée là-bas pour la remplacer.

— Une seconde, je ne comprends pas... Je ne lui ai envoyé aucun mail !

Le sang de Jack se figea dans ses veines. Si ce n'était pas Pam l'auteur de ce message, c'était le tueur... Sara avait été attirée dans un piège.

Il se rangea sur le bas-côté et attendit que la voie soit libre pour effectuer un demi-tour.

— Je dirai à Sara que vous la cherchez, déclara-t-il à Pam.

Après avoir raccroché, il appela Sara, mais tomba sur le répondeur.

Mon Dieu, faites que je n'arrive pas trop tard ! pria Jack en se dirigeant, pied au plancher, vers la maison où il avait eu la bêtise de laisser Sara se rendre seule.

Sara connaissait bien les lieux. Elle savait que l'accès au grenier se trouvait dans le dressing-room de la chambre à coucher principale. Elle y alla, se débarrassa de la lampe en forme de lion en la posant sur une étagère, puis tira sur la corde qui commandait l'escalier escamotable.

Il descendit du plafond avec un grincement qui la fit grimacer. Si l'homme, en bas, ne l'avait pas entendu, c'est qu'il était sourd...

Elle se dépêcha de gravir les marches, et franchissait la dernière quand des pas résonnèrent dans le couloir. Elle remonta l'escalier, se redressa et, la poitrine haletante, parcourut le grenier des yeux. Il était vaste et sombre, sa seule ouverture — une lucarne située tout au bout — laissant juste passer un peu de lumière.

Les derniers occupants de la maison n'avaient pas pris la peine de le vider : il était rempli de vieux meubles et de cartons.

Peut-être y avait-il là quelque chose qui pourrait lui servir d'arme ? se dit Sara. Et ce capharnaüm offrait en plus une multitude de cachettes possibles.

Une autre idée lui venant ensuite, elle se mit à empiler des cartons sur la trappe de l'escalier. Un bruit de pas, sous ses pieds, la persuada cependant assez vite d'arrêter et d'aller se réfugier à l'autre extrémité du grenier. Elle était à quelques mètres de la lucarne quand un grincement lui fit tourner la tête. La trappe commençait à s'abaisser.

Le haut d'un chandelier dépassait d'un carton. Sara s'en saisit, courut vers la lucarne et brisa la vitre avec le pied du chandelier. La main enveloppée dans le bas de son T-shirt, elle détacha ensuite le plus gros des morceaux de verre restés coincés dans l'encadrement.

Si elle parvenait à attirer son agresseur près d'elle sans qu'il voie cette arme improvisée, elle aurait au moins une chance de se défendre… En attendant, elle alla se tapir derrière une commode.

Quand la trappe de l'escalier se rabattit complètement, les cartons posés dessus dégringolèrent sur la tête de l'homme, et Sara eut la satisfaction de l'entendre pousser une bordée de jurons.

— Tu te crois maligne, sale petite garce, mais tu vas me le payer ! hurla-t-il ensuite.

Au moment où Jack bondissait de sa voiture, un fracas de verre brisé lui fit lever la tête vers le toit de la maison. Il vit des morceaux de verre tomber de la lucarne pratiquée dans le pignon des combles…

Lui qui s'était demandé comment, dans une demeure aussi vaste, trouver Sara assez vite pour lui porter secours, il savait à présent où elle était : dans le grenier, pour tenter d'échapper au tueur. Il avait envie de l'appeler pour lui dire qu'il était là, mais cela aurait signalé sa présence à leur adversaire, alors qu'il espérait profiter de l'effet de surprise pour le maîtriser.

Jack examina rapidement la situation. La Honda de Sara était la seule voiture garée devant la maison. Le tueur avait dû cacher la sienne à proximité, mais où était-il maintenant ? Au rez-de-chaussée, en train de chercher Sara ? Ou bien savait-il qu'elle était montée à l'étage, puis au grenier ? Pire encore, l'y avait-il déjà rejointe ?

Toutes ces hypothèses défilèrent dans l'esprit de Jack tandis qu'il courait vers la maison, mais la vue de la vitre latérale de la porte d'entrée brisée le figea sur place : le tueur se tenait peut-être en embuscade dans le vestibule, son arme pointée sur lui…

En zigzaguant pour constituer une cible le plus mouvante et donc le moins facile possible, Jack gravit les marches du perron, puis jeta un coup d'œil à l'intérieur par le carreau cassé.

Personne. Il entra. Les morceaux de la lampe que Sara était venue remplacer étaient éparpillés sur le sol. Il les contourna et entendit alors quelqu'un crier :

« Tu te crois maligne, sale petite garce, mais tu vas me le payer ! »

Cela venait d'en haut… Qu'avait fait Sara, pour que le tueur soit dans une telle colère ?

Jack monta l'escalier quatre à quatre… jusqu'à ce que sa mauvaise jambe donne des signes de faiblesse et l'oblige à ralentir. Puis, une fois sur le palier, il s'arrêta et tendit l'oreille, à l'affût du moindre bruit qui lui dirait où se trouvait l'accès au grenier.

— Je sais que tu es là ! cria soudain le tueur. Montre-toi, et finissons-en !

*
* *

Sara ne bougea pas de sa cachette et, après avoir posé le morceau de verre par terre, entreprit de chercher dans les cartons les plus proches quelque chose d'autre pour se défendre.

Les décorations de Noël que contenait le premier ne lui sauveraient sûrement pas la vie… Le second était rempli de vieux jouets qui contribueraient magnifiquement au décor d'une chambre d'enfant.

Il faudrait proposer aux propriétaires de la maison de les acheter, pensa machinalement Sara. Mais cela supposait qu'elle survive à cette journée !

Sous une collection de petites voitures et une poupée de chiffon, elle trouva un sac de billes. Tandis que l'homme s'approchait, elle ouvrit le sac et en lança le contenu dans sa direction. Son adversaire ne devait pas encore avoir eu le temps de s'habituer à la pénombre, car il ne se méfia pas : il marcha sur l'une des billes et tomba en poussant un juron. Il se releva cependant rapidement et fonça droit sur Sara, dont l'initiative lui avait révélé la cachette.

Guidé par la voix du tueur et sans se préoccuper d'une jambe qui l'élançait de plus en plus, Jack se précipita dans ce qui devait être la chambre à coucher principale. La porte du dressing-room était grande ouverte, un bric-à-brac d'objets jonchait le plancher, et un escalier escamotable descendait du plafond.

Le bruit d'une chute, accompagné d'un juron sonore, se fit entendre, au-dessus de sa tête. Le malfaiteur était donc déjà dans le grenier, mais Sara avait apparemment trouvé un moyen de le tenir à distance.

— Ne vous approchez pas ! lui lança-t-elle. Je suis armée !

— J'en doute !

S'il s'engageait dans l'escalier, se dit Jack, le tueur pouvait l'abattre pendant son ascension. Faute de mieux, il décida donc de détourner son attention de Sara, se plaça sous la trappe et cria :

— Je suis là, espèce de lâche ! Vous êtes acculé !

La réaction de son adversaire le prit par surprise : il dévala l'escalier, lui sauta dessus et le projeta à terre. Il était armé et cagoulé, mais peut-être s'était-il fait mal en tombant, tout à l'heure, car il ne semblait pas très solide sur ses jambes.

Cela ne l'empêcha pas de braquer son pistolet sur Jack — qui eut heureusement le temps de s'écarter de sa ligne de mire, de se redresser et de lui porter au poignet une manchette qui lui fit lâcher son arme.

Sara descendit alors l'escalier à toute vitesse, et le tueur, se voyant en infériorité numérique, préféra s'enfuir : il repoussa violemment Jack et bondit vers la porte. Jack l'attrapa par la cheville, mais l'homme parvint à se dégager, et le bruit de ses pas ne tarda pas à résonner dans l'escalier, puis au rez-de-chaussée.

Quand Jack voulut se relever, sa jambe blessée le trahit, et il retomba sur le sol en jurant entre ses dents. Sara, qui était allée regarder par la fenêtre de la chambre, revint alors et déclara en l'aidant à se remettre debout :

— Il a disparu à l'angle de la maison. C'est de là que je l'ai vu surgir, tout à l'heure…

Jack la fit taire en l'attirant dans ses bras et en la serrant si fort contre lui qu'elle devait avoir du mal à respirer. Mais il avait eu tellement peur, et il était tellement soulagé…

Ils restèrent ainsi enlacés pendant un long moment, puis Sara leva vers Jack un regard interrogateur.

— Comment as-tu su que j'étais en danger ?

— J'ai eu de la chance. J'étais en route pour Ellicott City quand Pam Reynolds m'a appelé. Comme elle cherchait à te joindre, je lui ai parlé de son mail, et elle m'a dit qu'elle n'en était pas l'auteur.

— Non, c'est le tueur qui me l'avait envoyé pour m'attirer ici… Dès que j'ai vu les débris de la lampe, dans le vestibule, j'ai compris que je devais me dépêcher de partir, mais il était déjà trop tard.

— Tu es quand même arrivée à lui échapper.

— Momentanément. Sans ton intervention, il aurait fini par réussir à m'abattre… J'ai eu tort de venir ici toute seule.

— Tu n'avais aucune raison de soupçonner un piège. Tu croyais que Pam serait là pour t'accueillir, et je le pensais moi aussi, sinon j'aurais insisté pour t'accompagner.

— Je sais… Il faut informer le lieutenant Montgomery de ce qui s'est passé ?

Jack réfléchit, puis demanda :

— Tu as vraiment envie de lui en parler ?

— Non. Il déformera les faits de façon que nous apparaissions non plus comme des victimes, mais comme des coupables.

— Tu as sans doute raison. Viens, on s'en va !

— Pour aller où ?

— Chez moi.

Se rappelant le pistolet, Jack le chercha des yeux et vit qu'il avait atterri au pied de l'escalier. Sara avait suivi son regard, car elle déclara :

— On le laisse là ?

— Oui, je crois que ça vaut mieux. Sa présence prouve qu'une personne animée de mauvaises intentions s'est introduite dans la maison, mais les carreaux cassés l'attestent déjà, de toute façon.

— Et aucun de nous deux ne l'a touché. L'homme portait des gants, malheureusement… Qu'est-ce qu'on va dire à Pam ?

— Qu'en arrivant tu as vu une des vitres latérales de la porte d'entrée brisée, et que tu es tout de suite repartie.

— D'accord.

*
* *

Une fois sortis de la maison, Jack et Sara montèrent chacun dans leur voiture. Jack passa devant, et Sara le suivit en surveillant du coin de l'œil les bois environnants, mais le tueur ne comptait apparemment pas leur tendre une embuscade.

Cela ne voulait pas dire qu'il avait renoncé à ses desseins criminels… Il allait juste prendre le temps d'élaborer un nouveau plan d'action. Un plan qui, comme les précédents, le mettrait à l'abri de tout soupçon.

Peut-être même misait-il sur le fait que, n'ayant pas appelé la police la veille, Sara et Jack ne la préviendraient pas non plus de l'agression d'aujourd'hui. Et cela signifiait qu'ils avaient peut-être intérêt à en parler au lieutenant Montgomery, finalement…

Mais comment lui faire confiance, alors qu'il les suspectait manifestement de mentir pour des raisons peu avouables et semblait même les croire responsables du meurtre de Tucker Swinton ?

Le temps d'arriver à destination, Sara était physiquement et mentalement épuisée. L'instinct de survie pendant que le tueur la pourchassait, puis la concentration nécessaire pour conduire lui avaient permis jusque-là de tenir le coup, mais, une fois garée devant la maison, elle s'effondra sur le volant. Jack vint lui ouvrir sa portière et l'aida à sortir de la voiture.

— Tu as besoin de t'étendre, dit-il.

— Probablement.

— Non, certainement.

Il l'emmena dans la chambre et refit le lit pendant qu'elle ôtait ses chaussures. Il s'allongea ensuite près d'elle, la prit dans ses bras et se mit à la bercer doucement.

Quand Sara sentit des larmes lui monter aux yeux, elle s'efforça de les retenir, et Jack s'en aperçut, car il murmura :

— Pleure, si tu en as besoin. Ça te soulagera.

— Non. Nous devons parler de ce qui vient de se produire, pendant que c'est encore frais dans nos mémoires, protesta Sara.

Jack acquiesça.

— Le tueur a dû arriver avant moi, ouvrir la porte et casser la lampe. Il a ensuite attendu dehors que j'entre dans la maison.

— Pourquoi n'était-il pas resté à l'intérieur ? s'étonna Jack.

— Il craignait sans doute que je ne réussisse à m'enfuir. Là, il a pu me couper la retraite.

— C'est vrai… Je l'ai entendu tomber, dans le grenier… Que s'est-il passé ?

— J'ai trouvé des billes dans un carton, et je les ai jetées sous ses pieds.

— Bien vu !

— Oui, mais il s'est vite relevé, dit Sara, et j'ai alors cru ma dernière heure venue. J'avais un morceau de verre à la main, et j'aurais vendu chèrement ma peau, mais tu es arrivé à temps pour me sauver.

Elle tourna la tête vers Jack et ajouta :

— Il s'agissait d'un homme, cette fois, c'est certain : une silhouette peut tromper, mais pas une voix… Tu as une idée de son identité ?

— Non. Je ne suis sûr que d'une chose : ce n'est ni mon père ni mon frère. Je les aurais reconnus.

— Tucker Swinton avait été payé pour te tuer. Son commanditaire a peut-être engagé quelqu'un d'autre pour faire le même travail.

— Oui. J'espère seulement que ce commanditaire n'est pas un membre de ma famille.

Sara hésita à poursuivre une conversation qui, de toute évidence, semblait affecter Jack. Mais ce dernier résolut son dilemme en annonçant :

— Je vais te laisser te reposer, maintenant… Essaie de dormir un peu.

— Il faut que j'appelle Pam, d'abord. Je ne peux pas la laisser dans l'ignorance totale de ce qui s'est passé là-bas : elle ne le comprendrait pas, et je veux aussi lui éviter d'avoir un trop gros choc en découvrant les dégâts… Prête-moi ton portable !

Pam décrocha à la première sonnerie.

— Monsieur Morgan ? déclara-t-elle.

— Non, c'est Sara. Je me sers du téléphone de Jack. Ecoute, je reviens juste de la maison que tu as fait visiter à Ted Morgan l'autre jour…

— Tu as cru que je t'avais envoyé un mail te disant d'y aller, c'est ça ?

— Oui.

— C'était un canular ?

— Je n'en sais rien, mais quelqu'un s'était introduit dans la maison avant mon arrivée : j'ai trouvé une des vitres latérales de la porte d'entrée cassée.

— Bon sang ! s'exclama Pam. Tu as appelé la police ?

— Non. Je suis partie aussi vite que j'ai pu.

— Il faut que j'aille voir… Tu me rejoins là-bas ?

— Désolée, mais je suis exténuée, dit Sara. Tu me tiens au courant ?

— Bien sûr !

Sara coupa la communication et rendit l'appareil à Jack, qui le remit dans sa poche.

— Pam va certainement appeler la police, dit-elle. Le pistolet sera retrouvé, et le lieutenant Montgomery nous soumettra à un nouvel interrogatoire… Si seulement nous pouvions avoir identifié le coupable d'ici là !

Une idée lui traversa soudain l'esprit, et elle poussa un cri étouffé.

— Qu'y a-t-il ? demanda Jack.

— Et si c'était Pam elle-même l'auteur de ce mail ?

— Quoi ? s'exclama Jack.

— Oui, si elle avait quelque chose à voir là-dedans ? Si elle m'avait envoyée volontairement là-bas ? insista Sara.

— Pourquoi l'aurait-elle fait ?

— Je ne sais pas… Je l'aime bien, mais je la crois capable de se laisser acheter.

— Il faut donc se méfier d'elle ?

— Oui.

— On en reparlera plus tard. Pour l'instant, tu dois te reposer.

— Tu restes avec moi ? demanda doucement Sara.

— Je ne bougerai pas d'ici.

Jack reprit Sara dans ses bras. Elle ferma les yeux, essaya de se détendre et finit par s'assoupir.

Son sommeil fut cependant tout sauf calme. Elle rêva qu'elle était dans un immense grenier, où le tueur la pourchassait au milieu d'un amoncellement de cartons et de meubles. Et puis Jack arrivait. Il se battait avec le malfaiteur, qui s'enfuyait, mais, quand elle tentait de le rejoindre, il reculait à mesure qu'elle avançait. Elle lui criait de s'arrêter, mais il continuait de s'éloigner…

— Sara ! Sara !

Elle ouvrit les paupières, et une onde de soulagement la parcourut. Jack était en train de la secouer doucement par l'épaule.

— Je faisais un cauchemar, dit-elle.

— Oui, je m'en suis douté, et c'est pour ça que j'ai préféré te réveiller… Ça va ?

— Oui.

Ce n'était pas vrai. Ce rêve signifiait qu'elle avait peur de perdre de nouveau Jack… Une peur qui continuait de l'habiter, mais elle connaissait un moyen très efficace de la chasser, ne serait-ce que temporairement.

Elle glissa sa main sous la chemise de Jack et se mit à

caresser la peau tiède de son torse. Il sourit, et se penchait sur elle pour l'embrasser quand son portable sonna.

— Zut…, grommela-t-il. Ce n'est vraiment pas le moment !

Il sortit malgré tout l'appareil de sa poche et décrocha.

— Oui ?

Son correspondant répondit d'une voix assez forte pour que Sara l'entende et la reconnaisse. C'était celle de Ted Morgan.

— Il faut que tu viennes tout de suite me rejoindre !

— Que se passe-t-il ? demanda Jack d'un ton contrarié.

— Je ne peux pas te le dire au téléphone.

— Où es-tu ?

Ted donna ce qui devait être une adresse, mais que Sara n'entendit pas.

— D'accord ! déclara Jack. J'arrive !

18

Un spasme d'angoisse étreignit le cœur de Sara. Ils abordaient le dernier chapitre de l'histoire, elle le sentait.

La première fois, il était trop tard lorsqu'elle avait compris que quelqu'un voulait tuer Jack, et elle n'avait pas pu le sauver… Cette fois, et bien que beaucoup de choses se soient passées différemment, elle avait conscience depuis le début de la réalité de cette menace.

Et elle se rappelait le scénario qui s'était terminé par la mort de Jack : il était allé retrouver dans un endroit isolé une personne qu'il connaissait assez bien pour n'avoir aucune raison de s'en méfier.

Sara ignorait qui c'était, alors… Aujourd'hui, elle était présente quand cette personne avait téléphoné pour demander à Jack de venir la rejoindre.

— C'était ton frère ? demanda-t-elle.

— Oui. Il a un problème et veut me parler tout de suite, mais de vive voix.

— Il est chez lui ?

— Non, à la propriété que Morgan Enterprises possède dans Willow Lane. Je t'en ai déjà parlé, il me semble…

Willow Lane…

Si Sara avait eu un doute sur le sort que subirait Jack s'il accédait à la requête de son frère, la mention de ce lieu l'aurait dissipé.

— N'y va pas ! s'écria-t-elle.

— Pourquoi ?

— Je… j'ai un mauvais pressentiment.

— Désolé, fit Jack, mais ça ne suffira pas à me dissuader d'aller aider un frère qui a visiblement besoin de moi.

— Non, il joue la comédie, dit Sara, tentant le tout pour le tout. C'est dans l'intention de te tuer qu'il t'a donné rendez-vous là-bas.

Jack ouvrit de grands yeux.

— On se demandait qui souhaitait ta mort…, poursuivit Sara. Maintenant, on le sait : c'est lui.

— Tu délires !

— Non. Ce coup de téléphone est un piège… Si tu vas là-bas, emporte au moins ton pistolet, et emmène-moi !

— Désolé, mais j'irai sans toi, reprit Jack d'un ton ferme. Parce que Ted veut manifestement me voir seul à seul, et sans arme, et parce que c'est mon frère. Même si nous avons nos désaccords, il est incapable de me faire du mal.

Un sentiment de panique s'empara de Sara. Elle n'allait pas pouvoir sauver Jack, parce qu'il avait trop confiance dans sa famille pour l'écouter.

— Je ne te laisserai pas te rendre là-bas seul et sans arme ! s'exclama-t-elle. Je ne te laisserai pas mourir une deuxième fois !

— Comment ça, une deuxième fois ? J'ai perdu beaucoup de sang, en Afghanistan, mais à aucun moment mon cœur ne s'est arrêté de battre.

— Ce n'est pas de l'Afghanistan que je parle, mais d'ici, du comté de Howard, Maryland !

— Je ne comprends rien à ce que tu dis !

Le désespoir obligea Sara à donner des explications, même si elle savait qu'elle avait peu de chances d'être crue, et qu'elle risquait de passer pour une folle.

— Tout ça s'est déjà produit, Jack ! Tu as été assassiné, et je suis revenue du futur pour te sauver.

— Mais qu'est-ce que tu racontes ?

— Réfléchis ! Tu n'as jamais eu l'impression de me connaître depuis plus d'une semaine ?

N'obtenant pas de réponse, Sara poursuivit :

— Je pense que si, et c'est parce que nous avons déjà vécu tout ça — à quelques différences près. Quand je me suis retrouvée dix mois en arrière, l'histoire s'est d'abord répétée, avec notre rencontre dans la maison que Pam faisait visiter à ton frère, puis l'agression dans la rue, le soir même et par le même homme — bien qu'elle ait eu lieu dans une autre ville. Après, les changements se sont multipliés. Je ne m'attendais pas à voir la photo de Tucker Swinton dans le trombinoscope du commissariat, par exemple, parce que je n'avais pas pu identifier notre agresseur, la première fois… Autre changement : il a ensuite été assassiné. Et l'enlèvement de la plaque du puits est un élément nouveau, lui aussi.

— Ce que tu dis n'a ni queue ni tête !

— C'est très étrange, je le sais. J'ai eu moi-même du mal à le croire, au début, et pourtant c'est vrai. La première fois, une personne dont j'ignorais l'identité t'a donné un rendez-vous secret, et tu n'en es jamais revenu…

L'expression de Jack reflétant un doute grandissant, Sara se mit à parler plus vite de peur qu'il ne l'interrompe.

— Après ta mort, je me suis aperçue que j'étais enceinte de toi. J'ai quitté mon studio de l'entrepôt, parce que je ne pouvais pas y élever un enfant, et j'ai loué une petite maison, un peu à l'écart de la nationale 108. Quand le travail a commencé, je me suis mise en route pour la maternité, mais j'ai été surprise par une tempête de neige. Ma voiture a glissé le long d'une pente et percuté un pick-up — à l'endroit même où un véhicule a failli nous rentrer dedans, le soir où nous sommes allés dîner à Ellicott City. J'aurais dû mourir le jour de l'accident, mais deux entités — des anges qui devaient m'emmener au ciel, peut-être — ont décidé de me laisser vivre, de nous donner une chance.

Le visage de Jack s'était assombri, et ce fut sur un ton dur qu'il déclara :

— J'ai toujours trouvé qu'il y avait quelque chose de bizarre chez toi… Mon instinct ne m'a donc pas trompé : tu es une fabulatrice… Tu penses vraiment que je vais croire à ces divagations ?

— C'est la vérité, et je peux le prouver.

— Ah oui ?

— Oui. Tu m'as demandé comment je savais où tu rangeais le flacon d'huile de massage, hier… Eh bien, c'est parce que je m'en étais déjà servie. De même, je suis capable de te dire ce que contient chacun de tes placards, où se trouve chaque interrupteur…

— Arrête ! Comment veux-tu que j'ajoute foi à de telles sornettes ? Tu aurais été projetée dix mois en arrière ? On sait tous les deux que c'est impossible !

— Je le croyais… avant que ça m'arrive.

— L'histoire de la diseuse de bonne aventure de Washington serait une invention, alors ?

Prise en flagrant délit de mensonge, Sara rougit et murmura :

— Oui.

— Tu devrais t'en tenir à une seule version ! Faute d'être plus crédible, ce serait au moins cohérent !

— J'avais peur, jusque-là, de te dire la vérité. Je le fais maintenant parce que c'est une question de vie ou de mort, mais ton incrédulité prouve que mes craintes étaient fondées.

— Comment veux-tu qu'il en soit autrement ? Ton histoire de voyage dans le temps est de la pure science-fiction, et j'en ai assez entendu ! Je vais rejoindre mon frère ! s'exclama Jack.

Il descendit du lit. Sara tenta de le retenir par le bras,

mais il se dégagea et se dirigea à grands pas vers la porte. Elle le suivit, et il lui déclara alors sèchement, sans même se retourner :

— J'espère ne pas te trouver ici quand je reviendrai. Ma famille m'avait prévenu contre toi… J'aurais dû l'écouter ! C'est quoi, la suite de ton plan ? Me dire que tu es enceinte, et essayer de me soutirer de l'argent ?

— Bien sûr que non !

— Quel idiot j'ai été de ne pas avoir pris de précautions, quand on a fait l'amour !

Ces mots atteignirent Sara en plein cœur, même si elle savait que Jack les prononçait sous l'effet de la colère et qu'ils dépassaient sans doute sa pensée.

Il quitta ensuite la maison sans rien ajouter et en claquant la porte derrière lui. Quand Sara le vit par la fenêtre monter dans sa voiture et démarrer, elle aurait pu s'effondrer, mais le souvenir de la tâche qui lui incombait lui donna un coup de fouet salutaire.

Sa place était dans un hôpital psychiatrique, selon Jack ? Et alors ? Ce jugement avait d'autant moins d'importance pour la poursuite de sa mission qu'il était prévisible… Elle était revenue du futur pour le sauver, et il n'était pas question de baisser les bras.

De retour dans la chambre, elle enfila ses chaussures, ouvrit le tiroir de la table de nuit et en sortit le pistolet de Jack. Après avoir vérifié qu'il était chargé, elle alla le mettre dans son sac à main.

Jack avait dit qu'il se rendait dans Willow Lane… Il devait penser qu'elle ignorait l'adresse exacte de la propriété que Morgan Enterprises y avait achetée, mais c'était là que, dans l'autre réalité, son cadavre avait été découvert. Une fois les scellés retirés, elle y était allée pour mener sa propre enquête — qui n'avait rien donné — et pour se recueillir à l'endroit où l'homme de sa vie était mort. Peu de temps après, la maison avait été rasée… Sur ordre de

Ted Morgan, pour faire disparaître les éventuelles preuves de sa culpabilité ?

Sara sortit de la maison, s'arrêta pour prendre la clé sous le pot de fleurs et ferma la porte à double tour. La clé alla ensuite rejoindre le pistolet dans son sac. Elle n'en aurait pas forcément besoin, mais mieux valait ne pas la laisser dans une cachette aussi peu sûre.

Sur le chemin de Willow Lane, Jack repensa au coup de téléphone de son frère. Ted lui avait semblé très tendu… Qu'est-ce qui pouvait bien le rendre aussi nerveux ?

Pas la perspective de commettre un meurtre, en tout cas : Jack refusait de croire son frère capable de l'attirer dans un endroit isolé pour le tuer. Leurs désaccords ne les empêchaient pas de s'aimer.

Pourtant, la mise en garde de Sara le troublait. Elle semblait réellement convaincue que la mort l'attendait là-bas…

L'histoire du retour dans le passé que Sara lui avait racontée était particulièrement extravagante. Mais Jack se rappelait avoir pensé, pendant leur premier baiser, qu'elle paraissait deviner ce qui lui donnait du plaisir — comme si elle le savait déjà, en fait.

Et, plus d'une fois, il s'était étonné de la façon dont elle semblait anticiper les événements. Sa réactivité, quand Tucker Swinton avait surgi dans la rue, en était un bon exemple : c'était vraiment comme si elle s'attendait à cette agression. Elle avait également fourni de lui une description extraordinairement détaillée compte tenu du peu de temps où elle avait pu le voir…

Une partie de la conversation qu'ils avaient eue après avoir fait l'amour pour la première fois revint à Jack. Sara avait dit qu'il n'avait rien d'un calculateur, et il lui avait demandé comment elle le savait.

« Je te connais mieux que tu ne le penses », avait-elle répondu.

Mais c'était peut-être une simple supposition, ou juste une façon de parler.

La peur qu'elle éprouvait aujourd'hui pour lui était cependant tout sauf feinte, songea ensuite Jack, et c'était cela, finalement, qui le troublait le plus. Elle semblait certaine que ce rendez-vous lui serait fatal. Se pouvait-il qu'elle détienne une information qu'elle n'osait pas lui communiquer ? Et qu'elle ait inventé cette histoire de voyage dans le temps pour l'empêcher d'aller rejoindre Ted ?

Jack soupira. Il avait peut-être eu tort de rejeter en bloc tout ce que Sara avait dit, et quelques précautions ne pouvaient pas faire de mal. Pour être sûr de ne pas foncer tête baissée dans un piège, pour commencer, il garerait sa voiture assez loin de la maison et finirait le trajet à pied. Cela lui permettrait d'effectuer une petite opération de reconnaissance préalable.

Il pensa à son pistolet, resté dans le tiroir de sa table de nuit… Il ne l'avait pas emporté parce qu'il jugeait impossible que son frère veuille sa mort, mais peut-être Ted avait-il été manipulé par le véritable tueur ?

Il songea à retourner chercher son arme… Il avait cependant deux raisons de ne pas le faire. Premièrement, il était presque arrivé à destination. Deuxièmement, Sara était chez lui, et il n'avait aucune envie de reparler de tout ça avec elle.

Mais était-ce parce qu'il refusait toujours de croire à son histoire, ou parce qu'elle avait maintenant des chances de le convaincre qu'elle disait la vérité ?

Il était monté dans sa voiture, plein de certitudes… Plus Willow Lane se rapprochait, moins il en avait.

Le souvenir de sa conversation avec Sara acheva de le

perturber : il lui avait adressé des mots très durs, qu'elle risquait de ne jamais lui pardonner…

A supposer qu'ils soient injustes, ce qui restait tout de même à prouver.

Sara sauta dans sa voiture et s'engagea dans le chemin qui menait à la nationale 144. Jack avait dix minutes d'avance sur elle. A moins de rouler à toute allure, elle ne pourrait pas le rattraper, et il ne fallait pas qu'elle se fasse arrêter pour excès de vitesse : le contrôle de ses papiers et l'établissement de la contravention prendraient tellement de temps qu'elle arriverait ensuite trop tard pour sauver Jack.

Jack…

Un sanglot lui secoua les épaules, et ses yeux s'embuèrent de larmes. Elle battit des paupières pour les refouler. Ce n'était pas le moment de pleurer : si sa vue se brouillait, elle aurait un accident, et Jack n'aurait alors plus aucune chance de survivre. Elle l'avait perdu une fois… Maintenant, ses révélations à propos de son voyage dans le temps avaient apparemment brisé leur relation, mais elle pouvait encore le sauver…

A condition de ne pas gâcher l'avantage que lui donnait sa connaissance des lieux où Jack se rendait. Elle devait élaborer une stratégie et, même si cela l'ennuyait de l'admettre, peut-être le meilleur plan consistait-il à appeler la police.

Mais un doute s'insinua soudain dans son esprit : et si elle s'était trompée ? Si le coup de téléphone de Ted Morgan était parfaitement innocent ?

La première fois, en effet, elle connaissait Jack depuis un mois quand il avait été assassiné. Et, là, elle le connaissait depuis à peine une semaine.

*
* *

L'après-midi touchait à sa fin quand Jack tourna dans Willow Lane. Il ralentit et observa les alentours. La plupart des maisons qui bordaient cette petite route avaient presque un siècle, et d'autres, plus anciennes, étaient en cours de démolition. Jack passa devant l'entrée de la propriété d'où Ted l'avait appelé. La grande allée qui menait à l'habitation elle-même ne permettait pas de bien la voir depuis la route, mais il lui sembla apercevoir la voiture de son frère garée devant.

Conformément à la décision qu'il avait prise pendant le trajet, Jack continua à rouler. Au bout d'une centaine de mètres, il trouva un endroit où l'accotement était assez large pour qu'il y laisse sa voiture.

Une zone boisée s'étendait en contrebas et, au lieu de se diriger vers la maison par la route, il choisit de le faire à travers bois. Une approche par l'arrière rendrait son arrivée plus discrète et lui donnerait le temps de tâter le terrain.

Les broussailles qui poussaient sous les arbres ralentirent cependant considérablement sa progression, et d'autant plus qu'il s'efforçait de faire le moins de bruit possible. Il finit même par regretter sa décision, mais il avait alors déjà parcouru la moitié du chemin… Continuer d'avancer ne serait ni plus ni moins difficile que revenir en arrière.

Lorsqu'il fut enfin parvenu à la hauteur de la maison, il s'arrêta. Une étendue d'herbe sauvage large d'une vingtaine de mètres l'en séparait, et il l'observa depuis la lisière des arbres.

C'était une construction à un étage et de forme rectangulaire, faite de parpaings enduits de stuc. Les fenêtres étaient petites, et aucune lumière ne brillait derrière malgré le jour déclinant.

Bizarre…

Jack sortit son portable de sa poche et composa le

numéro de son frère. Il tomba sur le répondeur, ce qui l'obligea à choisir entre se diriger vers la maison et partir.

Ses hésitations ne durèrent pas longtemps : il avait trop envie d'en avoir le cœur net pour battre en retraite maintenant. Alors, aussi vite que sa mauvaise jambe le lui permettait, il traversa l'étendue d'herbe et s'approcha de l'une des fenêtres du rez-de-chaussée.

A travers la vitre sale, il vit son frère assis sur une chaise, la tête baissée, dans un angle de ce qui devait être le séjour. Ted ne bougeait pas. Etait-il malade ? Avait-il pris de la drogue ? Etait-ce la raison de son coup de téléphone ?

Jack avait pensé entrer par l'arrière, pour bénéficier de l'effet de surprise, mais, si Ted avait juste appelé parce qu'il ne se sentait pas bien, ce n'était plus nécessaire. Il contourna donc le bâtiment et trouva la porte principale entrebâillée. Elle s'ouvrait directement sur le séjour. Au moment où Jack franchissait le seuil, Ted leva la tête et, l'air terrifié, ordonna silencieusement : « Va-t'en ! »

Le temps pour Jack d'avancer de quelques pas et de se rendre compte que son frère avait les mains liées derrière le dos, il était trop tard : quelque chose de froid et de dur s'enfonça dans le creux de ses reins, et une voix lui ordonna :

— Les mains en l'air ! Lentement !

19

A l'approche de sa destination, Sara ralentit. Elle reconnut la voiture de Ted Morgan, garée au bout de l'allée qui menait à la maison.

La vue de la Lexus stationnée sur l'accotement, à une centaine de mètres de là, lui fit pousser un petit soupir de soulagement. Jack ne s'était pas précipité dans la gueule du loup : il avait pris quelques précautions, c'était déjà ça.

Elle s'arrêta derrière la Lexus, puis sortit de son sac la carte que Montgomery lui avait donnée et composa le numéro inscrit dessus — son portable était resté branché pendant plusieurs heures sur le chargeur de la voiture et il était maintenant utilisable. Elle craignait de tomber sur un répondeur, mais le policier décrocha dès la deuxième sonnerie.

— Lieutenant Montgomery…

— Sara Carter, à l'appareil.

— Oui ? Que puis-je faire pour vous ?

— Je sais que vous nous soupçonnez de vous cacher quelque chose, Jack Morgan et moi, et vous avez raison. Je n'ai pas le temps d'entrer dans les détails, mais quelqu'un l'a attiré dans une maison inhabitée pour le supprimer. Elle se trouve au 463, Willow Lane. Je viens d'y arriver, et…

— Qui l'a attiré là-bas ?

— Son frère. Il faut maintenant que j'aille l'empêcher de tuer Jack.

— Non ! s'exclama le policier. C'est beaucoup trop dangereux !

— Je n'ai pas le choix.

— Si. Attendez-moi !

— Il n'en est pas question !

Sur ces mots, Sara raccrocha, mit l'appareil dans sa poche, coinça le pistolet de Jack dans la ceinture de son pantalon et descendit de voiture. La façon la plus sûre de s'approcher de la maison sans être vue consistait à passer par les bois situés en contrebas de la route. Elle alla y jeter un coup d'œil, les trouva très touffus et préféra prendre le chemin le plus direct. De toute façon, il commençait à faire sombre.

L'allée qui menait à la maison était bordée d'arbres. Sara s'y engagea et la remonta en se glissant de tronc en tronc. Arrivée au bout, elle s'immobilisa et calcula ses chances de franchir sans être repérée la pelouse mal entretenue qui s'étendait devant la maison. La traverser en courant serait le plus rapide mais, si quelqu'un regardait par la fenêtre à ce moment-là, il la verrait forcément. Ramper serait moins risqué, mais prendrait beaucoup plus de temps, et elle devait partir de l'hypothèse que Jack avait un besoin urgent de son aide.

— A Dieu vat ! marmonna-t-elle avant de s'élancer.

Elle atteignit la maison sans encombre, se plaqua contre la façade et attendit d'avoir repris son souffle pour s'approcher d'une fenêtre.

Un coup d'œil prudent lui montra Jack debout dans le séjour, les mains en l'air. Il lui tournait le dos, et un autre homme, un peu sur le côté, pointait le canon d'un pistolet sur lui. Elle vit ensuite Jack sortir son portable de sa poche et le poser sur une table avant d'aller s'asseoir sur une chaise, près de son frère.

Jugeant trop dangereux d'entrer par la porte principale, Sara décida de gagner l'arrière de la maison. Elle s'y rendit le dos courbé pour que sa tête ne dépasse pas le niveau des fenêtres, et tourna doucement la poignée de la porte du jardin. A son grand soulagement, il lui suffit de pousser le battant pour qu'il s'ouvre. Le tueur avait dû la déverrouiller pour s'assurer une fuite rapide en cas de besoin.

Sara pénétra dans un couloir étroit et sombre. Elle le longea sur la pointe des pieds et le dos collé au mur, car il débouchait sur une arcade qui donnait directement sur le séjour. Elle s'arrêta un peu avant et attendit pour échafauder un plan d'action de savoir ce qui se passait exactement — notamment quel rôle jouait Ted dans l'histoire, et donc si c'était à un ou à deux adversaires que Jack et elle avaient affaire.

Assis près de son frère, Jack tentait d'analyser la situation à la lumière de ce qu'il venait de découvrir : l'homme qui lui avait enfoncé le canon d'un pistolet dans le creux des reins était Dick MacDonald, le courtier et conseiller financier de son père.

— Qu'attendez-vous de nous, Dick ? demanda-t-il.

Pas de réponse.

— Il m'a obligé à t'appeler, dit Ted.

— Pourquoi ?

— Il a volé une grosse somme d'argent à l'entreprise pour réaliser des investissements qu'il pensait lucratifs, mais l'effondrement de la Bourse lui a fait tout perdre.

— Il a vraiment volé cet argent, ou tu l'as autorisé à le prendre ?

— Bon, c'est vrai, j'étais au courant. Il m'avait convaincu qu'il rembourserait toute la somme, assortie de gros intérêts, dès qu'il aurait revendu les actions, mais leur valeur, au lieu de monter, a dégringolé.

— Vous vous êtes donc tous les deux retrouvés avec un sérieux problème sur les bras…

— L'idée ne venait pas de moi, au départ ! s'écria Ted. Et j'ai sommé Dick de remettre l'argent dans les caisses de la société avant que quelqu'un ne s'aperçoive de sa disparition, mais il n'en a pas les moyens.

Le regard de Jack alla de son frère à MacDonald.

— Et qu'ai-je à voir là-dedans ?

— Rien, déclara Ted. Mais ta démission de l'armée et ton entrée dans l'entreprise ont inquiété Dick. Te connaissant, il savait que tu n'accepterais aucun compromis, que tu le dénoncerais dès que tu aurais découvert le pot aux roses.

— Papa est au courant ?

— Non.

— Autre chose… C'est toi qui as changé le mot de passe du système informatique de la société, sans me prévenir ?

— Oui, mais sur l'ordre de Dick. Il m'a dit que ça lui donnerait plus de temps pour rembourser l'argent.

Jack reporta son attention sur MacDonald.

— Vous avez engagé un certain Tucker Swinton pour m'assassiner dans une rue d'Ellicott City. Est-ce vous, aussi, qui avez retiré la plaque du puits, le soir de la réception chez mes parents, dans l'espoir que je tomberais dedans en me promenant dans le parc ?

— Quoi ? s'écria Ted.

MacDonald l'ignora.

— Oui, dit-il à Jack. Et c'était moi, la nuit dernière, dans les locaux de Morgan Enterprises… Moi, aujourd'hui, dans la maison que ton frère a visitée… Et j'ai également réussi à implanter dans l'esprit de ton père l'idée que ton expérience afghane t'avait mis la tête à l'envers et que tu pourrais bien être en train de dilapider l'argent de la société.

— D'où son refus de répondre à mes questions…

— Hé oui !

A en juger par son expression atterrée, Ted découvrait

seulement l'ampleur de la perfidie du courtier. Mais avait-il vraiment été naïf au point de croire qu'une fois Jack arrivé MacDonald se contenterait de les menacer tous les deux et les laisserait ensuite partir ?

Non, s'il leur parlait de façon aussi détaillée de ses récents agissements — et Ted devait à présent l'avoir compris —, c'est parce qu'il n'avait pas l'intention de les laisser sortir vivants de cette maison.

Peut-être y avait-il tout de même moyen de gagner du temps, de retarder l'inévitable en espérant un miracle ?

— Pam Reynolds, la responsable de l'agence immobilière, est votre complice ? demanda Jack.

— Pas au vrai sens du terme, mais j'ai pu grâce à elle avoir l'œil sur la propriété qu'elle voulait vendre à Ted.

— Et, maintenant, que va-t-il se passer ?

— Ça ne m'amuse pas, mais il faut que je vous supprime tous les deux.

C'était la confirmation de ce que Jack avait compris, et il se dit alors qu'il n'avait rien à perdre à tenter de neutraliser MacDonald. Mais il devait être rapide, et espérer que sa mauvaise jambe ne le trahirait pas.

Les yeux fixés sur l'homme qui avait odieusement abusé de la confiance placée en lui par des gens qui le considéraient comme un proche, Jack lança :

— Il va être difficile de faire passer ma mort et celle de mon frère pour un accident !

Sara écoutait de toutes ses oreilles la conversation entre les frères Morgan et Dick MacDonald, le conseiller financier de leur père. C'était un escroc doublé d'un beau parleur, puisqu'il avait convaincu Ted de le laisser piocher dans les caisses de l'entreprise familiale…

Il fallait le mettre hors d'état de nuire avant qu'il ne

tue Jack et Ted mais, pour cela, elle avait besoin de faire diversion.

C'est alors qu'elle se rappela avoir vu Jack poser son portable sur une table.

Elle sortit le sien de sa poche, mais les mots que MacDonald prononça à ce moment la figèrent sur place.

Le sourire qui naquit sur le visage de son interlocuteur surprit Jack.

— Je ne compte pas faire passer ta mort et celle de ton frère pour un accident. Je vais m'arranger pour qu'on pense que c'est l'œuvre de ta petite amie. C'est la suspecte idéale, non ?

— Laissez Sara en dehors de ça ! s'écria Jack d'un ton terrifié.

— Non ! Elle n'avait qu'à pas se mêler de mes affaires ! s'exclama Dick. Comment a-t-elle compris que tu courais un danger, d'ailleurs ?

Jack haussa les épaules comme s'il l'ignorait, mais il croyait bien savoir d'où était venue la perspicacité de Sara.

— Elle doit être plus maligne que toi, tout simplement ! reprit MacDonald. Ou alors tu es d'une nature trop confiante.

La certitude qu'aucun membre de sa famille ne pouvait chercher à le tuer était en effet une preuve de confiance, songea Jack, mais une confiance justifiée, et non excessive…

S'il avait accordé la même à Sara, s'il n'avait pas été aussi sûr qu'elle mentait ou qu'elle était folle, le drame qui s'annonçait aurait été évité.

Même s'il avait encore du mal à croire à cette histoire de voyage dans le temps, il devait bien reconnaître que Sara avait prédit ce qui était en train de se passer. Elle n'avait certes pas évoqué la mort de Ted, mais cela pouvait faire partie des changements par rapport à la « première fois » dont elle avait parlé.

Jack en était là de ses réflexions lorsque son portable sonna. Tous les regards se dirigèrent vers la table sur laquelle l'appareil était posé, et Sara surgit alors dans la pièce, un pistolet à la main. MacDonald, qui l'avait sans doute aperçue du coin de l'œil, se tourna vivement vers elle et leva son arme…

Sara appuya la première sur la détente et toucha MacDonald à l'épaule. Il poussa une sorte de rugissement, tira dans sa direction, mais elle était déjà repartie se cacher dans le couloir. Jack bondit alors de sa chaise et, voyant le courtier braquer son pistolet sur lui, il s'accroupit, l'attrapa par les jambes et le fit tomber à la renverse.

Ils atterrirent ensemble sur le sol, mais MacDonald n'avait pas lâché son arme, et il tenta désespérément de mettre son bras en position de tir. Jack réussit à immobiliser ce bras juste avant que le coup ne parte. La balle passa à quelques centimètres de la chaise de Ted, qui poussa un hurlement de frayeur. Les mains toujours attachées dans le dos, il se leva et s'éloigna de l'endroit où l'empoignade se poursuivait.

Les bruits qui s'échappaient du séjour y ramenèrent Sara. Elle vit Jack et MacDonald se battre pour la possession du pistolet, mais ils luttaient corps à corps, si bien qu'elle ne pouvait pas tirer sans risquer d'atteindre la mauvaise personne.

Maintenant debout, Ted semblait plus enclin à s'esquiver qu'à venir en aide à son frère, et Sara lui ordonna :

— Restez où vous êtes !

Après avoir coincé son arme dans la ceinture de son pantalon, elle contourna les combattants, souleva la chaise la plus proche et l'abattit sur la tête de MacDonald.

Il poussa un cri, puis ne bougea plus. Jack lui prit son pistolet, roula sur lui-même et se redressa.

— Ça va ? lui demanda Sara.

— Oui.

Elle récupéra son arme, la pointa sur MacDonald, et Jack fit de même avec la sienne. Si le misérable se réveillait, il serait ainsi doublement dissuadé d'essayer de s'enfuir.

Ce fut ce moment que Montgomery choisit pour s'encadrer dans la porte, pistolet au poing.

— Police ! Posez vos armes !

Sara hésita mais, voyant Jack obéir, elle l'imita.

— L'homme que nous tenions en joue a volé de l'argent à Morgan Enterprises, expliqua Jack au lieutenant. Il craignait que je ne le démasque et le dénonce. C'est pour ça qu'il a tenté de nous tuer, Sara et moi.

— C'est vrai, déclara Ted. Il m'a obligé à faire venir mon frère ici.

— Et Sara m'a suivi, indiqua ce dernier.

— On va tâcher de tirer cette affaire au clair, dit le policier, mais au commissariat, où vous allez tous m'accompagner !

Rien dans sa voix ou sur son visage ne permettait de savoir s'il croyait ou non à leur version de l'histoire.

— MacDonald, lui, va devoir passer par la case hôpital, indiqua Jack en montrant la tache rouge qui s'élargissait sur l'épaule du courtier, toujours inconscient.

Montgomery appela une ambulance et deux véhicules de police. La première emmena le blessé, sous bonne garde, à l'hôpital du comté de Howard, tandis que Ted, Jack et Sara faisaient chacun dans une voiture différente le trajet jusqu'au commissariat d'Ellicott City, où ils furent interrogés séparément.

Cette fois, Sara et Jack n'avaient plus rien à cacher — si ce n'est l'histoire du voyage dans le temps. Montgomery eut donc droit au récit complet de leurs aventures et, deux heures plus tard, après que Ted eut confirmé le vol de l'argent, ils furent autorisés à quitter les locaux de la police.

— Nos voitures sont restées dans Willow Lane, rappela Jack au lieutenant.

— Je vais vous emmener les récupérer, déclara le sergent Robards.

Sara monta à l'avant de son véhicule, Jack, à l'arrière, et elle se demanda ce qui se passerait quand ils seraient seuls. Ils ne l'avaient pas été depuis qu'il lui avait pratiquement ordonné de quitter sa maison, et elle ne savait pas s'il la croyait toujours folle à lier.

Le policier les déposa près de leurs voitures et, lorsqu'il fut reparti, un lourd silence s'installa entre eux.

Ce fut Jack qui le rompit.

— Il faut qu'on parle, mais pas ici… Allons chez moi !

Doutant de pouvoir prononcer un mot tant elle avait la gorge nouée, Sara se contenta de hocher la tête, et ils effectuèrent le trajet l'un derrière l'autre.

Le pouls de Sara s'accéléra à mesure que leur destination se rapprochait, et son cœur lui sembla au bord de l'implosion quand Jack la fit entrer dans la maison, puis se tourna vers elle, le visage grave. Il prit alors la parole, et elle dut faire un gros effort de concentration pour comprendre ce qu'il disait.

— J'ai été odieux avec toi. Pourras-tu jamais me le pardonner ?

D'émotion, elle se mit à trembler, et ses yeux se remplirent de larmes. Jack la souleva dans ses bras et la porta jusqu'au canapé, où il s'assit et l'installa sur ses genoux.

— Je suis désolé de ne pas t'avoir crue, murmura-t-il. Je ne suis qu'un idiot !

— Non, tu n'as rien d'un idiot, parvint-elle finalement à répondre. Personne, à ta place, n'aurait ajouté foi à une histoire aussi singulière. Je ne comptais pas te la raconter mais, quand tu as insisté pour aller rejoindre ton frère, je n'ai pas trouvé d'autre moyen d'essayer au moins de t'en empêcher.

— Oui, je le sais maintenant… Et tu m'as suivi, au péril de ta vie…

— J'avais pour mission de te sauver. Si je n'avais pas tout fait pour y arriver, je n'aurais pas été digne du cadeau que représentait la possibilité de changer nos destins.

— Je t'ai arrêtée, tout à l'heure, quand tu as parlé de ton accident sur le chemin de la maternité… Que s'est-il passé ensuite ?

— Tu me crois, alors, c'est bien vrai ?

— Oui, parce que les faits t'ont donné raison, et aussi… parce que je t'aime. Je n'en avais pas conscience jusqu'à aujourd'hui, mais la peur que j'ai eue de ne plus jamais te revoir m'a ouvert les yeux.

— Oh ! Jack…

Sara se serra contre lui, le cœur inondé de bonheur, puis elle quitta ses genoux et s'assit près de lui de façon à pouvoir le regarder tout en parlant.

— Je vais remonter un peu plus haut dans le temps… La première fois, nous nous connaissions depuis un mois quand tu as été tué. Comme je te l'ai dit, je me suis alors aperçue que j'étais enceinte de toi…

— Comment mes parents ont-ils réagi ?

— Ça ne va pas te plaire…

— Peu importe ! Je t'écoute !

— Quand je leur ai annoncé ma grossesse, ils m'ont d'abord accusée de mentir. Ensuite, ils m'ont dit que je cherchais uniquement à leur extorquer de l'argent, que je devais prouver ta paternité au moyen d'un test ADN et porter l'affaire devant les tribunaux. J'ai eu peur alors qu'ils n'essaient de me prendre le bébé, et j'ai renoncé à leur demander quoi que ce soit.

Jack poussa un petit grognement.

— Je comprends, maintenant, pourquoi tu te méfiais

d'eux ! Et ça n'a sûrement pas été facile pour toi de faire comme si tu ne les connaissais pas.

— Non. J'en viens maintenant à l'accident qui aurait dû m'être fatal… On m'a donné une deuxième chance, et je me suis brusquement retrouvée devant la maison que Pam espérait vendre à ton frère. Il m'a fallu un moment pour mettre de l'ordre dans mes idées, mais j'ai fini par comprendre que j'étais revenue dix mois en arrière, au jour où nous nous étions rencontrés.

Sara ne quittait pas Jack des yeux, craignant de voir apparaître sur son visage une expression d'incrédulité, mais il la fixait d'un air grave, sans le moindre signe de scepticisme.

— Tout se passant d'abord comme la fois d'avant, poursuivit-elle, je me suis dit que je pourrais anticiper les événements, et les prévenir en cas de besoin. Et ça s'est vérifié le premier soir : comme je m'attendais à une tentative de meurtre contre toi à la sortie du restaurant, j'ai réagi assez vite pour la faire échouer. Mais le lendemain, contrairement à la première fois, la photo de ton agresseur se trouvait parmi celles qu'on nous a montrées au commissariat.

— Tu as eu peur, alors, de perdre le contrôle des événements ?

— Oui, et donc de ne pas pouvoir te sauver.

— Mais tu n'as pas renoncé pour autant ?

— Non.

— Tu as dû te sentir très seule !

Mieux encore que des mots, ce témoignage de compassion prouva à Sara que Jack la croyait.

— Oui, terriblement seule… Je détestais être obligée de te mentir pour expliquer certaines de mes réactions, certains de mes propos… Il m'a fallu inventer un fiancé décédé, par exemple…

— Il n'était pas plus réel que la diseuse de bonne aventure de Washington ?

— Non. Je suis désolée, Jack…

— Tu n'avais pas le choix !

— Non, pas vraiment, mais j'ai eu beau faire, tu as dû souvent te demander si je n'avais pas l'esprit un peu dérangé !

— Pas « souvent », mais quelquefois, je l'avoue… Comment aurais-je pu me douter que tu venais tout droit de l'avenir ? Mais je remercie le ciel de t'avoir donné — de *nous* avoir donné — une deuxième chance !

Jack se pencha vers Sara et l'embrassa tendrement, puis avec une ardeur grandissante. Au bout d'un moment, il murmura sans presque désunir leurs lèvres :

— On va continuer dans la chambre ?

— Hmm…

— A propos de ce bébé… Tu crois être déjà enceinte ?

— Il est encore trop tôt pour le savoir.

— Dans le doute, il vaudrait peut-être mieux prendre des précautions, alors. Pour ne pas être surpris, dans neuf mois, par une tempête de neige sur le chemin de la maternité. Un accouchement au printemps me paraît moins risqué… Mais, si c'est une naissance en hiver qui nous attend, je serai au moins là pour te conduire à l'hôpital.

— J'espère bien ! s'exclama Sara en riant.

Ce fut ensuite sans cesser d'échanger caresses et baisers qu'ils se rendirent dans la chambre. Là, ils se déshabillèrent l'un l'autre, si bien qu'un désir impérieux les habitait déjà quand ils s'étendirent sur le lit. Jack prit tout de même le temps de sortir un préservatif du tiroir de sa table de nuit. Sara l'aida à le mettre, ses mains tremblant d'impatience, avant de lui tendre les bras.

Ils firent ensuite l'amour avec plus de passion encore que les fois précédentes, et ils atteignirent l'extase dans un même cri de bonheur.

Comblés, ils restèrent un long moment immobiles, à écouter leurs cœurs battre à l'unisson, puis Jack s'allongea près de Sara et dit en la serrant contre lui :

— Jamais je ne te remercierai assez de m'avoir sauvé la vie.

— Inutile de me remercier : j'y ai gagné l'avenir que je voulais — celui que je vais passer avec toi, quoi que tu décides de faire.

— Avoir frôlé la mort m'a permis de comprendre que j'avais commis une grave erreur en essayant de m'adapter aux exigences de l'entreprise familiale. Je vais la quitter. Il m'est désormais impossible de travailler aux côtés de mon frère, de toute façon.

— Tu ne comptes pas dire à ton père qu'il a laissé MacDonald piquer dans la caisse ?

— Non. Si mon père l'apprend, ce ne sera pas par moi. Et, maintenant que Ted sait que je suis au courant de cette première… faiblesse, il sera obligé de se tenir à carreau.

— Et l'argent volé ?

— Il faut faire une croix dessus. J'espère seulement que la société en a encore assez pour me racheter mes parts. Ensuite, je commencerai à développer mon projet de centre pour enfants handicapés.

— Bravo ! Passer d'un monde des affaires que tu détestes à cette noble cause est exactement ce qu'il te faut !

— C'est toi qui m'as donné l'impulsion dont j'avais besoin pour changer de voie.

— Tu l'aurais fait même sans moi.

— Tu crois ?

— Oui. Tu es profondément humain, et tu aurais fini par te rendre compte que jamais tu ne pourrais t'épanouir si tu restais dans l'entreprise familiale.

Sara prit la main de Jack, entrelaça leurs doigts et reprit :

— J'ai beaucoup de chance. Ma vie aurait dû s'achever

en bas d'une pente enneigée, dans la collision de ma voiture avec un pick-up…

— Tu as heureusement eu le courage de te battre pour changer ton destin.

— Il le fallait.

Les yeux dans les siens, Jack déclara gravement :

— J'ai failli mourir aujourd'hui. C'est toi qui m'as sauvé, et jamais je ne l'oublierai.

Epilogue

Une violente douleur au ventre arracha un grognement sourd à Sara Morgan-Carter et lui fit agripper des deux mains le bord de son siège.

— Ça va aller ? demanda Jack, assis au volant du 4x4.

— Oui.

Les contractions devenaient de plus en plus intenses et rapprochées, mais tout se passait différemment de la première fois : il avait suffi, une demi-heure plus tôt, d'un coup de téléphone à son obstétricien pour l'informer qu'elle était en train de perdre les eaux. Il lui avait dit de venir tout de suite à l'hôpital.

La valise avec les affaires dont elle aurait besoin pendant son séjour à la maternité était déjà prête. Jack l'avait posée sur la banquette arrière de la voiture, il avait aidé Sara à s'installer sur le siège passager et, avant de se mettre en route, il était allé fermer à clé la porte de leur domicile de Willow Lane. Une maison moderne et confortable, mais de taille raisonnable, avait remplacé celle où il avait frôlé la mort et, de là, il pouvait superviser la construction de son centre pour enfants handicapés.

Sara lui sourit, et il lui rendit son sourire. Aujourd'hui plus que jamais, elle mesurait le contraste entre la réalité présente et la situation qu'elle avait vécue la première fois.

Une semaine après l'arrestation de Dick MacDonald, Jack et elle avaient quitté le comté de Howard pour aller se marier à Reno, dans le Nevada. Au retour, Jack s'était rendu chez ses parents pour leur annoncer la nouvelle. Il avait insisté pour que Sara l'accompagne, et elle s'y était résolue, mais avec beaucoup d'appréhension.

Ils savaient cependant qu'elle avait sauvé la vie à leurs deux fils, et sans doute avaient-ils également été soulagés d'apprendre, lors de cette même visite, que Jack renonçait à partager avec son frère la future direction de Morgan Enterprises.

Parce qu'ils ne voyaient plus Sara comme une intrigante, mais comme une femme amoureuse de leur fils aîné et follement aimée de lui, les parents de Jack avaient fini par la considérer vraiment comme leur belle-fille, et l'annonce de sa grossesse les avait ravis. Elle attendait un garçon, comme la première fois, et Jack avait approuvé son choix de prénom : leur fils s'appellerait Daniel.

Pour tenter de se justifier, Dick MacDonald avait révélé que Ted était au courant de ce qu'il qualifiait de « simple emprunt ». Bill Morgan avait dûment chapitré son fils cadet, mais fait passer l'argent disparu sur le compte des pertes et profits.

Sara pensait que cette histoire avait servi de leçon à son beau-frère, car aucun autre incident n'était intervenu depuis dans sa gestion des affaires de l'entreprise familiale. Elle ne serait jamais proche de lui, parce qu'ils n'avaient pas du tout les mêmes valeurs. Leurs relations n'en demeuraient pas moins courtoises.

Une nouvelle contraction la ramena à la situation présente, et elle serra les dents en attendant que la vague de douleur cesse. Une autre s'annonça peu de temps après, puis une autre… Heureusement, l'hôpital n'était plus très loin.

— Nous y voilà ! dit Jack quand ils arrivèrent devant l'entrée.

Il y avait du soulagement dans sa voix, et Sara partageait ce sentiment : bien que la saison soit différente, la perspective de ce trajet l'avait tourmentée.

Jack l'accompagna à l'intérieur, puis il alla garer le 4x4. Quand il revint, elle avait été installée dans l'une des salles de naissance. Il avait assisté avec elle aux cours de préparation à l'accouchement, parce qu'il voulait participer à chaque phase de sa grossesse, et aussi, elle le savait, pour que cette grossesse soit pour elle aussi différente que possible de la première.

Pendant tout le temps que dura le travail, Jack resta à son côté. Il lui massa le dos, l'aida à mettre en pratique les exercices de respiration effectués pendant les cours, renouvela autant de fois qu'il le fallait le linge imbibé d'eau froide posé sur son front pour la rafraîchir, lui dit combien il l'aimait…

Et, quand l'obstétricien annonça l'arrivée imminente du bébé, Jack alla le rejoindre au pied de la table pour accueillir son fils.

— Poussez ! ordonna le médecin.

Sara prit une profonde inspiration et poussa de toutes ses forces. Une fois, deux fois…

— Je vois la tête ! Allez, un dernier effort !

Un vagissement parvint aux oreilles de Sara avant même que le bébé soit complètement sorti.

— Il est parfait ! s'écria Jack deux secondes plus tard. Je peux couper le cordon ?

— Bien sûr ! répondit l'obstétricien.

Daniel fut ensuite lavé, pesé, enveloppé dans une couverture et posé sur la poitrine de Sara. Jack tira une chaise près d'eux, et elle vit ses yeux se remplir de larmes.

— Tu as été formidable, déclara-t-il d'une voix étranglée.

— Toi aussi.

— Je pense que les choses ont été *légèrement* plus dures pour toi !

— Sans doute, mais elles l'auraient été cent fois plus si tu n'avais pas été là.

— Grâce à ce que tu as fait, je serai toujours là, murmura-t-il en se penchant pour l'embrasser sur le front.

Caressant d'une main les cheveux de son mari, et de l'autre la petite tête ronde de leur enfant, Sara sourit.

Elle avait réussi à sauver l'homme de sa vie et, aujourd'hui, elle en était magnifiquement récompensée.

CYNTHIA EDEN

Le sceau du mensonge

BLACK ROSE

HARLEQUIN

Titre original : SECRETS

Traduction française de HERVE PERNETTE

83-85, boulevard Vincent-Auriol, 75646 PARIS CEDEX 13.
Service Lectrices — Tél. : 01 45 82 47 47
www.harlequin.fr

Prologue

Il l'avait sauvée de l'enfer.

Jennifer se retourna et posa les yeux sur l'homme allongé à côté d'elle. Assoupi, il semblait calme, innocent, mais les apparences étaient trompeuses.

Brodie McGuire était tout sauf un homme calme et innocent. C'était un soldat d'élite, froid et impitoyable.

Elle avait perdu tout espoir d'être sauvée, ses ravisseurs étaient certains qu'elle ne leur échapperait pas. C'est alors que Brodie avait surgi.

Elle lui passa le bout du doigt sur la joue. Ce petit contact suffit à lui faire ouvrir les yeux. Immédiatement, il fut en alerte, complètement réveillé.

Il était entièrement nu. Tout comme elle. Après le sauvetage, une fois qu'ils s'étaient retrouvés en lieu sûr, l'adrénaline et la peur s'étaient muées en un désir dont l'intensité l'avait surprise.

Il n'avait pas cherché à la séduire, n'avait pas tiré avantage de la situation. Au contraire, c'était elle qui avait voulu l'embrasser, vivre un moment de plaisir pour chasser la terreur qui l'avait accompagnée trop longtemps.

Brodie la dévisagea intensément, comme s'il cherchait à mémoriser ses traits.

Après tout, c'était normal. Elle non plus ne souhaitait pas l'oublier.

— Merci, lui dit-elle à voix basse.

Il haussa des sourcils interrogateurs.

— De m'avoir sauvé la vie, précisa-t-elle. Je pensais vraiment que ma dernière heure était arrivée.

Elle portait encore sur les poignets la brûlure de ses liens. Elle s'efforça de lui sourire.

— Et je suis vraiment heureuse que ce soit toi qu'on ait envoyé me délivrer.

Elle lui était plus que reconnaissante, mais elle n'avait pas les mots pour exprimer l'ampleur de sa gratitude.

Sans lui, je serais morte.

— Ton père ne t'aurait pas abandonnée, déclara Brodie d'une voix où perçait un léger accent du Texas. Il a fait des pieds et des mains pour que mon équipe soit assignée à cette affaire.

— Mon père ? demanda-t-elle d'une voix neutre.

Elle savait ne pas montrer son trouble. Il y avait bien longtemps qu'elle avait appris à jouer son rôle. Sinon, elle n'aurait pas survécu toutes ces années.

— Oui. C'est parce que ton père est un magnat du pétrole qu'on t'a enlevée. Tes ravisseurs espéraient toucher une très grosse rançon en échange de ta libération.

Non, il se trompait. Les hommes qui l'avaient enlevée avaient pour unique projet de la tuer. Mais elle ne pouvait pas lui dire la vérité.

Elle se pencha en avant et l'embrassa.

— Merci, répéta-t-elle.

Il referma les bras autour d'elle et l'attira à lui. Des bras puissants, fermes et rassurants, trois adjectifs qui décrivaient d'ailleurs très bien Brodie, songea Jennifer. Elle aurait sincèrement aimé rester là avec lui et oublier le reste. Au moins pendant un moment.

Hélas, c'était impossible. Tandis qu'elle se faisait cette réflexion, des bruits de pas résonnèrent à l'extérieur.

D'instinct, elle voulut se redresser.

— Tout va bien, lui assura Brodie.

Il se leva et enfila ses vêtements jetés au bas du lit.

— Ce sont mes hommes.

Ses hommes, se répéta Jennifer. Certes, mais ils ne pouvaient quand même pas la voir nue ! Elle attrapa ses vêtements et s'habilla aussi vite que possible. Quand elle se retourna, Brodie était prêt et affichait une allure professionnelle. Impossible de deviner qu'il venait de passer la nuit à lui faire passionnément l'amour.

Il se dirigea vers la porte et l'ouvrit, et elle remarqua qu'il portait une arme à la ceinture. Des hommes pénétrèrent dans la maison sécurisée. Ils se déplaçaient avec le même mélange d'assurance et de prudence que Brodie, sans faire de bruit.

— Mademoiselle Wesley, un hélicoptère vous attend, déclara l'un d'eux, aux cheveux blonds coupés court et aux yeux d'un bleu pénétrant. Dans moins de une heure, vous serez dans l'avion qui vous ramènera chez vous.

Chez moi. En fait, elle n'avait pas de chez elle.

Elle tourna les yeux vers Brodie.

— Vous prenez cet hélicoptère avec moi ?

Elle en avait envie car, avec lui, elle se sentait en sécurité.

Brodie secoua la tête.

— Non. Je dois rester ici pour boucler la mission. C'est vous qui retrouvez la liberté, pas moi.

Les autres les regardaient en silence. Percevaient-ils ce lien intime entre eux ? s'interrogea Jennifer.

Non, impossible, souviens-toi que tu as appris à dissimuler tes émotions.

Elle alla se poster à côté de Brodie, se mit sur la pointe des pieds et lui chuchota à l'oreille :

— Est-ce que je te reverrai ?

— Avec un peu de chance, non, répondit-il. Fais en sorte de ne plus jamais te faire enlever.

Ne plus jamais se faire kidnapper ? Non, elle ne pouvait lui faire cette promesse. Visiblement, il ignorait dans quel monde elle vivait.

Elle l'observa de la tête aux pieds. Lentement. Elle ne l'oublierait pas de sitôt. Certainement pas.

Elle se dirigea vers la porte.

— Je… je suis sûr que votre père sera heureux de vous revoir, lança Brodie derrière elle.

Elle tourna la tête et lui adressa un léger sourire.

— Oui, je ne doute pas qu'il sera soulagé.

Ce serait pourtant un miracle puisque son père n'était plus de ce monde.

Elle suivit les collègues de Brodie et quitta la maison.

Jamais elle n'aurait cru rencontrer un homme comme Brodie.

Hélas, il ignorait qui elle était réellement.

1

Six ans plus tard…

Un fantôme venait de franchir la porte de son bureau. Brodie en secoua la tête d'incrédulité. Car, d'habitude, c'était en rêve qu'il voyait cette femme.

Pourtant, elle se tenait là, devant lui, en chair et en os, dans les locaux de McGuire Securities. Elle, qu'il imaginait vivant très loin, avec…

— Nous avons un rendez-vous imprévu et j'espérais que tu pourrais t'en charger, déclara Grant, son frère aîné. Brodie, je te présente Jennifer…

— Wesley, coupa Brodie en se levant d'un bond.

Grant haussa les sourcils de surprise.

— Vous vous connaissez ?

Oui, ils se connaissaient. Intimement, même.

— Eh bien alors ce sera encore plus simple, reprit Grant avec un sourire. Mademoiselle Wesley, je vous laisse entre les mains expertes de mon frère.

Puis, après une seconde d'hésitation, il quitta la pièce.

Il ferma la porte et, soudain, Brodie se retrouva seul en compagnie de la femme qui hantait ses rêves depuis plusieurs années.

Il se retint de tendre le bras pour la toucher et s'assurer qu'elle était bien réelle.

— Il y avait longtemps, mademoiselle Wesley, dit-il avec un calme qui le surprit.

Elle partit d'un petit rire musical. Quand ils s'étaient rencontrés, il ne l'avait pas entendue rire. Elle était bien trop effrayée.

— En fait, je craignais un peu que tu ne te souviennes pas de moi, confia-t-elle. Mais, puisque apparemment tu ne m'as pas oubliée, je suis soulagée… Et je crois que tu peux éviter de m'appeler Mlle Wesley.

Elle s'avança vers lui et passa les bras autour de son cou.

Il ne put s'empêcher de lui rendre son accolade et sentit son doux parfum de lavande. Elle semblait faite pour qu'il la tienne contre lui. Six ans plus tôt, il s'était dit la même chose.

Jennifer recula d'un pas pour le contempler.

— Tu n'as pas changé. Après tout ce temps, tu es toujours le même.

Pourtant, il avait beaucoup changé. A l'intérieur, en tout cas.

Il trouva la force de lâcher Jennifer, même s'il avait envie de la serrer encore contre lui.

Ça non plus, ça n'a pas changé.

Après la nuit qu'ils avaient passée ensemble, il avait eu le désir de la tenir dans ses bras pour le restant de ses jours. Mais il était alors en mission, et il devait rester dans son rôle.

Il poussa un petit soupir et la détailla du regard. Elle avait d'immenses yeux noirs en forme d'amande et de longs cils envoûtants. Ses cheveux lisses tombaient sur ses épaules, sa peau était soyeuse et arborait un beau teint hâlé.

Elle avait les pommettes hautes, les lèvres pleines.

Evidemment qu'il ne l'avait pas oubliée. Six ans… six ans qu'elle hantait sa mémoire.

— Tu es toujours aussi belle, murmura-t-il avec émotion.

De nouveau, elle lui sourit.

— Tu n'as pas perdu tes bonnes manières, Brodie.

Elle s'exprimait sans accent, mais elle venait du Sud, il le savait. Ce détail était mentionné dans le dossier qu'on lui avait transmis à l'époque.

Il la contempla encore quelques secondes.

— Pourquoi es-tu là, Jennifer ?

— Je te cherchais.

Il haussa les sourcils. *Eh bien, tu m'as trouvé.*

Elle se passa la langue sur les lèvres et jeta un regard en direction de la porte avant de le fixer de nouveau.

— J'ai besoin de toi.

Bien. Elle ne l'avait pas recherché en souvenir de leur nuit de passion.

Il s'assit sur le coin de son bureau et lui désigna une chaise.

— Assieds-toi et explique-moi ce qui t'arrive.

Mais, au lieu de s'asseoir, elle se mit à marcher de long en large.

— J'ai besoin d'être protégée.

— Contre quoi ? voulut-il savoir, aussitôt inquiet.

— Contre qui, plutôt. Je suis traquée. Et j'ai besoin de toi pour que la personne qui me poursuit ne s'en prenne pas à moi. Ne s'en prenne *plus* à moi, devrais-je plutôt dire.

Cette fois, Brodie fut réellement en alerte.

— Tu veux dire que tu as déjà été agressée ?

— Oui. Il y a trois mois, à La Nouvelle-Orléans. Un homme s'est glissé derrière moi dans une ruelle et m'a poignardée.

Elle porta la main à son côté.

— Mais j'ai réussi à lui échapper.

Il fut tellement choqué par ses propos qu'il se redressa, incapable de rester en place.

— Depuis cette terrible nuit, poursuivit-elle, j'ai en permanence la sensation d'être observée. Et, la semaine dernière, mon appartement a été incendié.

— Tu dois prévenir la police, répliqua-t-il. Le type qui en a après toi devrait déjà être derrière les barreaux.

— Encore faudrait-il qu'ils parviennent à mettre la main sur lui. Il est toujours dans la nature et je redoute qu'il ne s'en prenne encore une fois à moi. J'ai peur.

— Et ton père…

— Tu n'es pas au courant ? le coupa-t-elle en regardant par la fenêtre. Il est mort il y a deux ans. Un accident en mer alors qu'il était sur son yacht.

Mince.

— Je suis désolé.

Lui aussi avait perdu ses parents quelques années auparavant. Mais ils avaient été assassinés, pas victimes d'un accident.

C'était d'ailleurs pour cette raison que ses frères et lui avaient créé McGuire Securities. La police n'avait pas réussi à retrouver le ou les meurtriers, mais eux s'étaient fait le serment d'y parvenir.

— Au moment de la mort de mon père, reprit Jennifer, sa société était au bord de la faillite. Mais je t'assure que j'ai de quoi te payer. J'ai… besoin de ton aide, c'est tout. Tu es le seul en qui j'aie confiance.

La Nouvelle-Orléans et Austin n'étaient pas franchement deux villes voisines, songea Brodie.

— Tu as fait toute cette route pour venir me voir ?

Elle battit des paupières.

— Tu m'as déjà sauvé la vie et j'espérais que tu pourrais recommencer.

Il eut envie de la prendre dans ses bras, mais s'efforça de ne pas bouger.

— Si tu as besoin de moi, je m'occuperai de ton affaire.

— Merci, répondit-elle avec un soulagement évident.

Cette réaction le surprit.

— Tu pensais que je refuserais ?

— Trois autres agents privés l'ont déjà fait. Je suis

allée les voir juste après l'incendie de mon appartement mais, d'après eux, rien ne prouve qu'il y a un lien entre cet incendie et mon agression. Ça pourrait n'être qu'un mauvais concours de circonstances. Mais, moi, je sais que non. Quelqu'un me traque.

Brodie acquiesça.

— J'ai confiance en ton jugement.

Sa peur semblait fondée et il était prêt à passer le temps nécessaire pour déterminer qui en avait après elle et pourquoi.

— Merci.

Ce simple mot fit écho à la nuit qu'ils avaient partagée six ans plus tôt. Mais il n'avait jamais désiré sa gratitude. Il l'avait désirée, elle. Sans pouvoir se contrôler. Jennifer Wesley était la seule à avoir déclenché cela chez lui.

Il jeta un regard à la pendule au mur. Il était près de 19 heures.

— Si tu le souhaites, nous pouvons commencer à travailler sur cette affaire dès ce soir. Ou alors, on s'y met demain matin à la première heure.

Si elle préférait attendre le lendemain, se dit Brodie, il en profiterait pour se mettre en contact avec la police de La Nouvelle-Orléans et en apprendre davantage sur son agression ainsi que sur l'incendie.

Jennifer parut hésiter un instant, puis répondit :

— Demain. Ce sera bien.

— Si tu veux en parler maintenant, je t'assure que ça ne me dérange pas de rester, insista-t-il pour ne pas laisser planer d'ambiguïté.

— Demain, ça me va, répéta-t-elle avec un petit sourire. Car je sens que ce soir je vais me coucher tôt.

Il baissa les yeux sur ses pieds. Elle portait des sandales à talons hauts sexy. Elle avait des chevilles délicates, du vernis à ongles rouge vif.

— J'ai fait la route depuis La Nouvelle-Orléans dans la journée, expliqua-t-elle. Tu es mon dernier recours, Brodie.

Mais, d'abord, comment avait-elle appris que ses frères et lui s'étaient reconvertis dans le domaine de la sécurité privée ?

— Tu aurais pu m'appeler, dit-il au lieu de poser la question qui lui occupait l'esprit.

— Je me disais que j'aurais plus de chances de te convaincre de m'aider si je te rencontrais en personne. Et…

Il attendit qu'elle continue.

— J'avais besoin de m'éloigner de La Nouvelle-Orléans. Je te l'ai dit, je me sens traquée.

Elle prit une grande inspiration et ajouta :

— Mais demain je serai d'attaque. A quelle heure dois-je être là ?

Il n'avait pas envie de la laisser seule, même pour une nuit.

— 9 heures, ça t'irait ? lui proposa-t-il néanmoins.

— Parfait, dit-elle en se dirigeant vers la sortie. Alors à de…

— Tu veux aller manger un morceau ?

Elle s'arrêta net et tourna la tête pour le regarder.

Bon sang. Pourquoi avait-il autant de mal à se contrôler en sa présence ?

— Tu as dit que tu avais passé la journée sur la route, alors tu dois avoir faim. Que dirais-tu de dîner avec moi, en souvenir du bon vieux temps ?

Elle rosit légèrement.

— Dans le bon vieux temps, comme tu dis, je ne me souviens pas qu'on ait dîné.

Non, en effet. Ils avaient affronté le danger puis succombé à la passion.

A présent, le danger était de retour. Quant à la passion, il n'était pas interdit de rêver.

— Je te propose un dîner et rien d'autre, Jennifer. Nous avons tous les deux besoin de manger.

Il s'empressa de fermer son ordinateur puis l'invita à quitter son bureau.

Maintes fois, il avait pensé à elle, imaginant qu'elle s'était mariée avec un riche homme d'affaires que lui aurait présenté son père.

Mais son père était mort. Et elle était orpheline de mère depuis l'enfance. Cela aussi, il l'avait lu dans le dossier.

Il l'observa : Jennifer semblait bien seule.

— Tu… n'as pas de petit ami ? lui demanda-t-il, incapable de se retenir.

— Non, répondit-elle en croisant son regard. Il n'y a personne dans ma vie.

Il en fut presque soulagé.

En silence, ils prirent l'ascenseur.

— J'ai appris pour tes parents, dit-elle soudain.

Il haussa les sourcils pour marquer son étonnement.

Jennifer poursuivit :

— Oui, en fait, je l'ai appris en cherchant des renseignements sur toi sur Internet. Je suis désolée, Brodie. Désolée de ce qui leur est arrivé.

Ouais. Le meurtre de ses parents avait fait la une de la presse du Texas et, évidemment, il ne fallait pas longtemps pour tomber sur ces articles via Internet.

— Est-ce que… tu sais qui les a tués ?

— Non mais, mes frères et moi, nous finirons par le découvrir. Nous sommes tout près d'aboutir.

Un instant, elle parut surprise par cet aveu.

— Tant mieux.

Les portes de l'ascenseur s'ouvrirent. Ils traversèrent le hall et quittèrent le bâtiment.

Brodie avait garé son SUV de l'autre côté de la rue et, par réflexe, il prit doucement Jennifer par le coude pour la faire traverser. Soudain, des phares les éblouirent et une voiture démarra dans un crissement de pneus.

Le véhicule leur fonçait dessus, réalisa Brodie. Jennifer

le tira par le bras, comme si elle aussi avait compris et voulait le mettre à l'abri. Ils se mirent à courir et évitèrent la voiture de quelques centimètres. C'était une grosse berline noire. Elle ne ralentit pas, tourna au premier carrefour et disparut dans la nuit.

Brodie lâcha un juron.

Ce malade a essayé de nous tuer !

— Tu as vu ? lui lança Jennifer d'une voix paniquée. Je te l'avais dit, on me traque !

Non seulement on la suivait, mais on voulait sa mort.

— Tu dors ici ?

Le ton de Brodie était clairement dubitatif, tandis que Jennifer sortait de la salle de bains, une serviette pressée contre le coude qu'elle s'était égratigné en se jetant sur le trottoir.

— Eh bien, étant donné que j'avais la clé de la chambre et que mes affaires sont là, tu as la réponse, répliqua-t-elle avec ironie.

Mais Brodie n'était manifestement pas d'humeur à plaisanter : il lui retourna un regard sombre.

— Je pensais que tu serais descendue dans un établissement plus luxueux avec un gardien à la porte qui ne laisserait pas entrer n'importe qui.

Manifestement, il la voyait toujours comme Jennifer Wesley, héritière d'une grande fortune. Ce qui était très loin de la réalité.

— A la mort de mon père, il n'y avait plus d'argent, précisa-t-elle.

D'une certaine façon, c'était la vérité. Et tant mieux, car elle détestait mentir à Brodie. Moins elle le faisait, mieux elle se portait.

— Et l'incendie de mon appartement n'a évidemment

rien arrangé, ajouta-t-elle. Alors, autant que possible, j'essaie d'économiser.

En outre, elle envisageait de plus en plus de devoir disparaître pour de bon. Si elle en arrivait là, elle aurait besoin d'argent liquide pour survivre.

— Tu es installée au premier étage, poursuivit Brodie d'un air contrarié. Et la fermeture de la fenêtre est cassée, dit-il en la pointant du doigt.

La fenêtre ne fermait plus ? Elle en eut une boule au ventre. Quand elle avait pris la chambre, elle fermait normalement. Elle s'en était assurée.

— N'importe qui pourrait entrer ici, reprit Brodie.

Elle se dirigea vers la fenêtre. Effectivement, le système de fermeture avait été forcé, ça ne faisait pas de doute.

— Je te jure qu'à mon arrivée la fenêtre était en bon état.

Il poussa un juron.

Depuis l'incident avec cette voiture, il bouillait de fureur. C'était évident. Ils n'avaient pas eu le temps de relever la plaque d'immatriculation, mais Brodie avait tout de suite identifié le modèle : une Mustang. Il avait appelé la police et parlé avec l'agent Shayne Townsend. C'était un ami qui n'hésiterait pas à l'aider, avait-il précisé à Jennifer.

— Est-ce qu'il manque quelque chose ? lui demanda-t-il en désignant son sac de voyage. Il faut vérifier.

Elle acquiesça, posa le sac sur le lit et commença à en sortir ses vêtements.

Cette fois, Brodie jura tellement fort qu'elle tressaillit. Ses vêtements avaient été lacérés au couteau. Et, parmi les affaires, il y avait une photo d'elle en noir et blanc, prise devant la cathédrale Saint-Louis, à La Nouvelle-Orléans. Sur le cliché, quelqu'un avait inscrit au marqueur rouge :

« Je sais. »

Elle ne toucha pas la photo, car ils devraient l'envoyer à la police pour analyse.

— Qu'est-ce qu'il sait ? lui demanda Brodie d'une voix pleine de colère.

— Je l'ignore.

Elle releva la tête et croisa son regard grave.

— Brodie…

— Tu viens avec moi !

Ce n'était pas une bonne idée, jugea-t-elle. Ou peut-être était-ce une trop bonne idée.

— Non, je vais seulement demander à changer de chambre. Nous allons remettre mes affaires à la police pour qu'ils puissent…

— Je vais demander à Townsend de venir ici avec son équipe d'analyse de scènes de crime. Si l'intrus a laissé des empreintes ou des traces ADN, ils les trouveront.

— Tu… tu lui fais confiance ?

Son expérience avec la police était pour le moins mitigée. A La Nouvelle-Orléans, les flics l'avaient presque soupçonnée d'avoir fait une crise de paranoïa après son agression.

— Shayne Townsend est un ami, assura Brodie. On peut compter sur lui. L'homme qui te poursuit surveille tes allées et venues, tu ne peux pas rester seule.

On l'avait apparemment suivie depuis La Nouvelle-Orléans. Cela signifiait-il que son agresseur avait été en permanence derrière elle ? Cette pensée la fit frissonner. Elle avait sincèrement cru qu'en quittant la Louisiane elle obtiendrait un peu de répit. Hélas, c'était peine perdue.

— Tu peux venir au ranch, proposa Brodie. Mes frères et moi, nous y avons installé un système de sécurité dernier cri. Je te promets que, là-bas, personne ne s'en prendra à toi.

Elle baissa les yeux sur son sac. Celui qui la poursuivait était en train de détruire sa vie.

— Il y a largement assez de place, ajouta Brodie. On ne sera pas… trop près l'un de l'autre.

A ces mots, Jennifer releva la tête.

Brodie soupira.

— Je veux te savoir en sécurité. Je te promets que je ne te toucherai pas.

La pensée qu'il pourrait tirer profit de la situation ne l'avait même pas effleurée.

— Viens avec moi, insista-t-il. Laisse-moi assurer ta sécurité.

Elle l'observa. Il faisait près d'un mètre quatre-vingt-dix, il était large d'épaules. Il dégageait une impression de force encore plus grande qu'à l'époque où elle l'avait rencontré.

Il était beau aussi. Malgré son imposante stature, ses yeux verts et les petites fossettes qui creusaient ses joues quand il souriait le faisaient paraître doux. Ce mélange la troublait infiniment.

Il représentait une menace pour elle, mais c'était aussi un homme qui ne l'abandonnerait jamais et lui permettrait de garder la vie sauve.

Même s'il ne connaissait pas tous ses secrets.

— Viens avec moi, répéta-t-il.

Elle acquiesça.

L'homme se retint de ricaner. Jennifer Wesley commettait une erreur fatale. Pensait-elle réellement que ce Brodie McGuire la protégerait ?

Elle se trompait.

Il l'avait dans son collimateur, il ne la laisserait pas disparaître.

Il n'y aurait pas d'échappatoire. Pas de pitié non plus.

Jennifer et Brodie McGuire étaient en train de quitter l'hôtel. Brodie se tenait juste à côté d'elle, comme à l'affût.

Sans doute ignorait-il tout de la véritable nature de Jennifer.

Il avait plutôt intérêt à se méfier. S'il ne faisait pas attention, lui aussi deviendrait une cible.

Tu n'as pas envie de mourir pour elle.

Car Brodie ne savait pas qui était vraiment la femme qu'il défendait. Ce n'était pas une pauvre petite innocente.

Jennifer Wesley était une tueuse de sang-froid.

2

Il avait amené Jennifer chez lui. Elle était en sécurité, il aurait dû être moins tendu. Pourtant, c'était l'inverse, songea Brodie.

Il avait appelé Shayne Townsend pour lui demander de passer la chambre d'hôtel au peigne fin.

Son frère Davis et lui avaient complètement rénové le ranch familial. Mais, parfois, la maison semblait hantée. A d'autres moments, elle paraissait au contraire beaucoup trop vide et morne.

Jennifer se tenait devant la cheminée et regardait autour d'elle en silence. Après la journée qu'elle venait de passer, elle était sans doute épuisée.

— La chambre d'amis est au bout du couloir, la seconde porte à droite, indiqua Brodie.

Il dormirait dans la chambre d'à côté, mais ne le précisa pas.

Elle tourna les yeux vers le couloir.

— Nous sommes tout seuls ?

Il entra un code sur le boîtier à côté de la porte pour activer le système d'alarme.

— Mon frère Davis vit également au ranch mais, en ce moment, il est en Caroline du Nord.

McGuire Securities n'avait pas mis longtemps à se tailler une solide réputation dans le milieu de la sécurité rapprochée, et il leur arrivait de plus en plus fréquemment d'être sollicités pour traiter des affaires en dehors du Texas.

Jennifer fit un pas en direction du couloir puis marqua une hésitation.

— Je suis désolée de dire cela, mais je meurs de faim.

En effet, avec tout cela, ils n'avaient pas eu le temps de dîner.

Jennifer sourit timidement.

— Est-ce possible de faire un détour par la cuisine ?

— Bien sûr, je peux te préparer un petit quelque chose, répondit-il avec empressement.

— Oh ! Ne te donne pas de mal pour moi.

Mais il la prit par la main pour la tirer vers la cuisine. Elle avait des doigts délicats et doux.

Arrivé dans la cuisine, il ouvrit le frigidaire qui, comme il s'y attendait, était plein. Ses frères y veillaient toujours.

— Un simple sandwich, ce sera très bien, déclara-t-elle. Après une telle journée, je ne suis même pas sûre d'avoir encore la force de me servir de couverts.

En un temps record, il confectionna deux sandwichs. Quand il lui tendit son assiette, elle lui adressa un sourire qui lui fit battre le cœur plus fort.

Elle devait être habituée à déguster des mets plus raffinés qu'un sandwich au jambon et, pourtant, lorsqu'ils s'installèrent au comptoir de la cuisine pour manger, elle semblait aux anges.

Il ne la quittait pas des yeux, et de nombreuses interrogations lui passaient en tête. Grâce à ses contacts dans la police, il allait rapidement recevoir les rapports sur l'agression de Jennifer et l'incendie de son appartement, mais elle pourrait éclaircir certains points pour lui.

Une question en particulier lui brûlait les lèvres.

Il attendit qu'elle termine son sandwich pour se lancer :

— Quel secret détiens-tu pour qu'un homme soit prêt à te tuer ?

Elle se figea, et la peur passa dans ses yeux.

— Je n'ai pas de secrets.

Mais, malgré sa voix assurée, son visage l'avait trahie.

— J'ai du mal à te croire.

Elle se leva et lui tourna le dos.

— Je ferais mieux d'aller dormir.

Il la suivit.

— Si tu veux que je t'aide, tu dois être honnête avec moi. Pourquoi ce type en a après toi ?

— Je n'en ai aucune idée, répliqua-t-elle sans le regarder.

— Dans ce cas, dis-moi ce que, selon toi, tout le monde ignore à ton sujet. Au moins, ça me donnera un point de départ.

Elle se retourna, comme si elle allait lui parler, mais finalement ne dit rien.

— Je finirai par tout découvrir, lui affirma-t-il d'une voix calme mais déterminée. Tôt ou tard. C'est mon métier.

De toute façon, si elle avait voulu le maintenir dans l'ignorance, elle ne serait pas venue le voir.

— Quelle est ta question, au juste ? lui lança-t-elle. Tu veux savoir si j'ai commis un délit ? C'est ça ? Tu penses que c'est pour cette raison qu'on me pourchasse ?

Il n'avait aucune idée de ce qu'elle avait pu faire, c'était bien là le problème…

— Celui qui te poursuit veut te tuer, c'est clair. Est-ce que tu as eu une relation qui s'est mal terminée ? Est-ce qu'un ancien amant pourrait…

— Avoir perdu la tête parce que je l'ai quitté ? Non, impossible.

— Tu en es vraiment sûre ? Souvent, on ne soupçonne pas la véritable nature des gens. Il arrive qu'on croie fréquenter quelqu'un de parfaitement équilibré et qu'au bout du compte on découvre s'être trompé.

Elle fit un pas en avant, se retrouvant à quelques centimètres de lui.

— Le plus dangereux de mes anciens amants, c'est toi.

Il ne répondit pas.

— Quant aux secrets que je dissimule, encore une fois, le seul, c'est sans doute toi. Personne ne sait que j'ai passé la nuit avec l'homme qui m'a sauvé la vie.

Cette nuit était gravée dans la mémoire de Brodie. Il se souvenait avoir découvert Jennifer ligotée sur une chaise, le regard empli de terreur. Son boulot consistait à la mettre à l'abri pendant que son équipe couvrait ses arrières, mais rien ne s'était passé comme prévu. Pour s'échapper, ils avaient dû affronter plus d'hommes qu'il ne l'aurait pensé. Ils étaient montés dans une jeep et avaient fui sous un feu nourri.

Ensuite, ils avaient trouvé refuge dans une maison sécurisée. Et là…

— Je n'aurais pas dû te toucher, murmura-t-il.

Elle éclata de rire.

— Ce n'était pas aussi simple. Car je voulais que tu me touches. Terriblement. Je parie que tu n'as pas eu conscience que j'ai vraiment frôlé la mort. Quand tu es intervenu, mes ravisseurs se préparaient à m'exécuter. Ils étaient allés chercher leurs armes et un caméscope pour filmer la scène.

Brodie secoua la tête. Jennifer se trompait, ses ravisseurs voulaient obtenir une rançon contre sa libération…

— Il ne me restait plus que quelques minutes à vivre, je le savais, reprit-elle. Et alors, tu es arrivé, et tout a basculé. Ce soir-là, je voulais partager un moment fort avec toi pour célébrer le fait d'être encore en vie. C'était aussi parce que c'était toi, ajouta-t-elle tout bas. Je ne pense pas qu'un autre homme aurait déclenché la même réaction chez moi.

Cet aveu le bouleversa.

— Fais attention, dit-il.

Ses yeux noirs s'agrandirent.

— Pourquoi ?

— Parce que nous sommes seuls et que j'ai toujours

autant envie de toi. Plus que de n'importe quelle autre femme.

— Je… je n'en avais pas conscience, répliqua-t-elle. Si je me souviens bien, le lendemain, tu ne m'as pas suppliée de rester avec toi.

Il en avait eu envie pourtant, mais n'en avait rien fait par sens du devoir.

— Tu es sûre qu'il n'y a pas un autre homme qui, lui, n'a pas supporté que tu le quittes ?

— Non, je n'ai eu personne dans ma vie depuis plus de un an.

Il en fut étonné. Une femme aussi attirante qu'elle ? Elle ne devait pourtant pas manquer de soupirants.

— Avant, j'ai connu d'autres hommes, confia-t-elle, mais j'ai du mal à croire que, soudain, l'un d'entre eux aurait décidé de me tuer par dépit amoureux. Dans la mesure du possible, j'essaie de fréquenter des hommes sains d'esprit, ajouta-t-elle avec un petit sourire.

Néanmoins, elle pouvait avoir sous-estimé ce que cachaient l'un ou l'autre, pensa Brodie. Car, si elle avait vraiment connu sa nature profonde à lui, elle l'aurait probablement repoussé cette fameuse nuit.

— Je te donnerai leurs noms, promit-elle. Mais je suis sûre qu'ils sont innocents.

Il repensa à la voiture qui leur avait foncé dessus. Il n'avait pas vu le conducteur.

— Lors de ton agression, est-ce que tu as vu le visage de celui qui t'a attaquée ?

— Il portait un masque de ski. Il faisait à peu près ta taille et était très musclé. C'était un homme blanc. Je le sais car, même s'il portait des gants, j'ai vu sa peau au niveau du poignet.

Il attendit qu'elle continue.

— Il m'a serrée contre lui et… enfin, tu sais ce qu'on

ressent quand on se retrouve contre quelqu'un dont on a partagé l'intimité.

Il se souvenait en tout cas parfaitement de ce qu'il avait éprouvé en la tenant dans ses bras.

— C'est une sensation qu'on n'oublie pas, reprit-elle. C'est pour ça que je suis persuadée que mon agresseur n'est pas un ancien amant.

Peut-être était-ce un homme qui aurait aimé partager son intimité, mais qu'elle avait repoussé, songea Brodie.

— Je veux que mon agresseur soit arrêté afin de recouvrer ma sérénité, soupira Jennifer. Je pensais être enfin parvenue à vivre en sécurité, jusqu'à cette agression.

Elle pensait être *enfin* parvenue à vivre en sécurité ?

Elle allait se détourner de lui, mais se ravisa.

— Est-ce qu'il t'arrive de te demander si… c'était vraiment aussi bon que dans notre souvenir ?

Ses paroles résonnèrent en lui.

Il baissa les yeux sur la bouche de Jennifer. Elle se passa la langue sur les lèvres.

— C'est l'adrénaline qui a rendu la nuit que nous avons passée ensemble si intense, n'est-ce pas ? Le fait que nous aurions pu tous les deux perdre la vie. Enfin, je n'imagine pas que nous pourrions de nouveau nous embrasser et…

— Qu'on ne puisse pas se retenir d'aller plus loin ?

Elle entrouvrit les lèvres.

Il avait furieusement envie de lui montrer qu'il n'était pas seulement le soldat implacable qu'elle avait connu. Mais jouer au gentleman n'était pas son fort.

— Oui, reconnut-elle. Qu'on ne puisse pas se retenir.

Un désir violent s'empara de lui.

— Tu ne devrais pas rester là.

Il avait déjà prononcé des paroles similaires. Quelques années plus tôt, à un autre endroit.

Elle se colla contre lui, tremblante.

— As-tu… quelqu'un dans ta vie ?

— Non, avoua-t-il.

— Moi non plus, tu le sais déjà, répliqua-t-elle en fixant ses lèvres. Mais ce n'est pas possible, ça ne pourrait pas être aussi bon que dans mon souvenir.

Combien de fois s'était-il fait la même réflexion ?

— Juste un baiser… pour s'en assurer ? suggéra-t-elle.

Il n'était pas certain de pouvoir se contenter d'un seul.

Il posa ses mains sur ses hanches.

— Tu aurais dû t'éloigner.

Il inclina la tête pour capturer ses lèvres, savoir enfin s'ils avaient idéalisé en rêve leur nuit de passion.

Leur baiser fut d'abord timide, hésitant, leurs bouches s'effleurèrent à peine. Puis elle entrouvrit davantage les lèvres, leur baiser se fit plus franc et…

Ils s'embrasèrent.

Elle referma les bras autour de ses épaules, faisant pénétrer ses ongles dans sa peau. Sa langue rencontra la sienne, ses pensées devinrent confuses.

Brodie poussa un gémissement de plaisir, plaqua Jennifer contre le mur et intensifia encore son baiser.

Tout était tel que dans son souvenir, un seul baiser avait suffi à le faire basculer, plus rien n'avait d'importance, tout ce qu'il voulait, c'était la posséder totalement.

A son tour, elle poussa un gémissement de plaisir, qui ne fit que renforcer la volonté de Brodie d'aller plus loin.

Mais…

Soudain, elle plaqua ses mains sur son torse pour le repousser.

Il trouva la volonté de relever la tête vers elle. Elle ouvrit les yeux et le fixa.

— Rien n'a changé, susurra-t-elle.

Non, elle se trompait, c'était encore meilleur, songea Brodie. Il était parfaitement conscient de se tenir au bord d'un précipice ; s'il ne se retenait pas, il tomberait et l'emporterait dans sa chute.

— Pourquoi est-ce si fort entre nous ?

— Je… je ne sais pas, bafouilla-t-elle.

Il ne pouvait même plus parler d'alchimie, ça allait bien au-delà de ça. S'il s'était écouté, il l'aurait prise par la main pour l'emmener dans sa chambre, mais…

Elle a un maniaque aux trousses. Elle a besoin d'être protégée, pas…

Bref, elle n'avait pas besoin de ce qu'il aurait voulu lui offrir.

Il prit une grande inspiration et posa les mains contre le mur derrière elle.

— Brodie ?

— Donne-moi une minute, répondit-il, encore enivré par leur baiser.

Il se redressa et recula d'un pas.

— La chambre d'amis, dit-il d'une voix rauque, est au bout du couloir. Seconde porte à droite.

Elle passa à côté de lui et se dirigea vers le couloir.

— La première porte…

Il n'aurait pas dû le lui préciser, mais ne put s'en empêcher :

— C'est ma chambre.

Le bruit des hauts talons de Jennifer résonna tandis qu'elle s'éloignait. Brodie serra les poings pour se retenir de la suivre.

Enfin, une porte se referma.

Il leva la tête vers la pendule accrochée au mur. Il était près de 1 heure du matin. A l'hôtel, ils avaient attendu l'arrivée de la police puis avaient passé du temps à répondre à leurs questions.

Jennifer avait besoin de repos, tout comme lui.

Mais, au lieu de dormir, il allait regretter qu'ils n'aient pas une fois de plus cédé au désir qui les dévorait.

Il attendit quelques minutes puis, enfin, traversa le couloir et entra dans sa chambre.

Peut-être allait-il prendre une douche froide avant de se coucher.

La porte de Brodie s'ouvrit, puis se referma dans un claquement sonore. Et le cœur de Jennifer se mit à battre un peu plus vite.

Elle avait failli se rendre dans sa chambre pour l'y attendre. Son attirance pour lui était extrêmement puissante. Elle pensait sincèrement qu'elle pourrait tempérer son désir. Mais, quand elle était avec Brodie, elle ne maîtrisait plus rien.

Posant les yeux sur le grand lit, elle commença à se déshabiller mais garda ses sous-vêtements, car elle n'avait pas de pyjama.

Elle se coucha et tira le drap sous son menton.

Elle était chez Brodie. Une maison dans laquelle il avait vécu d'immenses joies et connu le désespoir. Avant de venir le rencontrer, elle s'était renseignée pour s'assurer que c'était toujours l'homme qu'elle avait connu.

Cependant, il avait changé : son regard était en permanence teinté de tristesse, même s'il faisait manifestement de son mieux pour dissimuler ses émotions. Cependant, elle s'y connaissait en la matière, elle aussi avait appris à ne rien montrer.

Les parents de Brodie étaient morts dans cette maison. Ils avaient été assassinés peu de temps après l'intervention de Brodie pour la libérer, elle, de ses ravisseurs. Elle avait lu que, le jour de l'assassinat, la sœur cadette de Brodie se trouvait également au ranch, mais était parvenue à s'enfuir.

Certains articles allaient même jusqu'à suggérer qu'elle n'était peut-être pas aussi innocente qu'elle le prétendait.

Dans la pièce d'à côté, l'eau se mit à couler. Une image de Brodie nu sous la douche lui passa devant les yeux.

Jennifer se reprit : elle n'était pas venue le voir pour

renouer avec lui. Si par malheur il découvrait ce qu'elle lui cachait, il se sentirait trahi. Plus encore s'il se passait quelque chose entre eux.

Elle voulait éviter cela. Brodie McGuire était sa planche de salut. Un homme capable de la protéger dans les situations les plus extrêmes. Elle avait besoin de lui et de ses compétences pour garder la vie sauve et mettre un terme au cauchemar qu'elle traversait.

Il faisait fausse route quand il lui demandait si un de ses anciens amants pouvait lui en vouloir. Elle n'avait pas fréquenté beaucoup d'hommes, et aucun n'avait connaissance de ses secrets. Contrairement à celui qui la traquait.

Je sais.

La photo découverte dans ses bagages n'était pas anodine. Elle avait été prise juste après son ultime rencontre avec un représentant du gouvernement, le jour où elle avait définitivement dit au revoir à une vie qui ne lui appartenait pas entièrement.

Elle avait toujours redouté que cette vie ne précipite sa perte, mais jamais elle n'aurait pensé que cela se produirait précisément au moment où elle abandonnait cette existence faite de mensonges et d'illusions.

Hélas, la liberté avait un prix… Un prix qui pourrait bien s'avérer trop élevé pour elle.

Plusieurs heures plus tard, un léger bruit tira Jennifer de son sommeil. Le grincement de la porte.

Quelqu'un entrait dans sa chambre.

— Brodie ? chuchota-t-elle d'une voix incertaine.

Elle repoussa les couvertures et chercha à s'habituer à l'obscurité. Une large silhouette se dessinait dans l'encadrement de la porte.

Ce pouvait être Brodie, mais…

— Brodie ? demanda-t-elle de nouveau.

La silhouette parut faire non de la tête.

Il m'a retrouvée.

Si son agresseur avait réussi à désactiver le système d'alarme, qu'avait-il fait de Brodie ?

Jennifer se leva prestement, pleine de fureur et de terreur, et attrapa la lampe de chevet sur la table de nuit. Plutôt qu'appeler inutilement à l'aide, elle brandit la lampe et la lança sans hésiter en direction de la forme qui s'approchait d'elle.

L'homme poussa un cri de douleur, tandis que la lampe se brisait au sol. Jennifer en profita pour se jeter sur l'intrus et viser les points faibles, comme elle avait appris à le faire. Tandis qu'elle lui griffait le visage, elle chercha à lui envoyer son genou dans l'entrejambe.

Mais elle n'avait pas affaire à un novice. L'homme poussa un juron, lui saisit les poignets et la repoussa sans ménagement contre le mur. Toutefois, elle revint à la charge et s'apprêta à lui assener un coup de tête pour lui casser le nez.

— Jennifer ! s'exclama alors une voix.

La lumière s'alluma et Jennifer se figea, tournant les yeux vers la porte. Brodie se tenait à l'entrée de la chambre, vêtu d'un jean, torse nu, les yeux écarquillés.

— Mais qu'est-ce qui se passe ? demanda-t-il à l'homme qu'elle affrontait. Davis, laisse-la !

Davis ? Jennifer fixa son agresseur. Il ressemblait énormément à Brodie, il avait les mêmes yeux verts.

— J'essayais seulement d'en sortir vivant, se justifia celui-ci.

Il tourna son regard sur elle et reprit :

— Vous êtes calmée ? Vous me promettez de ne pas me jeter une autre lampe au visage ?

Elle ne se laissa pas démonter.

— Et vous, vous me promettez de ne plus vous glisser dans ma chambre en pleine nuit ?

Brodie s'interposa entre eux.

— Davis, qu'est-ce que tu fais là ?

Le dénommé Davis poussa un long soupir.

— Je suis arrivé en ville il y a à peine une heure, petit frère, et ça en fait plus de vingt-quatre que je n'ai pas dormi. Je comptais simplement me coucher pour récupérer.

— Ta chambre est de l'autre côté de la maison, objecta Brodie.

Davis lança à Jennifer un regard appréciateur.

— Ouais, mais apparemment on s'amuse plus de ce côté-ci.

Brodie prit un air excédé.

— Davis, arrête tout de suite, va dans ta chambre et couche-toi ! Et laisse-la tranquille.

Davis leva les mains en signe d'apaisement.

— C'est bon, du calme, j'ignorais que tu avais ramené une copine à la maison.

— Ce n'est pas ma copine, rétorqua Brodie.

Etrangement, à ces mots, Jennifer sentit son cœur se serrer. C'était pourtant la vérité. Mais Brodie allait-il révéler que…

— C'est une cliente, poursuivit-il. Elle est ici parce qu'elle est en danger. Elle a besoin qu'on la protège. Et, voir quelqu'un surgir dans sa chambre en pleine nuit, c'est la dernière chose qu'il lui faut.

Davis prit une expression plus conciliante.

— Je n'en savais rien. Je suis désolé, mademoiselle, je n'avais nullement l'intention de vous faire peur.

— Je…, fit-elle, sans trop savoir quoi dire.

— C'est bon, Davis, intervint Brodie, laisse-nous maintenant.

Davis obtempéra mais, avant de quitter la pièce, il lui adressa un dernier regard énigmatique, comme s'il se posait beaucoup de questions.

Une fois qu'il eut fermé la porte, Brodie se retourna vers Jennifer.

— Je suis désolé, mon frère jumeau peut parfois se montrer... difficile.

— J'ignorais que tu avais un frère qui te ressemblait à ce point.

Lors de ses recherches, elle avait appris qu'il avait un jumeau, mais les découvrir ensemble dans la même pièce était saisissant.

— Nous nous ressemblons extérieurement, mais c'est tout, dit-il avec un petit sourire. Moi, je suis le plus gentil des deux.

Etait-elle censée le croire ? Gentil n'était pas franchement le terme qui lui venait à l'esprit pour décrire Brodie.

Le regard de celui-ci descendit sur elle et elle réalisa qu'elle était en soutien-gorge et petite culotte.

Brodie déglutit visiblement, puis lui tourna le dos.

Jennifer s'empressa d'attraper son chemisier pour le passer. Mais, alors, Brodie la prit dans ses bras et l'immobilisa.

— Fais attention, tu as failli te couper.

Des débris de verre jonchaient le sol et elle était pieds nus.

Brodie continua de la tenir contre lui, même s'il aurait pu la lâcher.

Et elle n'avait pas la force de sortir de ses bras, elle s'y sentait trop bien.

— Et moi qui voulais que tu te sentes en sécurité ici, dit-il d'une voix dépitée. Je suis vraiment désolé que mon frère t'ait fait peur. Ça ne se reproduira plus.

Enfin, il la lâcha.

— Je vais nettoyer et...

Elle lui saisit la main.

— Tu sais ce qui m'a le plus effrayée ?

Il posa les yeux sur sa main avant de relever la tête.

— Je me disais que l'homme qui me traque devrait

d'abord se débarrasser de toi pour m'atteindre. Et j'ai eu très peur qu'il ne t'ait fait du mal.

Quand elle avait décidé de s'adresser à Brodie, elle n'avait pas songé à cela : elle risquait de l'exposer au danger. Sa peur l'avait aveuglée et elle s'était comportée en égoïste. Désormais, elle devait assumer.

Il lui posa la main sous le menton et lui releva la tête.

— Je suis un ancien soldat d'élite, je suis capable de me défendre.

Sur ce, il lui donna un léger baiser. Elle se laissa faire.

— Avec moi, tu seras toujours en sécurité, lui promit-il.

Puis il tourna les talons et quitta la chambre.

Elle en était convaincue : il ferait tout pour tenir sa promesse. Brodie était quelqu'un d'intègre et déterminé, c'était l'archétype du héros. Elle le savait, voilà pourquoi elle était venue à lui.

Mais…

Lui, serait-il en sécurité avec elle ?

Brodie referma derrière lui. Il marqua une pause.

Il était en colère contre son frère.

— Je pensais que tu resterais plus longtemps avec elle, déclara justement Davis depuis le bout du couloir.

Brodie lui retourna un regard noir.

— Tu n'étais pas censé aller te coucher ?

Davis désigna la porte de la chambre d'amis.

— C'est vraiment une cliente ?

Evidemment, c'était davantage que cela.

— Parce que j'ai remarqué comment tu la regardais, poursuivit Davis. Et il ne m'a pas échappé non plus que tu n'étais pas loin de m'envoyer un direct à la figure.

Davis ne s'était pas privé de reluquer Jennifer, pesta Brodie intérieurement. Tout le monde pensait que c'était lui, Brodie, le séducteur impénitent, ce qui était une injustice car, en la matière, son frère le battait haut la main.

— Laisse tomber, elle n'est pas pour toi, déclara Brodie en serrant les poings.

Davis inclina la tête.

— Tu veux la garder pour toi ? Mais alors pourquoi tu n'es pas avec elle en ce moment même ?

Brodie traversa le couloir pour aller se planter devant son frère.

— Ecoute, quelqu'un la traque et essaie de la tuer. Notre boulot, je dis bien *notre* boulot, c'est de la protéger. Compris ?

Davis acquiesça lentement.

— Tu sais que tu peux compter sur moi.

En effet, la fidélité de son frère envers lui était indéfectible. Il avait beau parfois lui porter sur les nerfs, Davis avait toute sa confiance.

Ensemble, ils avaient souffert et s'étaient battus pour que la famille n'éclate pas après la mort de leurs parents. Ils s'étaient engagés dans l'armée ensemble. Personne ne le connaissait mieux que Davis.

Son frère jumeau était au courant de tous ses secrets. Sauf un…

Je ne lui ai jamais parlé de Jennifer.

— Cette femme a suivi un entraînement spécifique, reprit Davis. Il s'en est fallu de peu qu'elle me mette K-O.

Brodie était bien placé pour le savoir : venir à bout de son frère en combat rapproché n'était pas à la portée du premier venu.

— Elle s'est jetée sur moi en ciblant les yeux, puis elle était prête à me casser le nez.

Brodie fronça les sourcils. Il avait toujours considéré Jennifer comme une jeune femme délicate et fragile.

— Et elle n'a pas poussé un seul cri de panique,

ajouta Davis tandis que Brodie s'éloignait. Elle a attaqué. Directement. Je dois dire que je suis admiratif.

Brodie tourna la tête vers la porte de Jennifer. Où diable une jeune femme issue de la haute société avait-elle pu apprendre à se battre aussi bien ?

Jennifer avait apparemment plus de secrets qu'elle ne voulait le reconnaître.

Songeur, Brodie retourna dans sa chambre et s'installa à son ordinateur. Il ouvrit ses mails. Il avait reçu les rapports sur l'agression et l'incendie de l'appartement de Jennifer. Il commença leur lecture…

L'homme plissa les yeux, tapi dans l'obscurité. Le système d'alarme du ranch était sophistiqué. Après la mort de leurs parents, les McGuire avaient souhaité en faire une forteresse et y étaient parvenus.

L'homme continua son observation, à la recherche d'un point de faiblesse qui lui permettrait d'atteindre sa proie, mais il semblait n'y en avoir aucun.

S'il ne parvenait pas à s'introduire dans le ranch, il lui faudrait changer de tactique.

Le moment était venu pour Brodie McGuire d'apprendre que Jennifer était une menace pour lui et sa famille, qu'en la protégeant il avait fait entrer le loup dans la bergerie.

Quand tu sauras qui elle est réellement, combien de temps te faudra-t-il pour la bannir de chez toi, Brodie McGuire ?

Il était impatient de le découvrir.

3

Jennifer n'arrivait pas à se rendormir.

Elle était trop agitée, trop tendue.

Brodie occupait tout l'espace de ses pensées.

Il n'imaginait pas ce qu'il représentait pour elle. Il était intervenu au moment le plus crucial, le plus dramatique, de son existence. Il avait été le sauveur qu'elle n'attendait plus.

Elle se leva. Les débris de la lampe brisée avaient été balayés et elle se dirigea sans bruit jusqu'à la porte.

Elle était consciente d'être potentiellement sur le point de faire une terrible erreur, mais elle n'en avait cure. Elle n'avait plus envie de jouer la prudence. Pas avec lui.

Elle sortit dans le couloir sur la pointe des pieds, alla jusqu'à la porte de Brodie et s'apprêta à y toquer. Elle inspira pour se donner du courage puis frappa un petit coup.

Quelques secondes plus tard, la porte s'ouvrit en grand.

— Ecoute, Davis, je n'ai pas envie de discuter de…

Brodie s'aperçut qu'il s'agissait d'elle et s'interrompit brusquement, bouche bée.

— Jennifer ? Qu'est-ce qui ne va pas ? Est-ce que mon frère est revenu t'importuner ? Je l'ai pourtant averti de te laisser tranquille.

Elle fit non de la tête.

— J'avais besoin de te voir.

Il parut décontenancé.

Elle n'avait pas envie d'avoir cette conversation sur le pas de la porte, au risque que Davis les surprenne.

— Je peux entrer ?

Il s'écarta pour la laisser passer puis referma derrière elle et enclencha le verrou.

— Jennifer, qu'est-ce qui se passe ?

— Je n'arrive pas à dormir.

— Bienvenue au club, répliqua-t-il en se passant la main dans les cheveux. Mais, euh, je doute que tu aies réellement envie d'être ici avec moi.

— Tu le crois vraiment ?

Pourtant, elle était précisément où elle le souhaitait.

— Tu es terriblement craquante dans ce T-shirt, tu sais, lui dit-il avec un geste d'impuissance.

Elle baissa les yeux. Après avoir fait quitter la chambre à Davis, Brodie lui avait apporté un T-shirt à lui. Bien sûr, il était beaucoup trop grand pour elle et lui tombait aux genoux.

Mais il portait son odeur. Peut-être était-ce pour cette raison qu'elle n'avait cessé de penser à lui.

Ou pour autre chose.

— Retourne dans ta chambre, Jennifer, lui conseilla-t-il d'une voix grave.

Elle ne bougea pas.

— Tout à l'heure, Brodie, tu me demandais pourquoi l'attirance était si forte entre nous.

Elle s'était posé la même question. Pourquoi leur suffisait-il de se toucher pour qu'un désir dévastateur s'empare d'eux ?

Mais peut-être feraient-ils mieux de cesser de se poser des questions et de laisser s'exprimer ce désir. Après tout, la vie était courte et les moments de pure extase trop rares pour s'en priver.

— J'ai envie de toi, lui avoua-t-elle. Quand on se touche, qu'on s'embrasse…

Les mots pour exprimer ce qu'elle ressentait la fuyaient.

Il s'approcha d'elle et lui caressa le visage.

Ce qu'elle éprouvait se passait de mots car, à voir la lueur dans ses yeux verts, la même passion l'animait.

Elle oublia ses craintes. La présence de Brodie était tellement rassurante que le danger paraissait immédiatement repoussé.

— Moi aussi, j'ai envie de toi, Jennifer.

Il inclina la tête pour l'embrasser.

Son baiser fut d'abord doux, presque timide, comme s'il redoutait de lui faire peur. Mais elle n'avait pas peur de son désir pour elle, ni de ce qu'elle éprouvait pour lui.

Elle posa les mains sur ses épaules pour l'inviter à se faire plus pressant.

Une onde de plaisir la traversa, son cœur se mit à battre très fort, elle se pressa contre lui.

Sans effort, il la souleva du sol et, tout en continuant de l'embrasser, la porta jusqu'à son lit. Il la déposa sur les draps et, d'un geste, lui ôta son T-shirt. Elle portait encore ses sous-vêtements et, pendant plusieurs secondes, il se contenta de la regarder. Il s'attarda sur ses seins, ses hanches, les yeux brillants.

— Tu es tellement belle.

Il prononça ces mots avec tant de solennité qu'elle en fut touchée.

Doucement, il passa les mains dans son dos et dégrafa son soutien-gorge. Il s'en débarrassa puis embrassa ses seins, faisant monter encore et encore son excitation.

Il fit descendre sa main sur son ventre.

A ce rythme-là, elle ne tiendrait pas longtemps tant le plaisir était fort.

— Brodie ! ne put-elle se retenir de crier.

Il releva la tête.

— Ça me plaît de t'entendre prononcer mon nom de cette façon, confia-t-il. Et ne t'inquiète pas, Davis est de l'autre côté de la maison, il ne peut pas t'entendre.

Il fit glisser ses lèvres sur son ventre, lentement, et

s'arrêta quand il atteignit la petite cicatrice sur le côté. La blessure au couteau.

— Je trouverai celui qui t'a fait ça. Il ne te touchera plus jamais.

Il y avait tellement de tendresse dans sa voix qu'elle en fut plus déstabilisée encore. Non seulement il embrasait ses sens, mais en plus il la touchait droit au cœur. C'était presque trop.

Elle passa les mains sur son torse puissant puis descendit pour atteindre le bouton de son jean. Elle le défit et descendit la fermeture Eclair.

— Viens vite, je n'en peux plus d'attendre, le supplia-t-elle.

Il lui ôta sa petite culotte, elle en fit de même avec son pantalon. A peine s'était-il penché sur elle qu'elle enroula les jambes autour de son dos pour l'accueillir. Il la fixa droit dans les yeux et la pénétra. Elle en cessa de respirer et eut envie de graver ce moment dans sa mémoire. Elle ne voulait plus ressentir que passion et plaisir, oubliant la peur.

Il se mit à aller et venir et, à chaque mouvement, ce qu'elle éprouvait était plus fort, plus intense.

Elle avait cru que ce qu'ils avaient vécu six ans auparavant était le summum, mais elle se trompait. Cette seconde fois était encore au-delà.

Quand elle atteignit l'orgasme, ce fut comme si elle entrait en fusion. Brodie s'immobilisa et prononça son nom, plusieurs fois. Puis il l'embrassa, encore et encore, et elle lui rendit ses baisers, dans une tentative désespérée de faire en sorte que le plaisir ne s'arrête plus jamais et que la douleur disparaisse.

Elle était tellement bouleversée qu'elle se mit à trembler.

Brodie releva la tête et lui sourit. Encore une fois, il y avait tant de douceur dans le sourire de cet homme qui pouvait pourtant se montrer implacable qu'elle fut émue aux larmes.

Il lui donna encore un petit baiser et elle oublia tout, ne s'adonnant qu'à la beauté de l'instant.

Jennifer ramassa son T-shirt par terre et se retourna. Brodie n'avait pas bougé. Elle aurait aimé rester avec lui jusqu'au matin, mais elle redoutait de lui avoir déjà donné beaucoup trop d'elle-même. Elle se sentait vulnérable et elle avait besoin de temps pour recouvrer ses repères.

Elle quitta la chambre sans faire de bruit mais, dans le couloir, les lattes du parquet craquèrent sous ses pas. Elle s'immobilisa, mais Brodie ne semblait pas avoir entendu.

Elle repartit vers sa chambre, referma derrière elle et s'aplatit contre la porte.

Une larme roula sur sa joue. Elle ne pouvait pas mener la vie d'une femme normale et cela lui pesait énormément. Mais comment faire autrement ?

Car aucun des hommes qu'elle avait rencontrés n'avait jamais su qui elle était vraiment. D'elle, ils ne connaissaient que l'image qu'elle leur avait présentée. Nul parmi ses amis ne connaissait sa véritable identité. Personne ne savait qui se cachait derrière le masque.

D'ailleurs, le savait-elle encore elle-même ?

Les lattes du parquet craquèrent et Brodie ouvrit les yeux.

Jennifer s'était enfuie.

Pourtant, elle avait paru le laisser faire, le laisser se rapprocher d'elle. Un pas en avant… dix en arrière.

Il roula de côté. Les draps portaient son parfum. Un doux parfum de lavande. Il avait encore la sensation de sa peau contre la sienne.

Pour le moment, il pouvait se permettre de la laisser

reprendre ses distances, car elle n'irait pas loin. Elle serait toujours chez lui, sous sa protection.

Les rayons du soleil s'immiscèrent par la fenêtre. Le jour s'était levé, observa Jennifer. Un petit coup fut alors frappé à sa porte. Cela faisait un moment qu'elle était réveillée, allongée dans son lit, à fixer le plafond et à se demander : que pouvait-elle révéler à Brodie ? Après une telle nuit, ce serait forcément différent entre eux. Il attendrait qu'elle lui donne des réponses. Des réponses qu'il méritait, d'ailleurs.

Elle s'empressa de passer ses vêtements. Elle prit une grande inspiration et ouvrit la porte.

J'ai remis mon masque en place.

— Bonjour ! lança Brodie d'une voix méfiante.

Elle tenta de lui retourner un sourire.

— Bonjour, répondit-elle sur un ton qui révélait trop son trouble.

Elle n'arrivait pas à être face à lui sans repenser à leurs ébats. Elle en avait encore des courbatures.

Il exhiba les vêtements qu'il tenait dans sa main.

— Je, euh… me suis dit que tu apprécierais de porter des vêtements propres.

Il avait des vêtements de femme chez lui ? Elle n'eut pas le cœur à les prendre. Pourquoi ? Eprouvait-elle de la jalousie ? Elle avait cru que ce qu'ils partageaient était unique, mais lui…

— Ce sont des vêtements de ma sœur, expliqua-t-il. Mais Ava vient très rarement ici, donc je ne pense pas qu'elle verra un inconvénient à ce que tu les empruntes. Vous faites à peu près la même taille, alors…

Il haussa les épaules.

— Je me disais qu'ils pourraient te plaire. Mais si tu n'en veux pas…

— Si, si !

Porter des vêtements propres lui ferait du bien. Et comme ils n'appartenaient pas à une conquête qui avait passé la nuit au ranch… Elle s'empara des vêtements.

— Merci beaucoup.

Il la fixa, parut sur le point de lui dire quelque chose, mais se ravisa.

Que veux-tu me dire, Brodie ? Je t'en prie, vas-y.

Elle attendit. De nombreuses idées lui passaient en tête et elle avait du mal à y mettre de l'ordre.

Il recula d'un pas.

— La salle de bains est à l'autre bout du couloir. Si tu veux, tu peux aller prendre une douche puis nous retrouver, Davis et moi, pour le petit déjeuner.

Davis. Bien.

Allaient-ils trouver un moment pour évoquer leur incartade ? Peut-être feraient-ils mieux de ne pas en parler du tout, finalement.

Elle n'avait jamais été très douée pour les lendemains de nuits passionnées. Alors, s'ils faisaient comme si rien ne s'était passé, ce ne serait pas plus mal.

— C'était encore mieux que dans mon souvenir, dit-il soudain.

Elle en rougit aussitôt.

— Oui, admit-elle.

— J'ai envie de recommencer très vite.

Elle éprouvait le même désir, c'était bien là le problème. Elle ne pouvait plus mettre son attirance pour lui sur le compte d'un trop-plein émotionnel ou d'une poussée d'adrénaline.

Elle avait envie de lui, c'était aussi simple que cela.

Mais, si elle n'y prenait pas garde, ce désir risquait de causer sa perte.

— Hier, c'est toi qui es venue à moi et, quand tu recommenceras, je serai là, lui promit-il.

Elle n'osa pas répondre, voulut refermer la porte. Il tendit le bras pour l'en empêcher.

— Encore une chose…

— Oui ? s'enquit-elle, légèrement inquiète.

— Je te désire comme je n'ai jamais désiré une femme auparavant. Il me suffit de te regarder pour me sentir irrésistiblement attiré. Mais je sens également que tu as des secrets pour moi.

Elle ne dit rien. Sans ces secrets, elle était fichue.

— Tu n'oserais pas me mentir, n'est-ce pas, Jennifer ?

Elle lui avait déjà menti et elle le referait. Elle n'avait pas le choix.

— Pourquoi cette question ?

Désormais, elle ne vibrait plus de désir, mais tremblait de peur. S'il découvrait la vérité sur elle, il risquait de la repousser.

— Eh bien, je prends conscience qu'avec toi il ne faut pas se fier aux apparences, dit-il en la fixant intensément. Tu ne dois rien me dissimuler, Jennifer. Sinon, je finirai par tout découvrir moi-même.

Il recula pour la laisser fermer la porte, puis remonta le couloir d'un pas sonore.

— Tu n'as pas été franc avec moi, lui lança Davis sur un ton de reproche.

Brodie, qui venait d'entrer dans la cuisine, haussa les sourcils.

C'est plutôt Jennifer qui n'est pas franche, songea-t-il.

— Maintenant que je suis là pour quelque temps, tu veux bien m'en dire un peu plus sur la femme qui vit chez nous ? Tu sais, la belle blonde qui se bat comme un ninja.

Brodie se versa une tasse de café.

— Elle s'appelle Jennifer Wesley et tu ferais mieux de ne pas la mater.

Davis plissa les yeux.

— Pourquoi ce nom me paraît-il familier ? J'ai l'impression de l'avoir déjà entendu.

Brodie pouvait répondre à cette question.

— Son père était un magnat du pétrole. Mais sa société a fait faillite et, ensuite, il est mort lors d'une sortie en mer.

Davis se passa la main sur la mâchoire, l'air perplexe.

— Cela ne me dit pas comment tu l'as connue. D'autant que j'ai remarqué comment tu la regardais.

— Quoi ? Je la regarde comment ?

— Comme s'il se passait un truc entre vous.

Brodie tourna brièvement la tête vers l'entrée pour s'assurer que Jennifer ne pouvait pas les entendre.

— C'est notre cliente. Pour nous, c'est ça l'important.

— Et elle n'a jamais été autre chose qu'une cliente ? Comment la jolie Mlle Wesley a-t-elle eu vent de notre existence ?

Brodie réfléchit avant de répondre.

— Il y a quelques années, j'ai pris part à une mission de sauvetage au Moyen-Orient. La fille d'un riche ressortissant américain avait été enlevée. Mais j'ai réussi à l'arracher à ses ravisseurs.

Il évita soigneusement d'entrer dans les détails. Mais Davis ne manquerait sans doute pas de comprendre entre les lignes.

— C'est parce que tu l'as sauvée qu'elle est revenue solliciter ton aide ?

En quelque sorte.

Au moment où il posait son mug de café, Jennifer fit son entrée, les cheveux encore humides, sans la moindre trace de maquillage. Elle était tellement belle ! Il eut le réflexe de faire un pas vers elle et dut se retenir pour rester où il était.

— Je suis un peu plus grande que votre sœur, indiqua-t-elle en baissant les yeux sur le pantalon qu'elle portait.

Ce jean moulant lui allait comme un gant.

— Moi, je le trouve bien, marmonna Davis en se levant pour reprendre du café.

Brodie lui donna un coup de coude. Il avait averti son frère de ne pas la regarder de trop près.

— Vous êtes sûrs qu'elle ne verra pas d'inconvénient à ce que je porte ses vêtements ? leur demanda Jennifer en se mordant la lèvre inférieure.

— Ava ne vient jamais, répondit Davis. Pour elle, ici, il n'y a que des mauvais souvenirs.

Jennifer prit une expression grave.

— Je suis désolée.

Brodie aussi se sentait désolé chaque fois qu'il repensait à la mort de ses parents. Ils avaient été assassinés alors qu'il se trouvait à l'autre bout du monde, et il ne savait même pas pourquoi. Mais, tôt ou tard, ses frères et lui découvriraient la vérité.

— Quels sont les projets pour aujourd'hui ? demanda Jennifer en regardant dehors. Même si je m'y trouve très bien, je ne peux pas indéfiniment passer mes journées au ranch.

Elle avait raison, jugea Brodie.

— L'homme qui me traque finira tôt ou tard par apprendre où je me cache, si ce n'est déjà fait, reprit Jennifer. Il m'a suivie depuis La Nouvelle-Orléans, il a pénétré dans ma chambre d'hôtel. Il me retrouvera, j'en suis sûre, et je ne veux pas vous mettre, vous et votre famille, en danger. Vous avez déjà suffisamment souffert.

— J'ai lu les rapports de la police de La Nouvelle-Orléans.

Elle eut un battement de cils et attendit qu'il continue.

— Tu t'es battue avec l'homme qui t'a attaquée dans une ruelle. Tu as déclaré lui avoir cassé le nez et être parvenue à t'enfuir.

Elle haussa les épaules, visiblement gênée.

— J'ai déclaré que je *pensais* lui avoir cassé le nez, précisa-t-elle.

Brodie fronça les sourcils.

— Par ailleurs, tu as oublié de me dire que, le jour de l'incendie de ton appartement, quand le feu a démarré, tu étais chez toi.

Quand il avait lu ce détail, une violente colère s'était emparée de lui. L'imaginer encerclée par les flammes, paniquée, lui était insupportable.

— Tu as réussi à t'échapper en sortant par une fenêtre de l'étage et en descendant par la gouttière.

Davis émit un sifflement laudatif.

— Joli.

— Non, répliqua-t-elle doucement, j'ai eu de la chance de m'en sortir. La gouttière était vieille et, à chaque mouvement, elle menaçait de rompre. Jusqu'au dernier moment, j'ai cru qu'elle allait céder et que j'allais chuter dans le vide. C'était un cauchemar.

Brodie ferma les yeux. Il s'en était fallu de peu. Trop peu.

— Mais je ne comprends pas où tu veux en venir, reprit Jennifer d'un ton plus véhément. Dois-je me sentir coupable d'avoir réussi à survivre ? Est-ce que j'aurais dû laisser ce type me tuer ?

Non.

— Si j'en crois le rapport de police, le type qui a mis le feu à ton appartement savait s'y prendre, ce n'était pas un travail d'amateur. Quant à l'agression dans la ruelle, c'est pareil : le type a choisi de t'attaquer dans un endroit isolé, il n'y avait pas de hasard.

Une idée le tracassait…

— Il t'a poignardée au niveau de l'abdomen, sans toucher d'organe vital.

— Heureusement pour moi, murmura Jennifer.

La chance n'avait probablement rien à y voir, estimait Brodie.

— Notre homme savait peut-être ce qu'il faisait…

Ses paroles furent accueillies par un long silence.

Peut-être qu'il voulait te blesser, mais pas te tuer, Jennifer. Du moins pas à ce moment-là.

Davis les regarda alternativement.

— Tu crois qu'un tueur à gages serait après elle ? Mais pourquoi ?

— Bonne question, répliqua Brodie.

Après avoir lu les rapports de police, il en était lui aussi persuadé : Jennifer n'était pas la cible d'un amant éconduit. Tout indiquait qu'ils avaient affaire à un homme méthodique, parfaitement conscient de ses actes. Mais pourquoi en avait-il après elle ?

— Si tu ne te montres pas honnête avec nous, nous allons avoir de gros ennuis, dit-il calmement à Jennifer.

Car il ne pouvait pas travailler dans le brouillard.

Elle paraissait de plus en plus mal à l'aise.

— Que sait le type qui te traque ?

Les mots griffonnés sur la photo dans son sac ne cessaient de lui revenir en tête.

— Je n'en ai aucune idée, prétendit Jennifer.

Devoir la soumettre à un véritable interrogatoire coûtait à Brodie. Mais elle était venue d'elle-même lui demander son aide, alors pourquoi s'obstinait-elle à ne pas tout lui dire ? Pourquoi le contraignait-elle à la pousser dans ses retranchements ?

— La photo que nous avons retrouvée a été prise devant la cathédrale Saint-Louis à La Nouvelle-Orléans.

Il avait traité quelques affaires là-bas et n'avait pas eu de mal à reconnaître le monument.

— Que faisais-tu quand cette photo a été prise ?

— Rien, je me… promenais.

Mensonge.

Il jeta un regard à son frère. Celui-ci avait une expression fermée et dure.

— Si nous ne savons pas contre qui ou contre quoi nous nous battons, nous ne pouvons pas t'aider, reprit-il.

Elle baissa les yeux.

— Au Moyen-Orient, Brodie, tu ignorais également à quel danger tu t'exposais. Tu ne savais pas combien d'hommes me retenaient, mais ça ne t'a pas empêché de tenter ta chance.

Parce qu'il était en mission et que tout devait être tenté pour la sauver. C'étaient les ordres. En outre, il pensait connaître les risques encourus. Il avait appris trop tard que ses infos étaient erronées.

— Jennifer…

Il fut interrompu par la sonnerie de son téléphone. Il le sortit de sa poche, mais ne reconnut pas le numéro qui s'affichait à l'écran. Il faillit rejeter l'appel, mais…

Ce pouvait être un nouveau client. Quelqu'un aux abois qui avait besoin d'aide en urgence.

De plus, Jennifer lui tournait le dos pour se servir une assiette d'œufs brouillés.

Il décrocha.

— McGuire.

— Elle vous ment, déclara une voix grave. Ne croyez pas un seul de ses propos.

— Qui êtes-vous ?

— Son père n'est pas mort en mer dans un accident…

Le regard de Brodie était rivé sur le dos de Jennifer.

— Elle l'a tué.

Jennifer ?

— Elle vous manipule.

Il avait au bout du fil l'homme qui pourchassait Jennifer, il en était sûr.

— Ecoutez-moi bien : je vais vous retrouver et vous envoyer en taule.

Jennifer fit volte-face et le fixa avec de grands yeux ébahis.

— Pourquoi vous ne lui demandez pas ce qu'elle sait du meurtre de vos parents ? Pourquoi connaît-elle si bien votre ranch ?

— Espèce de…

Il avait raccroché.

— Brodie ?

Jennifer posa son assiette et s'avança vers lui.

Il s'empressa de recomposer le numéro qui venait de l'appeler, mais le téléphone sonna dans le vide. Il eut une idée. Il appela Mac, son autre frère.

— Mac ? Tu m'entends ? Non, écoute, je me fiche que tu sois à peine réveillé. J'ai besoin que tu recherches à qui appartient un numéro de téléphone. Je veux connaître sans délai l'identité du propriétaire, alors au boulot !

Il raccrocha. Il était tellement furieux qu'il en tremblait. D'autant plus que cet homme avait fait allusion à ses parents.

— C'était lui ? lui demanda Jennifer. Il t'a appelé ?

Brodie acquiesça d'un signe de tête.

— Il tente de me retourner contre toi.

C'était le procédé le plus vieux du monde, il le connaissait par cœur.

— Il m'a raconté que tu avais tué ton père et…

Elle détourna le regard.

— Que tu avais des infos sur la mort de mes parents.

Evidemment, tout n'était que mensonges. Comment aurait-il pu en être autrement ?

Davis s'approcha d'eux.

— Il t'a sorti ça ?

Brodie observait Jennifer. Elle avait pâli et évitait son regard.

— Jennifer… c'étaient des bobards, n'est-ce pas ?

Son téléphone sonna de nouveau. Mac le rappelait. Il décrocha.

— Mac, dis-moi que tu…

— Le numéro appartient à une certaine Jennifer Wesley. Tu sais qui c'est ?

Il la fixa.

— Oui, je la connais.

— J'ai également demandé qu'on procède à une géolocalisation du téléphone, reprit Mac. Comme tu semblais avoir besoin d'urgence des infos, j'ai considéré que ce ne serait pas inutile. Et il se trouve que la personne qui t'a appelé est tout près.

— Tout près, c'est-à-dire ?

— Dans un rayon de cinq kilomètres autour du ranch.

Il nous a suivis.

— As-tu besoin de moi ? lui demanda Mac. Si tu veux, je peux me mettre en route dans deux minutes.

— Entendu. Si j'ai besoin de toi, je te rappelle. Merci.

— Quand tu veux. A bientôt.

Brodie raccrocha et rangea son téléphone. Jennifer l'interrogeait du regard.

— Quand tu t'es échappée de chez toi le jour de l'incendie, tu as laissé ton téléphone ?

Elle acquiesça.

— Ce type l'a récupéré. Et maintenant il est là, tout près, à jouer avec nous.

Il devait se cacher dans les parages pour observer les allées et venues au ranch, estima Brodie. Il fallait le surprendre.

— Ne bougez pas d'ici, je vais l'avoir, lança-t-il.

Il sortit de la maison et se dirigea vers l'écurie. Si jamais, en ce moment même, on les épiait, il ne fallait pas alerter ce type, mais le prendre sur le vif.

Brodie commença à seller son cheval.

Des pas résonnèrent derrière lui et il se retourna. Jennifer se tenait à l'entrée de l'écurie.

— Tu comptes partir à sa recherche ?

— Oui. Sans attendre.

— Mais tu es sûr qu'il est aussi près ?

Suffisamment pour les surveiller. Toutefois, il n'avait pas déclenché le système d'alarme. Du moins pas encore.

— Il ne me verra pas arriver, assura Brodie à Jennifer.

Leur adversaire surveillait certainement l'unique route d'accès au ranch et s'attendrait à voir surgir une voiture. Voilà pourquoi Brodie allait partir à cheval.

— Je dois tenter de le retrouver maintenant, ajouta-t-il. Après, ce sera trop tard.

Jennifer tourna la tête vers les box.

— Je viens avec toi.

C'était hors de question.

— Non, reste avec Davis. Avec lui, tu ne risques rien.

Elle ne l'écoutait pas et se dirigeait vers le box le plus proche.

— Cela fait des mois que cet homme me fait vivre dans la peur. Je refuse de rester sans rien faire et de te laisser risquer ta vie pour moi.

A l'entendre, c'était elle qui lui servirait de renfort.

— Tu sais monter à cheval, au moins ?

Elle lui jeta un regard vexé.

— Je parie que je monte mieux que toi, cow-boy.

En effet, elle sella un cheval avec dextérité puis fit sortir sa monture du box et l'enfourcha sans une hésitation.

Décidément, elle était pleine de surprises, conclut Brodie.

— Au temps pour moi, marmonna-t-il.

« Son père n'est pas mort dans un accident en mer. Elle l'a tué. »

Brodie vérifia son arme.

— Jennifer ? Reste en permanence derrière moi, d'accord ?

Elle acquiesça.

— Allons-y.

Tandis qu'ils approchaient des terres au nord-ouest du ranch, Brodie fit ralentir son cheval. Ils devaient être discrets. Il leva la main pour indiquer à Jennifer de ne pas faire de bruit.

S'il voulait se cacher à un endroit d'où il pourrait bénéficier d'un parfait point de vue pour surveiller le ranch, il se posterait sur la petite colline un peu plus loin. C'était en tout cas l'endroit qu'un homme aguerri choisirait et, manifestement, ils n'avaient pas affaire à un amateur.

Brodie descendit de cheval et l'attacha à un arbre. Jennifer l'imita.

Alors qu'ils se dirigeaient vers la clôture, Brodie sortit son téléphone. A cet endroit, la réception réseau était très bonne. Il avait demandé à Davis de rester au ranch, et pas seulement parce que son frère détestait monter à cheval.

Davis décrocha.

— Coupe le système de sécurité, lui intima Brodie. Et laisse-moi dix secondes avant de le remettre en fonction.

Puis Brodie prit Jennifer par la main, se mit mentalement à compter et tous deux franchirent la clôture et se mirent aussi rapidement que possible à l'abri des arbres. Ils avancèrent prudemment. Après quelques pas, l'arrière d'une voiture noire apparut. La Mustang qui leur avait foncé dessus la veille.

Je t'ai eu.

Brodie ne put réprimer un petit sourire de satisfaction. Ce type avait agi comme il l'avait soupçonné. Sa voiture était garée au milieu des arbres. Mais l'homme en lui-même restait invisible.

Jennifer suivait Brodie pas à pas, en silence.

Ils arrivèrent tout près de la voiture. Mais il n'y avait toujours personne en vue.

Aussi, Brodie approcha encore et, par la vitre, jeta un regard à l'intérieur du véhicule. Un téléphone était posé sur le siège passager, ainsi qu'une enveloppe couleur crème. Son nom était écrit au stylo sur l'enveloppe.

Tu avais deviné que je te chercherais.

Et ensuite ? Ce type espérait-il qu'il allait ouvrir la portière pour s'emparer de l'enveloppe ? Il n'était pas fou. Il avait toutes les raisons de penser que la voiture était piégée et que si, par malheur, il ouvrait… boum !

— Où est-il ? chuchota Jennifer tout près de lui. Je n'aime pas ça.

Lui non plus. Leur adversaire avait voulu les attirer là. Voilà pourquoi tracer l'appel s'était révélé aussi simple !

— Qu'y a-t-il dans la voiture ? demanda Jennifer, qui se redressa pour regarder à l'intérieur.

Il avait les yeux tournés vers les arbres à leur droite. Un éclat lumineux attira son attention.

— Recule, dit-il tout bas à Jennifer.

— Quoi ?

Ils étaient en danger, lui hurlait son instinct. Il saisit Jennifer par la main et la tira de l'autre côté de la voiture juste avant que des coups de feu retentissent. Les balles se fichèrent dans la carrosserie de la Mustang.

Puis il y eut un bruit de moteur. Brodie leva la tête. Une moto émergea des arbres.

Aussitôt, Brodie dégaina son arme, visa et fit feu. Il avait fait mouche, il en était certain.

Mais cela ne suffit pas à faire chuter le motard, qui prit un virage et s'éloigna, laissant un sillage de poussière.

Quand Brodie se releva, il était déjà loin.

— La poisse !

— Brodie ? appela Jennifer d'une voix hésitante.

Il sortit son téléphone pour contacter son frère.

— Davis, notre homme se dirige vers le nord à moto. Et il est armé.

— J'y vais, annonça Davis.

Son frère allait tenter de l'intercepter. Encore fallait-il que le motard reste sur la route. Ce qui était loin d'être garanti. Et, une fois de plus, il risquait de leur échapper.

Brodie se retourna vers Jennifer. Bon sang, elle s'apprêtait à ouvrir la portière de la Mustang !

— Jennifer, non !

Trop tard, elle avait déjà ouvert. Elle prit l'enveloppe juste avant qu'il l'attrape par les épaules pour la tirer le plus loin possible du véhicule.

— C'est de la folie, la Mustang est peut-être piégée !

Ils étaient au milieu des arbres et…

La voiture explosa.

La déflagration fit freiner l'homme. *Il fallait bien récupérer l'enveloppe, pas vrai ?*

Il porta la main à son épaule gauche. Brodie McGuire lui avait tiré dessus et la balle l'avait éraflé. Mais il avait l'habitude de conjurer la douleur. Après ce que Jennifer lui avait infligé, ce n'était vraiment pas grand-chose.

Des volutes de fumée montaient dans le ciel.

Je dois m'assurer qu'elle est bien morte.

Il ne devait rien laisser au hasard.

Il fit demi-tour et se dirigea vers le panache de fumée.

Enfin, tout en restant à bonne distance, il contempla les flammes et ce qui restait de la voiture.

Mais pas de sang, pas de corps. Aucun signe de Jennifer et de son héros.

4

— Tu as failli y rester ! tonna Brodie.

Penaude, Jennifer baissa la tête. Elle le savait bien : récupérer cette enveloppe était insensé.

Brodie et elle avaient ensuite couru jusqu'aux chevaux, échappant de justesse au pire.

— La voiture était piégée, Jennifer ! A quelques secondes près…

— Je serais morte, j'ai compris, le coupa-t-elle.

Il posa les yeux sur l'enveloppe qu'elle serrait toujours entre ses doigts.

— Tu crois sincèrement que cette enveloppe méritait de tels risques ? J'ai vraiment cru que c'était fini, tu sais.

— Brodie…

— J'ai eu peur. J'ai cru que j'allais te voir mourir devant mes yeux.

Avant qu'elle puisse répondre, il l'embrassa. C'était un baiser plein de fureur et d'angoisse, passionné.

— Ne me refais plus jamais ça, l'implora-t-il. Plus jamais.

Elle ne répondit pas.

Il poussa un soupir puis, alors qu'elle ne s'y attendait pas, il lui subtilisa l'enveloppe et l'ouvrit.

— Brodie, attends…

Il en sortit une photo en noir et blanc.

Aussitôt, elle comprit : tout ce qu'elle avait bâti pendant de très nombreuses années était sur le point de s'écrouler.

Car c'était une photo d'elle, prise plusieurs années auparavant, sur laquelle elle posait à côté de la mère de Brodie, à l'entrée du ranch.

Pire : cette photo avait été prise quelques jours avant que les parents de Brodie soient assassinés.

Il serra tellement fort la photo que ses phalanges blanchirent.

— Ce n'est pas possible, c'est un montage, dit-il d'une voix rauque.

Son expression était un masque de douleur.

Elle ne lui mentirait pas, elle n'en avait pas le droit.

— Non, ce n'est pas un montage.

Il la fixa du regard, choqué. Il paraissait trahi.

— Qu'est-ce que ça signifie ? demanda-t-il.

— Je ne suis pas celle que tu crois.

— Ça, je commence à le comprendre.

Mais il apprenait la vérité trop tard…

De retour dans les bureaux de McGuire Securities, Jennifer faisait face à quatre hommes en colère. Davis n'avait pas vu le motard. Brodie et lui avaient passé les environs du ranch au peigne fin, en vain.

Ensuite, ils l'avaient conduite dans cette pièce pour qu'elle s'explique.

Comme une criminelle.

Mais peut-être en était-elle une.

Grant McGuire était assis à son bureau. C'était l'aîné de la fratrie. Il la fixait d'un air sévère. Quand elle s'était renseignée sur Brodie et ses frères, elle avait appris que mieux valait ne pas se faire un ennemi de Grant.

A sa droite se tenait Mac. Tout comme les autres, il avait des yeux d'un vert intense et, en cet instant, il n'y avait aucune douceur dans son regard.

Davis et Brodie étaient à la gauche de Grant. Brodie était livide, Davis semblait nerveux. Tout comme elle…

— Mademoiselle Wesley, lança Grant d'une voix froide, il y a une date à l'arrière de la photo. Elle indique que vous avez rendu visite à nos parents seulement quelques jours avant leur mort. Et aucun de nous n'a jamais rien su de cette visite.

Evidemment. Une visite secrète était précisément censée le rester…

— Pourquoi ? intervint Brodie avec véhémence. Pourquoi tu es venue les voir ?

Elle prit une longue inspiration. Répondre au pourquoi était assez simple. En revanche, tout le reste serait une épreuve.

— Parce que tu m'avais sauvée.

Il haussa les sourcils.

— Pardon ?

— Tu avais risqué ta vie pour moi. D'une façon ou d'une autre, je voulais t'en remercier.

Elle baissa les yeux sur la photo. La mère de Brodie était une femme très attachante, qui s'était montrée gentille et amicale.

— Comment as-tu pu remonter à nos parents ? Tu connaissais seulement mon prénom et, en tant que soldat d'élite, mon dossier était confidentiel, tu ne pouvais pas y avoir accès.

— J'ai accès à beaucoup plus de choses que tu le crois. Comme je viens de le dire, je voulais te remercier de m'avoir sauvée. J'ai retrouvé tes parents et je leur ai proposé…

— De l'argent ? suggéra Davis.

— Oui.

Car l'argent était tout ce qu'elle pouvait leur offrir. On la payait bien pour le travail qu'elle effectuait, et elle souhaitait en redonner une partie à des gens qui le méritaient.

— Combien ? s'enquit Brodie.

— Cinquante mille dollars.

Brodie en fut ébahi.

— Et nos parents ont accepté ?

— Ils ont commencé par refuser.

La mère de Brodie s'était montrée choquée de se voir proposer une telle somme et lui avait répliqué que son fils n'avait fait que remplir sa mission. Mais…

— Dans un second temps, quelque chose a changé. Je n'étais en ville que pour deux jours, alors j'ai dit à votre mère de m'appeler si elle changeait d'avis. Je lui avais expliqué qu'elle trouverait certainement un moyen de bien utiliser cet argent. Pour le ranch ou autre chose. Peu de temps avant mon départ, elle m'a appelée. Elle acceptait l'argent, mais elle en avait besoin en liquide.

Brodie fut interloqué.

— Et nous sommes censés te croire ?

— C'est la vérité !

— Ma mère n'avait pas besoin d'argent ! Le ranch tournait bien. Si nos parents avaient le moindre souci, il leur suffisait de s'adresser à nous. Je ne peux pas imaginer ma mère acceptant une telle somme de la part d'une étrangère !

Une femme dans le désespoir ferait n'importe quoi, nuança intérieurement Jennifer.

Quand elle avait revu la mère de Brodie, celle-ci était tendue, mal à l'aise.

— Je lui ai donné l'argent. Je le lui ai apporté au ranch. C'est à ce moment-là que la photo a dû être prise. L'argent était dans le sac que je tiens à la main.

Brodie et ses frères regardèrent de nouveau le cliché. Un silence pesant s'abattit sur la pièce.

Grant releva la tête et fixa Jennifer.

— Savez-vous qui a tué nos parents ?

Elle fit non de la tête.

— A l'époque, je n'ai même pas su qu'ils avaient été tués. Je l'ai appris il y a seulement quelques mois.

Au moment où les attaques avaient commencé et qu'elle avait compris qu'il n'y avait qu'une personne vers laquelle se tourner.

Elle s'était renseignée sur Brodie et avait alors découvert la tragédie.

Après avoir donné l'argent à sa mère, elle était repartie à Austin d'où elle s'était envolée pour Paris. Une autre mission l'attendait et elle n'avait plus cherché à prendre de nouvelles.

Si elle avait agi différemment, aurait-elle pu éviter le drame ? Depuis qu'elle avait vu cette photo, elle s'était demandé si le meurtre des parents de Brodie avait un lien avec elle. L'imaginer suffisait à la remplir d'effroi.

— Avant de voir la photo, je n'avais pas établi de connexion possible entre leur mort et moi, reprit-elle. Je ne pensais pas que quelqu'un savait ce que j'avais fait. Je m'étais montrée très prudente.

Elle en avait le cœur serré. Qu'elle puisse être à l'origine du malheur qui s'était abattu sur Brodie et sa famille, alors qu'au contraire elle voulait le remercier, était insupportable.

— Pourquoi deviez-vous vous montrer aussi prudente ? lui demanda Mac. Venir rendre visite à des gens du Texas, a priori, c'est assez banal, non ?

Si elle avait eu une existence classique, ç'aurait été banal, en effet. Elle chercha Brodie du regard. Le moment qu'elle redoutait le plus était arrivé.

— Je ne suis pas celle que je prétends.

Brodie s'approcha d'elle.

— On l'a déjà compris, alors développe un peu, lui lança-t-il d'un ton sec.

— Quand tu m'as sauvé la vie il y a six ans… mes ravisseurs ne m'avaient pas enlevée pour m'échanger contre une rançon, mais parce que quelqu'un avait appris que je travaillais sous couverture pour le gouvernement. Les hommes qui me retenaient voulaient m'éliminer.

Brodie secoua négativement la tête.

— Non, ton père…

— Nate Wesley, le coupa-t-elle, n'était pas mon père. Tout comme moi, c'était un agent secret qui se faisait passer pour un homme d'affaires. Il arrive que des informations cruciales pour la sécurité du pays soient obtenues dans les milieux d'affaires, et c'est pourquoi l'homme qui se faisait passer pour mon père, tout comme moi, s'est vu créer une identité de toutes pièces. Et nous faisions équipe. Après que tu m'as sauvée, il me restait une ultime mission à accomplir à Paris. Je l'ai bouclée et ensuite j'ai démissionné.

— Les espions ne peuvent pas quitter le service du jour au lendemain, intervint Grant. Ce n'est pas aussi simple.

Des espions. Oui, c'était le terme approprié.

— Nate et moi étions censés évoluer dans des milieux où l'argent est roi. Quand vos affaires ne marchent plus, pour les gens qui évoluent dans ces cercles, vous êtes mort, ils vous rayent de leur existence. Alors, pour que Nate et moi puissions démissionner, on a commencé à faire courir le bruit que la société de mon père était en faillite.

Mais Nate avait voulu aller encore plus loin pour être définitivement tranquille.

— Ensuite, on a fait croire qu'il avait péri dans un accident de bateau.

— Bon sang ! s'exclama Mac. Et, au final, il est mort ou pas ?

Elle refusait de révéler quoi que ce soit d'autre sur Nate. Il avait refait sa vie ailleurs.

— L'homme au téléphone…, reprit Brodie. Il a prétendu que tu avais tué ton père.

— C'est faux.

— Ou alors tu mens, répliqua-t-il.

Sa remarque la fit souffrir, même si elle la comprenait et s'y attendait. La colère de Brodie était palpable.

— Tu comprends, reprit-il, tu m'as déjà menti. Alors comment savoir si, maintenant, tu dis la vérité ?

Ils restèrent un long moment à se dévisager en silence. Puis il se pencha sur elle.

— Pourquoi tu es venue me trouver ? Est-ce que tu es réellement traquée ou bien c'est une gigantesque mise en scène ? Qui était vraiment la cible du conducteur de la voiture qui nous a foncé dessus hier et des coups de feu aujourd'hui ? Toi ou moi ?

Quoi ? Brodie songeait-il sérieusement qu'elle faisait partie d'une machination contre lui ? De fureur, elle lui posa les mains sur le torse et le repoussa.

— Tais-toi ! s'exclama-t-elle en se levant.

Mais Brodie ne se laissa pas faire et se posta de nouveau face à elle.

— Pourquoi es-tu venue me voir ?

— Parce que tu es le seul en qui j'ai confiance ! rétorqua-t-elle. J'ai démissionné, ce qui veut dire que, pour mes patrons, je n'existe plus, je n'ai même jamais existé. Quant aux amis que je me suis faits quand j'étais censée être la fille d'un riche homme d'affaires, tu imagines qu'ils m'ont oubliée dès qu'ils ont appris que mon père avait fait faillite.

Brodie ne répondit pas. Jennifer poursuivit.

— Tu m'as sauvé la vie, au péril de la tienne, tu m'as démontré ta capacité à garder ton sang-froid en toutes circonstances. Je savais que tu étais fiable, alors, quand je me suis retrouvée dos au mur, j'ai pensé à toi. Pour moi, c'était une évidence. Mais, finalement, je me suis trompée. Désolée de t'avoir dérangé, je te promets que tu n'entendras plus jamais parler de moi.

Elle fit un pas de côté et voulut s'en aller. Mais des mains puissantes lui encerclèrent les bras.

— Oh non ! Tu ne vas pas disparaître comme ça.

Elle ferma un instant les yeux.

— Je ne sais rien sur la mort de tes parents, Brodie. Je ne peux pas t'aider.

Il la secoua presque.

— Que sont devenus les cinquante mille dollars ?

— Je n'en sais rien.

— Pourquoi mes parents ont-ils finalement accepté l'argent ?

Il pouvait poser la question autant de fois qu'il le voulait, sa réponse ne varierait pas.

— Je ne sais pas. J'ai donné l'argent à ta mère et ensuite je suis partie.

Il la regardait comme une étrangère, et ça lui faisait mal.

— Si je savais quoi que ce soit, je te le dirais. Tu penses réellement que je protégerais un assassin ?

Il ne répondit pas, ce qui la rendit furieuse.

— Pendant des années, Brodie, j'ai risqué ma vie pour arrêter des trafiquants de drogue ou d'armes ! Je me suis vouée corps et âme à mon métier.

Jusqu'à ne plus avoir la force de continuer.

— Jamais je ne protégerais un tueur !

Il n'imaginait pas à quoi ressemblait son existence. Quand elle l'avait rencontré, elle jouait le rôle de Jennifer Wesley depuis si longtemps qu'elle ne parvenait même plus à être elle-même. Elle se sentait vide, dépossédée.

Elle avait frôlé la mort. Mais Brodie lui avait offert une seconde chance.

Grant s'éclaircit la voix.

— Vous étiez venue à McGuire Securities parce qu'un homme vous pourchassait…

Son emploi du passé n'était pas pertinent, songea Jennifer. L'homme qui la traquait n'avait pas lâché l'affaire. L'explosion de la voiture en était la preuve.

— *Je sais,* murmura Brodie qui semblait perdu dans

ses pensées. C'est ça que voulait dire ce type en inscrivant ces mots sur la photo, n'est-ce pas ? Il sait que tu n'es pas Jennifer Wesley.

Effectivement, elle le redoutait.

Brodie poursuivit :

— Cela fait plusieurs années qu'il a pris cette photo de toi au ranch. Si, à l'époque, il te suivait déjà, ce pourrait être lui l'assassin de nos parents.

— Brodie, je…

— S'il t'a vue leur remettre une forte somme d'argent, il a pu penser qu'ils travaillaient avec toi.

Mac poussa un juron.

— Le type qui te traque pourrait les avoir tués parce qu'il croyait qu'ils détenaient des infos sur toi.

— Mais, si tu as raison, pourquoi a-t-il attendu aussi longtemps pour essayer de me tuer ? objecta Jennifer.

— J'imagine que c'est une question qu'il faudra poser à l'intéressé quand nous l'aurons coincé, répondit Brodie avec un regard qui brillait de détermination.

Jennifer était de retour au ranch, mais désormais elle ne s'y sentait plus la bienvenue. Grant et ses frères avaient passé la journée à la cuisiner. Elle leur en avait dit le maximum sans dévoiler d'informations classées secret défense.

En ce moment même, Grant tentait de faire jouer ses relations en haut lieu pour corroborer ses dires. En vain, elle avait tenté de lui faire comprendre que c'était peine perdue, que toute trace de ses fonctions et de son existence avait forcément été effacée.

Elle marchait de long en large, trop agitée pour rester en place. Brodie s'était montré très distant et elle ne pouvait pas l'en blâmer. Elle avait toujours su que, s'il apprenait la vérité, il se détournerait d'elle.

Voilà pourquoi elle avait plus que tout souhaité vivre un moment fort avec lui. Pour profiter du présent et par la même occasion chasser ses peurs l'espace de quelques heures.

Là, l'angoisse avait repris le dessus.

— Je sors, Jennifer.

Elle fit volte-face. Elle n'avait même pas eu conscience que Brodie était derrière elle.

— La police a terminé les analyses sur le lieu de l'explosion de la voiture et ils n'ont rien trouvé. Je vais jeter un coup d'œil en personne. Si un détail leur a échappé, je le remarquerai.

— Je t'accompagne.

— Jennifer…

— Donne-moi une arme et je surveillerai pendant que tu examines les lieux. Je sais m'en servir, tu sais.

— Je n'en doute pas. Je ne commettrai plus l'erreur de te sous-estimer.

Ses paroles blessèrent Jennifer.

— J'ai autant envie que toi d'arrêter ce type.

Il soutint son regard.

— Je t'accompagne, répéta-t-elle.

Il finit par acquiescer.

Ils se rendirent à l'écurie en silence.

Quand ils y pénétrèrent, une odeur de foin frais les accueillit. Jennifer se dirigea sans hésiter vers la stalle de la jument qu'elle avait déjà montée.

— Lady, précisa Brodie. Elle s'appelle Lady. C'était la jument d'Ava, mais ça fait bien longtemps qu'elle ne l'a plus montée.

Jennifer lui passa la main sur l'encolure.

— Quand nos parents ont été tués, poursuivit Brodie, Ava n'avait que dix-sept ans. Elle m'a dit qu'elle croyait qu'elle allait elle aussi mourir. Mais elle s'est enfuie et s'est réfugiée chez les Montgomery, nos voisins du ranch d'à côté, à quelques centaines de mètres d'ici. Après quelque temps, comme l'enquête s'enlisait, des rumeurs ont commencé à circuler comme quoi Ava n'était peut-être pas complètement étrangère au drame.

Ses révélations firent mal à Jennifer. Pour Brodie, et pour Ava.

— Nous laverons ma sœur de tout soupçon, et les meurtriers de mes parents finiront derrière les barreaux.

Il sortit son cheval de son box et ils quittèrent l'écurie. Le soleil était déjà bas dans le ciel qui se parait de nuances orange et or. Jennifer resta un moment à contempler ce magnifique spectacle.

— Pour Ava, ici, la beauté n'existe plus. A ses yeux, le ranch est synonyme de violence et de mort, déclara Brodie avec tristesse.

Jennifer s'arracha au spectacle du ciel et se tourna vers Brodie.

— Et toi, qu'est-ce que tu vois ?

Il la fixa.

— Des rêves évanouis.

Elle en eut le cœur serré.

— Ici, c'était mon refuge. Chaque fois que je rentrais de mission, je savais que cet endroit m'attendait, que je pourrais m'y ressourcer. Après le drame, Davis et moi, nous avons complètement rénové la maison. Nous voulions à tout prix éviter qu'Ava y revienne et se retrouve…

Il n'arriva pas à terminer sa phrase et dut s'éclaircir la voix avant de reprendre :

— Nous avons essayé de conserver les bons souvenirs et d'effacer le reste, mais ça n'a pas marché.

La douleur de Brodie retentissait en Jennifer.

— Peut-être que ce qu'il te faut, c'est te forger d'autres bons souvenirs.

Il leva les yeux vers elle.

— C'est ce que tu fais ? Essayer de te débarrasser de ta vie d'avant pour ouvrir une nouvelle page ?

— A vrai dire, avant de devenir Jennifer Wesley, je n'avais pas véritablement de vie.

Ne voulant pas s'étendre, elle fit avancer sa monture.

— Il faut y aller, il est déjà tard.

— Jennifer…

Elle ne s'arrêta pas. Elle s'était déjà suffisamment mise à nu ces dernières heures.

Le cordon dressé par la police autour de l'épave de la voiture était toujours en place. Brodie attacha son cheval à un arbre et s'approcha prudemment. Le sol était noirci et chaque fois qu'il repensait à quel point Jennifer était passée près d'y rester…

Il prit une grande inspiration.

Elle est vivante.

Et c'était une très bonne menteuse.

— J'aimerais examiner les bois alentour au cas où ce type aurait laissé d'autres traces, lui dit-il en scrutant la scène.

L'homme avait accédé jusque-là en empruntant un chemin forestier et y avait laissé la Mustang en guise d'appât.

Ensuite, il avait attendu qu'ils tracent son appel téléphonique.

— Les flics ont suivi les empreintes de pneus de la moto jusqu'à la route mais, après, plus rien, indiqua-t-il à Jennifer.

Soit l'homme avait continué sur d'anciens chemins, soit un autre véhicule l'attendait. Faire monter la moto à l'arrière d'un petit camion puis disparaître n'était pas très difficile.

D'autant qu'ils avaient affaire à un professionnel, ça ne faisait aucun doute. Un professionnel qui semblait avoir un faible pour les incendies.

D'abord l'appartement de Jennifer, ensuite sa propre voiture.

Et après ? se demanda Brodie.

Leur homme devait avoir soigneusement repéré les lieux. Davis s'était embusqué près de la route, mais il n'avait jamais vu passer de moto.

Brodie voulait à tout prix retrouver ce type. Si jamais c'était lui le tueur de ses parents…

Je le lui ferai payer, j'en fais le serment.

Très jeune, il avait appris à déceler des traces et à suivre une piste mais, dans ces bois, rien ne trahissait le passage d'un homme. Pas de branches cassées, pas d'empreintes de pas, pas d'herbes couchées…

Il continua néanmoins de chercher. Jennifer le suivait en silence.

Elle surveillait ses arrières, comme elle le lui avait promis.

Le soleil était encore plus bas, le crépuscule n'allait pas tarder à poindre.

Et toujours aucune trace.

Ce type est fort, il faut l'admettre.

Cela en faisait un ennemi d'autant plus dangereux.

— Rien de rien, maugréa Brodie tandis qu'ils retournaient à leurs chevaux. Ce type est un fantôme.

Jennifer regarda autour d'elle.

— Sauf que les fantômes ne font pas de mal. Seuls les vivants ont ce pouvoir.

Elle tendit le bras pour saisir les rênes de sa jument, mais Brodie lui attrapa le poignet.

— Pourquoi tu es venue dans ma chambre, hier soir ?

Il devait lui poser cette question, car il commençait à craindre une manipulation de sa part. Ne lui avait-elle pas menti sur toute la ligne ?

— Parce que j'avais envie de toi, répondit-elle, le regard

sur sa main. J'en avais assez d'avoir peur et, quand je suis avec toi, mes craintes s'estompent.

— Jennifer…

Une idée le traversa. *Est-ce son véritable prénom ?* Il lâcha son poignet.

— Comment t'appelles-tu ?

Elle leva brusquement la tête d'un air outré.

— Jennifer, ce n'est qu'un nom d'emprunt, n'est-ce pas ? Quel est ton véritable nom ? insista-t-il.

Elle prit un air coupable et, un instant, il s'en voulut de sa brutalité.

Mais n'oublie pas qu'elle t'a menti. Tu dois te protéger et te servir d'elle pour retrouver le meurtrier de tes parents.

— Jennifer est mon vrai prénom, dit-elle finalement. Dans le métier, c'est une règle. Comme on s'habitue à réagir à son nom, c'est plus naturel de garder en partie son identité d'origine. En revanche, Wesley n'est pas mon vrai nom de famille, mais je le porte depuis si longtemps que… l'autre n'a plus d'importance.

Elle monta à cheval, mais il n'était pas prêt à en rester là.

— Et ta famille ? Ta *vraie* famille, as-tu encore des relations avec elle ?

Elle caressa la crinière de sa jument d'un air absent.

— Je n'ai pas de famille, Brodie. J'ai passé mon adolescence d'un foyer à l'autre. C'est une des raisons pour lesquelles on m'a recrutée, en fait. Ne pas avoir d'attaches, c'est un plus.

Un plus ?

— On m'a proposé de mourir, à moi aussi.

— Pardon ? demanda-t-il en retour, abasourdi.

— J'aurais pu repartir de zéro avec une toute nouvelle identité. Mais je pensais que je ne risquais rien en restant Jennifer Wesley. Personne ne savait qui j'étais vraiment. Personne en dehors de ma cellule de travail n'était censé le savoir.

Elle poussa un soupir nerveux.

— Mais il semblerait que je me sois trompée.

Elle se passa les mains sur les bras pour chasser ses frissons.

Raccompagne-la au ranch. On ne sait jamais, si ce maniaque rôde dans les environs…

— Tu veux entendre quelque chose d'absurde, Brodie ?

Il se mit en selle et la dévisagea sans comprendre.

— Tu connaissais Jennifer Wesley. Si j'avais changé d'identité, poursuivit-elle avec un sourire amer, ç'aurait été comme si tu ne m'avais jamais connue. Et, ça, je ne le voulais pas. Je n'avais pas envie de tout perdre de nouveau.

Sur ces paroles, elle lança sa jument au galop. Il la suivit du regard tandis que ses mots lui repassaient en tête. Une partie de lui en voulait à Jennifer de lui avoir menti. Mais une autre…

Une autre partie de lui était déterminée à protéger Jennifer envers et contre tout. Il se lança derrière elle.

Son plan avait échoué, pesta l'homme.

Brodie Mc Guire n'avait pas chassé Jennifer.

Il avait vu la photo, mais il semblait avoir préféré croire les bobards qu'elle avait dû lui raconter.

Pour le mensonge, Jennifer Wesley avait un véritable don. Après tout, lui aussi avait avalé tout ce qu'elle lui avait raconté sans la moindre arrière-pensée.

Ensuite, il avait été capturé, envoyé en prison et oublié.

Croyais-tu sincèrement que tu n'aurais jamais à répondre de ce que tu m'as infligé ?

Il ne l'avait jamais perdue de vue, même quand ils étaient chacun d'un côté de l'océan. Désormais, il était tout près, et elle ne lui échapperait pas.

Avait-elle conscience que, jusque-là, il n'avait fait que

jouer avec elle pour lui faire comprendre que sa fin était proche ?

Quand il l'avait attaquée dans la ruelle, il l'avait seulement égratignée. C'était sa façon de lui signifier que la partie était engagée.

Ensuite, il avait mis le feu chez elle, mais il s'était douté qu'elle parviendrait à s'échapper. Son but était avant tout de la priver de son petit nid douillet.

Le coup de la voiture folle à la sortie des bureaux de McGuire Securities ? Rien de sérieux, seulement un petit rappel à son bon souvenir. Elle avait quitté La Nouvelle-Orléans, mais il était toujours là…

Quant à la charge explosive dans la Mustang, il l'avait programmée pour qu'elle se déclenche avec un petit temps de retard. Sinon, Brodie McGuire n'aurait jamais vu la photo. Ensuite, se réjouit l'homme, il allait porter le coup de grâce. La mort de Jennifer Wesley serait un événement intime. Il l'emmènerait loin de tout, il n'y aurait plus qu'eux deux. Il prendrait son temps avant de mettre fin à ses souffrances. Car il fallait que sa mort soit un calvaire à la hauteur de celui qu'il avait enduré pendant tant d'années.

On récolte toujours ce que l'on a semé.

Le moment de la grande revanche était arrivé.

5

Jennifer installa confortablement Lady dans son box, puis elle quitta l'écurie et se dirigea vers la maison d'un pas lourd, pleine de lassitude.

Pourquoi faut-il que le danger soit toujours là ? Je voulais laisser cette vie derrière moi.

— Je ne vous fais pas confiance…

Cette voix grave la fit sursauter. L'intonation était très proche de celle de Brodie, mais…

C'était Davis, son frère jumeau.

Il sortit de l'ombre. Elle n'avait pas remarqué sa présence.

Elle s'en voulut. Elle devait être constamment aux aguets. La vie civile lui avait manifestement fait perdre ses réflexes.

Davis s'approcha d'elle.

— Je ne vous fais pas confiance, répéta-t-il. Et, contrairement à mon frère, je ne suis pas amoureux de vous au point de ne pas voir le danger que vous représentez.

Brodie était amoureux d'elle ? Depuis quand ? Elle tourna la tête. Il était toujours dans l'écurie, occupé à bouchonner son cheval.

Davis la saisit par le bras.

— Je vous préviens, je ne laisserai personne faire du mal à mon frère.

— Je n'en ai pas l'intention, protesta-t-elle.

— Vraiment ?

Il faisait trop sombre pour qu'elle puisse distinguer son expression. Mais sa voix lui en disait suffisamment.

— Oui, répéta-t-elle. Blesser Brodie est la dernière de mes volontés.

— Et pourtant, hier, il a failli se faire percuter par une voiture et, aujourd'hui, mourir dans l'explosion d'une autre.

Elle déglutit.

— Quelqu'un veut votre peau, Jennifer. En sollicitant son aide, vous faites de mon frère une cible.

Elle avait du mal à retenir ses larmes. Brodie était son dernier espoir. Elle n'avait pas pensé être traquée jusque dans le Texas. Au contraire, elle avait cru qu'en venant voir Brodie elle obtiendrait un peu de répit pour…

Non, c'est faux, je n'ai pas pris le temps de réfléchir, j'étais paniquée et j'ai fui La Nouvelle-Orléans. A aucun moment, je n'ai songé aux risques possibles pour Brodie.

— Aidez-moi à m'enfuir, alors, dit-elle à Davis. Je ne veux pas faire de mal à Brodie, pas plus qu'à vos autres frères et vous. Donnez-moi une voiture, occupez-vous de distraire Brodie et je vous jure que vous n'entendrez plus jamais parler de moi.

Disparaître… n'avait-ce pas toujours été son idée ? Mais elle s'était accrochée à l'identité de Jennifer Wesley, même si sa vie n'était pas réellement la sienne.

Il est temps de lâcher prise.

Elle était face à un choix : laisser vivre Jennifer Wesley ou protéger Brodie… C'était vite vu.

Derrière elle grincèrent les portes de l'écurie, ce qui signifiait que Brodie en sortait.

— Aidez-moi, murmura-t-elle à Davis. Ce soir… faites diversion et je disparaîtrai.

Les graviers craquèrent sous les pieds de Brodie.

— Tout va bien ? lança-t-il.

— Oui, oui, ça va, s'empressa-t-elle de répondre.

— Davis ? reprit Brodie en s'approchant d'eux. Tu peux me dire pourquoi tu la tiens par le bras ?

Tous deux n'avaient même plus conscience qu'il la tenait toujours. Davis retira immédiatement sa main.

— J'ai trébuché, prétendit-elle.

Elle préférait éviter que Davis soit obligé de mentir à son frère. Après tout, la menteuse professionnelle, c'était elle.

— Davis m'a aidée à me relever, ajouta-t-elle.

— Ah oui ? répliqua Brodie, indiquant son scepticisme.

Elle redressa les épaules.

— Je suis épuisée. Je n'arrive même plus à mettre un pied devant l'autre. Il est grand temps que j'aille me coucher.

En vérité, elle se préparerait à filer à l'anglaise.

Au moment de s'éloigner, elle croisa le regard de Davis, qui était insondable. Toutefois, il parut lui adresser un très léger signe d'acquiescement.

Elle en fut soulagée. Il l'aiderait à partir. Brodie serait en sécurité.

Et Jennifer Wesley cesserait d'exister.

Du regard, Brodie suivit Jennifer qui se dirigeait vers la maison. Elle se tenait trop droite, son pas était trop pressé.

— Cette femme est une source d'ennuis, marmonna Davis.

Quand elle eut refermé la porte derrière elle, Brodie se tourna vers son frère.

— Cette femme, comme tu dis, c'est la clé pour remonter aux meurtriers de nos parents.

Quelques semaines plus tôt, ils avaient retrouvé dans une petite cabane abandonnée, à quelques centaines de mètres du ranch, les armes qui avaient servi à tuer leurs parents. Toutes ces années, elles avaient été là, quasiment sous leur nez, sans qu'ils n'en aient la moindre idée.

Les analyses balistiques avaient prouvé qu'il s'agissait des bonnes armes. En revanche, aucune empreinte n'avait été relevée dessus.

Ils ignoraient encore l'identité des meurtriers, mais ils finiraient par la découvrir. Les McGuire n'abandonnaient jamais.

— Tu crois qu'ils sont morts à cause de Jennifer ? lui demanda Davis.

Brodie soupira.

— Longtemps, j'ai cru qu'ils étaient morts à cause de l'un de nous.

Davis le dévisagea.

— Toi, moi, Grant, Mac… nous étions tous en mission quelque part, à l'époque.

En effet, tous quatre avaient quitté le ranch pour s'engager dans les forces spéciales de l'armée. On leur confiait des missions qui leur faisaient sans cesse côtoyer la mort. Les poussées d'adrénaline ressenties dans ces moments-là étaient devenues une sorte de drogue.

Pourtant, un jour, Brodie avait fini par comprendre que les gens qu'il affrontait pourraient chercher à se venger. En d'autres termes, en se confrontant sans cesse au danger, le risque était également de finir par y exposer ses proches.

— Je m'étais mis en tête, reprit-il, que le meurtre de nos parents était un acte de rétorsion contre l'un d'entre nous.

D'ailleurs, il le pensait toujours. Même si les ennemis de Jennifer l'avaient suivie jusqu'au ranch, elle y était venue parce qu'il l'avait sauvée de ses ravisseurs. Si ce scénario était le bon, la mort de ses parents…

— Moi aussi, j'ai pensé cela, confia Davis d'un ton grave. La culpabilité est sans cesse là, tapie dans un coin. Nos parents se sont toujours pliés en quatre pour nous mais, au moment où ils ont eu besoin de nous, nous n'étions pas là pour les sauver.

Brodie tourna de nouveau le regard vers la maison.

— J'ignore qui pourchasse Jennifer, mais il est clair que, le jour où elle est venue voir maman, ce type était là pour prendre des photos. Même si ce n'est pas lui le meurtrier, il sait peut-être qui c'est. Ce qui signifie qu'il faut le retrouver et le faire parler.

Il se dirigea d'un pas décidé vers la porte.

— Elle compte s'en aller, lâcha Davis.

Brodie s'arrêta net et fit volte-face.

— Elle veut que je l'aide à disparaître et je… lui ai laissé l'impression que j'étais d'accord.

Furieux, Brodie retourna se poster devant Davis.

— Peux-tu m'expliquer pourquoi tu as fait ça ?

Jennifer ne peut pas disparaître. Je l'en empêcherai. J'ai… besoin d'elle.

— Ouais, je vais t'expliquer. Parce qu'en restant avec elle tu risques ta vie en permanence. J'ai déjà perdu mes parents, je n'ai pas envie de perdre mon frère.

— Il est hors de question que tu l'aides à s'en aller ! répliqua sèchement Brodie, qui faisait de son mieux pour se maîtriser. Si elle s'en va, elle est condamnée.

Davis fit non de la tête.

— Seulement si on néglige de la filer. Peut-être que, si elle part, le type qui la traque pensera qu'il n'aura aucune difficulté à s'emparer d'elle. Et quand il tentera sa chance, là, on aura une opportunité de le coincer.

— En d'autres termes, tu veux l'utiliser comme appât.

Davis ne contesta pas cette interprétation.

— Tu as une meilleure idée ? Tu préfères continuer à lui servir de garde du corps et passer tous les jours à deux doigts d'y rester ? C'est un plan brillant !

Brodie ne répondit pas. Il se concentrait de toutes ses forces pour se retenir de gifler son frère.

— Encore une fois, l'idée, c'est de ne pas la perdre de vue, reprit Davis, qui devait sentir que son jumeau bouillait intérieurement. N'oublie pas que cette femme n'est pas une véritable civile innocente. Elle a suivi une formation poussée. Alors servons-nous-en et…

Brodie attrapa son frère par le col.

— Je refuse de me servir d'elle, alors tu peux dès maintenant chercher une autre idée.

Davis pensait-il vraiment qu'il serait prêt à la jeter en pâture à son agresseur alors que l'explosion qui avait déjà failli lui coûter la vie le hantait ?

— Elle est notre meilleure chance d'aboutir, insista Davis.

— Tu n'as pas à lui faire courir de tels risques.

Davis poussa un juron.

— Tu es beaucoup trop attaché à elle.

Brodie tourna les talons et s'éloigna. Il refusait de discuter ce point avec son frère. Ils ne se serviraient pas de Jennifer comme appât. Il n'y avait rien à ajouter.

— Pourquoi ? cria Davis. Pourquoi refuses-tu d'envisager que ça puisse marcher ?

— Parce que je ne veux pas qu'on la touche !

Bien sûr, apprendre qu'elle lui avait menti lui avait fait mal et il lui serait désormais difficile de lui faire entièrement confiance. Pour autant, il n'était pas prêt à n'importe quoi.

Il entra dans la maison et s'engagea d'un pas décidé dans le couloir. Davis marchait derrière lui, il le sentait.

Sans se donner la peine de frapper, il poussa la porte de la chambre d'amis. Elle était cependant verrouillée.

— Jennifer !

Aucune réponse.

Elle est déjà partie ?

— Jennifer ! répéta-t-il en tapant à la porte.

Comme elle ne répondait toujours pas, il recula d'un pas pour lancer sa jambe dans la porte, qui, dans un craquement, s'ouvrit en grand.

La chambre était vide. Il fureta de tous côtés, mais il n'y avait personne.

Il fit volte-face pour aller parcourir l'ensemble de la maison et percuta Davis.

— Elle est partie !

Son frère écarquilla les yeux.

— Non, elle ne peut pas…

— C'était quoi, le plan ? Me retenir dehors pour qu'elle ait le temps de filer ?

Davis déglutit.

— Je devais te retenir, oui, mais pas maintenant. Il fallait que je lui fournisse une voiture pour qu'elle puisse s'en aller, mais elle…

Davis semblait ignorer de quelle détermination Jennifer pouvait faire preuve. Brodie l'écarta sans ménagement du passage et se précipita au garage. Jennifer n'avait pas besoin qu'on lui donne un trousseau de clés en mains propres. Elle avait plus d'un tour dans son sac.

Désactiver un système d'alarme était certainement dans ses cordes. Celui-ci ne s'était pas déclenché. Jennifer était probablement sortie de sa chambre par la fenêtre.

Faire démarrer une voiture sans clé de contact devait également être à sa portée.

Quand Brodie pénétra dans le garage, une silhouette à l'intérieur de son SUV attira son attention. Il courut, se jeta sur la portière passager et l'ouvrit en grand.

Jennifer était accroupie sous le tableau de bord. Sans même sursauter, elle releva doucement la tête.

— Euh… salut, Brodie, marmonna-t-elle.

Davis entra à son tour dans le garage.

Brodie fit une fois encore un gros effort pour ne pas laisser éclater sa colère.

— Tu vas quelque part ?

— Euh… non.

Elle se releva complètement pour s'asseoir sur le siège.

— Jennifer, fit-il d'un ton menaçant.

— Je… je serais peut-être allée faire un petit tour.

Davis alluma et, soudain, le garage fut baigné de lumière.

Jennifer fit la grimace. Puis elle se tourna vers Davis :

— Je croyais que vous étiez d'accord pour le tenir occupé.

Ce fut Brodie qui répliqua :

— Vous vous êtes trompés *tous les deux*.

Elle tapota nerveusement le volant.

Il était furieux contre elle et pourtant, à l'instant, avec sa mine renfrognée, qu'est-ce qu'elle était mignonne !

— Si tu tentes de partir de ton côté, tu es une femme morte, reprit-il. Tu es venue me demander mon aide, et maintenant tu veux fuir comme une voleuse ?

Elle leva les yeux.

— J'essayais seulement de te protéger parce qu'il semble que… je t'aie déjà fait trop de mal.

Il la fixa droit dans les yeux.

— Va-t-en.

Elle battit des paupières.

— Je, euh, justement j'essayais de…

— Ce n'est pas à toi que je parle. Davis, sors d'ici. On rediscutera plus tard.

— Brodie…, protesta son frère, qui ne bougea pas. Je te jure que je comptais la garder à l'œil, la…

Brodie se retourna pour lui faire face.

— Et tu crois que ç'aurait été aussi simple, qu'elle t'aurait laissé faire ? Elle se serait arrangée pour disparaître ! Soit elle aurait foncé droit dans un piège, soit on ne l'aurait plus jamais revue.

Comment son frère pouvait-il se montrer aussi naïf ?

Celui-ci plissa les yeux.

— Je veux seulement t'aider.

— Alors laisse-nous seuls, s'il te plaît.

Davis acquiesça sèchement puis tourna les talons. Au moment de quitter le garage, il tourna la tête vers Jennifer.

— Ce n'était pas ce qui était prévu.

Puis il s'en alla.

Un long silence suivit.

Brodie en profita pour recouvrer son calme.

— Ton frère m'en veut, maintenant, soupira Jennifer.

Il la prit par les poignets pour la faire descendre du véhicule. Il avait besoin de la toucher, de se rassurer : elle était encore là, elle n'était pas sortie de sa vie.

— Ne t'inquiète pas pour lui. Pense à moi, plutôt.

Elle se débattit pour qu'il la lâche, mais il referma la portière et la plaqua contre la voiture.

— Tu ne disparaîtras pas.

Elle chercha son regard.

— Même si ça vaut mieux pour toi ?

— Laisse-moi décider de ce qui est mieux pour moi ou pas.

Le désir et la colère se disputaient en lui. Cette femme était dangereuse, il ne pouvait lui accorder aveuglément sa confiance. Mais il avait toujours autant envie d'elle.

— Je ne veux pas qu'il t'arrive malheur, dit-elle.

— Et moi je n'ai pas envie que tu te fasses tuer. Si tu prends la fuite et que tu te retrouves livrée à toi-même, que va-t-il se passer, à ton avis ?

Elle lui appliqua les mains sur le torse, comme si elle s'apprêtait à le repousser, mais elle n'en fit rien. La chaleur de ses mains passa à travers la chemise de Brodie.

— Je n'ai pas songé aux risques que je te ferais courir, reprit-elle. Je suis désolée de…

Il l'interrompit d'un baiser presque violent, qui reflétait les émotions contradictoires en lui.

Davis devait comprendre qu'il n'était pas envisageable de la laisser partir. Jennifer aussi. Il voulait qu'elle reste avec lui. S'il lui arrivait malheur, il ne savait vraiment pas comment il réagirait.

Quand donc est-elle devenue aussi importante pour moi ?

Elle ne le repoussa pas. Au contraire, elle répondait à

son baiser avec une ferveur semblable à la sienne et passa les mains autour de son cou pour le serrer contre elle.

Il ne cherchait nullement à dissimuler son désir, il souhaitait même qu'elle en éprouve toute l'ardeur.

— Ne pars pas, chuchota-t-il.

Elle recula son visage de quelques centimètres.

— Je n'ai jamais eu l'intention de vous faire de mal, à ta famille et à toi. Il y a quelques années, quand je suis venue au ranch, c'était sincèrement pour rembourser la dette que j'avais envers toi, même si ma démarche pouvait paraître maladroite ou incongrue. Je le jure.

Il l'embrassa de nouveau. Chaque fois qu'il pensait à ses parents, la mélancolie s'emparait de lui. Mais, cette fois, il ne voulait pas sombrer, plutôt s'abandonner à la passion qui l'animait et oublier le reste. Mais alors…

Une odeur de fumée chatouilla ses narines.

Il se redressa brusquement.

— Brodie ? fit Jennifer.

Il huma l'air. Pas de doute, c'était bien de la fumée. Et le type qui traquait Jennifer leur avait déjà montré qu'il avait un faible pour le feu.

Brodie sortit du garage au pas de course et s'attendit à voir des flammes monter de la maison.

Mais il n'en fut rien.

Pourtant, je sens la fumée.

Davis sortit de la maison et courut vers lui.

— Qu'est-ce qui se passe ?

Brodie se tourna vers l'écurie. Tout semblait normal, mais son frère et lui allèrent vérifier que les chevaux étaient en sécurité.

Au moment où ils allaient ressortir, Jennifer apparut. Elle les avait donc suivis.

Brodie réfléchit à toute vitesse : il s'était précipité à l'extérieur dès qu'il avait senti la fumée et Jennifer aurait pu en profiter pour prendre la fuite. Mais elle n'en avait rien fait.

— Ce n'est pas ici qu'il y a le feu, déclara-t-il.

Il prit Jennifer par la main et la tira dehors. Il faisait nuit noire, il ne voyait rien du tout.

Mais le vent apportait l'odeur de fumée.

— Ça vient de l'est, indiqua Davis.

A l'est, il y avait le ranch des Montgomery, leurs seuls voisins proches.

Plusieurs années auparavant, le jour du meurtre de leurs parents, quand Ava avait pris la fuite, elle s'était réfugiée chez eux, songea Brodie.

Nous leur sommes redevables.

— Allons voir ! lança-t-il.

Si jamais leur ranch était en feu, ils devaient les aider.

Jennifer en était persuadée : s'il y avait le feu quelque part, ce n'était pas un hasard. Pas après tout ce qui s'était passé.

Tandis qu'ils approchaient en pick-up du ranch des Montgomery, l'odeur de brûlé se fit plus forte. Il y avait fort à parier qu'une fois encore ils allaient affronter le danger.

Ils franchirent un grand portail en fer forgé, remontèrent une allée et…

— Là ! s'exclama Davis. Bon sang, leur écurie est en feu !

Brodie s'arrêta au milieu de la cour. Tous trois s'empressèrent de sortir du véhicule pour courir vers l'écurie. Des hommes étaient déjà occupés à faire sortir des chevaux affolés, d'autres jetaient des seaux d'eau sur les flammes.

Sans hésiter, Davis et Brodie entrèrent dans l'écurie.

— Brodie ! cria Jennifer.

Il ne s'arrêta pas et elle préféra le suivre. Dans l'écurie, il saisit les rênes d'un cheval qu'on évacuait de son box.

— Je le tiens, Mark, dit-il à l'homme qui faisait sortir l'animal des flammes.

Sans attendre, le dénommé Mark repartit en sens inverse, Davis sur ses talons.

Jennifer aida Brodie à tirer le cheval loin du feu. Les hennissements paniqués des animaux emplissaient l'écurie.

Elle en compta cinq déjà évacués. Combien en restait-il ?

Davis apparut en tirant un autre cheval.

Les hennissements ne cessaient pas.

Au moment où Davis approchait d'elle, Brodie retourna dans l'écurie.

Non, c'est de la folie !

Davis attacha le cheval à un arbre. Il toussa.

— Je crois qu'il en reste quatre…

Jennifer ne le laissa pas terminer et se dirigea elle aussi vers l'écurie en feu. Il faisait une chaleur infernale, la fumée lui irritait les poumons, les hennissements des chevaux étaient déchirants. Soudain, il y eut un craquement, comme si une partie de l'édifice était sur le point de s'effondrer.

Elle tourna la tête de tous côtés et se dirigea vers le box à sa droite. A l'intérieur, il y avait un poulain au regard paniqué. Quand elle voulut l'approcher, il se cabra.

— Tout doux, dit-elle en levant les mains pour l'apaiser. Je veux seulement te faire sortir d'ici.

Le poulain n'était pas harnaché. Elle attrapa une couverture posée sur la grille du box et tenta de couvrir les yeux de l'animal. Il continua à se cabrer, mais elle réussit à le maintenir par le col et à le faire sortir du box.

— Il faut dégager ! s'exclama Brodie qui apparut à côté d'elle. Le toit est en en train de s'effondrer !

Elle tira le poulain derrière elle.

— Allez, viens.

Brodie lui prêta main-forte.

Quand ils furent de nouveau à l'air libre, elle inspira profondément puis partit d'une quinte de toux.

Un jeune homme s'approcha d'elle et s'occupa du poulain.

Brodie lui prit le visage entre les mains.

— Ça va ?

— Ou… oui.

— Où avais-tu la tête ? Pourquoi es-tu allée à l'intérieur ?

Il était en colère ? Sérieusement ? Parce qu'elle les avait aidés ?

— Pourquoi je suis allée à l'intérieur ? répéta-t-elle sur un ton furieux. Parce que je ne voulais pas laisser ces pauvres animaux mourir !

— Mais tu…

— Brodie ! les interrompit Davis. Mark est toujours à l'intérieur et le toit va s'effondrer d'une minute à l'autre !

Davis fonçait droit dans les flammes.

— Non, marmonna Jennifer.

Mais il était trop tard.

Brodie partit à la poursuite de son frère et elle ne put l'arrêter. A peine eut-il franchi les portes de l'écurie que des débris commencèrent à chuter du toit.

— Brodie !

Elle voulut à son tour se précipiter dans l'écurie, mais des bras puissants la saisirent et la tirèrent loin du feu.

— Non, lâchez-moi, Brodie est à l'intérieur, Davis aussi et…

— Je n'ai aucune envie de voir mes frères mourir, la coupa l'homme qui la retenait, mais je ne peux pas vous laisser vous sacrifier pour eux.

Elle tourna la tête et se retrouva face au visage anxieux de Mac McGuire.

Elle cessa de se débattre.

— Restez là, lui intima-t-il. Brodie va me tuer si je ne vous retiens pas.

S'il n'est pas déjà mort…

Mac la lâcha et se dirigea vers l'écurie. Elle en resta bouche bée. Il croyait qu'elle allait rester sans bouger alors qu'ils risquaient leur vie ? Il ne la connaissait vraiment pas. C'était bien là le problème, d'ailleurs, personne ne savait qui elle était réellement.

Les employés du ranch continuaient à jeter des seaux d'eau sur le feu, mais l'incendie était trop puissant pour qu'ils puissent le maîtriser avec aussi peu de moyens. Si Brodie et ses frères ne sortaient pas au plus vite, ils étaient fichus.

C'était un véritable chaos. Des hommes couraient dans tous les sens, les chevaux encensaient.

Jennifer avança vers les flammes mais, de nouveau, quelqu'un la retint.

Cette fois, un mauvais pressentiment la saisit aussitôt : elle était en danger. Elle ne voyait pas le visage de l'homme qui la tenait et, quand elle voulut crier, il lui plaqua une main sur la bouche. Elle eut beau se débattre, l'homme était plus fort qu'elle et il la tira dans l'obscurité.

Il va me tuer.

Elle comprenait son plan. Il avait réalisé que, tant qu'elle serait chez les McGuire, il ne pourrait pas l'atteindre. Il avait donc mis le feu à l'écurie des Montgomery pour les attirer et pouvoir s'emparer d'elle.

Soudain, quelque chose exerça une pression contre son cou. Un couteau.

Elle cessa de se débattre, terrorisée. Elle était complètement à sa merci.

— Ce ne sera pas aussi simple, murmura l'homme à son oreille. Tu vas souffrir… comme moi j'ai souffert.

Puis il l'obligea à le suivre.

Bientôt, ils seraient loin, réalisa-t-elle avec effroi. Et alors, plus personne ne pourrait venir à son aide. Brodie était-il encore vivant d'ailleurs ? Elle ne le savait même pas.

Ignorant sa peur et le couteau qui la menaçait, elle assena de toutes ses forces un coup de coude à son agresseur. Surpris, celui-ci poussa un gémissement de douleur et lâcha prise.

Jennifer partit en courant, à perdre haleine.

6

Brodie fit sortir Mark Montgomery de l'écurie, ou plutôt de ce qu'il en restait. Davis était à côté de lui, Mac juste derrière, tirant le dernier étalon encore prisonnier des flammes.

— Bon sang, Mark, il s'en est vraiment fallu de peu.

Celui-ci se laissa tomber au sol, épuisé.

— Désolé… je n'avais pas l'intention de…

Brodie inspirait à pleins poumons. Il avait les mains noires de suie.

Mark parvint à se redresser sur les coudes. Au loin retentissait la sirène des pompiers.

Trop tard.

L'écurie était détruite.

— Mais qu'est-ce qui s'est passé ? demanda Brodie.

Mark toussa avant de répondre :

— Une espèce d'explosion… j'ai entendu les chevaux et puis… on a tous couru…

Brodie inspecta les environs. Il s'était fait une entaille à la main, mais il ignora la douleur.

— Où est-elle ?

— Qui ? demanda Mark.

— Jennifer, répliqua Brodie en se tournant vers Davis.

Mais son frère ne pouvait en savoir plus puisqu'ils étaient ensemble dans l'écurie.

Mac s'approcha d'eux.

— Elle voulait venir à votre secours, mais je l'en ai

empêchée avant d'entrer dans l'écurie. J'ai su ce qui se passait en entendant l'alerte sur la fréquence de la police alors que je rentrais au ranch. Jennifer était là, je l'ai retenue. Ensuite, je suis venu vous aider.

Mais, maintenant, où était-elle ?

Brodie fixa les flammes qui continuaient de crépiter avec une terrible appréhension.

Non, pitié…

— Elle a filé, intervint Davis d'une voix où se mêlaient fatigue et colère. C'était à prévoir. Elle a profité de la première opportunité. C'était son plan, non ?

Mark se remit debout péniblement.

— De qui vous parlez ?

Brodie était déjà prêt à retourner dans les flammes. Si jamais Jennifer était quand même entrée dans l'écurie…

— A l'aide !

Ce cri au loin lui fit tourner la tête de tous côtés. D'où venait-il ?

— Tu as entendu ? demanda-t-il à Davis. C'est elle. Elle n'a pas fui, elle appelle à l'aide !

Davis fronça les sourcils.

— A part le bruit du feu, je n'entends rien.

Pourtant, Brodie en était certain. Jennifer avait appelé à l'aide, il avait reconnu sa voix. Il courut vers les arbres qui séparaient les terres des Montgomery de celles de sa famille.

J'arrive, Jennifer, tiens bon.

Jennifer déglutit. L'homme l'avait rattrapée et plaquée au sol. Elle avait eu le temps d'appeler au secours, mais il appuyait un couteau sur sa gorge.

— Ton chevalier servant ne pourra rien pour toi, cette fois-ci, déclara l'individu qui la retenait.

Possible. Mais peut-être arriverait-elle à lui échapper toute seule.

Son ravisseur s'exprimait d'une voix grave et étouffée. Cherchait-il à maquiller son timbre ou seulement à éviter que d'autres puissent l'entendre ?

Il lui plaqua une main sur la nuque.

— Pour le moment, tu n'as pas besoin d'être consciente.

Puisqu'il s'apprêtait manifestement à l'assommer, elle chercha à tourner la tête. Elle devait voir son visage.

— Lâchez-moi !

Elle recommença à se débattre, la lame du couteau lui érafla l'épaule, mais elle réussit à se libérer de son étreinte.

Il la poussa alors au milieu du dos pour la maintenir au sol et se redressa.

— Tu ne m'échapperas pas et, tu auras beau crier, personne ne t'entendra !

Cette fois, il avait parlé d'une voix claire qui était familière à Jennifer.

— Je… vous connais.

Il partit d'un petit rire cynique.

— Presque intimement, oui. Etait-ce seulement un jeu ? lui demanda-t-il soudain. Combien d'autres que moi as-tu bernés avant de les trahir ?

Elle ne l'avait pas encore identifié, mais elle l'avait déjà rencontré. Quand ? Où ?

— A cause de toi, j'ai vécu l'enfer, Jennifer. L'enfer sur terre. Alors, avant que j'en aie terminé avec toi, je te promets de te le faire connaître à toi aussi. Maintenant, on s'en va. Essaie de résister si tu le souhaites, tu ne feras que me donner une bonne raison de te brutaliser plus que nécessaire.

Elle ne partirait pas avec lui. Elle ne partirait pas vers sa mort programmée.

— Jennifer !

Son nom retentit clairement. La voix était toute proche et elle l'identifia immédiatement.

Brodie !

Il était sorti des flammes et la cherchait.

— Je suis là ! s'écria-t-elle. Je…

Son assaillant la frappa violemment à la tête. Elle s'affala et tout devint noir.

— Je suis là !

La réponse de Jennifer fit tressaillir Brodie. Elle avait été interrompue, comme si on l'avait fait taire.

Il se rua dans la direction de son cri, sortit des arbres et…

Un homme vêtu de noir portait Jennifer sur son épaule.

— Posez-la ! lui ordonna Brodie.

L'homme se figea, mais ne se retourna pas.

— Laissez tomber, cette affaire ne vous concerne pas.

Brodie sortit le couteau qu'il gardait toujours dissimulé dans un étui à sa cheville. Jennifer était inerte.

Qu'est-ce que ce type lui a fait ?

— Oh que si, ça me regarde. Alors posez-la et reculez !

L'homme s'éloigna de quelques pas sans lâcher Jennifer.

— Pourquoi tenez-vous tant à elle ?

— Je vous ai dit de la lâcher ! répéta Brodie.

— C'est une menteuse. Elle vous trahira, comme elle l'a fait avec moi.

Brodie serra les doigts autour de son couteau.

— Vous vous prenez pour un héros ? poursuivit l'individu. Elle n'a pas encore causé suffisamment de dégâts dans votre existence ?

Jennifer émit un faible gémissement.

— Laissez-moi partir, ajouta l'homme, et je vous promets de ne jamais m'en prendre à votre famille.

Brodie avança d'un pas.

— Pour la dernière fois, lâchez-la.

L'homme fit basculer Jennifer, mais ne la libéra pas. Il la tenait devant lui d'une poigne de fer.

— Au cas où vous ne l'auriez pas remarqué, moi aussi je suis armé. Je peux lui ouvrir la gorge à n'importe quel moment.

— Et vous, si vous êtes malin, rétorqua Brodie, vous aurez constaté que moi j'ai un couteau et que mon frère Davis pointe en ce moment même un revolver sur votre dos.

L'homme ne répondit pas.

Tu ne t'y attendais pas, pas vrai ?

— Allez, maintenant lâchez-la sans faire de gestes brusques.

L'homme poussa violemment Jennifer en avant et détala sans demander son reste. Brodie eut envie de partir à sa poursuite car il avait bluffé à propos de Davis, mais il posa la main sur les cheveux de Jennifer : elle saignait. Il devait lui porter secours.

— Jennifer, tout va bien, ma chérie, je suis là.

Il la prit dans ses bras et se redressa. Elle ne réagit pas. Elle avait seulement brièvement repris connaissance. Il fallait qu'on la soigne au plus vite, une plaie au crâne ne devait pas être prise à la légère.

— Accroche-toi, lui dit-il avant de retourner sur ses pas.

Il y eut alors un sifflement qu'il reconnut. C'était un signal que Davis et lui avaient mis au point quand ils étaient gamins. Cela signifiait que son frère le cherchait. Il siffla en retour et, quelques secondes après, Davis apparut.

— Que lui est-il arrivé ? s'enquit son frère.

Davis tenait un revolver, remarqua Brodie. A quelques secondes près…

— Le type qui la traque était là, il a essayé de l'enlever et je pense qu'il l'a frappée. Il est parti dans cette direction, ajouta Brodie. Mais, attention, il est armé.

— Compris, répliqua Davis. Tu te charges d'elle ?

— Oui, vas-y.

Sans un mot supplémentaire, son frère disparut dans la nuit. Il était capable d'affronter ce type tout seul, mais…

— Fais attention, lui lança néanmoins Brodie.

Il repensa à la menace de l'homme de s'en prendre à sa famille.

Non, il ne gagnerait pas.

La moto était toujours où il l'avait laissée. Il l'enfourcha, démarra et roula le plus vite possible, comme s'il avait le diable aux trousses. Ce qui, d'une certaine façon, était peut-être le cas.

Il préféra même ne pas allumer ses phares, car ce n'était pas le moment d'attirer l'attention.

Brodie McGuire avait toujours Jennifer.

L'homme pesta. Il avait été sur le point de partir avec elle, justice allait être rendue mais, une fois encore, McGuire était intervenu. Il avait pourtant essayé de l'avertir. Après tout, il n'avait rien contre les McGuire.

Quand il avait appris l'existence d'un lien entre Jennifer et eux, il s'était renseigné. Les frères McGuire avaient tous fait partie des forces spéciales de l'armée, ce n'étaient pas des enfants de chœur.

Il n'avait eu aucune envie de s'en faire des ennemis. Seule Jennifer l'intéressait.

Il avait dit à Brodie de ne pas s'en mêler.

Pourquoi n'avait-il pas voulu l'écouter ? Pourquoi était-il aussi attaché à Jennifer ?

Elle l'a pris dans ses filets, lui aussi.

Ses grands yeux noirs et son doux sourire la rendaient tellement attirante ! Dans le passé, il était également tombé sous son charme.

Et puis, un jour, les flics avaient débarqué.

Ensuite, il s'était réveillé en cellule.

Il avait passé un temps infini à vivre les pires tourments, et cela semblait ne jamais devoir finir.

Non, il ne la laisserait pas s'en tirer. Elle aurait son châtiment, comme elle le méritait. Et, quoi qu'il en coûte, Brodie McGuire ne l'empêcherait pas d'atteindre son objectif.

Je t'ai prévenu, McGuire. Tu comprendras que tu aurais mieux fait de m'écouter.

Il n'y aurait pas d'autre avertissement.

Jennifer était dans une ambulance, le son de la sirène lui donnait la migraine. Un infirmier se pencha sur elle.

— Mademoiselle, vous avez mal ?

Il lui posa la main sur le front. Aussitôt, elle poussa un gémissement.

— Vous souffrez d'une commotion. On vous emmène à l'hôpital.

Elle lui saisit la main.

— Où est Brodie ? Brodie McGuire.

Comme il ne répondait pas, elle se redressa, trop vite. La douleur était encore vive.

— Est-ce qu'il a réussi à s'en sortir ? Est-il…

— Je suis là.

Elle leva les yeux. Brodie se tenait à la porte de l'ambulance. Elle poussa un soupir de soulagement.

— J'ai eu peur que tu ne sois resté prisonnier des flammes.

— Tu te souviens de ce qui s'est passé ? lui demanda-t-il.

Elle se rappelait les flammes, sa peur…

— Mademoiselle, ne bougez pas, je dois terminer de vous examiner.

Elle serrait toujours la main de l'infirmier, réalisa-t-elle.

— Il était là.

Le type qui la poursuivait était sur place. Il l'avait frappée. Tout lui revint, son pouls s'emballa.

— Mademoiselle, calmez-vous.

Elle fixa Brodie.

— Tu l'as vu ?

Il ne pouvait en être autrement. Son dernier souvenir était d'avoir entendu Brodie appeler son nom. Il devait avoir arrêté l'homme qui voulait l'enlever.

— Vous l'avez arrêté ? Où est-il ?

Il fallait qu'elle voie son visage, qu'elle sache une fois pour toutes à qui elle avait affaire.

Brodie prit une expression contrariée.

— Il s'est enfui.

Une immense déception la gagna.

Brodie monta dans l'ambulance.

— Reculez, s'il vous plaît, lui intima l'infirmier.

Mais Brodie ne l'écouta pas.

— Davis et Mac sont à sa recherche. On va l'avoir.

Jennifer lâcha la main de l'infirmier et se tâta l'épaule. Elle se rappelait le couteau qui l'avait égratignée. On avait manifestement posé un pansement sur la plaie.

— C'est lui qui a mis le feu à l'écurie. Et ton ami, est-il…

— Tout le monde a pu être évacué, il n'y a pas eu de victimes.

— Excusez-moi, intervint l'infirmier d'un ton agacé, je dois finir de l'examiner. Vous pourrez discuter à l'hôpital.

Elle ne voulait pas quitter Brodie. Elle avait tellement de questions à lui poser. Mais sa migraine était atroce et sa vision pas très claire.

Elle se rallongea.

— Je suis heureuse que tu n'aies rien… que tout le monde aille bien.

S'il y avait eu des blessés, ou pire, elle en aurait porté la culpabilité.

— Monsieur, je vous demande de nous laisser, ordonna l'infirmier à Brodie.

Ce dernier se pencha sur elle.

— Je vais suivre l'ambulance, je serai tout près.

Elle avait envie de pleurer.

— Je suis désolée, tu sais.

Il serra la mâchoire.

— Si j'étais arrivé une minute plus tard, il serait parti avec toi. Et qu'est-ce que j'aurais fait, alors ? dit-il d'une voix émue.

Avant qu'elle puisse lui répondre, il descendit de l'ambulance. L'infirmier se pencha sur elle et leva la main.

— Combien de doigts voyez-vous ?

Elle écarta la main et tendit le cou pour jeter un dernier regard à Brodie.

— Sans toi, que serais-je devenue ? murmura-t-elle.

Un autre auxiliaire médical ferma les portes de l'ambulance et, quelques secondes après, le véhicule démarra.

Brodie arpentait de long en large la salle d'attente de l'hôpital. Il était nerveux. Quelques mois plus tôt, il était au même endroit, car son frère Grant avait été blessé. Un mauvais souvenir.

Pour la quatrième fois, il se rendit au bureau des infirmières.

— Puis-je la voir, maintenant ?

L'infirmière lui retourna un regard sévère.

— Monsieur, je vous ai déjà expliqué que votre fiancée était en examen…

Les doubles portes derrière l'infirmière s'écartèrent et un médecin apparut. Quand il vit Brodie, il lui fit signe de la tête.

— Je veux la voir ! déclara Brodie.

Le médecin acquiesça.

— Très bien… elle aussi demande à vous voir. Elle

insiste pour sortir sans délai. Je n'ai pas le droit de la retenir contre sa volonté, mais je considère qu'il serait plus prudent qu'elle…

Les portes s'ouvrirent de nouveau et Jennifer apparut, en blouse d'hôpital, un pansement sur le front et le regard qui brillait de détermination.

Brodie se précipita vers elle.

— Mais qu'est-ce que tu fais ? dit-il en la prenant par les épaules. Tu n'es pas censée être debout !

— On m'a pris mes vêtements, alors il fallait bien que je sorte comme ça. Pourquoi est-ce qu'ils m'ont pris mes vêtements d'ailleurs ?

Le médecin s'éclaircit la voix.

— Mademoiselle, on vous a retiré vos vêtements parce qu'ils étaient couverts de sang et de cendres. Nous les avons mis de côté pour…

Jennifer ne l'écouta pas et se tourna vers Brodie.

— Je t'en prie, emmène-moi loin d'ici. Il serait capable de venir s'en prendre à moi. Je ne me sens pas en sécurité.

Brodie se crispa. Davis avait été victime d'une agression dans cet hôpital. Trop de mauvais souvenirs y étaient liés. Et Jennifer avait raison, les conditions de sécurité y laissaient à désirer.

Mais elle avait une commotion…

Il jeta un regard au médecin, qui soupira.

— C'est bon, elle peut s'en aller. Mais gardez-la bien à l'œil, d'accord ? Si elle dort, réveillez-la toutes les deux heures pour vérifier qu'elle va bien. Si la migraine revient, si elle semble désorientée, appelez-nous immédiatement, dit-il avant de fixer Jennifer d'un regard sévère. Je me sentirais mieux si vous acceptiez de rester quelques heures en observation, mais…

— Non, je ne reste pas, lâcha-t-elle. Allons-nous-en, insista-t-elle en fixant Brodie.

Celui-ci restait tourné vers le médecin.

— Quand vous vérifiez son état, demandez-lui comment elle s'appelle. Et, même si elle récupère bien, je tiens à la revoir dans vingt-quatre heures pour m'assurer en personne que tout est en ordre.

— Autre chose ? s'enquit Brodie.

— Prenez soin d'elle.

— Promis, répliqua-t-il. Allez, on y va, lança-t-il à Jennifer.

— Occupez-vous bien de votre fiancée, leur lança une infirmière.

Brodie passa le bras autour des épaules de Jennifer et, ensemble, ils quittèrent le bureau des infirmières et se dirigèrent vers l'ascenseur. Quand ils furent à l'intérieur de la cabine, elle leva la tête vers lui.

— J'ai une bosse à la tête et une égratignure à l'épaule, c'est tout. Je peux marcher toute seule.

— Et moi je peux te soutenir. Laisse-moi faire.

— Je suis ta fiancée ? lui demanda-t-elle avec un petit sourire. Je n'en avais pas souvenir.

Il lui retourna son sourire.

— Ce doit être à cause de ta commotion.

Elle rit franchement. Son rire cristallin lui fit un bien fou, il se sentit plus léger et la serra davantage contre lui.

Les portes de l'ascenseur s'ouvrirent quand ils arrivèrent au parking et il l'escorta jusqu'à son SUV.

Il fit rapidement le tour pour s'assurer que personne n'avait touché à son véhicule puis aida Jennifer à s'installer. Il referma la portière, contourna le SUV, monta également et s'apprêtait à démarrer quand elle lui posa la main sur la sienne.

— Il s'est échappé, n'est-ce pas ?

Il tourna la tête vers elle. Son expression grave et la peur étaient revenues.

— Pour le moment, il est encore dans la nature, oui, concéda-t-il.

Elle acquiesça.

— Il va tenter autre chose. Il n'abandonnera pas.

En effet, songea Brodie.

— Ne me reconduis pas au ranch, lui dit-elle doucement. Il connaît les lieux maintenant, il pourrait s'attaquer aux écuries, à la maison et…

— Non, notre système de sécurité est trop performant. C'est pour cette raison qu'il s'en est pris au ranch des Montgomery. Il voulait t'attirer hors de chez nous. Mais, tant que tu y resteras, il ne t'arrivera rien.

— En y restant, je fais de votre ranch une cible, et ça je m'y refuse.

Brodie repensa aux menaces de l'agresseur de Jennifer.

— C'est une affaire personnelle, je crois. Ce type te connaît.

— Presque intimement, murmura-t-elle.

Il tourna vivement la tête.

— Quoi ?

Elle se frotta les yeux.

— C'est ce qu'il a affirmé… que nous nous connaissions intimement.

— Je t'ai interrogée au sujet de tes anciens amants et…

— Nous n'avons jamais été ensemble, j'en suis certaine. Mais… sa voix m'était familière. Il faut que je retrouve de qui il s'agit, ajouta-t-elle en se tapant le genou du plat de la main. Alors, enfin, je comprendrai pourquoi il m'en veut tellement.

C'était bien pire que lui en vouloir, pensa Brodie. Ce type voulait la tuer.

Mais je l'en empêcherai.

Le ranch McGuire se profilait devant Jennifer. Les grilles étaient imposantes, tout comme la maison.

Une fois garé, Brodie fit le tour du véhicule pour lui ouvrir sa portière et lui proposa sa main pour l'aider à descendre.

— Ne t'inquiète pas, je peux marcher seule.

Mais Brodie l'ignora et elle dut accepter son bras. Il vérifia le système d'alarme puis, sans la lâcher, ouvrit la porte et l'accompagna dans le couloir.

Mais, au lieu d'aller jusqu'au bout, il s'arrêta devant sa propre chambre.

— Brodie ?

— Le médecin a dit que je devais te réveiller toutes les deux heures, expliqua-t-il tandis qu'il la faisait entrer et la tirait vers le lit. Ce sera beaucoup plus simple si tu dors ici.

— Mais je peux quand même retourner dans ma chambre. De toute façon, je ne suis pas sûre d'arriver à dormir.

Il la fixa.

— Tu as peur de rester avec moi, c'est ça ?

Elle fit non de la tête.

Il traversa la pièce, ouvrit un tiroir et en sortit un T-shirt.

— Passe-le si tu veux, tu seras plus à l'aise.

Elle l'accepta sans un mot.

Le regard de Brodie glissa sur elle, telle une caresse.

J'ai envie qu'il me caresse.

Ce désir la tenaillait en permanence.

Elle serra le T-shirt entre ses doigts.

— Tu… peux te retourner pendant que je me change ?

Il esquissa un petit sourire espiègle.

— Pour quoi faire ? lui demanda-t-il en haussant les sourcils.

Elle ne put s'empêcher de rougir. Avec lui, elle se sentait comme une adolescente.

— Brodie…

Il poussa un soupir et, finalement, lui tourna le dos.

Elle s'empressa d'ôter sa blouse d'hôpital et de passer le T-shirt. Elle aimait porter les vêtements de Brodie, tout imprégnés de son parfum. Elle tira dessus. Il lui descendait jusqu'aux cuisses et…

— C'est bon, je peux me retourner ?

— Oui.

Pourquoi s'exprimait-elle d'une voix aussi intimidée ? Elle avait fréquenté des tueurs, envoyé des criminels en prison. Elle n'aurait pas dû être dans un tel état parce qu'elle se retrouvait dans la chambre de Brodie. Et pourtant…

Reprends-toi !

Il enleva sa chemise, puis se débarrassa de ses chaussures. Enfin, il porta les mains à la fermeture de son pantalon.

— Ne t'inquiète pas. Moi, je ne vais pas te demander de te retourner.

— Mais qu'est-ce que tu fais ?

Cette fois-ci, il lui sourit franchement.

— Je croyais que c'était évident. Je me déshabille pour pouvoir me coucher.

Elle entra dans le lit.

— Je ne crois pas que ce soit une bonne idée que nous dormions l'un à côté de l'autre.

Son ton de voix paraissait indiquer exactement le contraire. Elle en avait terriblement conscience.

— N'aie crainte, je ne te toucherai pas, promit Brodie. Pas tant que tu n'auras pas récupéré, ajouta-t-il avant d'ôter son jean pour révéler un caleçon sexy qui moulait ses hanches. Mais, ensuite, tu seras de nouveau à moi.

Elle le considéra de la tête aux pieds. Il avait vraiment un physique à tomber. Il était à la fois musclé et fin.

Il se mit au lit à son tour et s'allongea à côté d'elle. Elle secoua la tête.

— Davis ne va pas tarder à rentrer, dit-elle. Si, demain matin, il se rend compte que j'ai passé la nuit dans ta chambre, il croira que nous avons fait plus que dormir.

Brodie éclata de rire.

— C'est déjà arrivé, je te rappelle.

Ce n'était pas ce qu'elle voulait dire.

— Par ailleurs, reprit-il, je me fiche de ce que Davis pense de nous. Tant qu'il te laisse tranquille, tout va bien.

Il se pencha sur elle. Elle se crispa.

— Du calme, j'éteins la lumière, c'est tout.

La pièce se retrouva plongée dans l'obscurité.

Jennifer était épuisée, mais en même temps n'avait aucune envie de dormir.

Elle posa la tête sur l'oreiller. Dans le noir, il était plus facile de parler à Brodie.

— Tu m'as encore sauvée, dit-elle.

Il remua dans le lit.

— Il voulait m'emmener pour me torturer, poursuivit-elle. Son but est de me faire subir une mort lente et pénible.

Brodie posa une main sur son bras. Ce geste la rassura.

— Je me fiche de ce qu'il a prévu. Il ne te fera pas de mal, j'en fais le serment.

Si Brodie ne l'avait pas entendue crier, à l'heure qu'il était, elle serait en train d'endurer les pires souffrances. Finalement, elle était là, tout près de lui. Elle posa la tête sur son épaule.

— Parle-moi de toi… avant que tu deviennes Jennifer Wesley.

— J'étais perdue.

C'était ainsi qu'elle se voyait.

— Mes parents sont morts dans un accident de la route quand j'étais enfant. J'étais en colère contre tout et tout le monde, j'étais ingérable. Je passais d'une famille d'accueil à une autre. A cette époque, je m'étais forgé une règle.

— Une règle ?

— Oui. Ne jamais m'attacher à quiconque.

Quand elle travaillait pour le gouvernement, elle s'appliquait la même ligne de conduite. Finalement, pour elle, c'était devenu une seconde nature.

Ne jamais s'attacher. Sinon, on devenait vulnérable. Et on finissait par souffrir…

Elle avait laissé seulement deux personnes briser cette règle. Lentement, au fil du temps, elle s'était attachée à Nate, l'homme qui était censé être son père. Au point qu'elle avait presque fini par le considérer comme un véritable père.

Et…

Elle était devenue proche de Brodie. Beaucoup trop proche.

— Qui étais-tu alors ? Comment t'appelais-tu ?

— Jennifer Belmont. Jenny. J'étais de Florence, dans l'Idaho. Mais personne ne me connaissait vraiment là-bas, alors, quand j'ai changé d'identité, on ne s'est pas demandé ce que j'étais devenue.

C'était une des raisons pour lesquelles le gouvernement l'avait recrutée. Hélas, elle avait appris trop tard qu'elle faisait partie des agents *sacrifiables.* Si elle avait péri en mission, nul n'aurait jamais cherché à savoir ce qui lui était arrivé.

Voilà pourquoi le sauvetage de Brodie l'avait tant marquée. Car elle avait abandonné tout espoir de s'en sortir.

— Et qu'aimait faire Jenny Belmont ?

— Elle… aimait beaucoup lire. Quand elle en avait l'occasion, elle aimait monter à cheval. Sa mère aimait les chevaux, alors elle les aimait également. Ça lui permettait de se sentir plus proche d'elle.

— Tu parles de celle que tu étais avant à la troisième personne, comme si c'était une autre.

Mais n'avait-il pas compris que c'était le cas ? Jenny Belmont était à des années-lumière de Jennifer Wesley.

— Pourtant, c'est *toi* qui aimais lire, c'est *toi* qui aimais faire du cheval, insista Brodie. Au fond, c'est toujours toi. Jenny Belmont n'est pas morte, même si c'est ce qu'on a essayé de te faire croire.

Le cœur de Jennifer se mit à battre très fort et elle ne put retenir quelques larmes. Heureusement qu'ils étaient dans le noir et que Brodie ne pouvait pas s'en rendre compte.

— Et toi ? lui demanda-t-elle. Tu veux bien me raconter qui était Brodie McGuire… avant d'intégrer les forces spéciales de l'armée ?

Il changea de position et la serra contre lui.

— J'étais un fauteur de troubles.

Quoi ?

— J'avais le chic pour me mettre dans les ennuis et entraîner Davis dans mes frasques. Je lui en ai fait voir de toutes les couleurs, mais il a toujours été là pour moi. Comme mes autres frères, ainsi qu'Ava.

— Je t'imaginais plutôt comme la star de l'équipe de football du lycée, quelque chose comme ça…

Il éclata de rire. Elle aimait le son grave de son rire.

— Ma belle, je t'assure que j'étais trop occupé à chercher quel coup jouer pour penser à cela. Je ne vivais que pour le danger et…

— C'est toujours le cas, le coupa-t-elle. Les forces spéciales n'ont pas une existence de tout repos.

— Non, c'est vrai. Mais j'ai intégré l'armée pour être utile. Je ne voulais plus continuer à faire n'importe quoi en vain.

Il avait donc décidé de sauver des vies.

— Je suis vraiment désolée pour tes parents, tu sais.

Elle avait beaucoup apprécié sa mère. Brodie avait son sourire. Elle s'était montrée très sympathique, mais…

Quand nous nous sommes rencontrées, il y avait de la peur dans son regard.

Elle garda cette réflexion pour elle. Elle en ferait part à Brodie plus tard.

— J'ai souvent rêvé de toi, chuchota-t-il. Et je ne cessais de me maudire de t'avoir laissée partir. Je ne ferai pas deux fois la même erreur, je te le promets.

7

— Jennifer, réveille-toi…

Une voix grave et sexy la sortait du sommeil.

Lentement, elle ouvrit les paupières.

— Tu sais qui je suis ?

Au-dessus d'elle brillaient les plus beaux yeux verts qu'elle ait jamais croisés.

— Moi aussi, j'ai rêvé de toi…

Il fronça les sourcils.

— Qui suis-je ?

— Brodie, répondit-elle avec un sourire tandis qu'elle levait les bras pour les lui croiser autour du cou. Dans mes rêves, tu ne me laissais pas partir.

A l'instant, elle avait du mal à distinguer le songe de la réalité.

— Tu veux bien m'embrasser ? murmura-t-elle.

— Ma chérie, je suis censé vérifier ton état, pas…

Elle l'attira à lui pour presser ses lèvres contre les siennes.

Ce n'est pas un rêve.

Elle entrouvrit les lèvres pour l'inciter à intensifier son baiser et eut immédiatement envie de plus. Seul Brodie produisait cet effet-là sur elle.

— Jennifer, fit-il, le souffle court, pas encore… Le médecin a dit que je devais veiller sur toi.

Elle savait très bien ce qu'il pouvait faire pour prendre soin d'elle et elle en avait très envie.

Il l'embrassa de nouveau.

— Pas encore, répéta-t-il, mais bientôt.

Elle chercha son regard. Le soleil filtrait à travers les volets, éclairant parfaitement les yeux de Brodie : ils brillaient de désir.

— Des promesses, toujours des promesses, chuchota-t-elle avant de replonger dans le sommeil.

Brodie couvait Jennifer du regard tandis qu'elle dormait. Il avait vérifié qu'elle réagissait normalement toutes les deux heures, comme le lui avait demandé le médecin.

Il remit doucement ses cheveux en place. Dans son sommeil, elle murmura quelques mots qu'il ne saisit pas. Il se pencha sur elle.

— Qu'est-ce que tu dis ?

— Reste avec moi.

Ses mots lui serrèrent le cœur.

— Je suis là. Je ne te laisserai pas.

Elle ne serait pas toute seule face au danger. La terreur ressentie quand il avait traversé les bois pendant l'incendie lui resterait toujours. Son frère Davis était persuadé que Jennifer avait profité de la confusion pour s'évaporer, mais lui était convaincu du contraire : Jennifer ne l'aurait jamais abandonné dans de telles circonstances.

En revanche, il avait été terrorisé à l'idée de ne pas la retrouver.

Tu ne me l'enlèveras pas. Il ignorait toujours l'identité du psychopathe qui voulait absolument s'emparer d'elle, mais tôt ou tard il le lui ferait regretter.

Il posa les yeux sur le visage de Jennifer. *Je l'arrêterai, et tu ne risqueras plus rien...*

Elle était réapparue dans sa vie. C'était tellement inespéré qu'il ne la laisserait pas repartir.

— Jennifer.

Il prononça son nom doucement pour ne pas l'effrayer. Puis il lui passa le revers de la main le long du bras.

— Il faut que tu te réveilles.

Elle battit des paupières et tourna la tête vers lui.

— Je... rêvais encore de toi.

— Quel est mon nom ? lui demanda-t-il, suivant toujours les préconisations du médecin.

— Brodie, répondit-elle avec un sourire tandis qu'elle s'étirait comme un chat. Tu t'appelles Brodie et moi Jennifer. Et je te jure que je ne vois pas double. Je vais bien.

Lui avait-il déjà dit que c'était la femme la plus sexy qu'il connaissait ?

A cette idée, son visage dut se troubler, car Jennifer lui demanda :

— Brodie, qu'est-ce qui ne va pas ?

— Si tu n'avais pas été en danger... tu ne serais jamais revenue, n'est-ce pas ?

Elle fronça les sourcils.

— Que veux-tu dire ?

— Je ne t'aurais plus jamais revue, et ç'aurait été bien dommage, dit-il avant de se pencher sur elle pour l'embrasser.

Il y eut alors un petit coup frappé à la porte.

— Brodie ? appela Davis. Il faut qu'on parle.

Décidément, son frère avait le chic pour arriver au plus mauvais moment, pesta Brodie intérieurement.

Il se pencha vers Jennifer.

— Dans la salle de bains, il y a des vêtements propres pour toi. Habille-toi et rejoins-nous quand tu seras prête.

— Brodie ? appela de nouveau Davis.

— J'arrive.

Il avait mis le verrou, Davis ne pouvait donc pas entrer.

— Merci, lui dit Jennifer en posant sa main sur la sienne. Merci pour les vêtements et pour tout ce que tu fais pour moi.

Il secoua la tête.

— Je ne fais pas cela pour obtenir ta gratitude, tu sais.

— Qu'est-ce que tu veux alors ?

Il la fixa droit dans les yeux, un désir fou le gagnant.

Jennifer s'en rendit certainement compte, car elle se mit à respirer plus vite. Tant mieux, pensa Brodie. Il fallait qu'elle sache précisément ce qu'il ressentait et ce qu'il voulait.

— Tout, dit-il en la serrant contre lui. Je veux tout vivre avec toi, je ne me contenterai pas de moins, ajouta-t-il avant de se lever.

Brodie se dirigea avec Davis vers le petit lac sur le domaine du ranch. Ces terres appartenaient à leur famille depuis plus de cent ans. Leurs arrière-grands-parents étaient des immigrants venus d'Irlande à la recherche d'une nouvelle vie. Leur père leur avait raconté qu'ils avaient acheté ces terres après être tombés amoureux du paysage.

Il y a tellement de bons et de mauvais souvenirs, ici, songea Brodie tandis qu'il repensait aux paroles de son père. Mais ses frères et lui étaient trop attachés à cet endroit et, après la mort de leurs parents, ils n'avaient pas eu la force de se séparer du ranch.

— Tu prends de grands risques en tombant amoureux d'elle, déclara Davis, le regard posé sur le lac.

— Prendre des risques, ça ne m'a jamais fait peur, tu devrais le savoir.

— Ce n'est pas forcément bon, Brodie. Cet incendie… enfin, c'est passé près. Mark aurait pu y laisser la vie. Toi aussi d'ailleurs.

— Nous sommes tous là, répliqua fermement Brodie. En revanche, ce type a failli me ravir Jennifer.

Davis se tourna vers lui.

— Si je ne l'avais pas entendue crier…, reprit Brodie.

Il secoua la tête, incapable de trouver les mots appropriés.

— Je ne sais vraiment pas ce que j'aurais fait.

— Es-tu en train de me dire que…

— Je ne l'ai jamais oubliée. Je n'y arrivais pas. Six ans… elle aurait pu définitivement faire partie du passé, mais elle était constamment dans ma tête. Je me surprenais à me demander ce qu'elle devenait, avec qui elle était. Et voilà que, l'autre jour, je la vois entrer dans mon bureau. Elle était revenue vers moi.

Davis émit un reniflement de dédain.

— Son rôle dans la mort de nos parents n'est pas clair.

— Tu sais très bien qu'elle ne les a pas tués.

— Mais elle pourrait avoir mené les tueurs à leur porte ! Elle…

— Jennifer est une victime.

Davis agita négativement la tête.

— Pas si on s'en tient à ses révélations. C'est un agent entraîné. Entraîné à mentir. Comment peux-tu croire ce qu'elle raconte ?

Brodie fixa Davis. Quand il était question de Jennifer, il ne lâchait pas le morceau, même face à son frère jumeau.

— Je ne comprends pas ton comportement, déclara Davis. Je ne te reconnais plus. D'habitude, tu ne t'attaches jamais à une femme, tu passes d'une relation à…

— Et ça t'est déjà arrivé de te demander pourquoi j'étais aussi instable à ce niveau-là ? le coupa Brodie.

— Pardon ?

Davis semblait perdu.

— Parce que les femmes que je rencontrais n'étaient pas Jennifer.

Davis ferma les yeux.

— Oh non, ne me dis pas que…

— Cette fois, je ne passerai pas à une autre, je peux te l'assurer.

— Bon sang.

Brodie n'en avait pas terminé.

— Quoi qu'il arrive, quoi que l'on puisse découvrir, je veux que tu me soutiennes. Et je veux que tu la protèges.

Davis détourna de nouveau le regard pour fixer le lac.

— Est-ce que je t'ai déjà fait défaut ? Si j'ai rejoint les forces spéciales, c'était justement pour pouvoir veiller sur toi.

— Quoi ? s'exclama Brodie, sincèrement surpris. Mais je croyais…

— Tu es mon frère jumeau, marmonna Davis. Qu'est-ce que j'aurais pu faire d'autre ? J'ai toujours voulu protéger les miens. Mais il semblerait que je m'y prenne mal.

Sur ce, il s'éloigna.

Brodie le rattrapa et le prit par les épaules, l'obligeant à se retourner.

— Je ne lui fais pas confiance, lâcha Davis. Elle n'est pas aussi innocente que tu le penses.

— Ecoute, la première fois que je l'ai vue, Jennifer était ligotée à une chaise, dans une maison au milieu de nulle part. Elle était totalement à la merci des hommes qui l'avaient enlevée, et je disposais de très peu de temps avant qu'ils reviennent.

— Pourquoi tu me racontes ça ? grogna Davis.

Brodie continua.

— Je me suis approché de Jennifer et elle m'a murmuré quelques mots. Tu sais ce qu'elle m'a dit ? De m'enfuir, parce que je n'aurais pas le temps de la libérer. Elle était seule, livrée à elle-même, et pourtant, sa seule préoccupation, c'était que je ne risque pas ma vie pour elle.

Peut-être était-ce dès ce moment-là qu'il avait commencé à s'attacher à elle.

— Une alarme s'est déclenchée avant qu'on ait le temps de sortir. Mon unité a dû engager le combat et, moi, il a fallu que j'affronte directement plusieurs hommes pour évacuer Jennifer. Elle était épuisée, elle tenait à peine debout, mais elle a serré les dents, elle a couru avec moi sans se plaindre, sans jamais flancher. Et, quand un type a surgi pour couper notre retraite et m'a tiré dessus, c'est elle qui m'a écarté pour que je ne sois pas touché. J'étais venu la sauver, mais… elle aussi m'a sauvé la vie.

Davis était livide et ne disait plus rien.

— Quand nous nous sommes retrouvés à l'abri, nous avons fait l'amour. Je savais que ce n'était pas bien, mais ce que je venais de traverser avec elle avait été tellement fort que je n'ai pas pu me retenir. Et, maintenant, plus rien ne me séparera d'elle.

Rien… ni personne.

Après quelques secondes, Davis acquiesça.

— Je comprends. Quoi qu'il arrive, tu pourras compter sur moi.

Tant mieux, pensa Brodie. C'était ce qu'il avait besoin d'entendre.

— Brodie ?

Il tourna la tête vers la voix qui venait de l'appeler. Jennifer s'avançait vers eux. Elle avait passé un jean, un T-shirt large, et enlevé le pansement sur son front. Elle y portait encore une marque rouge. Son regard était hésitant et passa de Davis à lui.

— Tout va bien ? s'enquit-elle d'un ton incertain.

Brodie acquiesça. Il venait de mettre les choses au clair avec son frère.

— J'aimerais aller chez les Montgomery pour poser quelques questions, au cas où quelqu'un aurait aperçu notre suspect avant l'incendie.

— Je veux venir avec toi, dit-elle.

De toute façon, il avait bien l'intention de ne pas la laisser seule.

— Très bien. Alors allons-y, répliqua-t-il avant de s'avancer vers elle pour la prendre par le bras.

— Jennifer.

Elle se retourna vers Davis.

— Veillez sur mon frère, lui intima-t-il.

Elle lui adressa un petit sourire.

— Bien sûr.

L'homme avait du mal à contenir sa fureur. Jennifer ne savait pas qui il était ! Elle avait ruiné sa vie et l'avait oublié. Elle était partie détruire d'autres existences.

Il était en rage. Il l'avait tenue entre ses mains, il lui avait parlé.

Et, malgré tout, elle ne l'avait pas reconnu.

Certes, depuis le temps, il avait changé. Il n'était plus un millionnaire qui sortait toujours en costume trois pièces et fréquentait la salle de sport quatre fois par semaine. Il ne conduisait plus de belles voitures et ne dînait plus dans de grands restaurants.

Désormais, il chassait. Il tuait.

Elle avait fait de lui une ombre. Un homme qui devait lutter pour sa survie, qui avait tout perdu et n'avait donc plus rien à perdre.

Avant de mourir, Jennifer hurlerait son nom. Elle saurait qui elle avait en face d'elle, elle l'implorerait de lui laisser la vie sauve.

Je ne veux pas être oublié.

Peut-être était-il temps d'inclure un nouveau joueur dans la partie. Cela faisait trop longtemps qu'il était en retrait, à l'aider à piéger Jennifer. Le moment était venu de le lancer en pleine lumière.

L'homme sortit son téléphone et appela celui qui lui avait permis de retrouver la trace de sa proie.

L'écurie des Montgomery n'était plus qu'un tas de cendres. Jennifer claqua la portière du SUV et observa le spectacle avec consternation.

Elle avait ôté le pansement sur son front. La bosse s'était résorbée et il ne restait plus qu'une vilaine marque. En revanche, elle portait encore un pansement à l'épaule, et chaque fois qu'elle repensait à ce couteau…

Il ne faut pas qu'il m'approche de nouveau.

Elle ne cessait de repenser à sa voix. Une voix tellement familière et pourtant…

Je n'arrive pas à me souvenir de qui il s'agit.

S'il avait fait moins sombre, elle aurait pu voir son visage.

— Au moins, les chevaux sont hors de danger, déclara un homme aux cheveux blonds ondulés qui se dirigeait vers eux.

— Mark, répliqua Brodie en lui tapant sur l'épaule. Je suis vraiment désolé de ce qui s'est passé.

Mark tourna la tête vers l'écurie.

— Nous la reconstruirons.

Jennifer s'approcha d'eux discrètement.

— Le feu s'est propagé à une vitesse folle, poursuivit Mark. Quand j'ai compris ce qui se passait, les flammes montaient déjà vers le ciel. Et Davis… il était encore là à l'arrivée du chef des pompiers. Il lui a dit que c'était un incendie volontaire. Volontaire ! Quand j'ai entendu ça, j'étais complètement abasourdi. Qui aurait pu vouloir détruire mon écurie ?

C'était après moi qu'en avait le responsable de l'incendie, corrigea Jennifer intérieurement.

Brodie lui jeta un regard puis expliqua à Mark :

— Nous pensons que c'était un piège. L'incendiaire a… enfin, son but, c'était de nous attirer ici, Jennifer et moi.

— Jennifer, répéta Mark, qui mit apparemment une seconde à comprendre avant de tourner les yeux vers elle. Pardon, je crois que nous ne nous sommes pas présentés. Les événements ne nous en ont pas laissé le temps. Mark Montgomery, dit-il en lui tendant la main.

Elle la lui serra avec un sentiment de culpabilité. Elle

le saluait amicalement alors qu'à cause d'elle il venait de perdre une écurie.

— Un homme me pourchasse, déclara-t-elle. C'est pour m'atteindre qu'il s'en est pris à votre ranch.

Mark jeta un regard à Brodie.

— Je vois…, dit-il, le visage crispé. Alors j'imagine que je devrais vous demander ce que je peux faire pour vous aider à coincer ce malade.

— Rien, Mark, répliqua Brodie. Ce n'est pas à toi de t'en mêler ; je te jure que j'arrêterai ce type.

Mais Mark ne semblait pas l'entendre de cette oreille.

— Que tu le veuilles ou non, après ce qu'il a fait, ça me regarde aussi. Mes employés auraient pu mourir, tout comme moi. Alors tu penses que je vais tendre l'autre joue ? Tu me connais, Brodie, tu sais ce qu'il en est.

— Ecoute, mes frères et moi, nous sommes sur sa piste…

— Pourquoi souhaitait-il vous attirer ici ? le coupa Mark en s'adressant à Jennifer.

— Parce qu'il voulait m'enlever, répondit-elle. Et, au bout du compte, me tuer.

Mark poussa un juron.

— Mais ça ne se produira pas, intervint Brodie.

Jennifer soupira. *Si seulement il pouvait avoir raison.*

— Je suis désolée, je ne voulais pas que mes ennuis vous affectent, dit-elle à Mark.

— Vous savez, j'ai déjà connu pas mal de coups durs. Mais je m'en suis toujours remis.

— Si tu veux nous aider, reprit Brodie, dis-nous si tu as remarqué quelque chose d'inhabituel avant que l'incendie éclate et laisse-nous interroger tes employés. On ne sait jamais, l'un d'eux pourrait avoir vu l'homme qui a mis le feu.

— Pose-leur autant de questions que tu le souhaiteras, mais je doute que ça te mène bien loin. Je les ai déjà interrogés moi-même, tout comme la police. Tous ont déclaré s'être précipités à l'écurie quand ils ont vu la fumée et les flammes et, plus tard, qu'ils t'ont vu revenir avec une femme dans les bras.

Jennifer considéra Brodie. Elle ne se souvenait pas qu'il l'avait portée. Ce qui s'était passé juste après qu'elle eut reçu un coup à la tête était à jamais perdu pour sa mémoire.

— Passe tout le domaine au peigne fin, parle autant que tu veux à mes hommes, déclara Mark en faisant un grand geste. Je suis même prêt à t'aider dans tes recherches.

Jennifer était parfois surprise par les liens d'amitié entre deux personnes. Peut-être parce qu'elle n'avait jamais réellement eu d'amis proches. En tant que Jennifer Wesley, tous les liens qu'elle avait pu tisser avec d'autres n'étaient qu'illusion. Et en tant que Jenny Belmont…

Elle n'avait jamais été proche de quiconque.

En fait, celui qui la connaissait le mieux… c'était Brodie. En était-il conscient ?

— Il y a autre chose que tu dois savoir, lança Brodie à Mark. Nous avons des raisons de croire que l'homme qui traque Jennifer pourrait avoir un lien avec la mort de mes parents.

Mark se raidit.

— C'est lui qui les a tués ?

— Pour le moment, nous l'ignorons. Mais il possède certainement des réponses aux questions que nous nous posons. Au minimum.

— Alors ne perdons pas de temps. Commençons les recherches.

— Est-ce que… Ava est en danger ?

A ces mots, Brodie se tourna vivement vers Mark. Cela faisait près de deux heures qu'ils cherchaient partout sur le domaine du ranch. Jennifer était à quelques mètres derrière eux, en conversation avec deux employés. Mark lui avait posé cette question à voix basse, évidemment pour que personne d'autre ne les entende.

Il se croyait doué pour dissimuler ses sentiments, mais il se trompait. Brodie savait pertinemment ce que Mark ressentait pour Ava.

— Non, elle est en sécurité, répondit-il. Je l'ai eue au téléphone juste avant qu'on vienne ici. Elle termine son année universitaire, et ensuite…

— Elle rentre à la maison ?

Brodie fit non de la tête.

— Tu sais bien qu'ici elle ne se sent plus chez elle.

Mark ne répondit pas tout de suite. Enfin, il s'éclaircit la gorge et déclara :

— Alors Ava a complètement refait sa vie. Tant mieux. Elle… mérite d'être heureuse. Cette terrible nuit, quand elle est venue ici, je n'arrivais pas à faire cesser ses tremblements. Elle était terrorisée.

— Elle est toujours terrifiée, répliqua Brodie. Elle est persuadée qu'un jour ou l'autre les tueurs vont revenir finir le travail. Elle se sent également coupable d'avoir fui, de ne pas avoir sauvé nos parents.

— Si elle avait tenté de s'opposer aux tueurs, elle serait morte aussi, rétorqua Mark en se passant la main dans les cheveux. Il faut que je la voie.

— Je ne suis pas sûr que ce soit une bonne idée.

Pour Ava, Mark était désormais indissociable du pire moment de son existence. Brodie le savait pertinemment.

— Ecoute, fit Mark, j'ai respecté vos règles, j'ai gardé mes distances…

— Mark…

— Maintenant, ça suffit. Tu aurais dû me dire qu'elle souffrait autant.

Pourquoi ? Mark ne disposait pas d'une baguette

magique pour faire disparaître la douleur d'Ava. Pas plus lui qu'un autre.

— On ne peut rien pour elle. Tant que nous n'aurons pas arrêté les…

— Non, toi tu ne peux rien faire. Mais peut-être que moi, si.

Ce qui se lisait dans le regard de Mark déplut à Brodie.

— Du calme, Mark. C'est de ma sœur que tu parles.

— Et c'est aussi ma…

— Que se passe-t-il ? intervint Jennifer. Qu'est-ce qui ne va pas ?

Mark poussa un soupir agacé.

— Brodie pense savoir mieux que moi ce que je peux faire ou pas. Mais il se trompe !

Sur ce, il se mit à marcher plus vite et prit quelques mètres d'avance. Jennifer se posta à côté de Brodie.

— Tu veux bien m'expliquer de quoi il retourne ?

— Eh bien, tu sais que ma sœur était au ranch la nuit où mes parents ont été tués. Elle a réussi à fuir et s'est réfugiée auprès de l'homme auquel elle faisait le plus confiance.

— Mark, devina Jennifer.

— Ouais, fit Brodie.

Mark avait toujours traité Ava comme sa propre sœur jusqu'à cette fameuse nuit qui avait tout fait basculer.

— Mark est un de mes plus anciens amis et je suis bien placé pour savoir que ce n'est pas quelqu'un de très équilibré. Quant à Ava, elle est toujours au bord de la dépression. Alors je ne crois pas que ce soit très sain pour eux de se revoir.

Jennifer lui posa une main sur le bras.

— Es-tu sûr de savoir ce dont elle a besoin ? Est-ce que c'est à toi d'en décider ?

— Je sais…

— Tu ne peux pas contrôler les autres, Brodie.

Il avait le sentiment d'avoir fait défaut une fois à Ava. Il refusait de commettre la même erreur.

Il se détourna pour dissimuler ses émotions, mais Jennifer le retint.

— Ce n'était pas ta faute, Brodie. Tu ne les as pas laissés mourir. Ce n'est pas toi le responsable des cauchemars qui hantent ta sœur. Mais c'est ce que tu penses, n'est-ce pas ?

Il ne répondit pas.

— Et maintenant…, poursuivit Jennifer. Est-ce que tu penses que c'est ma faute à moi ? Car c'est ce que croit Davis. Je l'ai lu dans son regard ce matin.

— Non, ce n'est pas ce que je pense, Jennifer.

Elle le dévisagea.

— Alors laissons de côté cette fichue culpabilité, car elle nous ronge, tout comme elle doit ronger ta sœur.

Brodie posa le regard sur la ligne des arbres, plus loin.

— Parfois, il m'arrive de me dire que…

Soudain, un couteau attira son attention parmi les herbes hautes.

— Brodie ?

Il partit à grands pas puis se baissa. L'agresseur de Jennifer avait-il conscience d'avoir perdu son arme ? Sans doute pas, supposa Brodie. C'était certainement arrivé alors qu'il ne pensait qu'à fuir le plus vite possible.

Cette erreur va te coûter cher.

Brodie ramassa le couteau avec précaution. Il le transmettrait à Shayne, son ami de la police, pour qu'il fasse procéder à un relevé d'empreintes. Ensuite, ils sauraient à qui ils avaient affaire.

Après avoir transmis le couteau à Shayne Townsend, Brodie emmena Jennifer à l'hôpital.

En chemin, elle ne cessa de protester. Et encore dans l'ascenseur de l'hôpital.

— Je vais bien, Brodie ! Je n'ai pas besoin de me faire tripoter une fois de plus par un médecin !

Il la dévisagea. Même en colère, elle était terriblement sexy.

— Tu sais que le médecin a demandé que tu reviennes pour un examen de routine.

— D'accord. Mais il va se contenter de braquer une petite lampe sur mes pupilles et ensuite annoncer que tout est en ordre. Ce sera une perte de temps.

Il la prit par les épaules.

— Je veux l'entendre déclarer que tu as complètement récupéré. Car j'ai besoin de toi. Je dois pouvoir garder mon sang-froid et tu n'as aucune envie que je…

— Ce dont j'ai envie, c'est de toi.

Il y eut une petite sonnerie et les portes de la cabine s'ouvrirent. Mais Brodie n'eut pas la force de bouger.

— De toi et rien d'autre, reprit Jennifer d'une voix sensuelle.

Si Brodie ne s'était pas retenu, il aurait pu lui faire l'amour dans l'ascenseur. Mais il se contenta de prendre ses mains entre les siennes et de déposer un petit baiser sur ses doigts délicats.

Il ne les lâchait pas du regard, tandis qu'ils se levaient et suivaient le médecin venu les chercher dans la salle d'attente.

Brodie McGuire était beaucoup trop proche de Jennifer. Il lui tenait la main et restait tout à côté d'elle dans une attitude protectrice.

Jennifer avait toujours su jouer de sa beauté pour captiver les hommes. Et, au départ, elle n'en était même pas consciente.

Il eut presque de la pitié pour Brodie McGuire. Celui-ci n'était que le dernier avatar des chevaliers servants dont se servait Jennifer. Comme les autres, il se ferait très prochainement jeter.

Jennifer ne s'attachait jamais à quiconque. En était-elle seulement capable ?

Son téléphone sonna. Il décrocha et le porta à son oreille.

— Vous les voyez ? demanda la voix rocailleuse à l'autre bout du fil.

— En ce moment, ils sont avec le médecin. Mais, n'ayez crainte, je vous ai dit que je me débrouillerais.

— Si vous échouez, vous savez ce qui vous attend…

Une infirmière tourna la tête vers lui. Il se força à lui retourner un sourire. Comme Jennifer, il savait tromper les gens. Dans le passé, il lui avait même enseigné quelques trucs.

— Je vous rappellerai quand vous pourrez venir la chercher, répondit-il calmement.

Il raccrocha, se leva et se dirigea vers l'ascenseur.

Rester là à attendre était inutile. La chasse débuterait seulement à leur sortie.

— Tu es satisfait ? demanda Jennifer à Brodie tandis qu'il lui ouvrait sa portière. Le médecin a affirmé que j'étais en pleine forme.

Oui, il était soulagé.

— Je suis même fou de joie, lui lança-t-il avec un sourire.

Il claqua la portière, jeta un regard prudent autour de lui, puis monta à son tour en voiture et tourna la clé de contact.

— Jennifer… Est-ce que je… pourrai dormir dans ta chambre, ce soir ?

Ses paroles lui firent battre le cœur un peu plus fort.

— Dans l'ascenseur, j'étais sincère, tu sais, répondit-elle.

— Moi aussi, fit-il.

Elle se passa la langue sur les lèvres. Elle semblait nerveuse.

— Au mauvais endroit au mauvais moment, murmura-t-elle. Je regrette de ne pas être venue te voir avant de me retrouver en danger.

Il lui passa la main dans les cheveux et l'attira à lui.

— Le danger finira par disparaître.

Et il n'y aura plus rien pour se mettre entre nous.

Il l'embrassa tendrement. Comme chaque fois, un désir ardent monta en lui. Plus il passait de temps avec elle, plus cette envie était forte.

Il mit fin à son baiser et recula pour contempler Jennifer. Très bientôt, ils referaient l'amour. C'était inéluctable.

Quand il sortit du parking de l'hôpital, le soleil était déjà bas dans le ciel, mais ils seraient de retour au ranch avant la tombée de la nuit.

Il roula prudemment, en restant constamment aux aguets.

Il ne mit pas longtemps à s'en rendre compte : ils étaient suivis. Il fixa donc ses rétroviseurs pour détailler la voiture qu'il avait repérée. Le conducteur laissa d'abord prudemment un autre véhicule intercalé entre eux, avant de se montrer beaucoup plus direct.

C'était une petite voiture grise quatre portes qui n'attirait en rien l'attention. Si Brodie n'avait pas été sur ses gardes, il ne l'aurait sans doute pas remarquée.

A la première occasion, il tourna à droite. La voiture derrière eux fit de même.

— Je ne cesse de repenser à la nuit dernière, déclara Jennifer. Je me débats pour me souvenir qui peut bien être cet homme. Je le connais, j'en suis sûre.

Il tourna à gauche.

La voiture grise aussi.

— Il a insinué qu'à cause de moi il avait vécu l'enfer, poursuivit Jennifer. Que je l'avais trompé délibérément…

La voiture grise était presque sur leur pare-chocs.

— Mon travail consistait à réunir des informations. Ma fausse identité me permettait de pénétrer dans l'intimité des personnes sur lesquelles je devais collecter des données. La plupart du temps, il s'agissait de criminels en col blanc, des gens qui pensaient que leur influence et leur argent leur donnaient une impunité totale…

— Nous avons de la compagnie, la coupa Brodie.

— Quoi ?

— Derrière nous.

Elle n'eut pas le réflexe de se retourner. Un bon point pour elle, se félicita Brodie. Sinon, le type qui les filait aurait compris qu'il était démasqué.

— La voiture grise ? demanda-t-elle, le regard fixé sur son rétroviseur extérieur.

— Oui. Assure-toi que ta ceinture est bien bouclée.

Il saisit son téléphone et passa un bref appel.

Il connaissait très bien le secteur. Il n'était plus en route pour le ranch, mais pour les bureaux de McGuire Securities.

C'est toi qui te retrouveras piégé, pas moi.

— Ouvre la boîte à gants et sors mon arme, intima-t-il à Jennifer.

Elle obtempéra.

La voiture grise était toujours derrière eux. Le conducteur ne semblait pas avoir conscience qu'ils l'avaient repéré. Brodie accéléra. Il devait à tout prix prendre un peu d'avance pour que son plan fonctionne.

L'heure de pointe était passée, la route était dégagée. *Parfait.* Il entra dans le parking souterrain de l'immeuble qui abritait les bureaux de sa société.

Il se gara, s'empara de son arme et sortit prestement de voiture avec Jennifer. Ils se dissimulèrent derrière un pilier en béton et attendirent. Quelques secondes plus tard, la voiture grise arriva.

La portière conducteur s'ouvrit en grand et l'individu en sortit.

Tu es tellement pressé d'en découdre ?

Son impatience lui serait fatale.

Brodie changea de position pour risquer un regard. Le conducteur portait une casquette de base-ball et une veste doublée. *Par cette chaleur ?* Il approchait de son SUV et se pencha pour voir à l'intérieur, car les vitres étaient teintées.

Il avait une arme à la main.

— Jennifer ? appela l'homme. Il faut que…

Brodie passa à l'offensive. Silencieux comme un chat, il s'approcha de l'homme et, avant qu'il ait le temps de le voir, le frappa à l'estomac.

Son adversaire fit tomber son arme. Brodie le plaqua contre son SUV et lui pointa son revolver sur la tempe.

— Vous n'auriez pas dû insister ! Laissez Jennifer tranquille !

— Attendez ! protesta l'homme. Vous faites erreur.

Il s'exprimait d'une voix pleine de terreur, remarqua Brodie. Ce n'était manifestement pas le même homme que la veille, celui qui avait mis le feu chez les Montgomery.

— Brodie ! s'exclama alors Jennifer.

Il tourna la tête. Elle s'était précipitée vers eux et avait ramassé l'arme que le type avait laissé tomber.

L'étranger tourna lui aussi la tête.

— Bien joué, Jennifer. Garde cette arme pointée sur lui pour l'empêcher de s'en prendre à moi. Je suis là pour t'aider. Je t'ai toujours aidée, tu le sais !

Pour aider Jennifer ?

— Brodie, ce n'est pas l'homme qui me poursuit.

Il le prit par les épaules pour le faire se retourner. La casquette de base-ball tomba au sol.

— C'est Nate Wesley, ajouta Jennifer, dont la voix trahissait le trouble. L'agent qui se faisait passer pour mon père.

Son père, prétendu mort.

Bon sang.

8

Jennifer avait du mal à le croire. Nate se tenait là, devant elle, alors qu'il était censé se trouver à des milliers de kilomètres, à mener une vie paisible et *normale*.

Brodie lui braquait une arme sur la tempe et son visage n'était que terreur.

— J'ai vu ce type te faire sortir de l'hôpital, dit Nate. J'ai cru qu'il te voulait du mal, alors…

— Je suis chargé de sa protection, le coupa Brodie d'un ton tranchant.

— Comment pouvais-je le savoir ? s'écria Nate. Vous vous teniez tout près d'elle, vous marchiez à grands pas et vous vous êtes empressé de la faire monter en voiture et de démarrer en trombe.

Jennifer soupira et abaissa son arme.

— Brodie, ça va. Il n'est pas dangereux.

Il ne l'écouta pas.

— Je n'en suis pas si sûr. Que faisiez-vous à l'hôpital ? Comment saviez-vous que Jennifer était à Austin ? Pourquoi êtes-vous là ?

Nate semblait complètement paniqué. Il n'était plus que l'ombre de lui-même, il avait terriblement vieilli. Il avait le visage marqué, les cheveux gris.

— J'ai entendu parler aux infos de l'incendie de l'appartement de Jennifer. Je voulais m'assurer qu'elle allait bien, alors j'ai suivi sa trace jusqu'ici.

— Vous mentez, répliqua Brodie.

— Non, je vous jure que non ! Je souhaitais l'aider ! Nous avons travaillé ensemble pendant tellement longtemps. Vous croyez vraiment que, du jour au lendemain, je pourrais me désintéresser d'elle ? Je l'ai suivie parce que je m'inquiétais. A mon arrivée à Austin, je me suis rappelé que vous l'aviez sauvée au cours d'une mission, et je savais que, d'une façon ou d'une autre, elle tenait à vous en remercier…

Jennifer acquiesça. C'était en effet grâce à Nate qu'elle avait appris où vivaient les parents de Brodie. Qu'il ait fait le lien avec lui en sachant qu'elle s'était rendue à Austin était plausible.

— Après cette mission, elle a changé, reprit Nate. Moi aussi, d'ailleurs.

— Brodie, je t'assure qu'il n'est pas dangereux, répéta Jennifer.

— Je ne suis toujours pas convaincu, rétorqua Brodie. Il nous a suivis, il était à l'hôpital…

— Depuis mon arrivée, je suis branché sur la fréquence de la police, expliqua Nate. J'ai entendu qu'il y avait eu un incendie au ranch Montgomery et je savais qu'il se situait à côté du ranch de votre famille. La police a également parlé d'une jeune femme transportée à l'hôpital et…

— Comment savez-vous où se situe mon ranch ?

— Parce que c'est lui qui a effectué des recherches pour me transmettre l'adresse de tes parents, intervint Jennifer en lui posant la main sur le bras. Je t'en prie, baisse ton arme.

Brodie la fixa droit dans les yeux.

— Tu es persuadée que tu peux lui faire confiance ? Qu'il ne s'en prendra pas à toi ?

— Je…

— Ou à moi ?

Elle hésita. Elle baissa les yeux sur l'arme qu'elle avait

ramassée. L'arme de Nate. Il les avait suivis et il était armé. Pourquoi ? Par précaution, ou pour un tout autre motif ?

Nate était lui aussi passé maître dans l'art du mensonge. Même dans les moments les plus tendus, il réussissait à gagner la confiance de criminels aguerris.

Il lui avait tout appris.

Brodie soupira et recula d'un pas.

— Très bien, à toi de voir.

Nate se redressa. D'instinct, elle se posta face à lui et releva son arme.

— Non, dit-elle doucement, je ne suis pas sûre qu'il ne s'en prendra pas à toi.

Elle fixa Nate. Elle l'avait fait maintes fois et, contrairement aux autres, elle savait déchiffrer son regard, aller au-delà de la façade qu'il présentait.

Mais elle s'était trompée. Car, cette fois-ci, elle découvrit pour la première fois l'homme qu'il était réellement.

L'éclat de ses yeux se fit plus dur, son visage n'exprimait que de la colère.

— Je refuse de mourir pour toi, lui lâcha-t-il. Tu es fichue, mais tu ne m'entraîneras pas avec toi !

Elle secoua la tête avec incrédulité.

— Nate ?

— Il arrive, reprit Nate avant de partir d'un rire mauvais. Je l'ai appelé. Je l'ai tenu au courant en temps réel de l'itinéraire que vous suiviez. Vous croyiez m'avoir piégé en me poussant à vous suivre ici ? Erreur. Maintenant, il vous tient. Toi et ton petit copain ! Et il va vous tuer !

Il y eut des bruits de pas et des hommes sortirent de l'ombre.

Mais…

Il s'agissait des frères de Brodie. Pas de l'homme qui, selon Nate, allait surgir d'un instant à l'autre et les abattre.

— Moi aussi j'ai passé un coup de fil, déclara Brodie. Et personne ne mourra ce soir.

Ils emmenèrent Nate Wesley, ou plus précisément l'homme qui portait ce nom, dans les bureaux de McGuire Securities. Grant et Sullivan, le plus jeune des frères McGuire, le tenaient sous bonne garde.

Jennifer les laissa faire et se rendit aux toilettes pour se calmer. Quand elle surprit son reflet dans le miroir, elle se reconnut à peine tant elle était pâle et avait les traits tirés.

Nate m'a trahie.

Elle avait travaillé avec lui pendant des années. Quand il avait démissionné, elle avait tout fait pour que personne ne puisse remonter jusqu'à lui. Mais la réciproque n'était pas vraie. Décidément, son ancienne vie n'était que mensonges et apparences.

Elle serra les bords du lavabo. Il était hors de question que Nate la voie pleurer. Elle pleurait l'ami qu'elle avait perdu. Ou plutôt qu'elle avait cru avoir.

Après quelques minutes, elle s'essuya le visage et se considéra dans le miroir. Elle avait encore les yeux brillants.

J'ai tellement de douleur en moi.

Elle se donna de petites claques pour ramener un peu de couleur sur ses joues.

Il ne faut jamais laisser paraître sa faiblesse.

Ç'avait été le premier conseil de Nate au début de leur collaboration. Ensemble, ils avaient formé une équipe infaillible. Personne n'avait soupçonné qu'ils n'étaient pas père et fille, mais deux agents du gouvernement.

Et, de la même façon, jamais elle n'aurait soupçonné que Nate la trahirait…

— Jennifer ? appela Brodie en donnant un petit coup sur la porte. Tout va bien ?

— Oui, ça va, parvint-elle à répondre sans trémolos dans la voix.

Elle prit une grande inspiration, observa une dernière fois son reflet et se prépara à sortir.

Elle ouvrit la porte. Brodie se redressa.

— Tu vas bien ?

Non. Elle aurait aimé se recroqueviller dans un coin, ne voir personne et laisser sortir toutes les larmes qu'elle retenait. Mais elle ne pouvait se le permettre.

— Oui, je vais bien.

— Tu parles.

Il la prit dans ses bras et la serra fort. Que n'aurait-elle pas donné pour se laisser aller contre lui !

Je suis en plein cauchemar. Quand est-ce que cela s'arrêtera ?

— Tu n'es pas obligée d'assister à l'interrogatoire, reprit Brodie. Grant et Sullivan peuvent s'en charger. En plus, j'ai appelé Shayne Townsend et il ne va pas tarder à arriver.

Shayne Townsend, oui, le policier que Brodie connaissait.

— Il devrait être là dans vingt minutes, ajouta-t-il.

— Il faut que je parle à Nate, déclara-t-elle. Il faut que je l'affronte. Je sais que je peux l'inciter à se confier.

Brodie lui retourna un regard inquiet.

— Il veut ta mort.

Apparemment, plusieurs personnes la souhaitaient.

— Il n'obtiendra pas satisfaction.

En revanche, elle obtiendrait des réponses à ses questions.

— Il sait qui est l'homme qui me poursuit. Je le ferai parler. Je le pousserai à me dire tout ce qu'il sait.

— Ton plan, c'est de l'amadouer, de jouer sur la corde sensible ? s'enquit Brodie.

Non, elle ne comptait pas le cajoler.

— Bien, vas-y, reprit Brodie. Mais s'il ne parle pas, mes frères et moi, nous prendrons le relais. Et je peux t'assurer que nous n'irons pas par quatre chemins.

Elle n'en doutait pas.

— Tu trembles, ajouta Brodie.

Nate m'a trahie. Quand la douleur s'estomperait-elle ? Peu importait ce qu'elle éprouvait. Il fallait agir.

— Je dois lui parler sans attendre.

— Entendu. Mais je veux que tu gardes en tête que, quoi qu'il dise, tu es en sécurité, ici. Compris ? Je serai toujours avec toi et je te jure qu'il ne t'arrivera rien.

Elle tendit la main pour lui caresser la joue.

— Je le sais déjà.

Personne d'autre ne lui procurait un tel sentiment de sécurité. C'est plutôt lui qui aurait dû se sentir en danger avec elle.

— Je reste avec toi, insista-t-il. A chaque moment.

— Tant mieux.

— Avant que tu y ailles…

Il la prit dans ses bras et l'embrassa doucement.

Elle prolongea autant que possible ce baiser. Ce n'était pas seulement la passion qui les animait, il y avait autre chose. Un sentiment qu'elle n'osait pas nommer. Elle faillit en pleurer.

Il se redressa et lui passa le revers de la main sur la joue.

— Je n'aime pas te voir pleurer.

Ses larmes avaient coulé sans qu'elle ne s'en rende compte. Elle aurait dû faire attention.

La porte au fond du couloir s'ouvrit et Grant passa la tête.

— Brodie…

Quand il les vit ensemble, il parut hésiter.

— Tout va bien ?

— Oui, déclara Jennifer, qui prit une grande inspiration pour s'encourager avant de remonter le couloir avec Brodie.

Dans le bureau, Nate était menotté à la chaise sur laquelle il était assis. Quand il la vit entrer, il lui adressa un regard noir.

— Après tout ce que j'ai fait pour toi, tu vas les laisser faire ? lui demanda-t-il en désignant ses poignets.

— Qu'as-tu fait pour moi exactement ? Nous avons travaillé ensemble parce qu'on nous avait ordonné de faire équipe.

Elle s'efforçait d'adopter un ton calme mais assuré, dénué d'émotion.

— J'aurais pu te laisser mourir quand tu as été capturée ! C'est moi qui ai demandé qu'on envoie une mission de secours.

Brodie roula les épaules.

— Premier mensonge, déclara-t-il.

Nate se figea.

— Nous avons effectué quelques recherches, intervint Grant. Nous aussi, nous avons des contacts dans la sphère gouvernementale.

Grant et Brodie bluffaient-ils ? Jennifer n'en avait aucune idée. Mais, à voir l'expression de Nate, ils avaient visé juste.

— Ce n'est pas moi que tu voulais sauver, reprit-elle. Tu voulais sauver ta peau. Tu avais peur que mes ravisseurs ne me fassent parler et n'apprennent tout sur toi.

Nate détourna les yeux.

— Mais, moi, jamais je ne t'aurais trahi, insista Jennifer. J'aurais tout fait pour te protéger.

Qu'il n'ait même pas le courage de la regarder en face la dégoûtait.

— Nate !

Il sursauta et releva la tête.

— Tu ne sais pas comment tu réagirais si tu te retrouvais sous pression, Jennifer. Quand on est aux abois, on ne se maîtrise plus.

Elle avança d'un pas vers lui.

— C'est ce qui t'arrive aujourd'hui ? Quelqu'un te met sous pression ?

Dans la pièce, il y avait des moniteurs reliés aux caméras de sécurité qui surveillaient l'intérieur et l'extérieur des locaux. Sur l'un d'eux, un homme approchait de l'entrée des bureaux, nota Jennifer. Grant l'avait lui aussi remarqué.

— L'agent Townsend est arrivé, dit-il. Sullivan, tu veux bien aller l'accueillir ?

Sullivan acquiesça et quitta la pièce.

Nate éclata de rire.

— Un flic ? A quoi bon ? Je n'ai pas enfreint la loi, il ne peut rien contre moi.

Brodie se pencha sur lui, l'air furieux.

— Vous êtes complice du type qui traque Jennifer. Vous avez admis l'avoir appelé.

Cependant, l'homme en question avait dû flairer le danger, songea Jennifer, car il n'était pas venu au parking.

Nate esquissa un petit sourire ironique.

— Il y a une loi qui interdit de passer des coups de fil ?

Brodie semblait prêt à exploser et Jennifer lui posa la main sur le bras.

— Nate, parle-moi. Explique-moi comment on a pu en arriver là.

Nate fit non de la tête.

— Je croyais que tu étais marié, reprit Jennifer. Shelly et toi, vous deviez entamer une nouvelle vie ensemble. Vous alliez être enfin libres. Et moi aussi.

L'expression de Nate se fit plus dure.

— Ne parle pas de Shelly.

Elle eut un mauvais pressentiment.

— Que lui est-il arrivé ?

Pas de réponse.

— Nate !

Elle avait envie de le prendre par le col et de le secouer brutalement.

— Pourquoi tu m'as trahie ?

Elle se souvint alors de ses paroles dans le parking.

« Je ne mourrai pas pour toi. »

— Il s'en est pris à toi, non ? Est-ce qu'il a tenté de te tuer ? Avait-il l'intention de commencer par toi ?

Nate eut un battement de paupières qui suffit à Jennifer : elle avait vu juste.

— Il s'agit de quelqu'un que nous avons fait arrêter, je parie. Il t'en voulait, tout comme il m'en veut. Mais… il a commencé par se venger de toi.

Nate tourna la tête vers la porte.

— Le flic ne pourra rien contre moi.

Jennifer refusa de se laisser distraire.

— Nate, où est Shelly ? lui demanda-t-elle.

La porte s'ouvrit et un grand blond large d'épaules fit son entrée à la suite de Sullivan. Il portait un insigne à la ceinture. Il observa la scène devant lui et fronça les sourcils.

— Par pitié, dites-moi qu'il y a une bonne raison pour que cet homme soit menotté à sa chaise.

Mais Nate ne lui prêtait pas attention. Il avait la tête baissée et semblait affligé.

— Shelly est morte.

Un frisson glacé traversa Jennifer.

— Il voulait me voir souffrir, poursuivit Nate. Selon lui, après ce que j'avais fait, c'était mérité. Un incendie a éclaté…

Jennifer se pencha sur Nate et le prit par les épaules.

— Tu aurais dû me contacter !

Nate secoua la tête en signe d'impuissance.

— Elle est morte sur le coup. Et il a affirmé que je serais le prochain sur la liste si je refusais de collaborer.

— Alors c'est comme ça qu'il a appris que je vivais à La Nouvelle-Orléans. C'est toi qui le lui as révélé.

— Pouvez-vous m'expliquer ce qui se passe ? intervint le policier.

Jennifer leva les yeux vers lui.

— Cet homme, intervint à son tour Brodie en désignant Nate, est le complice d'un meurtrier. Je veux parler de celui qui a piégé la Mustang et a mis le feu au ranch des Montgomery.

Nate partit d'un rire cynique.

— Il finira par tuer Jennifer.

Elle eut un mouvement de recul.

— Sûrement pas ! rétorqua Brodie.

Nate inclina la tête, comme s'il jaugeait Brodie.

— Etes-vous certain de vouloir mettre votre famille en péril pour qu'elle survive ? Car rien ne l'arrêtera, alors vous devrez faire un choix.

— Qui est cet homme ? lui demanda Jennifer. Donne-moi son nom.

Nate rit une fois de plus.

— Je parie que tu ne te souviens même pas de lui. Moi non plus, je ne me le suis pas rappelé tout de suite. Nous avons contribué à envoyer tellement de gens derrière les barreaux. Imaginer que ce pauvre type viendrait réclamer vengeance ? Non, ça ne m'aurait pas effleuré. Et pourtant…

Il fallait qu'il lui dise son nom, songea de nouveau Jennifer.

— Sa voix m'a paru familière.

— Je crois qu'il n'était pas loin de tomber amoureux de toi, reconnut Nate. Peut-être est-ce pour cela qu'il a autant de rancœur. Il te jugeait parfaite, il s'était mis en tête que tu serais à lui… avant qu'il comprenne que tu ne faisais que l'espionner.

Jennifer se figea. Au cours de sa carrière, il n'y avait eu qu'une seule occasion où elle avait douté de la culpabilité de l'homme dont elle devait gagner la confiance. Finalement, les preuves rassemblées avaient établi qu'il était corrompu.

— Stephen ? murmura-t-elle. Stephen Brushard.

— Voilà. Maintenant, je suis mort, déclara Nate. Tu en es consciente ?

— Bien, j'en ai suffisamment entendu, intervint Shayne

Townsend. On va continuer cette petite conversation au poste. Il est question de meurtres, de vengeance… Maintenant, c'est l'affaire de la police.

Brodie posa la main sur le bras de Jennifer.

— Qui est Stephen Brushard ?

Elle ouvrit la bouche pour répondre, mais Nate fut le plus prompt.

— Un type plein aux as, un tueur psychotique.

Jennifer s'humecta les lèvres.

— C'était ma première affaire. J'avais tellement peur. Je croyais ne jamais arriver à incarner mon rôle…

Brodie fronça les sourcils.

— Stephen Brushard était un homme d'affaires soupçonné d'avoir des liens avec la mafia russe, poursuivit-elle. En surface, il semblait parfaitement respectable mais, en secret, il leur fournissait des armes.

Jamais un homme ne s'était montré aussi charmant et attentionné avec elle avant qu'elle rencontre Stephen. Au point qu'au départ elle était allée voir Nate pour lui dire qu'ils se trompaient, que Stephen était certainement innocent. Mais Nate avait répliqué qu'elle ne tarderait pas à découvrir qu'il ne fallait pas se fier aux apparences. Et il avait eu raison.

— Sur le papier, les types comme lui ont toujours l'air irréprochables, soupira Nate. C'est à cela que servent les agents comme nous. A faire se déchirer le rideau des apparences. Et alors, le tableau qui se dévoile est différent…

Jennifer ne releva pas et continua de s'adresser à Brodie.

— Stephen avait un faible pour moi. Et je… j'ai pu accéder à son ordinateur, à ses fichiers personnels.

Elle l'avait fait en pensant que ces fichiers innocenteraient définitivement Stephen. Au contraire, leur contenu avait révélé sa duplicité.

— J'ai découvert la date d'une livraison d'armes à venir. J'en ai informé mes supérieurs et Stephen a été pris sur le fait.

Nate tira sur ses menottes.

— Et les prisons russes ne sont pas réputées pour être le paradis sur terre.

Pourtant, un élément tracassait Jennifer.

— Stephen n'aurait pas dû apprendre que c'était moi qui étais à l'origine de son arrestation. Normalement, j'étais couverte. Et toi aussi, Nate.

Celui-ci haussa les épaules.

— Brushard est loin d'être stupide. Il a rassemblé les pièces du puzzle… il a eu tout le temps de le faire, je suppose. Bref, il a tout découvert et même ma mort supposée ne l'a pas empêché de remonter jusqu'à moi.

C'était là le point crucial, conclut Jennifer. Comment Brushard avait-il pu savoir que Nate n'était pas mort ? Comment avait-il appris sa nouvelle identité ?

Grant intervint à son tour.

— Vous avez affirmé l'avoir appelé, dit-il à Nate. Dans le parking, nous avons retrouvé votre portable en morceaux.

Nate déglutit.

— Brushard m'avait ordonné de détruire mon téléphone et de l'attendre.

Grant plissa les yeux.

— Mais, si vous l'avez appelé, c'est que vous avez son numéro… Alors vous allez le refaire.

Nate secoua frénétiquement la tête.

— Hors de question ! Après ce qu'il a fait à ma femme, vous croyez que je vais lui tendre un piège ?

— Tu devrais précisément le faire pour Shelly ! s'écria Jennifer. Nous devons le stopper !

— Dans nos bureaux, exigea de nouveau Townsend, le policier. On y va sans tarder. Où sont les clés des menottes ?

— Il ne partira pas avant d'avoir passé ce coup de fil, rétorqua Brodie d'un ton implacable.

Il se posta face à Nate.

— Vous trouvez ce Stephen Brushard effrayant ?

Attendez de voir ce que mes frères et moi allons faire de vous !

— Brodie, tu n'as pas le droit de tenir de tels propos ! protesta Townsend.

Brodie l'ignora.

— Je suis sûr que vous vous êtes renseigné sur ma famille et moi. Vous devez donc savoir à quel type de missions nous avons participé.

Nate déglutit nettement.

— Vous allez passer cet appel. Sinon, vous aurez affaire à nous. Et je vous jure que ce ne sera pas une partie de plaisir.

Nate chercha Jennifer du regard.

— Jennifer, je t'en supplie, en souvenir de ce que nous avons vécu ensemble, aide-moi.

— Tu étais prêt à le laisser me tuer, pas vrai ?

— Je…

— Le passé est le passé. Maintenant, appelle-le.

— Mais qu'est-ce qui te prend ? demanda l'agent Townsend en tirant Brodie dans le couloir. Je t'interdis de menacer un homme de torture ! Devant moi en plus ! Bon sang, l'insigne que je porte à la ceinture ne signifie plus rien pour tes frères et toi ?

Brodie prit une grande inspiration pour se maîtriser.

— S'il ne signifiait plus rien, nous ne t'aurions pas appelé après avoir capturé cet homme.

Shayne Townsend se passa nerveusement la main dans les cheveux.

— Quels sont les tenants et aboutissants de cette affaire ? Sullivan n'a pas eu le temps d'entrer dans les détails.

— Nous-mêmes, nous n'y voyons plus clair que depuis peu de temps. Tu sais déjà que Jennifer est traquée par un homme qui veut sa mort. Et, il y a une heure, nous avons appris que Nate était complice de cet homme.

— Mais c'est qui exactement, ce Nate ?

— Un ancien agent secret. Comme Jennifer. Tous deux faisaient équipe et ont démissionné il y a plusieurs années.

Shayne ferma les yeux.

— Des espions.

— Ex-espions, le corrigea Brodie.

— As-tu la moindre idée des eaux dans lesquelles nous évoluons ?

— Ecoute, l'important, c'est que nous savons que Nate est un pantin à la solde de Brushard. Et nous devons nous servir de lui pour arrêter Brushard avant qu'il tue Jennifer.

— Attends, pas si vite, dit Shayne. As-tu eu la confirmation officielle que Nate et Jennifer sont bien deux anciens agents secrets ? Comment sais-tu que ce qu'ils t'ont raconté est bien la vérité ?

— Grant s'occupe de confirmer leurs dires.

Shayne poussa un soupir d'exaspération.

— Et, en attendant que la confirmation arrive, ce Nate va faire quoi ? Appeler un meurtrier qui va gentiment se présenter au rendez-vous que vous lui aurez fixé ?

Ce ne serait hélas pas aussi simple, songea Brodie.

— Je pense plutôt qu'il faut s'attendre à une fusillade. C'est pour cela que le renfort de la police ne serait pas de trop.

Shayne prit une posture fataliste.

— Décidément, être ami avec les McGuire, ce n'est pas une sinécure.

Brodie attendit qu'il continue.

— Entendu, il va passer ce coup de fil. Mais il le fera depuis nos locaux, et pas ici. Comme ça, nous pourrons enregistrer l'appel, le tracer et prendre la main sur cette enquête.

Non, ce n'était pas…

— Tes frères et toi, vous n'êtes pas un groupe d'autodéfense, Brodie. Quoi qu'il ait fait, vous n'avez pas le droit de menotter un homme à une chaise. Alors je l'emmène au commissariat, c'est mon devoir. Ensuite, on s'occupera du type qui en veut à ta copine.

Il marqua une pause, observa Brodie et ajouta :

— Tu savais pertinemment que tu avais franchi la limite. C'est pour cela que tu m'as appelé, pas parce que tu avais besoin de renforts, pas vrai ?

— Ce type a failli tuer Mark Montgomery.

Et il voulait assassiner Jennifer ! A cette idée, une rage folle bouillait en Brodie. Alors, effectivement, peut-être était-il inquiet de franchir la limite. Car, pour Jennifer, il était prêt à le faire…

Shayne acquiesça.

— Nous l'arrêterons. Mais en respectant les procédures.

Sur ce, il retourna dans le bureau et Brodie le suivit.

— Otez-lui les menottes ! ordonna Shayne.

Grant et Sullivan n'esquissèrent pas le moindre geste.

— Je le place en garde à vue, ajouta Shayne.

Nate écarquilla les yeux.

— Sous quel chef d'inculpation ? Je n'ai rien fait, c'est moi la victime ! Ces types m'ont séquestré et menotté ! C'est eux que vous devriez arrêter, pas moi !

— Arrêtez de prendre tout le monde pour des imbéciles, marmonna Grant. On a tous entendu votre histoire.

— Enlevez-lui les menottes, répéta Shayne.

Sullivan regarda Grant qui tourna la tête vers Brodie.

— Arrêtez de faire comme si vous décidiez de tout ! s'emporta Shayne. Je vous promets que vous serez tenus au courant de toutes les avancées de l'enquête et que vous aurez toute latitude pour traquer ce Stephen Brushard. Mais ça doit être fait dans les règles.

Brodie fit signe à Grant, qui sortit une clé de sa poche et ouvrit les menottes. Avant que Nate ne puisse tenter quoi que ce soit, Shayne dégaina son arme et la pointa sur l'ex-agent.

— Je respecte la loi, mais n'allez pas croire que je pourrais faire preuve de faiblesse. Tenez-vous tranquille, sinon je vous promets que vous le regretterez. Maintenant, debout et mettez les mains dans le dos. On vous repasse les menottes, je n'ai aucune envie que vous cherchiez à vous en prendre à moi.

Nate lui retourna un regard empli de haine.

— Avez-vous la moindre idée de qui je suis ? Vous ne pouvez pas me faire ça !

— Arrête tes simagrées, Nate ! rétorqua Jennifer. Ils se moquent de qui tu étais…

La tristesse se lisait dans le regard de Jennifer, remarqua Brodie. Elle avait fait confiance à Nate, mais il l'avait vendue.

Shayne incita Nate à bouger.

— Allez, ma voiture est garée devant l'immeuble.

Grant et Sullivan les suivirent. Jennifer voulut leur emboîter le pas, mais Brodie la retint.

— Ça va ? s'enquit-il avec sollicitude.

Ses lèvres tremblaient, mais elle les pinça et acquiesça d'un petit mouvement sec de la tête.

— Jennifer…

— Je… Nous avons travaillé ensemble pendant si longtemps. Je crois que j'aurais presque pu me convaincre que nous avions réellement un lien de parenté… Moi, je ne l'aurais jamais trahi. Mais je crois qu'on ne peut compter que sur soi-même, non ?

Il lui prit le visage entre les mains.

— Tu peux compter sur moi.

— Vraiment ?

Oh oui ! Il était sincère, elle devait en être convaincue.

Il aurait voulu la prendre dans ses bras, la serrer fort, mais ce n'était pas le moment. Ils avaient du pain sur la planche. Et, puisque la police était désormais impliquée, tout irait beaucoup plus vite.

— Allez, viens, dit-il en la prenant par la main.

Sullivan sortit en premier de l'immeuble et s'assura que tout était normal. Grant sortit à son tour, puis Shayne poussa Nate pour le faire avancer.

— Je ne vous dirai plus rien, j'ai déjà trop perdu ! s'exclama celui-ci. C'est terminé, j'en ai assez !

Brodie fut le dernier à sortir en compagnie de Jennifer qu'il tenait par les épaules. Il tourna la tête à droite et à gauche. Tout était calme.

Shayne fit monter Nate à l'arrière de sa voiture puis se tourna vers Sullivan.

— Tu veux bien…

— Je le tiens à l'œil, le coupa Sullivan, en s'installant à côté de Nate.

Tous rejoignirent leurs voitures et démarrèrent.

Grant ouvrait la route, Shayne était dans la deuxième voiture avec Nate et Sullivan, Brodie et Jennifer fermaient le petit cortège.

— Nous n'allons plus tarder à coincer Brushard, lança Brodie avec conviction à Jennifer.

Il lui jeta un regard. Elle avait les traits tirés, elle semblait blessée, fragile.

— J'ai fait mon travail, rien de plus, soupira-t-elle. J'ai vu de mes yeux les preuves contre lui. Il en avait déjà détruit d'autres. Je devais le dénoncer. Et, maintenant, c'est lui qui veut m'anéantir.

Brodie lui prit la main et la serra fort.

— Ça n'arrivera pas.

— Et vous, vous êtes prêt à mourir pour elle ? demanda Nate Wesley à Sullivan.

Ce dernier lui retourna un regard noir. Il se méfiait de son ton faussement amical.

— Je veux dire, votre frère Brodie, bon, je comprends. Jennifer et lui sont ensemble, non ? C'est certain, avec Jennifer, il ne peut en être autrement. Elle l'a envoûté. Mais, vous, vous êtes sûr d'avoir envie d'affronter Stephen Brushard ? Je vous jure que non.

Shayne, gardait les yeux fixés sur la route, remarqua Sullivan. Il souhaitait certainement que Nate continue de parler et d'aggraver son cas à chaque parole. Sullivan aussi.

— Ce type vous fait vraiment très peur, dit-il à Nate.

— Il a tué ma Shelly. Evidemment qu'il me fait peur. Il s'est évadé d'une prison russe, il est lié à la mafia. Cet homme, c'est la mort incarnée. Si vous vous mettez en travers de son chemin, il vous détruira.

Shayne s'arrêta à un feu rouge.

— Et que suggérez-vous ? Qu'on lui livre Jennifer ? demanda-t-il à Nate.

— Brushard ne l'aime pas. Cela fait longtemps qu'il n'est plus capable d'aimer quelqu'un. Mais rendre la monnaie de sa pièce à Jennifer est pour lui une obsession. Il est très « œil pour œil, dent pour dent », et rien ni personne ne l'arrêtera.

Un petit clic attira l'attention de Sullivan. Il fixa Nate. Celui-ci était assis sur le bord de la banquette arrière.

— Asseyez-vous correctement, lui ordonna-t-il.

— Je ne vais pas rester sans rien faire, à attendre que ce type vienne me tuer, répondit Nate. Vous croyez qu'en prison je serai hors de sa portée ? Pas moi. Et, s'il pense que je l'ai trompé, il voudra m'éliminer.

Sullivan le prit par les épaules.

— Je vous ai dit de vous rasseoir…

Nate leva les mains. Les menottes étaient ouvertes. C'était ça, le petit clic dont Sullivan n'avait pas compris l'origine. Nate le frappa au visage.

— Qu'est-ce qui se passe ? demanda Shayne.

Sullivan avait le nez cassé.

Nate se jeta en avant pour saisir Shayne par le cou. La voiture fit une embardée sur la droite.

Sullivan prit Nate par les épaules.

— Lâchez-le !

Mais la voiture alla percuter un réverbère.

9

Brodie freina sèchement et se précipita hors de son véhicule.

— Sullivan ! cria-t-il en courant vers la voiture accidentée.

Derrière lui, Jennifer se pressait aussi.

La portière arrière de la voiture de Shayne s'ouvrit et Nate en sortit, vacillant. Il les vit tous deux.

— Ils sont morts, dit-il.

Non, ce n'était pas possible, Sullivan n'était pas mort. Grant s'était arrêté un peu plus haut et arrivait également au pas de course.

Brodie prit Nate par le col.

— Qu'est-ce que vous avez fait ? lui demanda-t-il en le secouant violemment.

Nate eut un sourire mauvais.

— Ce n'était pas moi qui conduisais…

Il semblait se réjouir de ce qui s'était passé. Comment ce type avait-il pu travailler pour le gouvernement ? songea Brodie.

— Mais vous avez perdu la tête ou quoi ?

— La mort, répondit Nate. Vous perdez tous ceux qui vous entourent, et alors il ne vous reste plus qu'à lutter pour votre propre survie.

Sur ce, Nate pressa une lame contre le ventre de Brodie.

— Votre frère avait un couteau glissé à la cheville. Et moi j'ai toujours été adroit avec une lame. Je n'appellerai pas Stephen Brushard, ajouta-t-il avant de tenter de le poignarder.

A la vitesse de l'éclair, Brodie lui saisit le poignet et le tordit brusquement. Nate poussa un cri de douleur et le couteau tomba au sol. Brodie plaqua son adversaire contre un mur.

— S'ils sont vraiment morts, je me chargerai de vous en personne, lui promit-il.

— Vous m'avez cassé le poignet !

— Ce pourrait n'être qu'un début.

Sans relâcher Nate, il tourna la tête vers la voiture.

L'avant était écrasé et, à l'arrière, gisait une silhouette.

Sullivan.

Jennifer s'était introduite dans le véhicule et tentait d'atteindre son frère tandis que Grant avait ouvert la portière côté conducteur pour essayer de sortir Shayne.

— Il est vivant ! s'exclama Jennifer.

— Il n'en a plus pour longtemps, siffla Nate à Brodie. Brushard m'a pris la femme que j'aimais pour la seule raison que je m'étais mis en travers de sa route. Que croyez-vous qu'il fera avec vous ? Jennifer vaut-elle vraiment tous ces sacrifices ?

Shayne était sorti de la voiture. Il était sonné, mais bien vivant lui aussi.

Grant aida Jennifer.

— Faites votre choix, poursuivit Nate. C'est vous ou elle.

Brodie dut se contenir pour ne pas lui envoyer son poing dans la figure.

— Après tout ce que vous avez vécu ensemble, elle ne signifie rien pour vous ?

Il lâcha Nate et recula d'un pas, mais il ne le laisserait pas s'enfuir.

— Tout n'est qu'apparences et mensonges, persifla Nate. Vous pensez la connaître, mais il n'en est rien. J'ai déjà trop perdu à cause d'elle. Alors je ne vais pas…

Il n'eut pas le temps de terminer sa phrase. Un coup de feu retentit et, la seconde suivante, une tache rouge s'agrandit sur la poitrine de Nate, qui poussa un gémissement puis s'effondra.

Il nous a suivis, comprit Brodie.

Il rattrapa Nate avant que celui-ci ne tombe et le tira au sol.

— Jennifer ! Grant ! Attention !

Il y eut quelques secondes de silence puis, au loin, le bruit de sirènes en approche.

— C'est bon, nous sommes à l'abri, lança Jennifer.

Nate était en train d'agoniser et il était impossible de stopper l'hémorragie, réalisa Brodie. Le tir était trop précis. Nate eut tout juste la force de lever les yeux.

— … voyez… vous avais dit… pas d'échappatoire…

Il ferma les yeux.

Non.

— Où est le tireur ? demanda Grant.

Il y eut de nouveaux coups de feu, une balle alla se ficher dans la voiture de Shayne. Grant et Jennifer étaient recroquevillés à l'intérieur, sur la banquette arrière.

Shayne avait visiblement recouvré ses esprits et pris position derrière la voiture, son arme brandie en direction de l'immeuble de l'autre côté de la route.

Brodie tourna le regard dans la même direction. Un bref éclat brilla au troisième étage.

Il ne nous a pas suivis, il nous attendait.

Mais comment ce type avait-il su qu'ils emmèneraient Nate au poste de police ?

Grant répliqua aux tirs, et Brodie en profita pour approcher de l'immeuble où se dissimulait leur adversaire. Il était là… à attendre. Il pouvait le coincer. Mais…

Des voitures de police arrivèrent. Deux flics sortirent et braquèrent leurs armes sur lui.

— Ne bougez plus et lâchez votre arme ! lui lança un flic en uniforme.

Son arme ? Brodie baissa les yeux. Il avait oublié qu'il avait ramassé le couteau.

— Vous vous trompez, répliqua-t-il. Le type qu'il faut arrêter est là-haut !

— Je vous ai dit de lâcher votre arme ! répéta le flic.

Brodie leva la tête. Il était à découvert et constituait une cible parfaite pour le tireur. Les deux flics aussi.

— Ne restez pas là, ce type pourrait nous tirer comme des lapins !

— Pour la dernière fois…, lança un des flics en s'approchant.

— Je suis l'agent Shayne Townsend, l'interrompit alors une voix derrière eux. C'est moi qui ai donné l'alerte. Cet homme est avec moi. Le tireur est au troisième étage.

Les deux flics en uniforme levèrent la tête puis reculèrent pour retourner à leur voiture. L'un d'eux passa un appel radio pour confirmer l'identité de Shayne. Mais l'autre tenait toujours Brodie en joue.

— Il va s'échapper ! les alerta ce dernier. On ne peut pas rester là à attendre. Ce type vient de tuer un homme ! Laissez-moi pénétrer dans l'immeuble.

— Non, vous restez là, rétorqua le flic qui avait passé l'appel radio. C'est à nous de gérer cette affaire.

— Vous ne gérez rien du tout, vous lui laissez le temps de s'en aller tranquillement ! répliqua Brodie.

— Il nous faut une ambulance, intervint de nouveau Shayne. Et vite !

Enfin, les deux flics se décidèrent à bouger. Le premier se précipita vers la voiture accidentée, le second pénétra dans l'immeuble. Brodie lui emboîta le pas.

Tandis qu'ils montaient l'escalier, d'autres sirènes retentirent à l'extérieur. Les secours arrivaient. Il était trop tard pour Nate, mais pas pour son frère, se rassura Brodie.

Enfin, ils atteignirent le troisième étage du bâtiment abandonné. Mais il n'y avait plus personne.

De dépit, Brodie serra les poings et marcha jusqu'à la fenêtre, qui était encore ouverte et offrait une vue dégagée sur la rue en dessous.

Une ambulance et d'autres voitures de police étaient arrivées sur place. Shayne dirigeait les opérations. Sullivan était sorti de la voiture.

— Le troisième étage est vide, disait dans sa radio le flic qui était avec Brodie. Nous avons besoin de renforts pour fouiller le reste de l'immeuble.

Brodie tapa de la main sur l'encadrement de la fenêtre, ce qui fit tomber un morceau de verre qui y était encore accroché. Par réflexe, il le ramassa et l'observa avec curiosité. Il l'inclina. C'était un morceau de verre teinté sur lequel le soleil se reflétait.

Le tireur n'était pas là ! C'est sur ce bout de verre que j'ai vu le reflet du soleil, pas sur son arme !

En alerte, il baissa de nouveau les yeux sur la rue en contrebas. Jennifer était à côté de Shayne, à découvert.

— Jennifer ! cria-t-il.

Sullivan était allongé sur une civière. Son cri fit lever la tête à Grant.

— A couvert ! hurla-t-il. Ne restez…

De nouveaux coups de feu éclatèrent. Heureusement, Grant avait réagi au quart de tour et attrapé Jennifer par les épaules pour la mettre à l'abri.

— Il est dans l'immeuble d'à côté, indiqua-t-il au flic.

Cette fois, il avait vu précisément d'où était parti le coup de feu.

Le jeune flic et lui redescendirent les marches quatre à quatre.

En bas, d'autres policiers les attendaient et tous foncèrent droit dans le bâtiment d'à côté. Ils se dispersèrent, couvrirent tous les étages et, au final…, ne trouvèrent personne.

***

Jennifer n'était pas très fan des commissariats. Surtout, devoir rester assise des heures dans une salle d'interrogatoire, sans Brodie, et répondre maintes fois aux mêmes questions lui pesait.

Brodie faisait confiance à Shayne Townsend, mais il était clair que le flic se méfiait d'elle. Certes, elle ne pouvait lui en vouloir puisqu'il avait failli perdre la vie moins de une heure plus tôt.

Shayne semblait considérer que la fréquenter était hautement dangereux.

— Dites-moi tout ce que vous savez sur Stephen Brushard, sans rien omettre.

Il était assis en face d'elle et la dévisageait avec un regard noir.

Elle-même était lasse de la méfiance qu'elle suscitait. En outre, voir le corps de Nate évacué dans un sac à cadavre lui avait fait très mal.

Elle s'éclaircit la gorge.

— Je suis sa cible.

Shayne tapota nerveusement la table.

— Pourquoi ce type veut-il à tout prix votre mort ? Dites-moi tout, je veux connaître l'ensemble des détails de votre relation.

— Je ne peux pas tout vous raconter. La plupart des détails sont des informations classées secret défense et vous n'avez pas le statut pour…

Shayne tapa du plat de la main sur la table.

— J'ai vu un homme se faire abattre sous mes yeux ! Que suis-je censé faire ? Regarder les McGuire se faire tuer à leur tour l'un après l'autre ?

— Je n'ai jamais voulu qu'il leur arrive malheur, protesta-t-elle.

— Ils ont déjà connu le malheur, répliqua Shayne, qui

ouvrit un dossier et en sortit la photo retrouvée dans la Mustang, sur laquelle elle figurait à côté de la mère de Brodie. Avez-vous un rapport avec le meurtre des parents des frères McGuire ?

Je ne sais pas.

— Stephen Brushard est-il le meurtrier des parents McGuire ? insista Shayne.

— Je pense qu'à l'époque il était encore en prison.

Elle n'avait jamais su qu'il s'était évadé. La dernière fois qu'elle avait entendu parler de lui, il venait d'en prendre pour vingt ans.

— Alors pensez-vous qu'il pourrait avoir engagé un tueur ? Qu'il voulait à tout prix se venger de vous ? C'est ça ? Il a engagé…

— Je ne sais pas ce qui s'est passé ! le coupa-t-elle, excédée. Je veux voir Brodie. Où est-il ? Est-ce qu'il…

— Brodie est avec Grant. Ils sont tous les deux dans la pièce à côté, précisa-t-il en désignant le miroir au fond de la pièce.

Quoi ? Brodie assistait à son interrogatoire sans rien faire ?

Comme s'il avait lu dans ses pensées, Shayne reprit :

— Brodie a du mal à digérer que son petit frère se soit retrouvé blessé, voyez-vous. Et, le problème, c'est que je ne retrouve aucune trace de vos supposées activités pour le gouvernement. Ni moi ni personne ne peut…

— J'étais un agent fantôme, vous n'obtiendrez jamais confirmation de mes activités.

Seuls ses supérieurs directs et la CIA connaissaient son existence.

Shayne inclina la tête d'un air circonspect.

— Je m'excuse de vous le dire, mais vous ne correspondez pas tout à fait à l'idée que je me fais d'un agent secret. En théorie, vous avez été entraînée, non ? Alors pourquoi venir réclamer l'aide de Brodie ? Pourquoi ne pas régler par vous-même son compte à l'homme qui vous traque ?

Parce qu'elle n'avait jamais tué personne.

— Je ne vous fais pas confiance, poursuivit Shayne. Je crois que, depuis le début, vous mentez aux McGuire. Vous en savez davantage que vous le prétendez sur la mort de leurs parents. Vous en savez long sur Stephen Brushard et vous ne sortirez pas d'ici tant que vous ne vous serez pas décidée à parler.

Brodie arpentait de long en large la petite pièce.

— C'est ridicule ! lança-t-il. Pourquoi continue-t-on à nous interroger ?

Grant haussa les épaules.

— Sans doute parce qu'un homme a été tué et que notre plan pour coincer le tueur a viré au fiasco, avec une fusillade et un quartier entier d'Austin bouclé pendant plusieurs heures.

— Nous avons répondu à toutes leurs questions.

Shayne avait lui-même mené l'interrogatoire. Lui qui était censé être leur ami.

Maintenant, il nous traite comme des suspects ?

— Je suis sûr qu'on va nous dire dans pas longtemps que tout est en ordre, reprit Grant.

Mais ses propos n'apaisèrent pas Brodie.

— Brushard est toujours dans la nature et, tôt ou tard, il tentera de nouveau de s'en prendre à Jennifer. Je n'ai aucune envie de rester là à attendre pendant qu'il prépare son coup. Je veux lui donner la chasse pour qu'il comprenne ce que ça fait d'avoir un tueur aux trousses.

Grant secoua négativement la tête.

— Tu n'es pas un tueur, Brodie.

— N'en sois pas si sûr.

— On peut parfois avoir la sensation qu'on pourrait

le devenir mais, au fond, il y a des limites qu'on n'arrive pas à franchir, répliqua Grant, qui se leva pour venir se poster en face de lui. Tu ne dois pas te laisser guider par tes émotions. Surtout pas par ce que tu ressens pour cette femme.

— Jennifer, rétorqua Brodie d'un ton sec. Elle s'appelle…

— Comment sais-tu que c'est son véritable prénom ? Mes contacts à la CIA n'ont rien pu trouver sur elle.

— Parce qu'elle était censée ne pas avoir d'existence officielle, tout comme Nate qui…

— Avant de se faire tirer dessus, Nate a essayé de tuer Sullivan et Shayne. Pas terrible comme comportement pour un agent gouvernemental. Es-tu certain de faire le bon choix avec la dénommée Jennifer ? Parce que, moi, je ne suis pas certain que tu fasses preuve de tout le discernement nécessaire.

— Grant…, fit Brodie, qui se préparait à dire ses quatre vérités à son frère.

Mais alors, la porte s'ouvrit et Shayne fit son entrée, le regard sombre.

— Vous pouvez y aller vous deux.

— Pas trop tôt, lâcha Brodie d'un ton grinçant.

Shayne prit une expression contrariée.

— C'est parce que j'ai accepté de vous aider qu'un suspect dont j'avais la responsabilité s'est fait abattre ! Je ne fais que respecter les procédures. Si la loi ne vous convient pas, tôt ou tard, vous vous retrouverez en état d'arrestation.

Etait-ce une menace ?

— Où est Jennifer ? demanda Brodie. Je veux lui…

— Pour le moment, elle reste ici.

— Quoi ?

— Elle connaissait la victime, cela lui donne un statut de témoin matériel, indiqua Shayne. Mais, ne t'inquiète pas, elle sera placée dans une maison sécurisée avec un garde à sa porte en permanence.

— Mais elle est innocente ! C'est Brushard qu'il faut rechercher, pas s'acharner sur elle !

Shayne acquiesça.

— On n'oublie pas Brushard. Mais l'enquête sera menée en bon ordre, dans le respect des procédures, encore une fois. Je n'ai aucune envie de voir se reproduire une fusillade en pleine rue. Bref, vous, vous pouvez partir, Mlle Wesley reste avec moi.

— Je veux la voir, insista Brodie.

Shayne sembla hésiter.

— Pour le moment, ce n'est pas une bonne idée. Mes hommes lui posent encore des…

— Elle n'a rien fait de mal !

— Mais, bon sang, qu'est-ce que tu en sais ? explosa Shayne. Personne n'est en mesure de confirmer qu'elle a fait partie des services secrets. Et on ne sait rien non plus sur le type à la morgue. Dans ces conditions, je refuse de prendre le risque de la voir me filer entre les doigts. Je te rappelle que moi aussi j'ai failli y passer aujourd'hui. Ma voiture a foncé droit dans un réverbère parce que ce Nate Wesley s'est jeté sur moi pour essayer de m'étrangler.

— Shayne…

— Oublie un peu cette Jennifer Wesley. Ce n'est plus ton problème, maintenant, c'est le mien.

Ça, c'était hors de question.

Mais Shayne lui pointa le doigt dessus, puis désigna Grant.

— Je sais que vous pensez tous les deux être au-dessus des lois, mais c'est faux. Et mon amitié… ne cautionne pas tout. Si vous essayez de me doubler, d'interférer dans mon enquête, je vous fais boucler pour obstruction à la justice.

La menace plana quelques secondes dans l'air. Puis Shayne tourna les talons et quitta la pièce.

— Il n'a pas le droit. Il ne peut pas la retenir, lança Brodie entre ses dents.

Il devait la voir, lui parler.

— Si, répliqua Grant, il peut.

C'est ce qu'on verra.

Quand la porte s'ouvrit, Jennifer leva vivement la tête. C'était Brodie, et elle se leva d'un bond pour se précipiter vers lui.

— Sullivan ? lui demanda-t-elle. Est-ce qu'il…

— Il va bien. Il en faut davantage pour venir à bout d'un McGuire, répondit-il avant de la prendre dans ses bras.

Une douce chaleur réconfortante la berça. Elle avait néanmoins besoin de lui confier ce qu'elle éprouvait.

— Brodie, je comprends que tu te méfies de moi et…

Elle ne put pas continuer, car il l'interrompit d'un baiser. Un baiser plein de fougue. La pièce d'à côté était peut-être remplie de flics qui les regardaient à travers le miroir sans tain, mais elle s'en fichait. Elle lui rendit son baiser sans retenue.

Une partie d'elle-même avait craint que Brodie ne soit venu lui dire adieu.

Elle se pressa contre lui et son désir de plus en plus dur.

Leur baiser se prolongea, encore et encore. Un baiser passionné, fiévreux.

Enfin, il releva la tête, mais sans relâcher son étreinte.

— Brodie, dit-elle, tu regardais l'interrogatoire. Pourquoi ? Tu pensais que je…

— Je n'ai rien regardé du tout ! Shayne nous a également passés au gril, Grant et moi. J'étais tellement excédé par ses questions que, si ça n'avait pas été mon ami, je lui aurais envoyé mon poing dans la figure.

Elle ne comprenait plus.

— Mais… il m'a dit que tu assistais à mon interrogatoire et que tu m'en voulais de ce qui était arrivé à Sullivan.

— Il t'a raconté des bobards. C'est Nate qui s'est attaqué à Sullivan et a provoqué l'accident, tu n'y es pour rien, je sais faire la part des choses. Quant à Brushard… je me demande comment il a su qu'il lui suffisait de nous attendre à cet endroit précis pour nous prendre comme cibles. C'est à croire que quelqu'un l'avait informé.

Jennifer réfléchit.

— Stephen a toujours entretenu un réseau de gens qui pouvaient lui être utiles par tous les moyens. Sa spécialité, c'était le chantage. Il avait le chic pour découvrir le point faible des gens qui l'intéressaient et les manipuler. Beaucoup de monde faisait le sale boulot à sa place, c'est pourquoi établir un lien avéré entre les crimes dont il était soupçonné et lui a été compliqué.

— Il s'est servi de Nate et tout indique qu'il se sert de quelqu'un d'autre, renchérit Brodie. D'un policier, par exemple. Car, avant qu'on quitte les locaux de McGuire Securities, Shayne a appelé ici pour prévenir de notre arrivée.

Et ensuite, un policier aurait alerté Stephen ? se demanda Jennifer.

— Shayne veut te placer en résidence surveillée, reprit Brodie.

— Quoi ?

— Il te considère comme un témoin matériel.

— Non, je ne veux pas rester là, dit-elle, le cœur battant.

Si, dans l'entourage de Shayne, il y avait un homme corrompu, elle était fichue.

Brodie lui prit le visage entre les mains et posa son front contre le sien.

— J'ai eu peur, tu sais. Quand j'étais dans l'immeuble, j'ai regardé la rue et je t'ai vue à découvert. J'ai hurlé pour te prévenir, mais je craignais qu'il ne soit trop tard.

Il l'embrassa de nouveau.

— Je ne veux pas te perdre, lui chuchota-t-il.

Jennifer ne put retenir un soupir. Si Grant n'avait pas entendu Brodie et n'avait pas réagi illico, elle ne serait plus là.

— Je veux que tu fasses partie de ma vie, insista Brodie.

A ces mots, Jennifer fut si émue qu'elle ne sut que répondre.

— Quand on aura arrêté ce malade, poursuivit Brodie, je veux que tu restes avec moi. Je veux apprendre à connaître Jennifer Wesley et Jenny Belmont. Je veux te connaître toi, peu importe ton nom. Ces derniers jours, j'ai compris que ce que je ressens pour toi va au-delà du simple désir. Je n'ai jamais cessé de penser à toi, alors maintenant que tu es revenue…

Derrière eux, la porte s'ouvrit.

— Brodie ? s'étonna Shayne. Qu'est-ce que tu fiches ici ? J'avais demandé qu'un homme reste à la porte !

— Je ne te laisserai pas repartir, conclut Brodie à l'intention de Jennifer.

Il lui donna encore un baiser.

Shayne tonna :

— Brodie !

Ce dernier prit tout son temps pour se tourner vers la voix qui l'interpellait. Shayne le prit par l'épaule.

— Tu ne peux pas rester là. Jennifer est maintenant un témoin dans une affaire qui concerne la police. Nate Wesley est à la morgue mais, selon les infos officielles, il est déjà mort il y a plusieurs années lors d'un accident en mer. Je me retrouve à devoir expliquer comment un type est mort deux fois et à rechercher un criminel qui s'est évadé d'une prison russe pour venir régler ses comptes dans ma ville. Alors je te préviens, tes frères et toi, vous avez intérêt à vous tenir à carreau. Quant à Jennifer, fais-moi confiance, je veillerai à ce qu'elle soit en sécurité.

— Quand il est question de Jennifer, répliqua Brodie, j'avoue ne pas faire confiance à grand monde. Et je crois qu'il y a une fuite dans ton service. Un de tes hommes a alerté Brushard. C'est comme ça qu'il a su où se poster pour nous attendre. Quelqu'un ici…

— Tu penses que je n'en ai pas conscience ? le coupa Shayne. C'est pour cette raison que je me chargerai en personne de mettre Jennifer à l'abri. Et je resterai avec elle. Encore une fois, tu peux compter sur moi.

Brodie secoua la tête, indiquant son scepticisme persistant.

Mais le regard de Shayne devenait de plus en plus froid, remarqua Jennifer. Il s'exprimait en tant que flic, l'ami de Brodie avait disparu.

— Ce n'est pas négociable. Jennifer est un témoin matériel, elle est sous la responsabilité de la police. Essaie de t'opposer à cette décision et je te boucle dans la minute.

Brodie serra les poings.

— Fais très attention ! dit-il d'un ton menaçant. Ne cherche pas à déclencher une guerre avec moi.

— Je n'ai pas le choix.

Shayne fit quelques pas jusqu'à la porte, l'ouvrit et appela trois hommes. De la tête, il leur désigna Brodie.

— Raccompagnez M. McGuire à la sortie et assurez-vous qu'il quitte le commissariat sans faire d'histoires. Sinon, mettez-le en cellule.

Brodie fit un pas en avant, mais Jennifer le retint.

— Brodie, laisse tomber.

Leurs regards se croisèrent.

— Reste calme et pars. Si tu te retrouves en cellule, ça ne m'aidera en rien, au contraire. Et ne t'inquiète pas pour moi, ajouta-t-elle en essayant de lui sourire. Ça ira.

— Raccompagnez-le à la sortie, répéta Shayne à ses hommes.

Brodie la fixa intensément.

— Souviens-toi de mes paroles. Je ne te laisserai pas repartir.

Les trois flics en uniforme lui indiquèrent de sortir.

Il quitta la pièce et la porte se referma derrière lui.

— Un grand merci à vous, messieurs, lâcha Brodie d'un ton acide aux trois policiers.

Ceux-ci prirent un air confus et marmonnèrent des excuses.

— Viré d'un poste de police, lança Grant qui l'attendait à la sortie. C'est nouveau.

Brodie se tourna vers son frère.

— Shayne veut l'emmener dans une maison sécurisée, mais il refuse de me dire où.

— Etant donné les derniers événements, ce n'est pas forcément une mauvaise idée. Tant que Brushard n'aura pas été arrêté…

— Comment réagirais-tu si on te prenait Scarlett sans te dire où elle serait ?

Scarlett était l'épouse de Grant. Il l'aimait plus que tout et avait failli la perdre.

Grant prit un air contrit.

— Tu sais comment je réagirais.

— Alors ne viens pas me dire que c'est une bonne chose. J'ai besoin d'être près de Jennifer.

Il leva les yeux vers la façade du commissariat. Shayne ne l'écarterait pas de cette affaire alors que la sécurité de Jennifer était en jeu.

— Que puis-je faire ? demanda Grant.

— Pour le moment, c'est Sullivan qui a le plus besoin de toi.

Leur frère était à l'hôpital, même s'il était hors de danger.

— Davis et moi… on fera le nécessaire, précisa Brodie.

Davis avait des relations qui pourraient lui être utiles. Dont il allait se servir.

— J'ai comme l'impression que tu n'es pas loin d'enfreindre la loi, dit Grant. Je me trompe ?

Brodie contempla de nouveau la façade.

— Ça pourrait arriver.

— Je ne comprends pas pourquoi vous faites ça, déclara Jennifer à l'intention de Shayne Townsend.

Ils venaient d'arriver à la maison sécurisée.

En fait de maison sécurisée, il s'agissait d'un petit appartement au troisième étage d'un immeuble qui, d'extérieur, paraissait abandonné. Jennifer ne s'y sentait absolument pas en sécurité.

La moquette était usée, le mobilier du salon se réduisait à un canapé fatigué et à une table basse.

— J'essaie de faire en sorte que vous gardiez la vie sauve, mademoiselle Wesley, répliqua Shayne, qui vérifia les serrures.

Un autre flic était à l'extérieur et effectuait une ronde.

— Brodie est aussi qualifié que vous pour s'en charger, répliqua Jennifer.

— Sauf que vous mettiez sa famille en danger. Et, pour les McGuire, la famille, c'est sacré.

Un frisson parcourut Jennifer.

— Vous avez dit que Sullivan allait se remettre.

— En effet. Mais si l'homme qui vous traque continue ses offensives, tôt ou tard, ça finira mal. Votre chambre est là à droite, dit-il en désignant la pièce de la main. En revanche, il n'y a qu'une salle de bains, alors on devra la partager.

Super. Elle baissa les yeux sur la moquette.

— Nous avons les résultats des analyses effectuées sur le couteau retrouvé par Brodie au ranch Montgomery, reprit Shayne.

Jennifer releva vivement la tête.

— Il n'y avait aucune empreinte dessus. Il y avait seulement quelques traces de sang qui ont permis de relever un ADN : le vôtre.

Stephen s'était montré très prudent, comprit Jennifer.

— Ce qui signifie que nous n'avons pas avancé.

— Pour le moment, nous sommes à la recherche d'un fantôme, approuva Shayne.

Il ouvrit une mallette et en sortit un dossier avec le nom de Stephen Brushard inscrit dessus. Jennifer repensa à la première fois où elle avait rencontré cet homme, à ses manières de prince charmant, avant qu'elle découvre une tout autre facette de sa personnalité.

— Stephen Brushard est censé être mort après une agression dans sa cellule, indiqua le policier.

Elle s'empara du rapport que tenait Shayne et le parcourut. Stephen avait été retrouvé mort, poignardé. Le rapport avait été rédigé un an plus tôt.

— Ce n'était pas lui, conclut-elle. Il n'est pas mort, il s'est évadé.

Toutefois, la date du rapport établissait que Stephen n'avait pas pu tuer les parents de Brodie. Etait-ce quelqu'un à sa solde ? La même personne qui avait pris cette photo d'elle au ranch des McGuire ?

— Vous savez lire le russe ? s'étonna Shayne.

— Je vous rappelle que j'étais une espionne. Vous croyez qu'on m'aurait envoyée en mission un peu partout dans le monde si je n'avais parlé qu'anglais ?

Shayne l'observa d'un air dubitatif.

— Nate a lui aussi obtenu un certificat de décès, reprit-elle. Tout aussi faux que celui-ci.

Shayne ne semblait pas convaincu.

— Et si Brushard était bien mort en prison et que le type qu'on recherche soit un membre de sa famille qui souhaite le venger ?

Jennifer passa en revue l'ensemble du dossier. Shayne

avait fait du bon boulot pour obtenir ces documents. Il y avait plusieurs rapports d'agressions contre Stephen en prison. Il avait fait de nombreux séjours à l'infirmerie.

Il y avait également une photo de lui de mauvaise qualité, sans doute prise peu de temps après son incarcération. Il avait les cheveux plaqués sur le front, la mâchoire serrée. Tout dans son expression révélait une immense colère.

— Pensez aux McGuire, par exemple, reprit Shayne. Parfois, dans une famille, le désir de vengeance est inscrit.

Elle reposa le dossier.

— Sauf que les McGuire n'ont aucune intention de tuer qui que ce soit !

Il eut un rire amer.

— Vraiment ? Peut-être que vous ne connaissez pas Brodie aussi bien que vous le pensez. Retrouver les meurtriers de leurs parents, pour Brodie et ses frères, c'est une obsession. Et, quand ils les auront retrouvés, je ne donne pas cher de leur peau.

La voix de Shayne était pleine d'amertume et de résignation. Jennifer en fut étonnée et observa le policier.

Celui-ci poursuivit :

— Brodie vous a aidée parce que vous pouviez lui permettre de remonter à Stephen Brushard, lui-même potentiellement lié à la mort de ses parents. Il vous a aidée pour cette seule et unique raison.

Il se trompait.

— Vous ne savez pas de quoi vous parlez.

Les liens entre Brodie et elle étaient très forts. Il n'y avait qu'avec lui qu'elle se sentait en sécurité.

— Je vous ai éloignée de Brodie pour votre bien, insista Shayne. Vous ne pouvez pas lui faire confiance. Mais à moi si.

Vraiment ? Là, c'était elle qui doutait.

— Je peux vous aider, assura le policier.

Non, se dit Jennifer. Quelque chose clochait.

— Depuis combien de temps vous êtes ami avec Brodie ?

— On était à l'école ensemble, on a grandi ensemble. J'ai toujours connu les McGuire. C'est pour ça que j'ai refusé d'abandonner l'enquête sur le meurtre de leurs parents. Je me sentais redevable. Les frères McGuire non plus n'ont pas laissé tomber ; ils ont fini par retrouver l'arme du crime… et ils vous ont trouvée, vous, si je puis dire.

Tout ça n'est pas clair. Elle se sentait en danger. Shayne l'avait séparée de Brodie, emmenée loin du poste de police. Désormais, il était là, avec elle, dans un appartement isolé…

— Vous avez donné cinquante mille dollars à leurs parents, reprit-il.

— C'est Brodie qui vous l'a dit ?

Il inclina la tête.

— Pourquoi leur avoir donné cet argent ?

— Parce que Brodie m'avait sauvé la vie.

Il se mit à faire les cent pas dans la pièce. Elle posa les yeux sur l'arme à sa ceinture.

Pourquoi ne m'a-t-il pas gardée au poste ?

Et où était le second flic ? Pourquoi mettait-il aussi longtemps pour effectuer sa ronde ?

— Pour quelle raison ont-ils accepté l'argent ?

— Je n'en sais rien !

Il se tourna soudain vers elle, la prit par les épaules et la secoua.

— Menteuse ! Vous espérez que je vais croire que vous avez donné cinquante mille dollars à des inconnus ?

— Ce n'étaient pas des inconnus. C'étaient les parents de Brodie.

Il continua de la secouer et la plaqua contre le mur derrière elle.

— Arrêtez ! cria-t-elle.

Mais ses paroles n'eurent aucun effet. Shayne était furieux.

— Je ne vous laisserai pas tout réduire à néant !

Qu'est-ce qu'il raconte ?

La vérité la saisit à la gorge : le flic qui avait contacté Stephen quelques heures plus tôt était devant elle.

— Vous ne pouvez pas tout ruiner après le mal que je me suis donné pour me remettre sur les bons rails. Je... je ne peux pas vous laisser tout détruire. Peut-être vaudrait-il mieux pour tout le monde que vous disparaissiez.

C'était une menace à peine déguisée. Elle était en fâcheuse posture.

Le jeune flic était vraiment trop facile à repérer, s'amusa l'homme.

Croyait-il passer inaperçu dans le quartier parce qu'il était en jean délavé et T-shirt ?

Il devait avoir à peine plus de vingt ans et regardait sans cesse à droite et à gauche, nerveusement.

Trop facile.

L'homme approcha discrètement de l'immeuble délabré. Jennifer y était entrée un quart d'heure plus tôt.

Il était temps d'aller la chercher.

— Salut, gamin.

Le flic se tourna brusquement vers lui.

Il lui planta son couteau dans le ventre et le retint pour éviter que la lame ne s'enfonce trop profondément.

— Quel étage ?

Le flic gémit de douleur.

— Tu veux que je t'achève ?

— Troi... troisième.

Il sourit et enfonça la lame. Parce que ce type était là, à sa merci, et que ça lui plaisait. Et parce qu'il n'avait jamais aimé les flics.

10

— Brodie, tu es sûr que c'est une bonne idée ? lança Davis à son frère jumeau. Jennifer est sous protection policière, elle est en sécurité.

Si c'était vrai, pourquoi son instinct lui disait-il exactement le contraire ? se demanda Brodie.

— Et, d'abord, comment as-tu su qu'on l'avait emmenée ici ? reprit Davis alors qu'ils se garaient.

— Disons qu'au poste je savais qui soudoyer, répondit Brodie.

Davis poussa un juron.

— Eh bien, il ne reste plus qu'à espérer que Brushard ne connaît pas les mêmes personnes que toi. Sinon, la demoiselle va avoir de sérieux ennuis.

Brodie avait demandé à Davis et Mac de chercher tout ce qu'ils pouvaient sur Stephen Brushard. Désormais, ils disposaient d'une photo et de renseignements. L'homme était issu d'une famille aisée de New York, il avait fait des études brillantes et connaissait du beau monde.

En surface, il avait tout du *golden boy* respectable, jusqu'à ce que Jennifer découvre ses secrets et précipite sa chute.

Brodie jeta un nouveau regard à sa photo : yeux bleus, cheveux noirs, expression assurée.

Depuis, il avait passé plusieurs années en prison, ce qui pouvait transformer un homme.

Brodie releva la tête et contempla l'immeuble devant eux.

— C'est quoi le plan ? s'enquit Davis. On entre en défonçant la porte, revolver en main ?

— Non.

Il voulait d'abord comprendre à quoi jouait Shayne. *Pourquoi l'as-tu emmenée ici ? Pourquoi tiens-tu absolument à la tenir à l'écart de moi ?*

— Surveille l'entrée principale. Moi, je vais passer par l'escalier de secours.

— D'accord, donc tu veux que je reste ici ?

Brodie lui tendit son revolver.

— Et, si tu vois Brushard, tu l'arrêtes, par tous les moyens possibles.

Il ouvrit sa portière, mais Davis le retint par l'épaule.

— Si, toi, tu le vois, n'hésite pas, d'accord ? Pense d'abord à Jennifer et toi.

C'était son intention.

Il descendit de voiture. De la musique et des éclats de rire en provenance d'un bar de l'autre côté de la rue attirèrent son attention. Les noctambules du quartier s'y étaient manifestement réunis.

Sans bruit, Brodie contourna l'immeuble et leva les yeux sur le troisième étage.

J'arrive, Jennifer.

Il allait monter par l'escalier de secours mais, alors, un gémissement parvint à ses oreilles. Il s'immobilisa, aux aguets. Il n'y eut pas d'autre bruit, mais une flaque sombre maculait le sol.

Brodie se baissa. Ce n'était pas de l'eau… mais du sang.

Il y eut alors un nouveau gémissement en provenance des poubelles, sur la droite. Brodie s'approcha, son arme à la main.

— Je vous préviens, je suis armé, alors sortez et…

Au sol, il y avait encore plus de sang. Beaucoup trop.

Brodie écarta les poubelles et découvrit un homme jeune, affalé au sol, à l'agonie.

On l'avait poussé là pour le laisser mourir.

Brodie sortit son téléphone et appela le 911.

— Quelle est votre urgence ? demanda la standardiste.

L'homme au sol poussa un nouveau gémissement. Etant donné la quantité de sang qu'il avait perdue, c'était un miracle qu'il soit encore en vie.

— Aidez… la, bafouilla l'homme blessé d'une voix très faible.

Brodie releva la tête vers le troisième étage. Un peu plus tôt, il y avait de la lumière. Désormais, l'immeuble était plongé dans le noir complet.

— Qu'est-ce qui se passe ? demanda Shayne à voix haute avant de lâcher Jennifer.

Ils étaient dans l'obscurité. Le cœur de Jennifer se mit à battre à tout rompre. Elle sentait le danger. *Ce n'est pas bon signe.*

Le peu de lumière qui éclairait encore la pièce provenait d'un lampadaire en bas de l'immeuble.

— Il m'a retrouvée ! s'exclama-t-elle.

— C'est un immeuble ancien, répliqua Shayne. Les plombs ont très bien pu sauter.

Tandis qu'il se déplaçait dans la pièce, le parquet craqua sous ses pieds.

— La porte est verrouillée, déclara-t-il. Cet endroit est sûr. Je vais appeler Randy pour savoir pourquoi il n'y a plus de lumière.

— Randy ? fit Jennifer.

— Mon collègue posté dehors.

Shayne sortit son téléphone et la luminosité de l'écran éclaira son visage.

Jennifer retenait son souffle, attendant que le dénommé Randy réponde. Que n'aurait-elle pas donné pour qu'il décroche et explique que tout allait rentrer dans l'ordre !

— Randy ? lança Shayne. Il n'y a plus de lumière ici, tu sais pourquoi ?

Jennifer poussa un soupir de soulagement. Randy était toujours dehors.

— Quoi ? marmonna Shayne. Je t'entends à peine.

Jennifer se retourna, tâtonna quelques instants et essaya de soulever la fenêtre à guillotine. Mais celle-ci était bloquée. Elle tira encore plus fort.

Impossible de la soulever.

— Tu es où ? demanda Shayne. Ouais, ouais, je vais t'ouvrir.

Il mit fin à son appel et actionna la fonction lampe de poche de son portable, puis la braqua sur Jennifer.

— Randy est dans l'escalier. Apparemment, il n'y a plus du tout de lumière dans l'ensemble de l'immeuble.

— Stephen est là ! en conclut Jennifer. Vous le savez.

Shayne braqua le faisceau lumineux de son portable sur la porte. Jennifer en profita pour tenter une nouvelle fois de soulever la fenêtre. Elle parvint à l'entrebâiller de quelques centimètres.

— C'est peut-être une simple coïncidence, suggéra Shayne.

Jennifer eut un petit rire entendu.

— Arrêtez, vous êtes flic, vous savez très bien à quoi vous en tenir. C'est lui. Soit il nous a suivis, soit son informateur dans la police l'a averti que nous étions là.

Est-ce vous qui l'avez prévenu, agent Shayne Townsend ?

Elle était tellement nerveuse qu'elle respirait bouche ouverte.

— D'ailleurs, je me demande si vous ne souhaitez pas qu'il me retrouve. Est-ce vous, ce fameux informateur ?

Sa question fut accueillie par le silence.

— Car je ne comprends rien à votre attitude depuis que vous m'avez interrogée, poursuivit-elle. Vous n'êtes pas clair et je…

— L'argent était pour moi.

Cet aveu opaque la fit se figer un instant. Puis elle continua à faire remonter la fenêtre, qui s'ouvrit de quelques centimètres supplémentaires, mais pas suffisamment pour qu'elle puisse se glisser à l'extérieur. Pas encore.

Où est l'escalier de secours ? Du côté de cette fenêtre-là ?

Mieux valait l'espérer. Sinon, son plan pour s'échapper était à l'eau.

— J'avais des ennuis, reprit Shayne. De très gros ennuis… et, si je ne payais pas, ma vie était finie.

— Mais de quoi parlez-vous ?

— Il ne devait rien leur arriver de mal. Tout était censé se passer sans heurts.

Elle hésitait entre continuer à ouvrir la fenêtre et rester avec Shayne tant ses propos l'intriguaient, même si elle commençait à redouter le pire.

— Mais peut-être… qu'ils m'ont suivi en permanence, qu'ils ont cru que les McGuire avaient encore plus d'argent et que c'est pour cela qu'ils s'en sont pris à eux.

Il y eut des coups frappés à la porte.

— Si la vérité éclate, je perdrai tout, ajouta Shayne d'une voix étranglée.

— Je ne comprends rien à votre histoire !

— J'avais tiré sur un homme. J'étais jeune, inexpérimenté… c'était une bavure. Eux, ils m'avaient vu. Ils ont su comment mon erreur avait été maquillée.

Jennifer commençait à comprendre.

— On vous faisait chanter.

— Townsend, dépêche-toi de m'ouvrir ! appela une voix de l'autre côté de la porte.

— J'ai payé, et ç'aurait dû en rester là.

Sa voix était rauque. Il pointait toujours le faisceau lumineux sur la porte, mais ne l'ouvrait pas.

— Avec eux, ce n'est jamais terminé, soupira-t-il. Une fois qu'ils vous tiennent, c'est pour la vie.

Jennifer fixa la porte.

— Randy… ce n'est pas lui qui attend, n'est-ce pas ?

— Il m'a dit que, si je l'aidais, il ne révélerait rien.

— C'est un mensonge ! répliqua-t-elle. Je vous en supplie, n'ouvrez pas.

— J'ignore comment, mais il a mis la main sur la vidéo où on me voit tirer sur un gamin qui n'était pas armé. Mais je… je croyais vraiment qu'il l'était ! Et si Brushard divulgue cette vidéo, pour moi, c'est la fin.

Elle reconnaissait bien là la manière de procéder de Brushard : découvrir le point faible d'un homme qui pouvait lui être utile et l'exploiter. Et il avait compris que Shayne Townsend ne lui résisterait pas.

La porte fut violemment secouée.

— Brodie croit que je suis son ami, marmonna Shayne. Et c'est la vérité. Je suis son ami !

Pourtant, il s'apprêtait à ouvrir la porte, comprit Jennifer.

Elle n'avait pas cessé de soulever le battant de la fenêtre et, désormais, elle pouvait se glisser à l'extérieur.

Elle se précipita par l'ouverture, chercha l'escalier de secours, le repéra, posa le pied dessus. Mais alors… des mains la saisirent.

Elle hurla.

Ces mains la tirèrent plus fermement.

— Je te tiens !

C'était la voix de Brodie.

Elle eut du mal à y croire. Elle était dans les bras de Brodie ! Se tenait-il là, sur l'escalier de secours, depuis longtemps ? Avait-il entendu la confession de Shayne ?

— Descends l'escalier ! lui ordonna-t-il. Davis t'attend en bas et les renforts ne vont pas tarder. Allez !

Elle descendit les vieilles marches métalliques qui oscillaient sous son poids. Elle serrait la rampe pour ne pas tomber, allait le plus vite possible. Il ne lui restait plus que quelques marches à descendre. Enfin, elle posa les pieds sur la terre ferme.

Alors son regard avisa un corps.

Etendu de tout son long parmi les poubelles. Comme un vulgaire déchet. Elle se pencha sur lui.

— Randy ?

Elle posa deux doigts sur sa gorge. Il n'y avait plus de pouls.

Au-dessus d'elle, des coups de feu retentirent. Elle leva la tête. Des éclats lumineux jaillissaient de la fenêtre du troisième étage.

La peur la gagna. *Brodie.*

— Qu'est-ce que tu fais ? demanda Brodie à Shayne en le saisissant par les épaules. Tu tires à travers la porte ! Quelqu'un pourrait…

— Il est de l'autre côté ! L'homme qui en veut à ta chère Jennifer, répliqua Shayne en partant d'un rire hystérique. Peut-être que j'aurais mieux fait de le laisser faire. Comme ça, tout serait plus simple !

Brodie lui arracha son arme des mains.

— Tu es flic, comporte-toi comme tel !

Quelques heures plus tôt, Shayne lui avait fait la leçon sur le respect de la loi et des procédures, et là…

— C'est ma faute, le coupa Shayne. C'est à cause de moi. Ils n'ont fait que m'aider !

Brodie ne comprenait rien aux propos de son ami. Une terrible appréhension montait en lui, mais il la repoussa.

— Ecoute, je ne sais pas de quoi tu parles… Mais nous n'avons pas de temps à perdre. Ton collègue est mort et Brushard est…

— Il était de l'autre côté de la porte. Je lui ai tiré dessus. J'ai choisi de le tuer, lui, et pas elle.

Les propos de Shayne étaient toujours aussi cryptés. Brodie avança néanmoins vers la porte, puis l'ouvrit avec précaution.

Il faisait noir, il ne voyait rien.

Il ouvrit plus grand et sortit dans le couloir. Malgré l'obscurité, il comprit immédiatement…

Tu n'as touché personne, Shayne.

Le couloir était vide.

— Randy ? Randy, par pitié, répondez-moi !

Jennifer ne voulait plus avoir de sang sur les mains, elle ne voulait pas que ce jeune flic meure. Elle…

Une arme fut pointée sur sa nuque.

— Le flic pourri mettait un peu trop de temps pour ouvrir la porte. Alors je me suis dit qu'il valait mieux que je fasse le tour.

Cette fois, non seulement la voix était familière, mais elle savait qui s'adressait à elle. Qui la braquait avec un revolver. Stephen.

Elle s'immobilisa.

— Nous allons partir ensemble, Jennifer. Juste toi et moi. Nous allons y aller gentiment et, si tu ne résistes pas, personne d'autre ne mourra.

Il la prit par le bras pour la faire se relever.

— Car tu n'as pas envie d'être responsable d'autres morts, n'est-ce pas ?

Elle n'arrivait pas à quitter du regard le corps inerte du jeune flic.

— Tu ne voudrais surtout pas qu'il arrive malheur à ton petit copain, ni à ses frères. Je parie que tu me supplierais même d'épargner le flic qui t'a vendue.

— Je n'ai jamais souhaité la mort de quiconque, répliqua-t-elle.

Elle se retourna très lentement pour lui faire face.

— Pas même la tienne.

Il éclata d'un rire cynique et glacial.

— Je te crois. Car tu voulais que je moisisse le reste de ma vie en prison, c'est ça, hein ?

Au loin, des sirènes se firent entendre.

— Il est temps pour nous d'y aller, reprit Stephen.

Il lui passa un bras autour des épaules pour la tenir contre lui et lui enfonça son arme dans les côtes. Lentement, ils s'éloignèrent de l'immeuble. Pour d'éventuels passants, ils ressemblaient à un couple d'amoureux qui rentraient se coucher, comprit Jennifer.

Stephen inclina la tête tout près de son oreille.

— Si tu appelles à l'aide, je tire sur le premier venu qui aurait l'idée saugrenue de venir à ton secours.

Ils quittèrent la ruelle et remontèrent une rue plus large.

— Jennifer ?

Elle déglutit. Un homme courait dans leur direction.

Quand il passa sous un lampadaire, son visage fut éclairé. Ce n'était pas Brodie…

C'était Davis.

Jennifer redouta le pire. Stephen était déjà prêt à réagir. Il leva le bras pour viser Davis de son arme.

Non, Davis ne peut pas mourir, Brodie ne s'en remettrait jamais.

Sans réfléchir, elle se jeta devant Stephen, tenta de s'emparer de son arme avant que…

Le coup partit, une brûlure se répandit dans son ventre.

— Jennifer ! hurla Davis d'une voix terrorisée.

Mais Stephen s'empara de nouveau d'elle et la tint devant lui comme un bouclier.

Davis se jeta de côté pour être à l'abri derrière une voiture en stationnement. Tant mieux. Au moins, il était vivant, songea Jennifer.

Elle porta la main à son côté, du sang coulait entre ses doigts.

— Grosse erreur, Jennifer, chuchota Stephen. Tu sais pourtant que je ne compte pas te laisser mourir aussi facilement.

Oui, elle le savait, mais c'était Davis qu'elle avait voulu protéger.

Stephen la tira sur la droite, en direction d'un coupé garé sur le bas-côté. Etait-ce sa voiture ?

— Lâchez-la ! s'exclama Davis.

Stephen éclata de rire.

— Tu es comme ton frère, toi, n'est-ce pas ? Et, d'ailleurs, il est où ton frère en ce moment ? En train d'agoniser là-haut pendant que tu perds ton temps à essayer de la protéger ?

Elle avait mal, elle tremblait de tous ses membres.

— Va… va aider Brodie ! bafouilla-t-elle.

— Ton frère choisit mal ses amis, persifla Stephen à l'intention de Davis. Vous vous êtes tous trompés en faisant confiance à ce flic. J'ai vu les photos, la vidéo. Je sais ce que l'agent Townsend a fait. Il a tué un innocent. Et vous, vous pensiez qu'il voulait retrouver le meurtrier de vos parents, alors qu'il faisait sciemment traîner l'enquête.

Ils arrivèrent à hauteur de la voiture. Stephen braquait toujours son arme sur elle et la serrait fermement contre lui. Elle était impuissante.

— Je ne peux pas vous laisser l'emmener, déclara Davis en sortant de sa cachette.

Il avait lui aussi son arme à la main et la pointait sur Stephen.

— Tu vas faire quoi, alors ? Tirer ? C'est elle que tu toucheras, et elle est déjà blessée. Es-tu prêt à tuer la femme dont ton frère est amoureux ?

— Non, il… ne…, bredouilla Jennifer, qui ne put aller au bout de sa phrase tant elle tremblait.

— Moi, je crois que tu n'en feras rien, poursuivit Stephen, d'un ton plein d'assurance et de mépris. Je crois plutôt que tu vas doucement baisser ton arme… et reculer.

— Non… ne fais pas… sinon, il va… tirer, essaya-t-elle de dire pour le mettre en garde.

Davis hésita plusieurs secondes. Puis il baissa son arme.

Non !

Mais Stephen n'en profita pas pour tirer sur Davis, comme elle le redoutait. Il ouvrit la portière de la voiture et poussa Jennifer à l'intérieur. Puis il monta à son tour et, avec des gestes rapides, démarra et enclencha une vitesse.

Jennifer tenta d'ouvrir la portière passager, mais elle avait les doigts poisseux de sang et la voiture roulait déjà à vive allure. Mon Dieu ! Stephen fonçait droit sur Davis qui était toujours au milieu de la route. Il voulait l'écraser !

Elle chercha à s'emparer du volant. En vain. Stephen la repoussa.

Davis s'écarta, mais Stephen donna un coup de volant pour continuer de lui foncer dessus. Et Davis ne se servait pas de son arme. Il devait redouter de la blesser, supposa Jennifer.

A l'ultime moment, Davis plongea de côté et la voiture accrocha une poubelle. Stephen poussa un juron, mais garda le contrôle de son véhicule et continua sa route.

Jennifer chercha de nouveau à ouvrir sa portière.

— Laisse tomber, marmonna Stephen, les portières sont automatiquement verrouillées. Tu crois que j'aurais pu ne pas y penser ? Maintenant, il n'y a plus que toi et moi.

— Non, non, non !

Alerté par les appels de son frère, Brodie sortit du bâtiment.

— Davis !

Celui-ci était au milieu de la rue. Quand il l'entendit, il tourna la tête vers lui.

— Il l'a emmenée !

Incrédule, Brodie secoua la tête.

— Viens, on peut encore les rattraper ! reprit Davis en se précipitant vers leur voiture.

Il monta et mit le moteur en marche.

Le bruit des sirènes se rapprochait.

Jennifer avait été enlevée ? se répéta Brodie.

Il grimpa à son tour en voiture et aussitôt Davis démarra.

— C'est un coupé, modèle récent, pas de plaque d'immatriculation, indiqua Davis d'une voix tendue. Et il faut que je te dise : Jennifer est blessée, elle a pris une balle.

Le sang de Brodie se glaça d'effroi.

— Brushard s'apprêtait à me tirer dessus, poursuivit Davis. Elle s'est jetée sur son arme pour l'en empêcher et c'est elle qui a été touchée. Je suis vraiment désolé.

Le coupé apparut au détour d'une rue.

— Là ! s'exclama Brodie.

Le véhicule roulait très vite et n'avait pas de plaque à l'arrière.

J'arrive, Jennifer.

— Brushard a affirmé que… Shayne était son complice.

Brodie n'avait pas la tête à penser à la trahison de Shayne pour le moment.

— Va plus vite !

Il n'arrivait pas à songer à son ami, Jennifer occupait tout l'espace de ses pensées.

Le coupé tourna à un croisement dans un crissement de pneus.

Davis voulut faire de même, mais un taxi arriva en face d'eux au moment où ils allaient tourner. Davis serra le volant et enfonça la pédale de frein.

Quand il fut arrêté, il klaxonna.

— Dégage de là ! lança-t-il au chauffeur.

Ce dernier lui rendit son juron et redémarra lentement. Ils ne purent repartir qu'au bout de plusieurs secondes. Le coupé avait eu le temps de filer.

— Qu'est-ce que je fais ? demanda Davis à son frère.

Brodie furetait de tous côtés.

— Prends à droite.

Brushard n'avait pas forcément tourné mais, s'il voulait disparaître, c'était le plus probable, estima Brodie.

Davis obtempéra et accéléra de nouveau.

Stephen fit sortir Jennifer de la voiture. Il s'était engagé dans un garage qui donnait directement sur la rue.

— Je te préviens, tes copains ne te trouveront pas. Ils vont passer tout droit, ils n'ont pas pu nous voir entrer ici. Et, s'ils finissent par découvrir cet endroit, ce sera déjà trop tard.

Jennifer observa les lieux. Ce garage devait servir de cachette à Stephen depuis un certain temps, car quelques boîtes de conserve traînaient sur une étagère. Mais il y avait également des instruments qui n'avaient rien de rassurant : une corde, des menottes, des couteaux.

C'est ici qu'il compte me tuer.

Il la força à s'asseoir dans un vieux fauteuil poussiéreux, lui attacha les jambes puis lui fit passer les mains dans le dos pour les emprisonner avec les menottes. Il se montra tellement brutal qu'elle laissa échapper un cri de douleur.

Alors qu'elle était immobilisée, il vint se poster face à elle.

Ce n'était plus l'homme dont elle se souvenait. Le *golden boy* aux traits fins et avenants était bien loin.

Il avait l'air hagard, son regard brillait d'un éclat de folie, il n'avait plus beaucoup de cheveux et une cicatrice barrait sa joue gauche, lui donnant une expression encore plus repoussante. Quant à son nez, il avait dû se le faire casser plusieurs fois.

— Tuer ou être tué. Là où tu m'as envoyé, c'était la règle, dit-il.

— Je n'ai fait que mon travail. Tu revendais de la drogue et des armes, c'est toi qui as précipité ton destin !

— La mafia russe était sûre que je les avais trahis.

Pour eux, il n'y avait pas d'autre explication possible. Ils n'ont jamais rien su de ton existence, ni de tes activités.

Il posa son arme au sol.

— Mais, moi, j'ai fini par rassembler tous les éléments. Il restait quelques personnes, pas beaucoup, c'est vrai, mais néanmoins assez, qui m'étaient encore fidèles.

Il lui prit le menton entre deux doigts pour l'obliger à le regarder en face.

— Un de ces hommes a commencé à te surveiller jour et nuit. Et tout a fini par devenir évident. Chaque fois que, ton soi-disant père et toi, vous alliez quelque part, un coup de filet retentissant ne tardait pas à suivre.

— Cesse de me renvoyer la faute ! rétorqua-t-elle. C'est *toi* qui vendais des armes, c'est *toi* qui blanchissais l'argent de la drogue. Tu…

Il lui serra la gorge.

— Si je ne t'avais pas rencontrée, j'aurais fini ma vie en enfer. Car les prisons russes, c'est l'enfer. Chaque jour était une bataille, il y avait sans cesse des agressions. A un moment, j'ai souhaité mourir, en finir une fois pour toutes.

Il sourit.

— Mais alors j'ai compris que je devais vivre. Parce que tu étais quelque part en liberté et, tôt ou tard, il faudrait que tu paies pour ce que tu m'avais infligé.

Il la lâcha, se redressa et s'éloigna.

Elle bougea les poignets pour tenter de se libérer des menottes.

— Une fois que j'ai réussi à sortir, retrouver ta trace n'a pas été très compliqué. En revanche, sortir, ça, ce fut une autre paire de manches.

— Tu as fait croire à ta mort.

Il eut un rire ironique.

— Cela me fait au moins un point commun avec Nate.

Nate. Penser à lui fit souffrir Jennifer encore plus que la blessure qui la brûlait.

— Tu as traqué Nate, tu as assassiné son épouse !

Stephen la fixa, un éclat de surprise dans les yeux.

— C'est ce qu'il t'a raconté ? Oh oui ! Je vois… Il a certainement inventé cette histoire pour justifier son revirement contre toi.

De nouveau, il lâcha un rire cynique.

— Sa femme est morte, en effet, mais pas de ma main. En fait, Nate s'est lassé de mener une vie ordinaire.

Jennifer secoua négativement la tête.

— Non, tu n'insinues pas…

— Au départ, j'avais le projet de le tuer. Car lui aussi avait contribué à mon arrestation, n'est-ce pas ? Mais j'ai décidé de commencer par me servir de lui et je lui ai offert de l'argent en échange de son aide pour te retrouver. Je lui ai promis que la somme serait rondelette.

Jennifer continua de remuer les poignets pour se libérer.

— C'était un argument de poids, poursuivit Stephen, car, en quittant les services secrets, Nate avait dû abandonner son train de vie de millionnaire et se mettre à compter ses sous. Alors, quand je lui ai fait cette proposition, il n'a pas hésité longtemps.

Jennifer déglutit.

— Je ne te crois pas.

— Je m'en moque.

Il lui tourna le dos et se remit à marcher de long en large.

— Accroche-toi à tes illusions si ça te chante.

Il marcha jusqu'à une table dans un coin et prit un couteau posé dessus.

— Mais, la vérité, c'est qu'il n'en avait rien à faire de toi. Personne n'a jamais tenu à toi. Pour le gouvernement comme pour Nate, tu n'étais qu'un vulgaire agent qu'on oublierait et qu'on remplacerait si tu venais à disparaître.

Un frisson parcourut Jennifer. Chacune de ces paroles était comme un coup de couteau.

— Tu as détruit des vies, et aujourd'hui c'est à toi de souffrir ! tonna Stephen.

Il s'avança vers elle.

— Dis plutôt que j'ai sauvé des vies, répliqua-t-elle en levant le menton pour lui montrer qu'il ne lui faisait pas peur. J'ai sauvé des innocents. Des femmes et des enfants, des gens sans histoire que des types de ton espèce étaient prêts à sacrifier pour mener leurs sales trafics. Les hommes comme toi méritent leur sort. Alors épargne-moi tes discours lénifiants comme quoi j'ai détruit ton existence. Si tu préfères voir les choses ainsi, c'est ton problème mais, la vérité, c'est que tu t'es détruit toi-même et que mon intervention n'a fait que te le révéler.

Il soutint son regard quelques secondes puis baissa les yeux sur la lame du couteau qu'il tenait.

Son jeune collègue était mort. Shayne contempla le cadavre de Randy Mullins. Il s'était montré tellement excité de se voir confier une mission, il avait tellement envie de bien faire…

— Que s'est-il passé ?

Shayne tourna la tête : Grant McGuire se faufilait parmi les badauds qui s'étaient rassemblés.

— Shayne, où est Brodie ? insista Grant.

Shayne s'arracha à la vue de Randy. *Il est mort à cause de moi.* Il avait tellement de regrets.

Il se dirigea vers Grant.

— Je suis désolé.

Grant blêmit.

— Brodie n'est pas…

— Non. Mais il n'est pas là. Jennifer s'est fait enlever et Brodie est à sa recherche.

Grant tourna les talons, mais Shayne le retint par l'épaule.

— Je… je me suis mal comporté. Je n'ai pas été l'ami que tu croyais.

Dans le passé, Grant et lui avaient été très proches.

— Shayne ? dit Grant d'un air suspicieux.

— Appelle Brodie. Dis-lui de se rendre au 1578 sur Ridgeway. Là-bas, il trouvera l'homme qu'il pourchasse. Si je ne me suis pas occupé de lui avant, ajouta-t-il en adressant un sourire fatigué à son ami.

Car il avait pris sa décision : il n'aurait pas le sang de Jennifer Wesley sur les mains. Il ne contribuerait pas une fois encore au malheur des McGuire.

Sa carrière était terminée. Les mensonges, les secrets… tout sortirait bientôt.

Tandis que Davis continuait d'accélérer, le téléphone de Brodie sonna. C'était Grant. Brodie décrocha sans attendre.

— Grant, Brushard détient Jennifer ! Nous étions à sa poursuite, mais nous l'avons perdu et j'aurais besoin que tu…

— 1578, Ridgeway.

— Pardon ?

— Shayne a dit que tu devais te rendre là-bas. Il est lui aussi en route et, moi, je retourne à ma voiture pour vous rejoindre.

— Fais demi-tour, lança Brodie à Davis. Vite !

A l'autre bout de la ligne, il y avait d'autres voix derrière celle de Grant. Des flics devaient lui poser des questions.

— 1578, Ridgeway, indiqua Brodie à Davis, le cœur battant.

Ils y étaient passés un quart d'heure plus tôt. Désormais, il leur faudrait quasiment aussi longtemps pour y retourner.

Tant de choses pouvaient se passer en quinze minutes.

C'était largement suffisant pour passer de vie à…

C'était assez pour mourir.

11

Quand le couteau entailla son bras, Jennifer poussa un cri de douleur.

— En prison, c'est la première blessure qu'on m'a infligée, tempêta Stephen. Un autre détenu m'a attaqué au couteau parce que ma tête ne lui revenait pas.

Jennifer serra les dents. Elle n'avait pas vu venir le coup, car Stephen s'était soudainement précipité vers elle, lame en avant. La prochaine fois, elle ne se ferait pas prendre.

Elle inspira profondément pour se donner du courage et se préparer.

Stephen brandit son couteau, un odieux sourire aux lèvres.

— Ton héros n'a même pas vu que nous étions entrés ici. Je parie qu'il est toujours en train de sillonner les rues à tombeau ouvert, persuadé qu'il finira par te retrouver et te sauver une nouvelle fois.

De sa lame, il tapota le menton de Jennifer.

— A ton avis, que se passera-t-il quand il retrouvera ton cadavre ? Est-ce qu'il va piquer une crise ? Parce que, à ce que j'ai compris, il n'en faudrait pas beaucoup pour le faire déraper. Il a longtemps côtoyé la violence, l'adrénaline. Il aime l'exaltation de la traque. Ta mort pourrait le faire basculer.

Jennifer secoua négativement la tête.

— Non, Brodie n'est pas comme ça.

— Vraiment ? Tu penses le connaître parce que tu as couché avec lui ?

Elle avait la conviction de le connaître, oui. Mais les véritables raisons échappaient à un type comme Stephen.

— Il n'a pas le mal en lui. Contrairement à toi.

Stephen lui appliqua son couteau sur l'épaule et entailla de nouveau la peau. Cette fois, elle ne cria pas.

Depuis combien de temps sommes-nous là ?

Sa blessure par balle saignait toujours, elle commençait à avoir froid.

— Quelle déchéance pour les puissants ! déclara Stephen avec grandiloquence. Fini le temps des belles robes de bal. Désormais, tout ce dont tu hériteras, c'est d'un linceul sanglant.

— Je… n'ai jamais été très portée sur les robes de soirée, de toute façon.

Il releva son couteau.

— Pourquoi l'agent Townsend t'a-t-il aidé ? s'enquit Jennifer.

Stephen eut un sourire mauvais.

Jennifer insista.

— Nate… t'a aidé pour l'argent, à ce que tu dis. Mais pourquoi Shayne t'a-t-il aidé ? Car c'est lui qui t'a prévenu que j'avais été transférée dans un appartement sécurisé, n'est-ce pas ?

Il fallait qu'elle fasse parler Stephen le plus possible pour gagner du temps et trouver un moyen de se sortir de ce mauvais pas.

— J'ai découvert le point faible de notre ami policier, répondit-il, d'un ton qui indiquait son autosatisfaction. Mais, en vérité, c'est à toi que je le dois.

— Je ne comprends pas.

— Quelques personnes m'étaient restées fidèles, je te l'ai déjà dit. L'une d'elles était chargée de te surveiller. C'est ainsi que j'ai eu vent de ta mission qui a… comment dirais-je, qui aurait mal tourné sans l'intervention de ton petit copain Brodie.

Jennifer se figea.

— Tu es lié à ce qui s'est passé ?

Elle comprenait désormais comment sa couverture avait sauté.

Stephen inclina la tête, comme si elle lui avait adressé un compliment qu'il appréciait.

— C'est plutôt le fait de mon associé. Il s'est chargé de faire savoir aux bonnes personnes qu'il fallait t'éliminer. Mais tu as réussi à t'en sortir.

Grâce à Brodie, songea Jennifer.

— Mon associé a continué à te filer, poursuivit Stephen. Il a trouvé étrange que tu ailles dans un petit ranch du Texas pour rendre visite à des gens apparemment sans histoire. Quand il m'en a parlé, je me suis dit que je finirais peut-être par découvrir ton point faible. Que tu avais une famille qui vivait paisiblement du côté d'Austin.

— Mais ils ne faisaient pas partie de ma famille !

Mon Dieu, est-ce pour ça qu'ils sont morts ? Stephen avait-il cru qu'elle était venue voir ses parents ?

— Il t'a épiée, il t'a vue remettre l'argent… puis il a aperçu ce flic.

Stephen éclata de rire.

— Mon homme était intrigué, c'est pour ça qu'il est resté quelques jours dans les parages. Il voulait savoir pourquoi il y avait autant d'activité autour de ce ranch.

Jennifer avait cessé de se débattre.

— Pitié, dis-moi que les parents de Brodie ne sont pas morts sur ton ordre.

— Non, je n'y suis pour rien. Tu n'as pas encore compris que, moi, j'aime faire souffrir mes victimes ? Quand on se met en travers de mon chemin, il faut payer. Lentement. Mais les McGuire…

— On les a abattus. Ils sont morts sur le coup.

Mais ils n'ont pas été tués sur son ordre.

— Mon associé a fait des photos du flic. Il l'a vu accepter l'argent que tu avais donné aux McGuire. J'ai cherché, encore et encore, et j'ai fini par trouver le lien. A ma sortie, j'ai pris contact avec Townsend, et je l'ai menacé de transmettre les photos prises par mon associé aux médias et aux frères McGuire s'il refusait de collaborer avec moi.

Shayne avait donc décidé de la sacrifier pour protéger sa propre existence.

— Quand il n'était encore qu'un flic débutant, Townsend avait eu la détente trop lâche. Au cours d'une intervention, il avait tiré sur un gamin qu'il croyait armé. Il a dissimulé sa bavure. Cet idiot aurait dû savoir que les morts reviennent toujours vous hanter.

Jennifer remua les jambes. Le pied droit du fauteuil ne semblait pas stable.

— Est-ce que les morts reviennent te hanter, Jennifer ?

Il lui appliqua la lame de son couteau sur la joue, sans entailler la peau. Puis il leva la main et désigna la cicatrice sur sa joue gauche.

— Cette balafre, c'est un Ukrainien qui convoitait mon dîner qui me l'a faite.

Il s'apprêtait à lui infliger une nouvelle blessure, comprit-elle. Elle se recula brusquement, de toutes ses forces. Le fauteuil bascula et tomba au sol.

Stephen poussa un cri de rage, se pencha sur elle et la menaça.

— Halte, sinon je tire ! intervint une voix derrière eux.

Stephen se figea.

— Attends, toi, tu oses venir ici ?

Jennifer se tortilla pour mieux voir. Shayne se tenait à quelques mètres d'eux, son arme brandie.

Stephen se releva et éclata d'un rire qui résonna dans le garage.

— Tu joues les héros ? Toi, le lâche corrompu ? Tu aurais mieux fait de rester à ta place.

— Je ne joue à rien du tout. Lâchez ce couteau. *Tout de suite !*

Stephen obtempéra. Le couteau produisit un bruit mat en heurtant le sol.

— Les photos sont toujours en ma possession. Elles sont en lieu sûr. Mais, si tu fais l'idiot, elles n'y resteront pas.

Shayne secoua négativement la tête.

— Je ne vous laisserai pas la tuer.

Elle battit des jambes. Ses liens s'étaient desserrés. Elle avait encore les menottes, mais peut-être parviendrait-elle à libérer ses jambes.

— Attention, Shayne, il a un revolver !

— Et j'ai également ton destin entre mes mains, monsieur le flic. Ton train de vie, ta réputation, ton boulot... je peux tout faire voler en éclats.

Shayne avança d'un pas.

— Je ne peux pas vous laisser la tuer.

— Pourquoi ? rétorqua Stephen. Parce que tu es un citoyen exemplaire ? N'oublie pas que je connais tes secrets.

Shayne pointa son arme.

— Ecartez-vous d'elle.

Stephen bougea lentement.

— Tu commets une grossière erreur. Une erreur que tu vas amèrement regretter.

— Non, bien au contraire, répliqua Shayne. Finalement, je prends la bonne décision, je remets un peu d'ordre dans ma conscience. J'ai déjà suffisamment de regrets, je refuse d'en ajouter un autre.

Il tourna les yeux vers Jennifer.

— Tout va bien se passer, je vais vous faire sortir d'ici.

Mais alors, un coup de feu retentit, et Shayne s'effondra.

— Non, tu n'en feras rien, déclara Stephen.

*
* *

Pour Brodie, chaque seconde était une éternité. Il avait du mal à tenir en place sur son siège.

— Dépêche-toi, Davis, par pitié, dépêche-toi !

Dans un crissement de pneus, la voiture prit un virage serré et, quelques secondes plus tard, Davis freina sèchement devant ce qui ressemblait à la devanture d'un vieux garage. Brodie ouvrit sa portière, descendit de voiture…

Et un coup de feu résonna.

Un instant, Brodie crut mourir. Puis il recouvra ses esprits et fonça en direction du bâtiment.

Derrière lui, Davis criait :

— Attends ! Fais attention !

Mais Brodie ne pouvait patienter. Jennifer était là, dans ce garage où un coup de feu venait d'être tiré.

Par pitié, faites qu'elle soit vivante !

Il poussa la porte et découvrit un spectacle cauchemardesque.

Shayne gisait au sol dans une mare de sang, inerte, une arme à quelques centimètres de sa paume ouverte.

Stephen Brushard était là, lui aussi. Il n'avait plus grand-chose à voir avec l'homme que Brodie avait observé en photo, excepté l'éclat malsain de son regard. Il braquait un revolver sur Jennifer. Jennifer… blessée, qui saignait, d'une extrême pâleur et le regard plein de terreur. Mais, quand elle leva les yeux vers Brodie, l'espoir réapparut sur son beau visage. Elle était attachée à un fauteuil qui avait basculé. Toutefois, elle était sur le point de libérer ses jambes.

— Ne la touchez pas ! lança Brodie à Brushard.

Ce dernier lui retourna un sourire malveillant.

— Je n'ai pas besoin de la toucher. D'où je suis, je n'ai qu'à presser la détente pour en finir avec elle.

— Lâchez votre arme !

— Votre ami le flic m'a dit la même chose, répliqua Stephen. Vous avez vu comment ça s'est terminé ?

Il avait toujours son revolver pointé sur Jennifer.

— Qu'est-ce qui se passe dans votre tête ? reprit Stephen à l'intention de Brodie. Vous essayez de déterminer si vous pourrez m'éliminer avant que je la tue ? Réfléchissez bien car rien ne vous dit que, même si vous me touchez, mon doigt ne va pas se recroqueviller dans un dernier spasme et faire partir le coup qui lui sera fatal. Vous ne pouvez rien…

— Roule ! s'exclama Brodie.

Elle avait réussi à se libérer et, à son signal, roula de côté.

Brodie fit feu et toucha Brushard en pleine poitrine. Mais celui-ci parvint lui aussi à tirer.

Heureusement, Jennifer s'était assez écartée pour ne pas être atteinte.

Davis pénétra alors dans le garage. Stephen tombait à genoux.

Brodie s'avança prudemment vers lui. Il était gravement blessé, mais encore en vie. Et il tenait toujours son arme.

— Lâchez ce revolver, répéta Brodie.

Stephen inclina la tête. Son regard devenait vitreux.

— Elle… doit mourir.

Il tenta de relever son arme.

Brodie fit feu une seconde fois et Brushard tomba au sol.

— Non, elle ne mourra pas.

Davis passa à côté d'eux et donna un coup de pied dans le revolver de Brushard.

Brodie pouvait enfin se précipiter vers Jennifer.

— Ma chérie, lui dit-il en la prenant doucement par les épaules pour l'aider à se redresser.

Elle perdait du sang, elle tremblait. Etait-il arrivé trop tard ?

— Comme la dernière fois…, murmura-t-elle. Tu m'as… sauvée…

Elle était menottée mains dans le dos, remarqua Brodie. Mais où étaient les clés ?

— Qu'est-ce qu'il t'a fait ?

— Un couteau, expliqua-t-elle, les larmes aux yeux. Je ne… croyais pas… te revoir.

— Il est mort, intervint Davis derrière eux.

Brodie donna un bref baiser à Jennifer.

— Tu crois vraiment que j'aurais pu t'abandonner ?

Non, jamais. Il glissa son arme à sa ceinture et chercha à déterminer l'ampleur des blessures de Jennifer. Elle avait tellement de sang sur elle. Beaucoup trop. Il la prit dans ses bras et la souleva délicatement.

Elle est vivante, elle est vivante.

— Pardon…, murmura une voix faible derrière lui.

Sans lâcher Jennifer, il se retourna : Davis était penché sur Shayne. Touché au ventre, son ami avait les yeux à demi ouverts. Davis faisait son possible pour stopper l'hémorragie.

— Je n'ai… jamais voulu… qu'ils meurent, marmonna Shayne. Pas… eux.

— Est-ce que Stephen Brushard a tué nos parents ? lui demanda Davis.

— Non…

— Est-ce que *tu* as tué nos parents ? insista Davis d'une voix grave tout en continuant à comprimer la blessure de Shayne, l'homme qui était leur ami depuis si longtemps.

Ou du moins qu'ils pensaient être leur ami, nuança Brodie intérieurement.

— Non…

— Mais tu sais qui l'a fait ? insista Davis. Par pitié, dis-le-nous !

A l'extérieur, il y eut des crissements de pneus, des claquements de portières, des éclats de voix.

Shayne chuchota quelques mots à Davis.

— Quoi ? fit celui-ci. Qu'est-ce que tu as dit ?

Mais Shayne n'était plus en état de prononcer le moindre mot, même si Davis continuait à l'implorer de parler.

D'autres policiers firent irruption dans le garage.

Brodie serrait toujours Jennifer contre lui. Rien ne comptait plus que cela. Pas même de découvrir le meurtrier de ses parents. Il en prenait conscience.

— Je ne veux pas te perdre, lui murmura-t-il.

Tandis que des ambulanciers s'affairaient autour de Shayne, Brodie porta Jennifer à l'extérieur. D'autres infirmiers voulurent l'aider, mais il tenait à la porter jusqu'à l'ambulance. Il avait tellement peur qu'il ne pouvait la lâcher.

Il l'allongea délicatement sur un brancard et écarta une mèche de cheveux de son visage. Très vite, un jeune infirmier s'occupa de déterminer la nature de ses blessures pour lui prodiguer des soins d'urgence.

Jennifer s'approcha autant que possible de Brodie.

— Tu ne cesses de me sauver la vie… Ça devient… une habitude.

Il se pencha sur elle pour lui donner un baiser. Brushard lui avait tiré dessus et infligé des blessures au couteau. Elle avait des plaies sur le bras et l'épaule. Brodie en était tellement en colère qu'il eut envie de tuer Brushard une seconde fois.

— Tu pourras toujours compter sur moi, répondit-il avec émotion. Je te l'ai déjà dit.

Elle s'efforça de lui sourire, et cette vision le bouleversa.

Son cœur était à elle. Le savait-elle, au moins ?

La sirène de l'ambulance se mit en marche.

— Je t'aime, Jenny ! lança-t-il.

Son regard s'agrandit, elle secoua la tête, comme si elle n'arrivait pas à croire à ce qu'il venait de dire.

— Je t'aime, répéta-t-il avec conviction.

Il serra ses doigts.

— Je le redirai autant de fois qu'il le faudra. Jusqu'à la fin de mes jours.

— Monsieur, lui demanda le jeune infirmier, vous venez avec nous à l'hôpital ou bien vous restez ici ?

Brodie garda les yeux rivés sur Jennifer. Elle avait besoin de lui. *Et moi, j'ai besoin d'elle.* Tant pis si les réponses à de nombreuses questions qu'il se posait depuis des années étaient dans ce garage, la femme qu'il aimait se tenait là, devant lui.

— Je vous accompagne !

L'ambulance démarra.

— Je t'aime, répéta-t-il en serrant la main de Jennifer.

Davis suivit du regard les brancardiers qui installaient Shayne à l'arrière d'une ambulance. Les médecins s'affairaient autour de lui, mais il était inconscient.

Davis savait reconnaître une blessure mortelle. Son expérience de soldat d'élite ne le trompait pas. Shayne ne survivrait pas. Bon sang, un ami d'enfance…

Et il emporte tous ses secrets avec lui.

— Davis !

Il se retourna : son frère Grant courait vers lui. Mais la police avait déjà établi un périmètre de sécurité avec des rubans jaunes et l'empêcha d'aller plus loin.

Grant jeta alors un œil en direction de l'ambulance dont l'arrière était encore ouvert. Un drap blanc avait été tiré sur les yeux de Shayne. Une expression de douleur déforma les traits de Grant.

Il essaya de forcer le passage, mais les flics l'en empêchèrent.

— Mes frères étaient là, laissez-moi ! cria-t-il.

Davis se précipita vers lui.

— Ce n'est pas Brodie dans l'ambulance. Lui, il va bien.

Grant poussa un soupir de soulagement.

— Où est-il ?

— Il est parti à l'hôpital avec Jennifer.

— Est-ce que… est-ce qu'elle va s'en sortir ?

— Je crois, oui.

Davis l'espérait de tout cœur car, sans elle, Brodie ne serait plus jamais le même. Il l'avait parfaitement compris.

La culpabilité le dévorait d'autant plus. Il n'avait pas réussi à empêcher Brushard de partir avec Jennifer. Pourtant, il savait combien son frère jumeau tenait à elle. Pourquoi n'avait-il pas trouvé un moyen d'arrêter Brushard ?

Pire encore, c'était Jennifer qui lui avait sauvé la vie en se jetant sur le revolver de son ravisseur. Il lui était doublement redevable.

— En revanche, c'est fini pour Shayne, déclara-t-il en s'efforçant de maîtriser sa voix. Il a été touché par balle… dans le ventre.

L'ambulance s'éloignait, les médecins feraient certainement le maximum, mais en vain, soupira Davis.

Il baissa les yeux. Le sang de Shayne tachait ses mains.

Jennifer avait mal. La douleur revenait par vagues incessantes. Elle revoyait le visage de Stephen, quand il avait brandi son couteau, quand il l'avait plaqué contre elle et…

Son propre cri la réveilla.

— Doucement.

Elle ouvrit les yeux : Brodie était là, à prendre ses doigts entre les siens pour les porter à ses lèvres et y déposer un petit baiser.

— Tout va bien, ma chérie, lui dit-il d'une voix remplie d'affection et de bienveillance. Tu es là, avec moi. Plus personne ne peut te faire de mal. Plus jamais.

Les machines autour d'elle produisaient des petits bips stressants.

— Mon visage…

Brodie fronça les sourcils, l'air de ne pas comprendre.

— Il voulait me taillader le visage… pour reproduire ses propres blessures.

Brodie étouffa un juron.

Puis il lui passa doucement une main sur la joue.

— C'est terminé. Il est mort, tu n'as plus à avoir peur de lui.

Elle déglutit. Elle avait un peu de mal à respirer et son cœur battait trop vite.

En même temps, elle était comme dans du coton. Un goutte-à-goutte était relié à son poignet, remarqua-t-elle.

— Tu l'as tué ?

Brodie acquiesça. Se réjouir de la mort d'un homme était contraire à tous ses principes, mais elle n'arrivait pas à se sentir triste pour lui.

Un grand soulagement la gagnait. La traque était terminée, elle retrouvait sa liberté.

Les analgésiques faisaient leur effet et elle avait du mal à garder les yeux ouverts, mais elle trouva néanmoins la force de demander :

— Shayne ?

— Non, c'est fini pour lui.

Elle ferma les yeux.

— Je suis… désolée. Il m'a sauvée… il y avait… du bon en lui.

Brodie lui déposa un baiser sur la joue.

— Tu es vivante, c'est tout ce qui compte. Sans toi, je ne sais pas ce que je serais devenu.

12

Enfin, Jennifer avait pu quitter l'hôpital. Fini les repas sans saveur, les rondes incessantes, même en pleine nuit, pour venir s'enquérir de son état.

Elle se tenait devant le petit lac sur le domaine du ranch McGuire. Les eaux étaient calmes et scintillantes. C'était superbe. Elle inspira une bouffée d'air frais pour se calmer.

Les médecins avaient déclaré qu'elle était libre de partir. Ils n'avaient pas cru si bien dire. Il était en effet temps pour elle de partir… de quitter Austin. De quitter Brodie.

Stephen m'a retrouvée, il m'a traquée sans relâche, il a fait tellement de mal.

Mais Stephen n'était pas le seul qu'elle avait contribué à faire envoyer en prison. Et si le scénario se reproduisait et que Brodie, ou sa famille, en paye les conséquences ?

Non, elle n'avait pas le droit de leur faire courir ce risque.

Il est temps pour moi de partir.

— Superbe, murmura Brodie qui vint se poster à côté d'elle.

Elle acquiesça, en gardant les yeux posés sur le lac pour trouver le courage de dire ce qu'il fallait.

— Oui, c'est magnifique.

— Je ne parlais pas du paysage.

Elle tourna la tête. Brodie la fixait intensément. Il fit les quelques pas qui les séparaient. Il lui posa la main sous le menton pour lui faire légèrement lever la tête et l'embrassa. Doucement. Avec sensualité.

Elle se laissa aller. Brodie avait passé quasiment tout son temps avec elle quand elle était à l'hôpital. Et, depuis qu'ils étaient rentrés au ranch, il la traitait avec une extrême délicatesse, comme si elle était fragile.

Pour la première fois, il paraissait prêt à se livrer.

— Davis est parti, lui murmura-t-il. Il n'y a plus que toi et moi.

Il recula d'un pas et lui tendit la main.

— Tu m'accompagnes à l'intérieur ?

Elle aurait dû décliner son offre et lui dire adieu. Au lieu de quoi, elle acquiesça. *Je ne peux pas le quitter. Pas maintenant ; pas encore.*

Main dans la main, ils rejoignirent la maison.

Sans la moindre hésitation, ils se rendirent dans sa chambre. En quelques secondes, il la dévêtit et elle s'abandonna à ses caresses.

Lui était encore tout habillé, mais elle était décidée à ne pas le laisser ainsi une seconde supplémentaire.

Elle tira sur les pans de sa chemise, caressa ses abdominaux, puis il ôta complètement sa chemise et elle déposa des petits baisers sur son torse vigoureux. Elle s'attaqua à sa ceinture et découvrit l'effet qu'elle produisait sur lui. Elle en fut bouleversée, fière aussi.

La respiration de Brodie devint saccadée. Il avait visiblement du mal à contenir son excitation, mais Jennifer n'entendait pas lui laisser le temps de recouvrer ses esprits.

Elle le poussa sur le lit et monta à califourchon sur lui. Ils étaient peau contre peau, la sensation était délicieuse, et elle voulut prolonger ce moment le plus longtemps possible.

Car ce serait peut-être le dernier qu'ils passaient ensemble. Pourtant, sa voix intérieure lui criait le contraire : elle ne voulait pas partir, elle désirait plus que tout passer sa vie entière auprès de lui.

Elle donna à Brodie de petits baisers dans le cou tandis qu'il refermait ses bras autour d'elle et la serrait fort.

Elle continua de l'embrasser, d'explorer son corps pour en connaître la moindre parcelle et faire en sorte qu'il n'y ait plus aucun secret entre eux, seulement du plaisir.

Soudain, elle se retrouva sur le dos et il posa les mains de chaque côté de sa tête pour la fixer droit dans les yeux.

— Ma chérie, tu me fais complètement perdre la tête.

Sa main descendit lentement sur son ventre puis atteignit son intimité. Elle était tellement sensible à ses caresses qu'elle se mit à se trémousser, parcourue de délicieux frissons. Enfin, il ôta sa main et, sans attendre, vint en elle.

Ce fut alors comme si le temps s'était arrêté : ils flottaient dans une bulle de plaisir.

Il se mit à aller et venir, toute retenue oubliée, et ce qu'elle éprouva fut tellement fort que, déjà, elle fut proche de l'orgasme. Brodie dégageait une telle force ! Elle s'accrocha à lui, enfonça les ongles dans son dos, enroula les jambes autour de ses hanches et accompagna ses mouvements.

Il continuait d'aller et venir, frénétiquement, sans relâche.

Et, alors qu'elle pensait être au bord de l'épuisement, que son corps était rassasié, une nouvelle vague de désir la submergea. Il se remit à bouger les hanches et elle se serra contre lui.

Je ne veux pas partir. Je veux rester avec Brodie pour toujours.

La lampe allumée produisait un peu de lumière mais, dehors, il faisait nuit. Jennifer le savait. Le soleil était couché depuis plusieurs heures. Avec Brodie, elle n'avait pas vu le temps passer.

Elle aurait pu se lever et s'évanouir dans la nuit. Elle aurait dû le faire.

Mais elle n'arrivait pas à le quitter du regard. Ils étaient allongés côte à côte, il avait la main sur son ventre.

Elle eut la même pensée que la première nuit qu'ils avaient passée ensemble…

Le sommeil lui donne un air innocent. Il était apaisé.

D'instinct, elle leva la main et la passa sur sa mâchoire couverte d'une barbe de trois jours. Cette petite caresse suffit à lui faire ouvrir les yeux. Son regard vert était clair et lucide. Il ne dormait plus du tout.

Et, pour moi, il est temps de partir.

— Merci, Brodie.

C'était comme si l'histoire se répétait, songea-t-elle. Comme si elle était prisonnière du passé.

— Merci de m'avoir sauvée.

Une fois encore, elle avait cru que sa dernière heure était arrivée, et Brodie avait fait irruption et avait tout changé. Elle en eut le cœur serré.

Il ne dit pas un mot, se contenta de la fixer.

Etre avec lui ressemblait tellement à ce qu'ils avaient vécu des années auparavant. Cette fois-là non plus, elle n'avait pas eu envie de le quitter.

« Est-ce que je te reverrai ? » lui avait-elle demandé.

« Avec un peu de chance, tu n'auras plus besoin de me revoir », avait-il répondu.

Mais elle avait eu envie de le retrouver.

« Tâche de ne plus te faire enlever et tu n'auras pas besoin de moi. »

Le danger faisait partie de sa vie depuis qu'elle était Jennifer Wesley. Et elle ne souhaitait pas qu'il envahisse le monde de Brodie. Plus jamais.

Elle essaya de sourire, car il ne devait pas deviner à quel point elle était triste.

— Non ! lâcha-t-il.

Ce simple petit mot, prononcé d'une voix implacable, suffit à faire disparaître son esquisse de sourire.

— Tu ne vas pas me quitter, ajouta-t-il en se levant.

Elle attrapa le drap et le remonta sur elle, car elle se sentait vulnérable.

— J'ai déjà été obligé une fois de te regarder partir sans rien faire. Et, pendant des années, je me suis demandé ce que tu étais devenue.

Il se pencha sur elle.

— Alors il est hors de question que cela se reproduise. Je refuse de revivre ce calvaire.

— Brodie…

— Tu te rappelles ce que je t'ai dit quand je t'ai fait sortir de ce maudit garage ?

Non, elle n'en avait aucun souvenir. Elle n'était alors qu'à demi consciente, en état de choc et de stress.

— Je t'aime.

Etait-elle toujours en état de choc ? Venait-il vraiment de déclarer…

— Je t'aime, répéta-t-il avec la même conviction.

— Non, ce n'est pas possible, tu… tu ne me connais pas. Personne ne me connaît. Jennifer Wesley n'était qu'un écran de fumée. Elle…

— J'aime Jennifer Wesley. J'aime Jenny Belmont. J'aime la femme qui me fait battre le cœur plus fort quand je la tiens dans mes bras. J'aime la femme prête à risquer sa vie pour ma famille, la femme qui vient de dormir à côté de moi. J'aime la femme qui réussit à me faire sourire dans les moments les plus critiques. *Je t'aime.*

— C'est trop dangereux…, protesta-t-elle, un peu mollement à son goût.

Elle s'éclaircit la gorge et reprit :

— Stephen m'a retrouvée. Cela pourrait se reproduire. Et alors que se passera-t-il ? Et si…

— Si quelqu'un cherche à s'en prendre à toi, je serai là. Je serai toujours là.

Il ne l'écoutait pas. Mais pourquoi protestait-elle alors qu'il lui déclarait son amour ?

— Je refuse que tu te mettes en danger pour moi, Brodie.

— Je me sens capable de gérer ce risque.

— Tes frères…

— Qu'est-ce que je deviendrais sans toi ?

Elle refusait de songer à la vie sans lui. En l'espace de seulement quelques jours, il avait tout fait basculer.

— Tu es venue me voir parce que tu savais que tu pouvais me faire confiance et que je serais capable d'assurer ta sécurité.

Elle acquiesça.

— Ma chérie, je passerai le reste de ma vie à t'aimer et à veiller sur toi. A te rendre heureuse, à exaucer tes désirs.

Elle fuyait son regard. Il insista.

— Je ne peux pas te laisser partir, je te l'ai déjà dit.

Il ne comprenait donc pas qu'elle essayait de faire ce qui était juste ?

— Je n'aurais jamais dû venir te voir et vous mettre tous en danger. Si Sullivan était mort, que Davis…

— Mais ils sont vivants ! On pourrait passer la journée entière à imaginer ce qu'on ressentirait si les choses s'étaient passées différemment, ça ne changerait rien. Le fait est que je t'aime et que, pour être avec toi, je suis prêt à accepter tous les risques.

Oserait-il prendre le risque de mettre les siens en danger ? Non, Brodie n'était pas comme ça. Pour lui, la famille primait sur tout.

Il poussa un juron, sans doute parce qu'il avait deviné ses pensées.

— Si tu pars, c'est simple, je pars avec toi !

Pour abandonner sa famille ?

— Non ! fit-elle.

— Soit je disparais avec toi, soit on reste ici pour

essayer de bâtir une vie ensemble. Voilà les choix qui s'offrent à toi.

Serait-il vraiment prêt à tout abandonner pour elle ?

— Sauf si…, ajouta-t-il.

Soudain, il paraissait fébrile. C'était la première fois que Jennifer lisait cela en lui.

— Sauf si, toi, tu ne m'aimes pas et que tu n'aies pas envie d'être avec moi.

Elle prit son visage entre ses mains et l'embrassa avec ferveur. Il n'y avait qu'ainsi qu'elle pouvait lui montrer ce qu'elle ressentait pour lui.

— Je t'aime, murmura-t-elle. Plus que tout.

Il poussa un soupir de soulagement.

— Alors reste. Ça marchera. Si nous sommes ensemble, rien ne sera impossible.

— Mais si un nouveau malheur frappait ta famille à cause de moi…

Il y avait déjà les événements récents, la mort de ses parents.

— Je ne pourrais pas le supporter, Brodie. Toi non plus.

Il recula de quelques centimètres, puis la fixa droit dans les yeux.

— Ce n'est pas toi. Tu n'es pas responsable de la mort de mes parents.

— Mais c'est à cause de moi que Stephen m'a fait suivre…

— Mon frère a demandé à Shayne juste avant qu'il ne meure s'il avait tué mes parents. Il a affirmé que non.

Jennifer resta interloquée.

— Alors Davis a demandé à Shayne s'il savait… qui les a tués…

La douleur se peignit sur le visage de Brodie.

— Brodie ?

— Davis a eu du mal y croire et a voulu le faire répéter,

mais c'était trop tard. Le dernier mot prononcé par Shayne, c'était… Montgomery.

Elle n'arrivait pas à assimiler ce que cela sous-entendait. Elle secoua la tête et…

— Le ranch des Montgomery est mitoyen du nôtre, reprit Brodie. Le fait est que le père de Mark Montgomery s'est donné la mort deux mois après le meurtre de nos parents. Petit à petit, les pièces du puzzle se mettent en place. Il nous reste encore à comprendre comment et pourquoi.

Il serra les poings.

— Nous y arriverons.

Le cœur serré, Jennifer le dévisagea sans rien dire.

— Nous savons qu'à l'époque Brushard avait un homme à sa solde dans le secteur, qui était chargé de te surveiller. Nous le retrouverons, nous récupérerons toutes les photos qu'il a prises, nous finirons par apprendre tout ce qu'il a vu. Chaque jour, nous nous rapprocherons un peu plus de la vérité.

De tout cœur, elle voulait y croire car, lorsque Brodie évoquait la disparition de ses parents, son regard était plein de douleur. Il avait besoin de faire son deuil une bonne fois pour toutes.

— Tant que tu restes avec moi, je me sens la force de tout affronter, reprit-il. Je t'en prie, Jennifer, ne pars pas. Reste avec moi. Si le danger rôde de nouveau, nous le combattrons ensemble. Je suis un ancien soldat d'élite, tout de même. Qui mieux que moi pourrait te protéger ?

En effet, songea Jennifer, personne n'était plus qualifié que lui, et surtout elle ne voulait personne d'autre que Brodie.

Que ce soit pour la protéger ou pour partager les meilleurs moments de l'existence, c'était lui qu'elle voulait.

— Tu restes ? s'enquit-il timidement, ses lèvres à seulement quelques centimètres des siennes.

Elle repensa aux six années qui venaient de s'écouler,

au nombre de fois où elle s'était surprise à rêver de lui, à espérer le croiser dans la rue.

La vie, ce n'était pas nourrir des regrets, ce n'était pas laisser la peur vous accompagner partout en permanence.

Elle le fixa une fois de plus. Ses yeux verts brillaient d'amour et d'affection.

— Oui, je reste, murmura-t-elle avec émotion.

Il avait raison. Le danger pouvait survenir à tout moment, pour n'importe quelle raison, mais s'ils étaient ensemble ils trouveraient les moyens d'en venir à bout.

Il lui avait offert une seconde chance. Une chance qu'elle ne devait pas laisser passer. Elle verrait bien où l'avenir les mènerait.

Pour la première fois de son existence, l'amour était plus fort que la peur.

Elle se serra contre lui, mais pas pour lui dire adieu.

Car enfin, avec Brodie, elle était chez elle.

Epilogue

Mark Montgomery avait toujours été l'ami de Davis.

Davis lui faisait autant confiance qu'à ses frères.

Mais… il faisait tout aussi confiance à Shayne.

Il se redressa. Ses frères étaient à côté de lui, sa sœur Ava pas loin non plus. Le cercueil de Shayne Townsend descendait dans sa dernière demeure.

Davis tourna la tête pour observer Brodie. Son jumeau avait les traits graves. Jennifer se tenait près de lui et serrait sa main.

Jennifer Wesley. Elle avait fait irruption dans leur vie tel un cyclone et avait bouleversé le monde de Brodie. Pour son frère, plus rien ne serait comme avant. Davis le savait.

« Je veux l'épouser, avait affirmé Brodie le soir précédent. Jennifer hésite encore, elle a peur que son passé ne revienne nous hanter. »

Mais Brodie ne laisserait rien ni personne se mettre entre lui et la femme qu'il aimait. Davis n'avait aucun doute là-dessus.

Il tourna la tête de l'autre côté. Vers Mark Montgomery. Celui-ci fixait la tombe de Shayne avec une expression similaire à celle de Brodie. Il avait les traits tirés, l'air à la fois grave et furieux.

Soudain, Mark leva les yeux pour observer Ava, nota Davis. Son regard changea alors complètement. Il était plein d'affection et d'attente.

Davis était au courant depuis déjà longtemps : Mark

avait un faible pour Ava, mais il n'avait jamais rien entrepris pour la séduire.

Et c'est bien mieux ainsi.

Car, vu les derniers mots prononcés par Shayne, Davis se posait beaucoup de questions sur Mark : était-il un ami ou un tueur ?

La cérémonie toucha à sa fin. L'assistance commença à se disperser. Et Mark… se dirigea droit vers Ava.

Celle-ci tourna les yeux vers lui, et Davis crut lire dans le regard de sa sœur la même affection, la même attente que dans celui de Mark.

Il avança. Ses frères se tenaient derrière lui, il le sentait. Tous connaissaient les ultimes paroles de Shayne. En revanche, ils n'en avaient encore rien dit à Ava. D'abord, ils souhaitaient rassembler davantage d'éléments.

Mais il se pourrait que les événements les obligent à précipiter le mouvement…

Car Mark semblait décidé à ne plus attendre pour révéler à Ava ce qu'il ressentait pour elle.

Davis s'interposa entre Mark et sa sœur.

— Laisse-la tranquille, dit-il fermement à Mark.

— Quoi ?

Ce dernier le regardait comme s'il avait perdu la tête. Ce qui était peut-être plus ou moins le cas, car sa réaction impulsive était exagérée. Mais son instinct protecteur l'emportait, il ne pouvait se retenir. Et, là, il ne pouvait plus reculer.

— Nous sommes au courant, Mark, reprit-il. Shayne nous a parlé avant de mourir.

La manœuvre était risquée, mais la réaction de Mark serait intéressante.

Celui-ci se contenta de secouer la tête.

— J'ignore de quoi tu parles exactement, mais j'ai comme l'impression que tu te fais des idées. Et tu n'arriveras pas à me tenir à l'écart d'Ava. Tu n'en as pas le droit. Elle est adulte, et je veux qu'elle sache ce qu'elle représente pour moi.

Mark s'exprimait d'un ton ferme, presque menaçant. Davis se crispa.

— Du calme, Davis, intervint Brodie, qui le tira par le bras. Ne fais pas d'éclats, ce n'est ni le lieu ni le moment.

En effet. Il avait presque oublié qu'ils étaient au cimetière, entourés de gens en deuil.

Mark leur adressa un petit signe de tête et s'éloigna.

Ava vint se poster à côté de Brodie et Davis.

— Puis-je savoir ce que ça signifie ?

Ava était menue, délicate. Si fragile, pensa Davis.

— Ava…, fit-il, tout en se demandant comment s'y prendre. Il se pourrait… enfin, Mark n'est peut-être pas l'homme que tu penses.

Le regard d'Ava se fit plus dur.

— Je ne sais pas pourquoi tu dis ça, mais tu dois te mettre dans la tête que Mark pourrait précisément être l'homme qu'il me faut.

Elle se redressa et s'éloigna à son tour sans un regard supplémentaire.

— On risque d'avoir des ennuis, marmonna Grant.

C'était possible, jugea Davis.

Mais personne ne ferait de mal à Ava. Leur famille avait déjà trop souffert. Il fallait que ça cesse. Définitivement.

Retrouvez en mars,
dans votre collection

BLACK ROSE

Le silence de l'hiver, de B.J. Daniels - N°377

SERIE LES FRÈRES CARDWELL

Aidez-moi, mais n'appelez pas la police. Sur le papier que la femme lui a glissé dans la main avant de quitter l'hôpital, les mots ont été écrits à la hâte. Perplexe, Austin se demande quel secours il peut encore apporter à la belle inconnue qu'il a sauvée la veille alors qu'elle errait, blessée et hagarde, près de sa voiture accidentée sur une route verglacée. Mais, bientôt, d'autres questions se posent à lui : d'où viennent les hématomes qu'il a aperçus sur ses bras ? Se peut-il que l'homme au faciès de brute qui est venu la chercher ne soit pas son mari ? Ignorant la voix de la raison qui lui conseille de ne pas s'immiscer dans un drame conjugal, Austin décide d'obéir à son instinct de policier et part à la recherche de celle qui vient de lui faire passer ce message désespéré...

Protection improvisée, de Joanna Wayne

Attendri, Cannon tend la main vers le nourrisson posé près de lui. Se peut-il vraiment que lui, le cow-boy solitaire, soit le père de cet enfant, fruit d'une nuit d'amour avec une inconnue ? Mais tandis qu'il abandonne son doigt au bébé, il sent sur lui le regard de la femme qui le lui a amené. D'une voix tremblante, elle lui révèle que la petite s'appelle Kimmie et qu'elle est la fille de sa sœur jumelle, assassinée quelques jours plus tôt... Ce qu'elle ne dit pas — mais Cannon le devine à l'expression inquiète de son visage —, c'est qu'elle craint d'être la prochaine victime de celui ou celle qui, pour d'obscures raisons, a déjà tué sa sœur...

Les enfants de Copper Lake, de Marilyn Pappano - N°378

En reconnaissant l'homme qui vient d'entrer dans sa boutique, Sophy a bien du mal à cacher son émotion. Ainsi, après huit ans d'absence, Sean Holigan – le bad boy qui faisait battre son cœur d'adolescente timide – est de retour à Copper Lake... Troublée, et consciente que Sean ne la reconnaît sans doute pas, Sophy l'interroge : est-ce pour voir sa sœur Maggie, emprisonnée pour trafic de drogue, qu'il est revenu ? Mais Sean la détrompe : s'il est là, c'est pour protéger ses nièces, Dahlia et Daisy, deux fillettes que Sophy a recueillies chez elle et que les complices de Maggie menacent d'enlever si leur mère fait des révélations sur eux à la police...

L'invisible menace, de Cynthia Eden

Qui en veut à Ava ? Et pour quelle mystérieuse raison l'inconnu dont elle n'a fait qu'apercevoir l'ombre dans la nuit la suit-il sans répit, allant même jusqu'à entrer dans son appartement et fouiller ses affaires ? Pour fuir la menace invisible qu'elle sent peser sur elle, Ava quitte la ville et se réfugie chez Mark Montgomery, dont elle sait – bien qu'il ne le lui ait jamais avoué – qu'il est amoureux d'elle et qu'il la protégera. Un espoir vite déçu, car quelques jours seulement après l'arrivée d'Ava chez lui, Mark est victime d'une tentative d'assassinat. Paniquée, Ava comprend alors que le déséquilibré qui la harcèle nourrit une passion maladive à son égard et qu'il est prêt à tout pour l'avoir à lui seul.

Retrouvez en mars,
dans votre collection

BLACK ROSE

Un bébé a disparu, de Kara Lennox - N°379

Beau s'avance vers elle, aussi grand et ténébreux que dans sa mémoire, et Aubrey sent la fureur la gagner. Comment celui qui a autrefois brisé son cœur ose-t-il venir chez elle aujourd'hui ? Mais alors qu'elle s'apprête à le chasser, Beau lui prend la main et lui fait un aveu étonnant : il a appris que sa cousine Patti avait disparu avec Sara, son bébé de six mois, et il est prêt à se lancer avec elle à la poursuite des ravisseurs. Troublée malgré elle, Aubrey s'apprête à accepter lorsqu'un élément nouveau vient semer le doute dans son esprit : le grand-père de l'enfant promet une récompense d'un million de dollars à qui la retrouvera... Aubrey ne sait plus que penser : est-ce l'appât du gain qui pousse Beau à l'aider ? Ou le souvenir de leur amour passé ?

Secrète identité, d'Adrienne Giordano

Grâce à votre art, vous pouvez rendre cette jeune femme à sa famille. Silencieuse, Amanda réfléchit à la requête de David Hennings. D'un côté, elle hésite à mettre ses talents de plasticienne au service de la justice. De l'autre, elle est tentée de relever ce défi et de redonner un visage à l'inconnue, assassinée des années auparavant, dont on vient de trouver la dépouille. Enfin, et surtout, elle a très envie de travailler avec le séduisant avocat dont le sex-appeal est loin de la laisser indifférente... Ce qu'elle ne sait pas encore, c'est que cette collaboration va les mettre tous deux en danger. Car ceux qui ont tué l'inconnue sont prêts à tout pour empêcher qu'on ne découvre son identité.

Dans la chaleur du bayou, de Carla Cassidy - N°380

Shelby Longsford n'aurait jamais pensé retourner à Black Bayou, où elle a grandi, dans de telles circonstances : elle devra défendre Billy Royce, son premier amour, soupçonné de double homicide. Billy a toujours été rebelle et mystérieux comme le bayou où il vit ; cela fait de lui un coupable idéal pour le shérif, dont l'enquête sur le tueur en série du bayou piétine. Mais pour Shelby, l'innocence de Billy ne fait aucun doute. Tout comme la passion qu'elle sent immédiatement renaître à son contact...

Etrange ressemblance, de Debra Webb

Caroline se sent renaître : on vient de retrouver Justin, son mari, porté disparu dans un accident d'avion depuis trois longs mois. Elle est d'autant plus heureuse que Justin semble changé : il se montre plus attentionné, plus tendre, plus amoureux. Devenu incollable sur les systèmes de sécurité, il est plus efficace à lui seul que toute son équipe de gardes du corps. Jusqu'au jour où Caroline reçoit un coup de fil qui bouleverse toutes ses certitudes : un homme qui affirme être le vrai Justin l'implore de lui venir en aide...

Composé et édité par HARLEQUIN

Achevé d'imprimer en Italie (Milan)
par Rotolito Lombarda
en janvier 2016

Dépôt légal en février 2016

Pour l'éditeur, le principe est d'utiliser des papiers composés de fibres naturelles, renouvelables, recyclables, et fabriquées à partir de bois issus de forêts gérées selon un système d'aménagement durable. En outre, l'éditeur attend de ses fournisseurs de papier qu'ils s'inscrivent dans une démarche de certification environnementale reconnue.